T0348391

Pesadilla en Navidad

TESSA BAILEY

Pesadilla en Navidad

Argentina • Chile • Colombia • España
Estados Unidos • México • Perú • Uruguay

Título original: *Wreck the Halls*
Editor original: Avon. An Imprint of HarperCollins*Publishers*
Traducción: Ana Isabel Domínguez Palomo y María del Mar Rodríguez Barrena

1.ª edición Noviembre 2024

Plaza de los Reyes Magos, 8, piso 1.º C y D – 28007 Madrid
www.titania.org
atencion@titania.org

ISBN: 978-84-19131-90-4
E-ISBN: 978-84-10365-63-6
Depósito legal: M-20.034-2024

Fotocomposición: Urano World Spain, S.A.U.
Impreso por Romanyà Valls, S.A. – Verdaguer, 1 – 08786 Capellades (Barcelona)

Impreso en España – *Printed in Spain*

Agradecimientos

Algunos de los mejores consejos que he recibido últimamente me llegaron de la mano de *The Bear* (una serie de televisión increíble, protagonizada por Jeremy Allen White). «Dalo todo». La idea de esta historia parecía fácil en teoría, pero cuando empecé a escribirla, me di cuenta de que tenía en mis manos algo más que el desenlace de una historia de amor, tenía también la amistad de dos mujeres icónicas, en los personajes de Octavia y Trina, las madres de Beat y de Melody. Ellas también merecían palabras y peso. Porque cuando te atreves a correr grandes riesgos, cuando lo das todo, el resultado puede resonar durante décadas.

Espero que la historia de amor de Beat y Melody (y la historia de amistad entre Octavia y Trina) te acompañe como mínimo el mismo tiempo. Sé que en mi caso será así.

Gracias a mi Mac y a Pat. Gracias a mi equipo de Avon Books y de HarperCollins, en Estados Unidos y en el extranjero, en el que incluyo (aunque hay muchas más personas) a mi talentosa editora, Nicole Fischer; a mi equipo de publicidad; a D. J. DeSmyter; a Danielle Bartlett; a Mary Interdonati; a Alice Tibbetts; a Shannon McCain; a Madelyn Blaney y a Liate Stehlik en Morrow Group.

Por último, pero no por ello menos importante, gracias a los lectores. Sois todos geniales.

Con todo mi amor,

TESSA

Prólogo

2009

En cuanto Beat Dawkins entró en el estudio de televisión, dejó de llover.

El sol entraba a raudales por la puerta abierta, envolviéndolo en un halo místico, mientras los transeúntes cerraban sus paraguas e inclinaban sus gorras en señal de agradecimiento.

Al otro lado de la habitación, Melody presenció la llegada de Beat de la misma manera que un astrónomo observaría un asteroide que cruzara el cielo una vez cada mil años. Sus hormonas se activaron, poniendo a prueba la eficacia de su desodorante Lady Speed Stick. Hacía solo dos días que le habían puesto la ortodoncia y los dichosos alambres parecían vías de tren en su boca. Mucho más cuando vio que Beat entraba con gran elegancia en el estudio del centro de la ciudad donde grabarían las entrevistas para el documental.

A sus dieciséis años, Melody atravesaba una fase incómoda, por decirlo suavemente. El sudor era una entidad incontrolable. Ya no sabía cómo sonreír sin parecer una gárgola estreñida. Esa tarde se había peinado con mucho esmero la melena rubia oscura, pero su pelo era incapaz de olvidarse de la humedad reinante en Nueva York y se le había encrespado para resaltar todavía más las gomas elásticas que le unían los incisivos.

Todo lo contrario que Beat.

Que era guapísimo de forma totalmente natural, sin artificios.

Su pelo castaño estaba húmedo por la lluvia y sus ojos de color azul claro brillaban de alegría. Alguien le tendió una toalla nada más cruzar el umbral y él la cogió sin mirar para secarse el pelo, que se dejó alborotado, todo de punta, provocando la risa de los presentes. Una mujer con auriculares le pasó un cepillo por la manga del traje azul índigo para quitarle las pelusas, y él se lo agradeció con una sonrisa impactante que la dejó absolutamente descolocada.

¿Cómo era posible que ese chico y ella tuvieran la misma edad?

Y no solo eso, sino que sus madres les habían puesto nombres que se complementaban a la perfección. Beat y Melody, o «Ritmo» y «Melodía». Sus madres fueron el dúo femenino de *rock* más legendario de Estados Unidos, las Steel Birds, y como el grupo ya se había disuelto cuando ellos nacieron, les pusieron los nombres sin hablarlo siquiera, en plan casualidad. Una casualidad que a Melody no le hacía ni pizca de gracia. Además, los hijos de los personajes famosos con nombres emblemáticos debían ser interesantes. Extraordinarios.

Saltaba a la vista que Beat era el único que cumplía las expectativas.

A menos que se tuvieran en cuenta las gomas de color verde agua que ella había elegido para la ortodoncia.

Algo que le había parecido mucho más atrevido en la esterilidad de la consulta del ortodoncista.

—¡Melody! —dijo alguien a su derecha. El simple hecho de que gritaran su nombre en la concurrida estancia hizo que sintiera un calor abrasador, pero en fin… A esas alturas le sudaban las rodillas y, ¡ay, madre, que Beat la estaba mirando!

El tiempo se congeló.

Nunca se habían visto.

Todos los artículos sobre sus madres y la sonada ruptura del grupo en 1993 siempre mencionaban a sus hijos, pero era la primera vez que se veían en persona. Tenía que pensar en algo interesante que decir.

«Se me ocurrió usar gomas transparentes, pero el verde agua me pareció más *punk rock*».

Y a lo mejor podía rematar el comentario haciendo una par de pistolas con las manos, dejando claro que él había heredado todos los genes de la realeza del *rock*. ¡Ay, Dios, que le estaban sudando hasta los pies! Seguro que cuando echase a andar, le chirriarían las sandalias.

—¡Melody! —la llamó la voz de nuevo.

Dejó de prestar atención a la visión divina que era Beat Dawkins y miró a la productora, que le estaba haciendo señas para que entrara en una de las salas acordonadas donde le harían la entrevista. Justo detrás de la puerta había una cámara, un micrófono gigantesco y una silla de director. La entrevista sobre la carrera de su madre todavía no había empezado, y ella ya sabía qué preguntas tendría que responder. ¿Qué tal si se sentaba lo más rápido posible, recitaba sus respuestas habituales y le ahorraba tiempo a todo el mundo?

«No, no canto como mi madre».

«No hablamos de la ruptura del grupo».

«Sí, mi madre es nudista y sí, la he visto desnuda un sorprendente número de veces».

«Por supuesto, para los fans sería increíble que las Steel Birds volvieran a reunirse».

«No, no sucederá. Ni en un millón de trillones de años. Lo siento».

—Estamos listos —canturreó la productora, dándose golpecitos en la muñeca.

Melody asintió, sonrojándose todavía más por la indirecta de que estaba retrasando las cosas.

—Voy.

Miró por última vez a Beat y echó a andar hacia la sala donde iban a entrevistarla. Eso era todo, supuso. Seguramente no volvería a verlo en persona…

—¡Espera!

Beat solo dijo esa palabra, y el silencio se hizo de repente en el estudio.

El príncipe había hablado.

Melody se detuvo con un pie en el aire y volvió la cabeza despacio. «Por favor, que me esté hablando a mí», pensó. Porque, de lo contrario, sería un lamentable error que se hubiera parado al oír su orden. Y al mismo tiempo también pensó: «Por favor, que esté hablando con otra persona». Las vías del tren que llevaba en la boca pesaban unos doscientos kilos por centímetro, y el vestido verde agua que se había puesto (¡a juego con las gomas, madre mía!) no le quedaba bien en la zona de las tetas. Otras chicas de su edad conseguían parecer normales. Parecían monas incluso.

¿Qué era lo que habían dicho de ella en la página de cotilleos TMZ? «Melody Gallard: siempre una foto del antes, nunca del después».

Sin embargo, Beat le estaba hablando a ella.

Y no solo eso, además se acercaba con paso vivo, sin que le costase el menor esfuerzo, como un famoso se acercaría a la zona de saque en un partido de béisbol para hacer el primer lanzamiento ceremonial mientras la multitud lo aclamaba. Llevaba el pelo peinado a la perfección, sin rastro de la lluvia, y sus labios esbozaban una sonrisa torcida.

Se detuvo frente a ella, se frotó la nuca y miró a su público, como si hubiera actuado sin pensar y en ese momento se avergonzara de haberlo hecho. Que fuese capaz de mostrarse tímido o cohibido con ese carisma que le salía por los ojos era asombroso. ¿Quién era esa criatura? ¿Cómo era posible que compartieran un vínculo?

—Hola —susurró él, acercándose más de lo que Melody esperaba, y ese movimiento los convirtió en cómplices. No era muy alto, tal vez no llegara al metro ochenta, y ella descubrió que así de cerca sus ojos le quedan justo a la altura de su barbilla. Una barbilla que parecía esculpida y que llevaba bien afeitada. ¡Uf, qué bien olía! Como una manta recién lavada a la que se le hubiera pegado un poco del olor del humo de la chimenea. Tal vez debería cambiar el olor fresco de su desodorante por algo un poco más maduro. Algo que oliera como las olas del mar—. Hola, Mel. ¿Puedo llamarte así?

Nadie había usado nunca un diminutivo de su nombre. Ni su madre, ni sus compañeros de clase, ni ninguna de las niñeras que había tenido a lo largo de los años. Un diminutivo era algo que debía adquirirse con el tiempo, después de conocer a una persona durante una larga temporada, pero Beat la había llamado «Mel» y le parecía lo más normal del mundo. Al fin y al cabo, sus nombres eran homólogos. Los convertían en una pareja, hubiese sido intencionado o no.

—Claro —susurró ella, que intentaba no mirarle la garganta. Ni olerlo—, llámame Mel. —¿Sería ese su primer flechazo? ¿Se suponía que ocurrían así de rápido? Por lo general, los miembros del otro sexo… la atraían poco. No le aceleraban el pulso como le sucedía con él. «Di algo más antes de que lo mates del aburrimiento»—. Has parado la lluvia —soltó.

Él levantó las cejas.

—¿Cómo?

«Me estoy derritiendo y el suelo va a absorberme».

—Cuando entraste, dejó de llover. —Chasqueó los dedos—. Como si la hubieras apagado con un interruptor.

Estaba segura de que Beat iba a encogerse de hombros y a buscar una excusa para irse cuando lo vio sonreír. Esa sonrisa torcida que le provocaba unas sensaciones tan raras.

—Debería haber caído en apagarla antes de andar dos manzanas bajo un aguacero. —Se rio y soltó el aire al mismo tiempo, sin dejar de observarla—. Es una locura, ¿verdad? Lo de conocernos por fin, me refiero.

—Sí. —La palabra le brotó directamente del pecho y, de forma bastante inesperada, sintió que empezaba a hinchársele—. Una locura total.

Él asintió despacio, sin apartarle los ojos de la cara.

Había oído hablar de gente como Beat.

Gente capaz de hacerte sentir como si fueras la única persona en una habitación. En el mundo. Siempre había creído en la existencia de esos seres míticos, pero ni en sus sueños más desquiciados había esperado recibir algún día toda la atención de uno. Era como bañarse en la luz del sol más brillante.

—Si las cosas hubieran sido diferentes con nuestras madres, seguramente habríamos crecido juntos —dijo él, con un brillo reluciente en sus ojos azules—. Incluso podríamos ser grandes amigos.

—¡Uf! —exclamó ella con una mirada segura—. No lo creo.

Eso hizo que la sonrisa de Beat se ensanchara.

—¿Ah, no?

—A ver, sin ánimo de ofender —se apresuró a decir ella—. Es que… tiendo a ser reservada, y tú pareces más…

—Extrovertido. —Se encogió de hombros—. Sí, lo soy. —Hizo un gesto con la mano para señalar el estudio y al equipo que seguía cautivado por el primer (y quizá único) encuentro entre Beat Dawkins y

Melody Gallard—. Podría pensarse que me gusta esto. Hablar, estar delante de la cámara. —Bajó la voz y susurró—: Pero siempre son las mismas preguntas. «¿Tú también cantas?», «¿Tu madre habla alguna vez de la separación del grupo?».

—«¿Volverán a reunirse alguna vez?» —añadió Melody.

—No —dijeron al mismo tiempo y se echaron a reír.

Beat se puso serio.

—A ver, espero no meter la pata, pero me he dado cuenta de cómo te trata la prensa rosa. En la red y fuera de ella. Es… diferente de cómo me tratan a mí. —Melody sintió que el fuego le subía por el cuello hasta quemarle las orejas. Por supuesto que Beat había visto las críticas vergonzosas que le hacían. Solían incluirlas en los artículos que escribían sobre él. El más reciente había reducido toda su existencia a la siguiente frase: «En el caso de Trina Gallard, su hija y ella son como un huevo y una castaña»—. Siempre me pregunto si te molesta. O si consigues pasar de esas chorradas.

—A ver, en fin… —Ella se rio, demasiado fuerte, y agitó una mano sin llegar a cerrar el puño—. No pasa nada. La gente espera que esos sitios de cotilleos sean sarcásticos. Solo hacen su trabajo.

Beat no dijo nada y se limitó a mirarla con el ceño un poco fruncido.

—Estoy mintiendo —susurró ella—. Sí que me molesta.

Esa cabeza perfecta se ladeó un poco.

—Vale. —Y asintió en silencio, como si hubiera tomado una decisión importante sobre algo—. Vale.

—Vale, ¿qué?

—Nada. —Esos ojos azules le recorrieron la cara—. Por cierto, no eres una castaña. Ni de lejos. —Entrecerró los ojos, pero no lo suficiente como para ocultar el brillo—. Más bien eres un melocotón.

Melody logró tragarse el suspiro emocionado que intentó escapársele.

—Es posible. Los melocotones tienen la piel muy fina.

—Sí, pero tienen un centro duro.

Algo crecía y crecía en su interior. Algo que no había sentido nunca. Una unión, un vínculo, una conexión. No encontraba una palabra para describirlo. Solo sabía que parecía casi cósmico o predestinado. Y en ese momento, por primera vez en su vida, se enfadó con su madre por su parte de la culpa en la disolución del grupo. ¿Podría haber conocido a ese chico antes? ¿Haberse sentido… comprendida antes?

Alguien con auriculares se acercó a Beat y le tocó un hombro.

—Nos gustaría empezar la entrevista si estás preparado.

Por increíble que pareciera, él seguía mirándola.

—Sí, claro.

¿Parecía decepcionado?

—Será mejor que yo también me vaya —dijo Melody al tiempo que le tendía la mano para que se la estrechara.

Beat le miró la mano unos segundos y luego la miró a la cara con los ojos entrecerrados (como diciendo, «no seas tonta») y tiró de ella para darle un gran abrazo. El Abrazo con mayúscula. El abrazo de su vida. De repente, sintió un calor muy agradable, sin sudor, que le llegó hasta la planta de los pies. Se mareó. No solo se le había concedido el honor de oler el cuello perfecto de ese chico, además él la estaba animando a que lo hiciera poniéndole la palma de la mano en la nuca. Le dio un apretón antes de acariciársela. Solo una vez. Pero fue la muestra de afecto más hermosa que había recibido en la vida y se le quedó grabada en el corazón.

—Oye —dijo mientras se apartaba con expresión seria y la agarraba por los hombros—, escúchame, Mel. Tú vives aquí en Nueva York, yo vivo en Los Ángeles. No sé cuándo volveré a verte, pero… Supongo que me parece importante, como si estuviera obligado a decírtelo… —Frunció el ceño por la incomodidad y ella supuso que era algo tan excepcional como un eclipse solar—. Lo que pasó entre nuestras madres no tiene nada que ver con nosotros. ¿Vale? Nada. Si alguna vez necesitas algo, o te hacen la misma pregunta cuarenta millones de veces y ya no puedes más, recuerda que lo entiendo. —Meneó la cabeza—. Tú y yo tenemos algo importante en común. Tenemos un…

—¿Vínculo? —sugirió ella sin aliento.

—¡Sí!

Le entraron ganas de echarse a llorar sobre él.

—Tenemos un vínculo —siguió Beat, que la besó en la frente con fuerza y tiró de ella para darle el segundo mejor abrazo de su vida—. Ya encontraré la manera de pasarte mi número, Melocotón. Si alguna vez necesitas algo, llámame, ¿vale?

—Vale —susurró ella, con el corazón y las hormonas enloquecidos. ¡Le había puesto un apodo! Lo rodeó con los brazos y lo estrechó con fuerza, dándose cinco segundos antes de obligarse a soltarlo y a retroceder—. Lo mismo digo. —Se esforzó por seguir respirando con normalidad—. Llámame si alguna vez necesitas a alguien que te entienda. —Y lo siguiente que dijo se le escapó—: Podemos fingir que siempre hemos sido grandes amigos.

Para su alivio, la sonrisa torcida volvió a aparecer.

—No sería tan difícil, Mel.

En algún lugar del plató sonó un timbre que rompió el hechizo. Todo el mundo se puso en movimiento a su alrededor. A Beat lo arrastraron en una dirección y a ella en otra. Pero su pulso siguió acelerado durante horas después del encuentro.

Fiel a su palabra, Beat encontró la manera de proporcionarle su número, a través de un asistente al final de la entrevista. Sin embargo, ella nunca tuvo el valor de usarlo. Ni siquiera en sus días más difíciles. Y él tampoco la llamó.

Ese fue el principio y el final de su relación de cuento de hadas con Beat Dawkins.

O eso pensaba ella.

1

1 de diciembre
En la actualidad

Beat estaba tiritando en la acera, delante del lugar donde iba a celebrarse su treinta cumpleaños.

O por lo menos suponía que le habían preparado una fiesta en el interior del restaurante. Sus amigos llevaban semanas haciéndose los misteriosos. Si pudiera mover las piernas, entraría y se haría el sorprendido. Abrazaría a cada uno de ellos por turno, como se merecían. Los invitaría a que le explicaran cada paso del proceso de planificación y los elogiaría por ser tan astutos. Sería el mejor amigo.

Y un falso de lo peor.

El teléfono le vibró de nuevo en la mano, y el estómago le dio tal vuelco que se vio obligado a hacer un gran esfuerzo para respirar. Una pareja se cruzó con él en la acera y lo miró con curiosidad. Él sonrió para tranquilizarlos, pero la sonrisa le pareció débil y la pareja apretó el paso para alejarse. Bajó la mirada hacia el móvil, consciente de que en la pantalla aparecería un número desconocido. Igual que la última vez. Y que la vez anterior.

Había pasado más de un año y medio desde la última vez que su chantajista se puso en contacto con él. Le dio a ese hombre la mayor suma de dinero hasta el momento para que se marchara y supuso que el acoso había llegado a su fin. Ya empezaba a sentirse normal de nuevo cuando esa misma tarde recibió el mensaje, de camino a su fiesta de cumpleaños.

«Beat, siento que tengo mucho que decir. Como si necesitara sacar algunas cosas que llevo dentro».

Era el mismo patrón que la última vez. El chantajista se ponía en contacto con él de repente, sin previo aviso, y enseguida se mostraba insistente. Sus exigencias eran como un bombardeo, como una sinfonía que empezara en mitad del *crescendo*. No dejaban espacio para negociar. Ni para razonar. Todo se resumía en darle a ese hombre lo que quería o en dejar que saliera a la luz un secreto que podría sacudir los cimientos en los que se sustentaba el mundo de su familia.

Casi nada.

Respiró hondo y caminó un trecho en dirección contraria al restaurante. Luego pulsó «Llamar» y se acercó el teléfono a la oreja.

Su chantajista contestó al primer tono.

—Hola de nuevo, Beat.

Sintió que le caía un hierro al rojo vivo en el estómago.

¿El hombre parecía más nervioso que en años anteriores?

¿Casi frenético?

—Quedamos en que esto se había acabado —dijo Beat, aferrando el móvil con fuerza—. Se suponía que no volvería a saber de ti.

Se oyó un suspiro áspero al otro lado de la línea.

—Lo malo de la verdad es que nunca desaparece.

Una especie de calma surrealista se apoderó de Beat al oír esas abominables palabras. Era uno de esos momentos en los que miraba a su alrededor y se preguntaba cómo era posible que la vida lo hubiera llevado a ese punto concreto. ¿Estaba siquiera ahí? ¿O en realidad se encontraba atrapado en un sueño sin fin? De repente, las familiares vistas de Greenwich Street, a solo unas manzanas de su oficina, parecían el decorado de una película. De las farolas colgaban luces navideñas en forma de cascabeles, cabezas de Papá Noel y hojas de acebo, y la ola de frío de principios de diciembre convertía su aliento en vaho helado frente a su cara.

Estaba en Tribeca, lo bastante cerca del distrito financiero como para ver a la gente compartiendo un cigarro a escondidas en la acera después de haber bebido demasiado, todavía con el traje de la oficina a las ocho de la tarde. Por la calzada pasaba un taxi muy despacio, moviéndose sobre el barro húmedo que había dejado la breve nevada de esa tarde, mientras por la ventanilla se escuchaba *Have a Holly Jolly Christmas.*

—Beat —la voz en su oído lo devolvió a la realidad—, voy a necesitar el doble que la última vez.

Las náuseas le subieron hasta la garganta, haciendo que todo le diera vueltas.

—No puedo. No tengo tanto dinero en efectivo y no pienso tocar el dinero de la fundación. Esto se tiene que acabar.

—Ya te he dicho…

—Que la verdad nunca desaparece. Te he oído.

Se hizo un silencio pesado.

—Beat, creo que no me gusta que me hables así. Tengo una historia que contar. Si no me pagas para que mantenga la boca cerrada, conseguiré lo que necesito en *20/20* o en la revista *People*. Una historia tan salaz les encantaría.

Y destruiría a sus padres.

La verdad destrozaría a su padre.

La excelente reputación de su madre saltaría por los aires.

La imagen pública de Octavia Dawkins caería en picado, y los treinta años de trabajo benéfico que llevaba a sus espaldas se irían al garete. La gente solo recordaría la historia.

La reprobable verdad.

—Ni se te ocurra. —Beat se masajeó el entrecejo, donde empezaba a sentir un dolor palpitante—. Mis padres no se lo merecen.

—¿Ah, sí? Bueno, yo tampoco merecía que me echaran del grupo. —El hombre resopló—. No hables de lo que no conoces, chico. Tú no estabas allí. ¿Vas a ayudarme o empiezo a hacer llamadas? ¿Sabes? La productora de un *reality show* se ha puesto en contacto conmigo dos veces. A lo mejor sería un buen lugar para empezar.

El aire de la noche se volvió más cortante en sus pulmones.

—¿Qué productora? ¿Cómo se llama?

¿Era la misma mujer que había estado llamándolo y mandándole mensajes de correo electrónico durante los últimos seis meses? ¿La que le ofrecía una obscena suma de dinero por participar en un *reality show* sobre la reunión de las Steel Birds? Ni siquiera se había molestado en responder, porque había recibido muchas ofertas similares a lo largo de los años. El deseo de los fans de que el grupo se reuniera no había disminuido en absoluto desde los años noventa y a esas alturas, después de que uno de sus éxitos se hubiera hecho viral décadas después de su lanzamiento, la petición había cobrado más fuerza que nunca.

—Danielle no sé qué —contestó su chantajista—. Da igual. Solo es una de mis opciones.

—Vale. —¿Cuánto le había ofrecido esa mujer? No recordaba la cantidad exacta. Solo que le había ofrecido mucho dinero. Una cantidad con seis ceros, creía recordar—. ¿Qué tengo que hacer para que esto termine de una vez por todas? —preguntó, sintiéndose como un disco rayado y pareciéndolo—. ¿Qué garantía tengo de que esta va a ser la última vez?

—Tendrás que confiar en mi palabra.

Beat meneó la cabeza.

—Necesito algo por escrito.

—Ni hablar. Mi palabra o nada. ¿Cuánto tiempo necesitas para reunir el dinero?

¡Joder! Aquello era real. Estaba pasando. ¡Otra vez!

El último año y medio solo había sido un respiro. Aunque en el fondo ya lo sabía, ¿verdad?

—Necesito un poco de tiempo. Hasta febrero, por lo menos.

—Tienes hasta Navidad.

Sintió la afilada caricia del pánico en el pecho.

—Falta menos de un mes.

Oyó una carcajada carente de humor al otro lado de la línea.

—Si eres capaz de hacer que la gente vea como una santa a esa egoísta que tienes por madre, puedes conseguirme ochocientos mil dólares para el veinticinco de diciembre.

—No, no puedo —lo contradijo Beat entre dientes—. Es imposible…

—Hazlo o hablo.

La llamada se cortó.

Beat miró el móvil en silencio durante varios segundos, intentando recuperar la compostura. Los mensajes de texto de sus amigos se amontonaban en la pantalla, preguntándole dónde estaba. Por qué llegaba tarde a cenar. Ya debería estar acostumbrado a fingir que todo era normal. Llevaba cinco años haciéndolo, desde la primera vez que el chantajista se puso en contacto con él. Sonreír. Escuchar atentamente. Mostrarse agradecido. Demostrar en todo momento lo agradecido que estaba por todo lo que tenía.

¿Cuánto tiempo más podría seguir haciéndolo?

Un par de minutos después entraba en una sala de fiestas completamente a oscuras.

Se encendieron las luces y vio un mar de caras sonrientes que gritaban:

—¡Sorpresa!

Y aunque tenía la piel tan fría como el hielo debajo del traje, se tambaleó hacia atrás con una sonrisa aturdida, riendo como todo el mundo esperaba que hiciese. Aceptó abrazos, palmadas en la espalda, apretones de manos y besos en las mejillas.

«No pasa nada».

«Lo tengo todo controlado».

Luchó contra el estrés que amenazaba con tragárselo e intentó apreciar todo lo bueno que lo rodeaba. La sala llena de gente que se había reunido en su honor. ¡Qué menos!, después de todo el esfuerzo que habían hecho. Una de las ventajas de haber nacido en diciembre eran los cumpleaños navideños, y sus amigos habían abusado de la temática a tope. De las vigas del techo colgaban centelleantes tiras de lucecitas blancas, envueltas en guirnaldas verdes naturales. Había multitud de jarrones con flores de Pascua. El aire olía a canela y pino, y en la chimenea del rincón más alejado rugía un chisporroteante fuego. Sus amigos, sus colegas y unos cuantos primos llevaban gorros de Papá Noel.

Era evidente que la Navidad no tenía rival a la hora de elegir temática para una fiesta, así que no podía quejarse. Era su festividad preferida desde que tenía uso de razón. La época del año en la que podía relajarse y pasarse todo el día en pijama sin más. En su casa, la

Navidad era en exclusiva para ellos tres, sin gente de fuera, así que no tenía que fingir. Podía limitarse a ser él mismo.

Uno de sus compañeros de la Universidad de Nueva York le hizo una llave de cabeza juguetona y él la soportó, a sabiendas de que lo hacía con buena intención. ¡Como todos los que estaban allí! Sus amigos no eran conscientes de la tensión a la que estaba sometido. Si lo supieran, seguramente intentarían ayudarlo. Pero no podía permitirlo. No podía permitir que ni una sola persona supiera la delicada razón por la que lo estaban chantajeando.

Ni quién estaba detrás.

Se dio cuenta de que a su alrededor todos se reían y se unió a ellos, fingiendo que había oído el chiste, aunque su cerebro no paraba de hacer cuentas a toda velocidad. Presentando y descartando soluciones. Ochocientos mil dólares. El doble de lo que le había pagado la última vez. ¿De dónde iba a sacarlo? ¿Y la próxima vez? ¿Se atrevería a pedirle un millón?

—No pensarías que íbamos a dejar pasar tu treinta cumpleaños sin hacer una dichosa celebración, ¿verdad? —dijo Vance, que le dio un codazo en las costillas—. Ya nos conoces.

—Pues claro. —De repente, se dio cuenta de que tenía una copa de champán en la mano—. ¿A qué hora llega el payaso para hacer animales con globos?

El grupo soltó un rugido incrédulo.

—Pero ¿cómo…?

—¡Ya te has cargado la sorpresa!

—Lo has dicho tú mismo —replicó al tiempo que levantaba la copa y sonreía hasta que se les pasó la indignación y volvieron a sonreír—: Os conozco.

«Aunque en el fondo no te conocen, ¿verdad?».

Su sonrisa flaqueó un poco, aunque disimuló bebiendo un sorbo de champán y luego dejó la copa vacía sobre la mesa más cercana y se fijó en los caramelos de menta esparcidos entre el confeti. Los trocitos de papel tenían forma de «B», la inicial de su nombre. La mesa de los refrescos estaba salpicada de fotos suyas en marcos de plástico. Una saltando desde un acantilado en Costa Rica. Otra era de la graduación en la escuela de negocios, con toga y birrete. Había una que le hicieron en un escenario presentando a su madre, la mundialmente famosa Octavia Dawkins, en una cena benéfica que organizó hacía poco tiempo para la fundación. En todas las fotos estaba sonriendo.

Era como mirar a un extraño. Ni siquiera conocía a ese tío.

Mientras saltaba del acantilado en Costa Rica estaba a punto de conseguir el dinero para pagarle por primera vez al chantajista. En aquel entonces eran sumas manejables. Cincuenta mil se reunían sin mucho esfuerzo. Sí, tenía que reorganizar sus inversiones y tal, pero nada que no pudiera manejar para evitar que el buen nombre de sus padres acabara enfangado.

Sin embargo, la cantidad que acaban de pedirle era demasiado alta para reunirla sin ayuda. En las cuentas de la fundación había dinero más que suficiente, pero los cerdos empezarían a volar antes de robarle a la organización benéfica que había fundado con su madre. Ni hablar. Ese dinero iba a causas nobles. Merecidas becas para estudiantes de artes escénicas que no podían permitirse los costes asociados a la formación, la educación y los gastos de manutención. Ese dinero no acabaría en manos de un chantajista.

¿De dónde iba a sacarlo?

Quizá una llamada rápida a su contable lo ayudaría a calmar los nervios. El año anterior invirtió en algunas empresas de nueva creación. ¿Y si retiraba esas inversiones? Seguro que había algo.

«No lo hay», le susurró una voz desde el fondo de la mente.

Se obligó a poner cara despreocupada, aunque sentía más frío que antes.

—Disculpadme un momento, tengo que hacer una llamada.

—¿A quién? —le preguntó Vance—. Todos tus conocidos están aquí.

Eso no era cierto.

Sus padres no estaban allí.

Sin embargo, su mente no pensó de inmediato en ellos. Y, la verdad, era ridículo que siguiera pensando en Melody Gallard catorce años después de haberla visto en una única ocasión. No obstante, seguía recordando aquella tarde con gran claridad. Su sonrisa, su forma de susurrar, como si no estuviera acostumbrada a hablar. La sensación de que era incapaz de mirarlo a los ojos y, de repente, de que no podía dejar de mirarlo. Como le pasó a él.

Había abrazado a miles de personas en su vida, pero ella era la única a la que todavía sentía entre sus brazos. Estaban destinados a ser amigos. Por desgracia, nunca llegó a llamarla y ella tampoco lo había hecho. Ya era demasiado tarde. De todas formas, en cuanto Vance dijo: «Todos tus conocidos están aquí», pensó en ella de inmediato.

Tenía la sensación de que conocía a Melody de verdad. Y ella no estaba allí.

Tal vez podría haber sido la persona que mejor lo conociera a esas alturas si hubiera mantenido el contacto con ella.

—A lo mejor necesita llamar a una mujer —canturreó alguien desde el otro extremo de la estancia—. Ya sabéis que a Beat le gusta mantener sus relaciones en privado.

—Cuando encuentre una mujer que pueda sobrevivir a mis amigos, os la presentaré.

—¡Venga ya!

—Nos comportaríamos a la perfección.

Beat levantó una ceja con escepticismo.

—No sabéis lo que es eso.

Alguien cogió un puñado de confeti y se lo arrojó a la cabeza. Se sacudió un trozo del hombro como si tal cosa, satisfecho por haber logrado desviar una vez más el interés por su vida amorosa. La mantenía en privado por una buena razón.

—Una llamada y vuelvo. No empecéis con los globos de animales sin mí. A ver si el artista es capaz de hacerme sentir que estoy solo. —Los miró con una sonrisa para que supieran que estaba bromeando—. Os agradezco en el alma que hayáis organizado esta fiesta para mí. De verdad. Es… lo mejor que un tío puede esperar de sus amigos.

El momento ñoño le valió un coro de abucheos y varios lanzamientos más de confeti, de manera que tuvo que agacharse y cubrirse para salir de la sala. Sin embargo, se le borró la sonrisa en cuanto estuvo fuera. Una vez en la acera, como antes, se quedó un minuto mirando el teléfono que tenía en la mano. Podría llamar a su contable, pero estaría malgastando el tiempo. Después de cinco años con ese chantajista chupándole la sangre como una sanguijuela, se había quedado seco. No le sobraban ochocientos mil dólares.

«¿Sabes? La productora de un *reality show* se ha puesto en contacto conmigo dos veces. A lo mejor sería un buen lugar para empezar». Recordó las palabras del chantajista. «Danielle no sé qué». También se había puesto en contacto con él. Si mal no recordaba, trabajaba para un medio bastante popular. Normalmente era su asistente quien se ocupaba de cualquier consulta relacionada con las Steel Birds, pero le pasó ese mensaje de correo electrónico al ver la abultada oferta y la influencia de la mujer.

En vez de llamar a su contable, buscó en la bandeja de entrada el nombre de Danielle, y encontró el mensaje de correo electrónico después de desplazarse un poco.

Estimado señor Dawkins:

Permítame presentarme. Soy su billete para convertirse en un nombre reconocido.

Desde que las Steel Birds se separaron en el 93, el público ha estado desesperado por ver una reunión de esas dos mujeres que, además de componer algunas de las baladas más queridas de la historia de la música, inspiraron un movimiento. Animaron a las chicas a salir a la calle, a buscar un micrófono y a expresar su descontento, sin importar a quién molestaran. Yo era una de esas niñas.

Sé que es un hombre ocupado, así que seré breve. Quiero darle al público la reunión con la que llevamos soñando desde el 93. Y qué mejor catalizador que los hijos de estas mujeres legendarias para hacerlo realidad. Mi mayor deseo es que usted, señor Dawkins, y Melody Gallard unan sus fuerzas para reunir de nuevo a sus madres.

Applause Network está dispuesta a ofrecerles un millón de dólares a cada uno.

Atentamente,
Danielle Doolin

Beat dejó caer el teléfono sobre un muslo. ¿En serio solo había ojeado por encima un mensaje tan apasionado? Ni siquiera llegó a la mitad la primera vez que lo vio. Eso era obvio, porque de lo contrario habría recordado la parte sobre Melody. Cada vez que alguien la mencionaba, era como si le dieran un fuerte puñetazo en el estómago.

Como acababa de pasarle en ese momento.

No le apetecía nada convertirse en un nombre reconocido. Nunca le había gustado y nunca le gustaría. Prefería trabajar entre bastidores en la fundación de su madre. A veces daba algún que otro discurso o entrevista en las redes sociales. Desde que *Sacude la jaula* se hizo viral, recibía montones de peticiones, pero prefería mantenerse alejado de los focos.

Sin embargo…

Un millón de dólares resolvería su problema.

Necesitaba resolverlo. ¡Rápido!

Y si aceptaba participar en el *reality show* (algo que todavía no tenía nada claro), antes tendría que hablar con Melody. Aunque hubieran crecido recibiendo la misma atención por ser hijos de famosos, el trato que les había dispensado la prensa era muy distinto. A él lo habían alabado como si fuera una especie de chico perfecto, mientras que en el caso de Melody habían criticado todos los detalles de sus atributos físicos a través de las cámaras de los *paparazzi*, a pesar de ser menor de edad. Él lo había visto desde la distancia, horrorizado.

Tanto era así que la primera y única vez que se vieron se descubrió invadido por un afán protector tan intenso que a esas alturas todavía no lo había abandonado.

¿Había alguna forma de evitar que Melody se convirtiera de nuevo en el centro de atención si intentaba reunir a las Steel Birds o se vería arrastrada por el mero hecho del vínculo que tenía con el grupo?

No lo sabía, la verdad. Pero no llegaría a ningún acuerdo a menos que Melody respaldara la idea de que agitara el avispero. Tendría que reunirse con ella. En persona. Ver su cara y estar seguro de que no tenía dudas.

Se le aceleró el pulso.

Habían pasado catorce años y había pensado en ella… demasiadas veces, algo extraño. Se preguntaba qué estaría haciendo, si habría visto el último especial de televisión sobre sus madres, si sería feliz. Eso último era lo que más lo atormentaba. ¿Melody era feliz? ¿Lo era él?

¿Sería todo diferente si la hubiera llamado sin más?

Buscó el número de su contable en los contactos, pero no llegó a llamarlo. En cambio, abrió de nuevo el mensaje de correo electrónico de Danielle Doolin y pulsó el número de móvil que aparecía en su firma, sin imaginar la magia que estaba poniendo en marcha.

2

8 de diciembre

Melody estaba en un extremo de la pista de petanca, con la bola roja de madera en la mano.

Ese lanzamiento decidiría si su equipo ganaba o perdía.

¿Cómo? ¿Cómo era posible que hubiera recaído sobre sus endebles hombros la responsabilidad de la muerte o la victoria? ¿Quién había supervisado la alineación esa noche? Ella era la jugadora más débil. Normalmente la enterraban en algún lugar del medio. Le latía tan fuerte el corazón que casi ni oía la banda sonora de *Elf* por los altavoces del bar y la voz angelical de Zooey Deschanel le parecía más bien la voz cascada de una bruja.

Su equipo se había colocado a ambos lados de la pista, con las manos juntas como si fuera el punto final para ganar Wimbledon o algo así, en vez de la liga de petanca. Había poco en juego, ¿no? Su jefa y mejor amiga, Savelina, le había asegurado que no se jugaban mucho. De lo contrario, ella no se habría unido al equipo para arriesgarse a una derrota. Estaría en casa, donde debería estar, viendo por la tele alguna competición de repostería navideña en Food Network con un pelele para adultos.

—¡Tú puedes, Mel! —gritó Savelina, y la acompañaron varios vítores y silbidos procedentes de sus compañeros de la librería.

Al principio de la temporada no los conocía muy bien, ya que trabajaba en el sótano restaurando libros juveniles y casi nunca levantaba la mirada de su labor. Pero gracias a esa casi insoportable liga de petanca, había llegado a conocerlos mucho mejor. ¡Le caían bien!

«¡Por favor, Señor, concédeme la habilidad suficiente para no defraudarlos!».

¡Ja! Si no arruinaba el momento, sería un milagro.

—¿Necesitas un tiempo muerto? —le preguntó su jefa.

—¿Por qué piensas eso? —gritó Melody—. ¿Me ves congelada por el miedo o algo?

Las risas aumentaron un poco su confianza, pero no mucho. Y en ese momento cometió el error de mirar hacia atrás por encima del hombro y descubrió que todos los presentes en el bar de Park Slope observaban el lanzamiento final conteniendo la respiración. Era el equivalente a mirar al suelo mientras se caminaba por la cuerda floja. Claro que ella nunca lo había probado. Lo más arriesgado que había hecho de un tiempo a esa parte era comprarse unos pendientes de aro. ¡Unos aros!

En ese momento, respiraba tan fuerte que se le estaban empañando las gafas.

¿Estarían mirándole el culo?

Seguro. Ella le miraba el culo a todo el mundo, aunque intentara contenerse. ¿Por qué no iban a hacerlo los demás? ¿Pensarían que su falda plisada hasta el suelo era una elección extraña para jugar a la petanca? Porque lo era.

—¡Mel! —Savelina señaló la pista con la jarra de cerveza—. Nos vamos a quedar sin tiempo. Solo tienes que acercar la bola lo más posible al boliche. Pan comido.

Para Savelina era fácil decirlo. Tenía una librería y vestía como una artista bohemia drogada. Usaba sandalias de gladiador y tenía una marca favorita de té *oolong*. Por supuesto, pensaba que jugar a la petanca era sencillo.

El público empezó a animarla, algo que le resultó muy agradable. Los habitantes de Brooklyn tenían mala fama, pero en realidad eran bastante amables siempre y cuando se les ofrecieran descuentos en las bebidas y los desconocidos piropearan a sus perros.

—¡Vale! Vale, ya voy.

Melody respiró hondo y lanzó la bola roja de madera por la pista de arena compactada. Se detuvo en la posición más alejada posible del boliche. No se acercó ni por asomo.

Sus rivales aplaudieron y chocaron sus jarras de cerveza, mientras los clientes del bar, que era la sede del equipo local, suspiraban decepcionados. Seguramente habían pensado que tenían delante la típica historia de la desgraciada que de repente se convertía en heroína, pero no. Con ella como protagonista, eso era imposible.

Savelina se acercó mirándola con compasión y le dio un apretón en un hombro con una de sus elegantes manos.

—Ya ganaremos la próxima vez.

—No hemos ganado una sola partida en toda la temporada.

—La victoria no siempre es lo importante —replicó su jefa—. Lo importante es intentarlo.

—Gracias, mamá.

Los prietos rizos castaños de Savelina se agitaron con sus carcajadas.

—Dentro de dos semanas jugaremos la última partida de la temporada, y tengo un buen presentimiento. Llegaremos a Navidad frescos gracias a la victoria y tú formarás parte de ella.

Mel no ocultó su escepticismo.

—A ver si te lo aclaro —siguió Savelina—. Tienes que participar sí o sí. Te necesitamos en el equipo para poder jugar. No tendrás pensado irte antes de tiempo para visitar a la familia o algo así, ¿verdad?

Como experta en restauración de libros raros, su horario de trabajo era flexible. Podía llevarse un proyecto a casa si era necesario, y su presencia en la tienda dependía en gran medida de si había o no un libro que requiriera un cuidado especial.

—¡Uf, no! —Se obligó a sonreír, aunque sintió una heridita en el corazón—. No, no tengo ningún plan. Mi madre es… En fin. Está ocupada con sus cosas. Y yo con las mías. Pero la veré en febrero, el día de mi cumpleaños —se apresuró a añadir.

—Exacto. Siempre viene a Nueva York para tu cumpleaños.

—Sí.

Mel esbozó una sonrisa tensa y asintió con la cabeza, algo que siempre hacía cuando la conversación giraba en torno a su madre. Ni las personas mejor intencionadas podían evitar sentir una abierta curiosidad por Trina Gallard. Al fin y al cabo, era un icono internacional. Savelina se esforzaba más que los demás a la hora de no invadir su intimidad, pero no podía disimular del todo la curiosidad que despertaba en ella la antigua estrella del *rock.* Y Mel lo entendía. De verdad que sí.

Sin embargo, no conocía a su madre tan bien como para poder ofrecerle información a la gente.

Esa era la triste verdad. Trina bombardeaba de amor a su hija una vez al año y solo una vez al año. Como, por ejemplo, la noche que la llevó a un concierto en el Garden aunque todas las entradas estaban agotadas y acabó con resaca, y le compró aquella ropa carísima que nunca volvió a ponerse.

Era evidente que Savelina estaba perdiendo la batalla contra la necesidad de hacerle preguntas más profundas sobre Trina, seguramente porque era el final de la noche y se había tomado seis cervezas. Así que Mel cogió su abrigo verde del taburete más cercano donde lo había dejado, se lo puso sobre los hombros y buscó una excusa para irse.

—Voy a pagar mi cuenta en la barra. —Se inclinó y se despidió de su jefa con un rápido beso en una mejilla morena, que brillaba gracias a la experta aplicación del iluminador—. ¿Nos vemos entre semana?

—¡Sí! —exclamó Savelina demasiado rápido, ocultando su evidente decepción—. Nos vemos.

Mel se debatió un momento con la posibilidad de ofrecerle a su amiga algo, cualquier cosa. Aunque fuese la marca de cereales favorita de Trina (Lucky Charms), pero fue incapaz de darle la información. Siempre le pasaba lo mismo. Cualquier tipo de detalle sobre su madre que pudiera ofrecer le parecía falso, porque siempre tenía la sensación de que era una desconocida para ella.

—Vale. —Asintió con la cabeza, se dio media vuelta y echó a andar hacia la barra sorteando a los juerguistas del viernes por la noche y disculpándose con algunos clientes que habían presenciado su anticlimática historia de perdedora. Antes de llegar a la barra, se aseguró de que Savelina no la estuviera mirando y puso rumbo a la salida, porque en realidad no tenía que pagar nada. Los clientes que la reconocieron como la hija de Trina Gallard se habían pasado toda la noche pagándole las copas. Había bebido tantos Shirley Temple que iba a estar orinando granadina una semana entera.

El aire frío del invierno le heló las mejillas en cuanto salió a la acera.

La alegre música navideña y las enérgicas conversaciones quedaron amortiguadas en cuanto se cerró la puerta. ¿Por qué siempre le sentaba tan bien irse de un sitio?

La culpa le roía las entrañas. ¿No quería tener amigos? ¿Qué persona no quería tenerlos?

¿Por qué se sentía sola tanto si estaba con gente como si no?

Se dio media vuelta y miró hacia el interior a través del cristal helado de la ventana, observando a los clientes, a los alegres juerguistas, a los parroquianos silenciosos que se sentaban en los rincones oscuros. Había muchos tipos de personas, y todos parecían tener algo en común. Disfrutaban de la compañía. No parecían estar aguantando la respiración hasta que llegara el momento de poder marcharse. No parecían fingir que estaban cómodos cuando, en realidad, se sentían estresados por cada palabra que salía de su boca y por su aspecto, por si le gustaban o no a la gente. Y si lo hacían, ¿se debía a su condición de tener una madre famosa y no a su personalidad real? ¿Se debía a quién era ella?

Se alejó de la animada escena con un nudo en la garganta y empezó a subir la cuesta de Union Street en dirección a su piso. Sin embargo, antes de dar dos pasos, apareció una mujer varios metros por delante de ella, y eso la detuvo en seco. La desconocida era tan llamativa y tenía una sonrisa tan segura que era imposible avanzar sin mirarla. Su melena rubia oscura le caía en ondas perfectas hasta los hombros, cubiertos por un abrigo que parecía carísimo y que estaba adornado por una serie de cadenitas doradas que daba la impresión de que no tenían otro propósito que no fuera meramente decorativo. En pocas palabras, estaba radiante y era raro que estuviera allí plantada, delante de un bar de barrio.

—¿Señorita Gallard?

¿La mujer sabía su nombre? ¿La había estado acechando? No era del todo sorprendente, pero hacía mucho tiempo que no se topaba con semejante descaro por parte de una periodista.

—Lo siento —dijo Melody, que apretó el paso para dejarla atrás—. No voy a responder a ninguna pregunta sobre mi madre...

—Soy Danielle Doolin. ¿Recuerda que le envié algunos mensajes de correo electrónico a principios de año? Soy productora de Applause Network.

Melody siguió caminando.

—Recibo muchos mensajes.

—Sí, no lo dudo —dijo Danielle, que se colocó a su lado. Le seguía el paso, y eso que llevaba tacones de diez centímetros, un calzado que contrastaba con sus botines planos—. El público está muy interesado en usted y en su familia.

—Si se fija, se dará cuenta de que eso no ha sido elección mía.

—Efectivamente. Beat Dawkins dijo lo mismo durante la breve llamada telefónica que hemos mantenido.

Los pies de Melody dejaron de funcionar. El aire de sus pulmones se evaporó y no tuvo más remedio que aminorar el paso hasta detenerse en medio de la acera. Beat Dawkins. Oía ese nombre en sueños, lo cual era una absoluta ridiculez. Que siguiera fascinada por ese hombre cuando hacía catorce años que no coincidían en la misma habitación le ponía los pelos como escarpias..., claro que eso era lo único de Beat que no le gustaba. El resto de sus reacciones se describían mejor como pérdida de aliento, ensoñaciones, imaginaciones caprichosas y... sexuales.

A lo largo de sus treinta años de vida nunca había experimentado una atracción como la que sintió por Beat Dawkins a los dieciséis, cuando estuvo apenas cinco minutos en su presencia. Desde entonces, sus hormonas solo podían definirse como perezosas. Flotaban en una colchoneta de piscina con un mai tai en la mano en vez de competir en un triatlón. Sus hormonas eran como unas mallas deportivas. No estaban mal, y desde luego que eran hormonas y funcionaban, pero no como para pasearse con ellas por una pasarela. Su falta de aspiraciones románticas era otra de las razones por la que se sentía desmotivada para salir y mantener contacto humano. Para sumergirse en grandes multitudes sociales donde alguien podría demostrar interés en ella.

Haría falta algo especial para soltar la copa de mai tai y bajarse de la colchoneta, y hasta ese momento nadie le había parecido… excitante. Pero ¿un recuerdo de catorce años? ¡Ay, madre! Tenía el poder de subirle la temperatura. O por lo menos lo había hecho alguna vez. El recuerdo de su único encuentro con Beat se estaba volviendo borroso. Estaba desapareciendo, y eso la angustiaba.

—Bueno —dijo Danielle, que la miraba con evidente interés—. Está claro que su nombre le ha llamado la atención, ¿no?

Melody intentó no balbucear, pero fracasó, porque sentía la lengua tan inútil como los pies.

—Lo siento, tendrá que refrescarme la memoria. Los mensajes de correo electrónico que me envió… ¿sobre qué eran?

—Sobre una reunión de las Steel Birds.

Se le escapó una carcajada y su aliento flotó en el aire, condensado en una nubecilla blanca.

—Un momento. ¿Ha llamado a Beat para hablar de esto? —Desconcertada, meneó la cabeza—. Que yo sepa, ambos hemos sido siempre de la opinión de que es algo imposible. Vamos, tanto como una nueva gira de Elvis.

Danielle encogió un elegante hombro y lo dejó caer.

—Cosas más raras se han visto. Hasta los Pink Floyd dejaron de lado sus diferencias en 2005 para el Live 8, y nadie creía que fuera factible. Ha pasado mucho tiempo desde que las Steel Birds se separaron. Los corazones se ablandan. La edad le da una nueva perspectiva a las cosas. Es posible que Beat no vea tan imposible una reunión después de todo.

Que el corazón le latiera con tanta fuerza en el pecho era humillante.

—¿Eso… eso ha dicho?

Danielle hizo una mueca, inflando un carrillo.

—No es que lo haya dicho. Pero el hecho de que se pusiera en contacto conmigo por lo de la reunión es bastante elocuente, ¿no?

Era extraño sentirse un poco traicionada porque él hubiera cambiado de opinión sin consultarle. Claro que ¿por qué iba a hacerlo? No le debía nada. Ni una llamada ni nada.

—¡Vaya! —exclamó y luego carraspeó—. Me ha pillado desprevenida.

—Lo siento. Es muy difícil ponerse en contacto con usted. Tuve que indagar bastante para saber dónde trabajaba. Luego vi una foto de su equipo de petanca en el Instagram de la librería. Menos mal que existen las etiquetas de ubicación. —Danielle levantó una mano enguantada y señaló con un gesto enérgico la zona general—. Le aseguro que no me habría aventurado en Brooklyn con seis grados bajo cero sin tener sobre la mesa un proyecto viable. Un proyecto que, si se hace como es debido, podría ser un fenómeno cultural. Y se haría como es debido, porque yo supervisaría en persona la producción.

¿Qué se sentiría tener semejante confianza en una misma?

—Me da miedo preguntar lo que implica este proyecto.

—Por eso no voy a decírselo hasta que estemos en mi agradable y cálido despacho, con un café expreso y un surtido de *beignets* delante.

Su estómago gruñó de mala gana.

—*Beignets*, ¿no?

—También despertaron el interés de Beat.

—¿Ah, sí? —Melody fue consciente de su tono jadeante, y eso le dio una pista de lo que estaba pasando. De la táctica que estaba empleando esa mujer—. Sigue mencionándolo a propósito.

Danielle la miró a la cara fijamente.

—Parece ser mi mejor argumento para vender la idea. Supongo que incluso más que el dinero que la cadena está dispuesta a pagar —murmuró—. Si no hubiera mencionado su nombre, ni siquiera habría dejado de andar. Algo sorprendente, ya que no han mantenido ningún tipo de contacto. Según él.

—Es cierto, sí —se apresuró a soltar Melody, con la cara y el cuello ardiendo—. No puede decirse que nos conozcamos.

Y esa era la pura verdad.

Habían pasado catorce años.

Sin embargo..., Beat era una buena persona. Se lo había demostrado, y era imposible que hubiera cambiado de forma tan drástica. El tipo de carácter que se requería para hacer lo que él había hecho...

Más o menos un mes después de conocerse en aquel húmedo estudio de televisión, ella cruzó las puertas de su colegio privado de Manhattan, esperando ir sola a clase, como de costumbre. Sin embargo, aquella mañana se encontró rodeada de chicas que no paraban de hablar y de preguntarle si había visto a Beat Dawkins en TMZ.

Dado que evitaba ese programa como la peste, negó con la cabeza. Ellas le dijeron que Beat la había mencionado durante la emboscada que le habían tendido unos *paparazzi* y que a lo mejor quería ver las imágenes. No supo cómo consiguió superar la primera hora de clase sin explotar, pero lo logró. Luego corrió al baño y abrió el vídeo en su móvil. Allí estaba Beat, con una bolsa de la compra en la mano y la visera de una gorra de los Dodgers ocultándole la cara mientras lo perseguía un cámara.

Por regla general, era de los que se detenían y aguantaban sus ridículas preguntas con una sonrisa deslumbrante. Pero esa vez no lo hizo. Se detuvo de repente en la acera y, pese a todos los años transcurridos, ella todavía recordaba lo que dijo, palabra por palabra.

«A partir de ahora no hablaré más. No conseguiréis más declaraciones mías. No hasta que tú y todos los medios similares dejéis de usar a las chicas para conseguir visitas. Sobre todo a mi amiga Melody Gallard. A mí me halagáis por cualquier cosa y a ella la criticáis sin piedad. Os podéis ir todos a la mierda. No pienso hablar más».

Aquel día, no salió del baño hasta la tercera hora. El asombro y la gratitud la dejaron congelada. Porque alguien se había puesto de su parte. La había defendido. El vídeo se compartió en todas las redes sociales. Durante semanas. Puso sobre la mesa el trato que la prensa rosa les daba a las adolescentes.

Por supuesto, no dejaron de portarse mal con ella de la noche a la mañana. Pero hubo un cambio lento. Gradual. Los titulares crueles empezaron a recibir críticas. Empezaron a censurarse.

Y, por asombroso que pareciera, su experiencia con la prensa mejoró.

Estaba tan perdida en el recuerdo que tardó un momento en darse cuenta de la sonrisa que aleteaba en las comisuras de los brillantes labios de Danielle.

—He quedado con él en mi despacho el lunes por la mañana para una reunión. He venido hasta aquí para invitarla a usted también. —Hizo una pausa, como si estuviera eligiendo con cuidado sus siguientes palabras—. Beat no aceptará el proyecto de la reunión a menos que usted esté de acuerdo. Su condición es que usted lo apruebe.

Que las palabras de Danielle la dejaran extasiada era horrible, la verdad. Patético en muchos sentidos.

Beat Dawkins estaba a millones de años luz de ella. No solo era guapo a rabiar, sino que irradiaba personalidad. Se hacía con la atención de salas enteras llenas de gente cuando daba discursos para la fundación de su madre. Había visto sus fotos en Instagram de vez en cuando. Su vida parecía una aventura continua, rodeado de amigos tan estilosos como él. Era querido, deseado y... perfecto.

Beat Dawkins era la personificación de la perfección.

Y la había tenido en cuenta.

Había pensado en ella.

La idea del reencuentro de las Steel Birds era irrealizable (los sentimientos de traición entre sus madres eran más profundos que el océano Atlántico), pero que Beat le hubiera dicho su nombre a esa mujer básicamente le garantizaba otros catorce años de enamoramiento. «Das muchísima pena, en serio».

—Ha mencionado el dinero —dijo Melody con indiferencia, más que nada para que no pareciera que todo su interés estaba relacionado con Beat—. ¿Cuánto? Solo por curiosidad.

—Se lo diré en la reunión —contestó la mujer con una sonrisa socarrona—. Es mucho, Melody. Hasta para la hija de una famosa estrella de *rock*.

Mucho dinero. Incluso para ella.

Pese al nerviosismo que la invadía, no pudo evitar preguntarse... ¿sería suficiente para conseguir la independencia económica? Había nacido en la comodidad. Una bonita casa adosada, niñeras maravillosas, cualquier capricho que se le antojara, que principalmente habían sido libros y productos para combatir el acné. Sin embargo, el amor y la atención de su madre seguían estando fuera de su alcance. Siempre había sido así, y empezaba a parecer que siempre lo sería.

Su piso estaba pagado en su totalidad. Contaba con una asignación anual. Sin embargo, de un tiempo a esa parte no le parecía bien aceptar la generosidad de su madre. No le parecía correcto. No cuando carecían de la sana relación madre-hija que ella aceptaría con gusto en su lugar.

¿Podría ser esa la oportunidad de valerse por sí misma?

No. ¿Facilitar una reunión del grupo? Tenía que haber una manera más fácil.

—Al menos, asista a la reunión —insistió Danielle, sonriendo como el gato que acababa de comerse al canario.

Había caído en la trampa que le había tendido y lo sabía.

Estar de nuevo en la misma habitación que Beat Dawkins…

No era lo bastante fuerte como para dejar pasar esa oportunidad.

Movió un poco los pies e intentó no parecer demasiado ansiosa.

—¿A qué hora?

3

11 de diciembre

Cuando Melody Gallard entró en el despacho, Beat recordó por qué nunca había llamado. La sensación que lo invadió fue tan abrumadora que se levantó al verla sin pensarlo y se abrochó a toda prisa la chaqueta del traje. ¡Guau! Siempre se había preguntado si la memoria le estaba jugando malas pasadas, pero no. A los treinta seguía albergando en su interior el mismo impulso de protegerla que sintió con dieciséis.

Tragó saliva y se ordenó centrarse, aunque consiguió mirar unos segundos a esa chica que había crecido más o menos en las mismas condiciones que él. La habían acosado, la habían cosido a preguntas, había vivido con el peso sobre los hombros de unas expectativas imposibles. A diferencia de él, la habían despreciado por no ser lo que la prensa consideraba perfecta. ¡Durante la adolescencia! Todavía recordaba aquella vez que compartieron como seis mil veces en Twitter una foto de Melody lidiando con un brote de acné. Una injusticia brutal.

Si la prensa se enterase de lo que él hacía por las noches... Debería agradecerle a su buena suerte que el chantajista tampoco lo supiera, porque de lo contrario nunca se lo quitaría de encima.

Qué curioso que el peso que suponía para él la amenaza que pendía sobre su familia pareciera tan liviano en ese momento. Al igual que pasó catorce años antes, algo hizo clic en cuanto Melody y él empezaron a respirar el mismo aire. Esa red invisible que los envolvía daba casi miedo, porque los arrastraba a su propio mundo, uno que nadie más entendería.

Era guapísima. Lo era catorce años atrás y seguía siéndolo, aunque con un toque más sutil y elegante. Pero ocultaba bien su belleza. Bajo una falda de lana, un jersey enorme y unas gafas de montura gruesa. Si la desnudaba, si le soltaba el moño en el que llevaba recogida la larga melena rubia oscura, estaría tan buena que los hombres la verían a cien metros de distancia.

Se dio cuenta de que agradecía la ropa holgada. ¿Por qué?

Ni que él fuera a quitársela, o pudiera hacerlo. No, tenía ciertos... gustos que hacían que mantuviera su vida sexual en el plano más íntimo. Los satisfacía a puerta cerrada con personas que consentían plenamente y luego volvía a la realidad. Las dos caras de su vida nunca se mezclaban. Por deferencia a la fama de su madre, lo habían educado para ser reservadísimo, y sus experiencias vitales habían reforzado aún más lo importante que era confiar en sí mismo... y en nadie más.

En resumen, que la ropa de Melody y cómo le sentaba no eran asunto suyo. La había hecho ir a ese lugar para preguntarle formalmente si podía abrir la caja de Pandora. Aunque todavía no tenía todos los detalles, la posibilidad de que un *reality* pudiera afectarle de forma negativa lo inquietaba lo bastante como para que no hubiera pegado ojo la noche anterior. A eso de las tres, se dio por vencido y se fue al gimnasio.

En ese momento, hasta sentía el impulso de llevarla al ascensor, disculparse profusamente y despacharla. Mandarla de vuelta a Brooklyn, donde llevaba una vida normal, lo más alejada posible de los focos teniendo en cuenta sus apellidos.

Sin embargo y de todos modos, podría arrastrarla de forma indirecta a algo que desde luego ella quería evitar. Ser el centro de atención. Porque por más vueltas que le diera a la situación y pese a todos los enfoques que usara, no se le ocurría de qué manera podía mantener la reunión con Applause Network y Danielle sin que surgiera el nombre de Melody en algún momento.

Era imposible, punto.

—Mel —dijo con voz grave y con una sonrisa que le parecía falsa.

—Hola —replicó ella, casi susurrando.

No había planeado abrazarla, pero en cuanto esa única y ronca palabra salió de su boca, tuvo que cruzar el despacho y rodearla con los brazos. Entornó los párpados sin querer porque encajaba contra su cuerpo tan bien como recordaba. Como si siempre hubiera estado ahí. Una desafortunada mejor amiga.

Melody soltó su enorme bolso en el suelo y le devolvió el abrazo, y eso hizo que se sintiera más importante que cualquier nota de prensa o fiesta de cumpleaños en su honor. Fue instantáneo. De verdad. ¿Cómo podía echarla tanto de menos cuando su relación había sido inexistente? No tenía sentido, pero así era. Su reacción hacia ella a los dieciséis tampoco tuvo mucho sentido. Sucedió sin más.

—Gracias por venir —le dijo contra el pelo. Olía a galletas de jengibre y a viento.

—De nada. —Su guasona respuesta quedo amortiguada contra su hombro—. Alguien tenía que intentar convencerte de que no lo hagas.

Él esbozó una sonrisa más auténtica. Le dio un apretón. Solo un poquito más.

—Señorita Gallard... Melody —dijo Danielle en voz baja desde detrás de la mesa, que había decidido tutearla—, me alegro mucho de que hayas podido venir. Espero que el trayecto en metro hasta aquí no te haya supuesto muchas molestias siendo lunes por la mañana.

—Bueno..., no ha estado mal, teniendo en cuenta todas las sustancias misteriosas. —Se separó despacio de Beat y pareció darse cuenta de que había soltado el bolso, porque se ruborizó un poco mientras se agachaba para recogerlo—. No sería un trayecto neoyorquino sin al menos una sustancia sin identificar congelándose en el asiento de al lado.

Danielle se echó a reír y señaló las sillas contiguas que había frente a su mesa.

—Toda la razón del mundo. Por favor, sentaos.

Beat apartó la silla para que Melody se sentara e intentó por todos los medios no aspirar su aroma mientras lo hacía. También se obligó a plantarse a medio metro de ella. Para darse un poco de tiempo y recuperarse del abrazo al tiempo que contenía el extraño impulso de tocarla de alguna manera.

Cuando se sentaron, siguieron mirándose unos segundos, como si fueran las dos únicas personas de la estancia, y empezó a preguntarse si volver a verla era una idea incluso peor de lo que había pensado en un principio. ¿Por qué le gustaba tanto? ¿Qué tenía ella que lo hacía sentirse normal casi de inmediato?

Se obligó a apartar los ojos de ella. Le costó mucho centrarse en Danielle, pero en cuanto lo hizo, no se le escapó la mirada perspicaz de la productora. Que estaba encantada con lo que había presenciado. ¿Por qué? ¿Pensaba que su relación distante, pero potente con Melody sería un enfoque entretenido para el programa? Porque Melody no se iba a involucrar. No directamente. No pensaba permitir que eso pasara, sobre todo porque tenía un motivo oculto.

Ganar dinero suficiente para pagarle a su chantajista.

—En fin, en primer lugar, ¡guau! Lo he conseguido. Os tengo a los dos juntos en una habitación y eso es una victoria en sí misma —empezó Danielle, dando una palmada—. Pero me voy por las ramas. Ambos sois personas muy ocupadas y no voy a haceros perder el tiempo. De hecho, no tenemos tiempo. Applause Network quiere reunir a las Steel Birds y que el público lo vea en directo. Si vamos a hacerlo, tenemos que hacerlo ya. —Señaló a Beat—. Cuando hablamos por teléfono, Beat dejó claro que se ofrece voluntariamente como tributo. Será el único que participe en el proyecto. —Centró toda su atención en Melody—. Sin embargo, debido a tu proximidad con el grupo, no lo hará sin tu consentimiento, Melody. —Juntó las manos sobre la mesa—. Por desgracia, como vamos tan cortos de tiempo, si vas a dar tu aprobación, tiene que ser hoy.

A Beat se le aceleró el pulso.

—Primero necesitamos más detalles.

Danielle asintió con la cabeza.

—Básicamente, tenemos que salir a la palestra mientras la patata siga caliente —siguió la productora, mirándolos a ambos en ese momento—. *Sacude la jaula* vuelve a ser número uno en la lista Billboard. ¡Treinta años después de su lanzamiento! El *hashtag*

#QueVuelvanLasSteelBirds lleva entre las tendencias varias semanas en diferentes plataformas de redes sociales. La nueva generación exige la vuelta de un grupo que ya ni existía cuando nacieron. Nunca he visto nada igual. Si alguna vez hubo un momento para plantearse reunir de nuevo a Octavia y a Trina es ahora, con un montón de dinero sobre la mesa y suficiente demanda para una posible gira.

Se hizo un profundo silencio en el despacho. Beat sentía que el corazón le atronaba los oídos.

—Me prometieron *beignets* —dijo Melody.

Beat soltó una carcajada. Se le escapó como un cañonazo, fue inesperada y... real. ¿Cuándo fue la última vez que se rio de verdad y no porque eso era lo que se esperaba de él?

Melody le sonrió.

—A ver, es verdad.

—Cierto —replicó Danielle, con evidente sorna. Cogió el teléfono y pulsó un botón para hablar un momento con el asistente al otro lado y después colgar—. Perdóname.

—Me lo pensaré —bromeó Melody mientras cruzaba las piernas a la altura de los tobillos, y Beat se esforzaba al máximo para no fijarse en cómo se le tensaron las pantorrillas. Y en el hecho de que le cabían en la palma de la mano. «Deja de mirar, tío»—. En fin..., ¿lo que le estás pidiendo a Beat es que se reúna con nuestras madres con una cámara delante para intentar convencerlas de que el grupo se reúna de nuevo? ¿Quieres grabar el proceso solo por la remota posibilidad de que salga bien? ¿Nada más?

Danielle ladeó la cabeza.

—Si la cosa fuera tan sencilla, no quedaría bien en la tele.

—¡Uf! —exclamó Melody.

Beat se sintió dividido por las ganas de reírse de nuevo y por la necesidad de ponerle fin a la reunión, porque cuanta más información revelaba Danielle, más intrusiva parecía toda esa idea.

Sin embargo, ¿podía dejar pasar la oportunidad de embolsarse un millón de dólares? Si no conseguía el dinero para pagar el chantaje, sus padres se convertirían en pasto de internet. En el hazmerreír del mundo entero. Si se le presentaba la forma de evitarlo, debía hacer todo lo que estuviera en su mano. ¿Verdad? Le habían dado una vida de privilegios, no había tenido que mover un dedo. Era lo menos que podía hacer.

—Mel —se volvió en la silla para mirarla, conteniendo otra vez las ganas de cogerla de la mano—, ¿leíste el mensaje de correo electrónico de Danielle?

Ella negó con la cabeza, mirándolo a él y luego a la productora.

—Estoy bastante segura de que lo borré.

Beat murmuró:

—Applause Network nos ha pasado una oferta de seis ceros para hacerlo.

—¿Seis? —dijo ella con un hilo de voz—. ¿Los que tiene un millón?

—Sí. Justo un millón.

—No quiero interrumpir —terció Danielle con una tosecilla—, pero el millón depende de que las Steel Birds se reúnan.

Beat ya se lo imaginaba. De hecho, le había dado instrucciones a su contable para que empezara a formular un plan B en el caso muy probable de que el proyecto de la productora fuera inviable. Parecía que un préstamo era su única opción además de ganar el millón de dólares, pero, ¡uf!, pedirle prestado tanto dinero al banco no le hacía gracia. Le revolvía el estómago. Sin embargo, mirar a Melody lo ayudaba a calmar esa sensación, así que mantuvo la mirada clavada en ella.

—Nunca te metería en esto a propósito. Les pediría que hicieran todo lo posible por mantener tu privacidad, pero si el programa tiene éxito, es muy probable que acabes recibiendo atención.

—El plan es reunirlas en Nochebuena. —Danielle señaló con el pulgar por encima del hombro—. Aquí mismo, en el Rockefeller Center, durante el espectáculo navideño anual.

Melody estaba muy quieta.

—¿Mel? —Presa del pánico por su repentino y gélido silencio, Beat le puso una mano en un hombro y le dio un apretón—. ¿Estás bien?

—Sí. Es que… ¿tan pronto? ¿*Esta* Nochebuena? Es decir, ¿dentro de dos semanas? Y si la reunión tiene lugar, Beat gana un millón de dólares.

—Así es —confirmó Danielle en voz baja, mirándola con los ojos entrecerrados y una expresión que hizo que a Beat le entraran ganas de sentarse a Mel en el regazo—. Para que quede claro, si el grupo se reúne, Applause Network será la dueña de los derechos de las imágenes de la reunión y recuperará sin problemas el dinero que se lleva Beat. De lo contrario, no. Participar en el proyecto hará que Beat gane un buen sueldo, pero sin que ellas aparezcan en el programa de Nochebuena no se acercará ni mucho menos a los seis ceros. Más bien a los cuatro.

—Ahí, sin meter presión —murmuró Mel.

Beat esbozó una sonrisilla torcida sin querer.

Tras un largo silencio, Danielle se inclinó hacia delante.

—Como he dicho, tenemos que hacerlo mientras estén en el candelero. Podríamos esperar hasta el año que viene, cuando ya no tengan un éxito viral y la fascinación del público haya disminuido. —Pasó a clavar la mirada en Beat, que tuvo la repentina sensación de que Danielle se había callado lo más jugoso—. O podemos lanzarnos a la piscina con una nueva forma de entretenimiento que me tiene loca. Un *reality show* en directo. Sin editar, sin filtrar. Retransmitido en *streaming* desde las cuentas de las redes sociales de la cadena, de doce a quince horas al día. También dedicaríamos varios espacios de una hora a lo largo de nuestra programación televisiva convencional a *Encerrona a las madres*. Ese es el título provisional. —Hizo una pausa para sonreír—. Mi objetivo sería retransmitir este viaje a todos los hogares del mundo. En directo.

Beat sentía el estómago más o menos a la altura de los zapatos. Se lo tendría que haber olido. ¿Cuántas veces había aceptado participar en un especial musical sobre su madre para que los productores se metieran de lleno en temas prohibidos, como el matrimonio de sus padres o los detalles sobre el incidente del concierto de 1993? Todo se hacía en nombre del entretenimiento, costara lo que costase. ¿De verdad creía que iba a ser fácil? ¿Y había metido a Melody en eso?

—Es la primera vez que mencionas que el programa se retransmitirá en directo —dijo, consiguiendo mantener la voz firme—. Supuse que las grabaciones estarían varios meses en la sala de edición y que el producto final lo aprobaría un ejército de dieciséis abogados o algo así.

Danielle ni se inmutó.

—Quería teneros en mi despacho antes de explicar todos los detalles del proyecto.

—¿Por qué? —Beat se puso en pie sin esperar la respuesta y se apresuró a abrocharse la chaqueta—. Lo siento, Mel. Vámonos. Nunca te obligaría a hacer algo así.

—Ya lo sé —replicó Mel de forma automática antes de titubear—. A ver, que... es muy fuerte.

—Demasiado —convino Beat.

Danielle no perdió la calma.

—Si pudiera...

—Beat —dijo Melody al tiempo que se ponía en pie y lo miraba como si lo viera por primera vez—, ¿podemos hablar en privado?

«Estar a solas contigo no es buena idea». ¿Por qué fue ese su primer pensamiento?

Esa mujer tenía algo que lo hipnotizaba y lo fascinaba, pero seguro que podía contenerse el tiempo necesario para mantener una conversación.

—Sí. Claro.

—Hay una cafetería en la cuarta planta. Tienen café. Le diré a mi asistente que se encargue de que preparen una mesa. —Danielle sonrió—. Esperaré aquí hasta que estéis preparados para seguir hablando.

Beat le hizo un gesto a Melody para que saliera delante de él.

—Si es que decidimos hacerlo.

La recepcionista de cara alegre eligió ese momento para entrar en el despacho con una bandeja de *beignets*, que Melody interceptó antes de que la chica pudiera dejarla sobre la mesa. Se la ofreció a una desconcertada Danielle para que la productora pudiera coger unos cuantos y después se llevó el resto consigo fuera del despacho mientras Beat la seguía. No tenía ningún sentido, pero mientras bajaban en el ascensor comiéndose los *beignets* sin dejar de mirarse fijamente, Beat se preguntó si no llevaba toda la vida echando de menos a Melody.

4

Melody se sentó enfrente de Beat en una mesita cuadrada situada delante de una ventana que daba a la Décima Avenida. Cuando llegaron a la sala exclusiva para trabajadores, un asistente los estaba esperando para darle a Beat dos vasos desechables de café y llevarlos a su mesa. Beat le dejó el café delante y giró el vaso de modo que la boquilla de la tapa de plástico quedara lo más cerca de ella. Fue un gesto inconsciente que hizo que a Melody se le acelerase el pulso, como a un niño que perseguía el camión de los helados.

Había tenido que reunir todo su valor para pedirle a Beat hablar en privado.

La reunión estaba llegando a su fin. La premisa de *Encerrona a las madres* era absurda. Invasiva. Ridícula. Saltaba a la vista que a Beat los detalles lo habían pillado desprevenido y que no tenía intención de seguir dándole vueltas a la idea.

Sin embargo, ella seguía teniendo mucha curiosidad. Y se dio cuenta de que no podía coger el tren de vuelta a Brooklyn sin satisfacerla.

Como necesitaba un momento para armarse de valor, bebió un sorbo de su café, muy consciente de que Beat la estaba observando. Fue como si una ráfaga de viento le recorriera el estómago, poniéndolo todo patas arriba, al ver que él le miraba fijamente la boca, sentado muy quieto mientras se llevaba el café a los labios, como si quisiera asegurarse de que había dejado el vaso en la posición perfecta para salir a su encuentro. Cuando lo hizo, porque desde luego que había medido bien, un músculo subió por la garganta de Beat y dio la impresión de que no bajaba.

Todavía era capaz de hacerle sentir a una persona que no había nadie más en la habitación. Ese era el superpoder de Beat, ¿no? Atraer a la gente hacia él. Le convenía no olvidarlo.

Y también le convenía no pensar en esos labios esculpidos pegados a la tapa del vaso de café mientras bebía. O en el rastro de humedad que se limpió con la lengua cuando soltó el vaso. Sin embargo, tardó un segundo en recuperar la voz, porque estaba perdida en algún punto del caos provocado por sus hormonas, que no habían estado tan activas desde la última vez que se vieron. Eso no quería decir que no hubiera tenido relaciones sexuales con otros hombres. Había experimentado placer con otros. Pero nunca había sentido la conexión, la confianza que necesitaba para sentirse plena de verdad. Solo era una figura solitaria copulando con otra figura solitaria. Nunca experimentó ese vínculo ni esa sensación de pertenencia. ¿Cómo sería tocar a Beat? ¿Y que él la tocase?

«No vas a enterarte en la vida».

Seguro que tenía novia. Era increíble que ese treintañero de éxito, guapo a rabiar y encima amable no tuviera una alianza en el dedo. ¡Era amable! ¿Quién era amable a esas alturas? Una cualidad tan pasada de moda e infravalorada, y Beat Dawkins la tenía.

—Mel —dijo él al tiempo que se quitaba la chaqueta y se volvía para colgarla en el respaldo de su silla, de modo que una bonita sección de sus oblicuos se tensó bajo la camisa blanca—. No sabes lo mucho que me avergüenza haberte hecho venir hasta aquí para nada. —¿Para nada? Habría estado dispuesta a ir en coche a la otra punta del país solo para tomarse un café con él—. En serio, no tenía ni idea de ese detalle.

—Ya, pues claro que no.

Esa demostración de confianza hizo que él relajara los hombros, pero la tensión alrededor de los ojos, la que vio nada más entrar en el despacho, no desapareció. Ya no era un adolescente despreocupado de dieciséis años.

—Ojalá no te hayas pedido un día libre para… —siguió Beat.

—No. Estoy trabajando en un proyecto en casa, pero ya recuperaré el tiempo perdido esta noche.

—¿Qué proyecto? Hace tiempo leí un artículo que decía que trabajas con libros raros. —Frunció el ceño—. Acabo de darme cuenta de que casi todo lo que sé de ti proviene de artículos de prensa.

—Lo mismo digo. —«O de tus publicaciones en Instagram». Que normalmente solo indicaban la fecha y el sitio. Nada de frases contundentes ni citas inspiradoras, como si necesitara más motivos para que le cayera bien—. Estoy restaurando un libro de Judy Blume: *Superfudge*. Una impresión original de 1980. Le han tirado unas cuantas cosas por encima y tenía la encuadernación tocada, pero es un ejemplar precioso. —Se le escapó un suspiro soñador—. He hecho de la literatura juvenil mi especialidad.

—¿Por qué?

Se encogió de hombros antes de contestar:

—Viví dentro de esos libros mientras crecía. Quiero cuidar de ellos como ellos cuidaron de mí.

La expresión de Beat se volvió pensativa, quizá hasta un poco preocupada hasta que tosió en un puño y esbozó una sonrisa.

—¿Trabajas con una lupa en la frente?

—Trabajo casi siempre desde casa. Y a veces es lo único que llevo puesto.

Beat se atragantó con su sorbo de café, y ella sintió que le ardían las mejillas.

«¿La ventana esta se abre para que pueda tirarme?».

—Otro inconveniente de trabajar desde casa es la absoluta falta de habilidades sociales.

Él se rio y movió una mano por encima de la mesa para darle un apretón en la muñeca.

—Solo me has pillado desprevenido. —Pasó un segundo. Y después durante un brevísimo instante, su pulgar se coló por debajo del puño del jersey y le rozó el punto donde le latía el pulso, dejándolo allí un segundo antes de apartarse de repente. Luego carraspeó con fuerza y se removió en su silla.

Ella era incapaz de mover un solo músculo. Ese roce de nada le había convertido los muslos en gelatina. Si intentaba cruzar las piernas, se caería de costado como una tarta a medio hornear.

¿Beat tocaba así a todo el mundo? ¿Era un beneficio de que te prestase atención en exclusiva?

—Mmm… —«No digas una chorrada». Se devanó los sesos en busca de algo que decir—. Pero tengo actividades sociales. Estoy en un equipo de petanca.

Él se inclinó hacia delante con expresión burlona.

—¿En serio?

—Sí. Somos lo contrario de invictos. Somos los derrotados. Pero estar en el equipo me obliga a quitarme la lupa de la frente y a hablar con gente de verdad en vez de con libros. —Se secó las palmas sudorosas en la falda de *tweed*, con la esperanza de que él no la viera—. De hecho, allí fue donde conocí a Danielle. Me estaba esperando fuera del bar después de una partida.

Beat dejó de sonreír.

—Lo siento. Todo esto. —Hizo ademán de coger el vaso, pero tituveó—. ¿Se juega a la petanca por la noche?

—Sí.

—¿Y vuelves andando a casa? ¿Por la noche?

—Pues sí. Es seguro. —Se paró a pensar—. A ver, tengo a compañeros de trabajo que viven en la misma zona. Seguramente podría esperar para volver con ellos, pero solo quiero…

—¿Qué?

—Irme —susurró—. Solo quiero irme de allí. Alejarme. ¿Sabes a lo que me refiero?

Esperaba que esa admisión lo desconcertase o que cambiara de tema. Pero ya debería saber que no podía subestimarlo, porque puso cara de… alivio.

—Sí, lo sé, Mel. A última hora, cuando todos han perdido el filtro y la gente empieza a hacer preguntas incómodas. O me piden que le haga una llamada de FaceTime a mi madre.

—O te hacen fotos sin preguntar —murmuró ella.

—Las fotos no paran. —Beat adoptó una expresión pensativa—. Incluso con los amigos que conozco desde hace años… y los quiero. De verdad que sí. Pero la sensación esa no se va…, la de que no sabes si solo están ahí por la fama. Siempre estoy en guardia.

Melody tuvo la sensación de que se estaba conteniendo con esa última frase. ¿Estaría en guardia en ese momento? No se lo había parecido con dieciséis años, pero había pasado mucho tiempo.

—Sí. Es agotador —acabó diciendo ella.

Se miraron el uno al otro por encima de la mesa. Por primera vez en mucho tiempo, no sentía la tensión que la abrumaba al estar en público. Solo estaba fuera. Eran unas circunstancias seguras. La acompañaba alguien que se movía por las mismas aguas. Más o menos. Las suyas habían sido un poco más traicioneras. Al menos, eso creía ella. Pero a saber cómo había sido la experiencia de Beat.

Solo él lo sabía.

—Para que quede claro… —Clavó la mirada en su café antes de mirarla de nuevo, aunque con expresión un poco más penetrante que antes—. ¿No tienes un novio que te acompañe de vuelta a casa, Melody?

Que usara su nombre completo hizo que encogiera los dedos en los botines.

—No.

Lo vio tragar saliva.

«Deja de interpretar cada gestito que hace».

—¿Qué me dices de ti? —Se esforzó por parecer alegre, desenfadada—. ¿Esposa o…?

—No.

¿Cómo? Eso era lo que quería preguntarle. En cambio, se cruzó de piernas y se clavó los dedos en la rodilla. Solo para redirigir parte de la presión que sentía en el pecho. En el estómago. El efecto de estar cerca de ese hombre.

—La última partida de la temporada es dentro de una semana —dijo mientras intentaba respirar de forma pausada—. Te invitaría a verla, pero… en primer lugar, preferiría que no presenciaras mi absoluta falta de habilidades atléticas. Y en segundo, que nos vean a los dos juntos en público…

—Sí. —Suspiró—. Causaría revuelo.

—Y bien gordo. Que hagamos algo juntos llamaría mucho la atención y… creía que estábamos de acuerdo en no querer tanta atención. Por eso quería hablar contigo a solas. —Lo observó con detenimiento.

Fijamente—. Beat, ¿por qué querías que nos reuniéramos con Danielle?

Él levantó la barbilla de golpe. Hizo ademán de empezar a hablar, pero acabó apretando los dientes.

—Tiene que haber un motivo. Podríamos llenar el mar con las peticiones para hacer *realities*, intentos de reconciliación y entrevistas. ¿Por qué esta? ¿Por qué has llegado a pensártelo siquiera?

—Prefiero no entrar en detalles, Mel.

Y nada más. No le explicó nada.

Pese a la extraña sensación de afinidad que sentía con él, no podía dar el tema por zanjado. Quizá su imaginación le decía otra cosa, pero en realidad no eran amigos. No tenían una relación estrecha. Podrían pasar otros catorce años antes de que volvieran a cruzarse sus caminos, así que no tenía derecho a presionarlo para que le contestara.

Sin embargo, parecía incapaz de contenerse. A lo mejor era la sensación de que él estaba pasándolo mal, aunque se esforzaba por ocultarlo. O a lo mejor era que ella había heredado parte de la terquedad de su madre. Fuera cual fuese el motivo, tomó una honda bocanada de aire e insistió un poquito más.

—Solo hay un motivo para hacer esto… y es el dinero.

Beat cerró los ojos.

Había dado en la diana.

—Vale. —La compasión le atravesó el pecho—. No hace falta que me cuentes los detalles…

—No es que no quiera, Mel. Es que no puedo. —Beat meneó la cabeza—. Y tampoco es que importe, porque ni de coña voy a intentar que las Steel Birds se reúnan de nuevo cuando no puedo controlar… —fue como si recuperase la compostura con una respiración lenta— cómo te afecta. No lo haré.

Melody sintió que le vibraba todo el cuerpo, como si fuera un latido enorme.

—Yo… soy el motivo por el que no lo vas a hacer. ¿El origen de tus dudas… era yo?

El pecho de Beat se movió con su respiración, y lo vio apretar con más fuerza el vaso de café.

No. No, ella no podía ser el motivo de que rechazase la oportunidad de ganar un millón de dólares. Seguro que era por la atención de los medios, por la falta de privacidad. ¿Verdad?

Con independencia de sus motivos para decirle que no a Danielle, debía de necesitar el dinero de verdad si había llegado tan lejos. Y mucho. ¿Podía permitirse ella ser uno de esos motivos?

Era cierto que no conocía bien a ese hombre, pero lo conocía lo suficiente como para estar segura de que no había tomado a la ligera la decisión de aceptar la reunión, de considerar la oferta.

¿Tenía problemas económicos Beat Dawkins? ¿Cómo era posible?

No tenía derecho a preguntarle.

Aunque tampoco podía darle la espalda e irse sin más. Tratándose de ese hombre era imposible.

—¿Y si aceptaras? En plan… hipotéticamente hablando.

Él empezó a menear la cabeza antes de que hubiera acabado de hablar.

—Mel. De ninguna de las maneras.

—Solo escúchame. —Recordó las cámaras persiguiéndolos para hacerles fotos, a los periodistas haciéndole preguntas incómodas sobre su cuerpo en desarrollo, y cambió de postura en la silla. Aun así, no dejó que eso la detuviera—. Digamos que accedes a hacer el programa. Que accedes a reunir a nuestras madres mientras el mundo observa… —Soltó el aire—. Es imposible que consigas esa reunión.

Beat hizo ademán de hablar, pero lo interrumpió.

—Al menos, no sin mí.

Al oírla, Beat se quedó de piedra.

—¿Perdona?

—Aunque yo te acompañe, la probabilidad de que la reunión tenga lugar es menor del uno por ciento. Pero si lo intentáramos de verdad de la buena… —Allí estaba, considerando una idea que creía imposible, absurda, así que no pudo contener la carcajada—. Mi madre no le abriría la puerta de la casa a un Dawkins. Algo que, por cierto, es una comuna de tres al cuarto llamada «Club del amor libre y la aventura» según su actualización más reciente. Está en el quinto pino. Imagínate intentar razonar con una roquera rebelde convertida en nudista y en posible líder de una secta que rechaza la civilización. En directo. Vamos, que necesitas refuerzos.

Beat deslizó la mano por encima de la mesa y la agarró de la muñeca, interrumpiendo su discurso burlón.

—Melody, no voy a ponerte de nuevo delante de una cámara. Ya sabes lo mal que te trataron.

—Tú hiciste que fuera soportable. Tú... Saber que estabas de mi parte ahí fuera hizo que fuese soportable. —Había esperado años para decírselo, y fue como quitarse un peso enorme del pecho—. Lo que dijiste aquel día cambió las cosas. O hizo que algo empezara a cambiar. Además, ahora estoy cañón —soltó sin pestañear—. Es distinto.

Él no pareció pillar la broma, porque frunció el ceño, desconcertado.

—Siento haberte traído aquí. Ha sido una mala idea. Conseguiré el dinero... —Se interrumpió con un taco y le soltó la muñeca despacio—. Lo conseguiré de otra forma.

—Espera. No he terminado. —En esa ocasión, fue ella quien le rodeó la muñeca con los dedos y le dio un ligero apretón..., y vio que algo inesperado cobraba vida en esos ojos azules. ¿Era... era deseo? No atracción ni interés. Deseo. Un ramalazo incandescente que cruzó el cielo de su cara.

Fuera lo que fuese, el efecto resultó tan potente que ella necesitó un segundo para recuperar el aliento.

—Mmm...

Sin saber de dónde le llegó el impulso, le clavó un poco las uñas en la muñeca.

Beat soltó el aire con fuerza.

El estómago se le encogió de repente y le soltó la muñeca como si le ardiera.

Él se la rodeó con la otra mano, la giró y se las colocó en el regazo, respirando de forma más superficial que antes. ¿O eran imaginaciones suyas?, se preguntó ella.

—¿Qué ibas a decir? —le preguntó Beat al cabo de unos tensos segundos.

Melody intentó concentrarse.

—Mi madre. Iba a decirte que… —Sintió un nudo en la garganta que hizo que la voz le saliera poco natural—. Cuando yo era pequeña, siempre estaba viajando. Un espíritu libre hasta la médula. Ahora la veo incluso menos. Solo una vez al año. Viene a Nueva York por mi cumpleaños y me lleva a su tienda de segunda mano preferida en St. Mark's Place y también a las salas de Bleeker donde empezó. Refunfuña que los ricos han arruinado la ciudad de Nueva York, cenamos en un bar donde hay demasiado ruido como para hablar… y luego se va. Es un torbellino, y casi no consigo decir una sola palabra cuando estoy con ella, pero… —Parpadeó para contener las lágrimas que intentaban nublarle la vista. Beat ni siquiera parecía estar respirando—. Cada año creo que por fin voy a impresionarla. O que por fin se va a interesar por mi vida. O que por fin me va a prestar atención. Y todos los años me equivoco. —Era la primera vez que pronunciaba esas palabras en voz alta, y le cayeron en el estómago como piedras enormes. Un año, cuando tenía veintipocos, incluso estuvo asistiendo a clases de guitarra para impresionar a Trina, pero cuando su madre apareció, ni siquiera llegó a hablarle de las dos clases a la semana. Le daba miedo descubrir que incluso aprender a tocar *Sacude la jaula* en su Gibson acústica no fuera suficiente—. Se vuelve a sus colonias nudistas o a sus aventureros amigos, y yo… me quedo esperando hasta el año siguiente.

—Mel…

—Perdona, deja que lo suelte y ya. —Esperó a que él asintiera con la cabeza—. He estado esforzándome durante mucho tiempo por mejorar. De forma independiente. He ido a terapia. De un tiempo a esta parte, me he estado atreviendo a salir un poco más de mi zona de confort y creo que ha llegado el momento. Por fin ha llegado el momento de ponerles fin a las visitas de febrero. Hacen que me sienta fatal. Insuficiente. —Inspiró hondo y soltó el aire despacio—. No tengo nada que perder, Beat. Mi relación con Trina tiene que cambiar, o… tiene que quedar en suspenso una temporada. Con respecto al dinero también. Así que un millón de dólares me ayudaría mucho a conseguir cierta independencia. Por fin. —Pensar en eso hacía que le diera vueltas la cabeza. Llevaba viviendo de la fortuna de Trina muchísimo tiempo—. A lo mejor *Encerrona a las madres* es la única manera de agitar lo suficiente mi relación con Trina para que haya un cambio. Y si no funciona, al menos habré hecho algo nuevo y aterrador. Me habré obligado a hacerlo. Lo habré intentado.

Algo le rozó la rodilla por debajo de la mesa y cuando se dio cuenta de que eran las yemas de los dedos de Beat, casi se tragó la lengua.

—No deberías verte obligada a montar un espectáculo para que ella te preste atención.

—Es fácil decirlo cuando el destino te dio una madre elegante y filántropa. —Se encogió de hombros e intentó sonreír mientras contenía el deseo de abanicarse—. A mí el destino me dio al espíritu salvaje. Ella necesita explosiones.

Beat se quedó inmóvil.

—¿De verdad quieres hacerlo o te estás inventando un motivo para aceptar?

Melody agradeció que se lo preguntara, porque, ¡uf!, la cosa iba rapidísimo. Cuando se levantó esa mañana, no esperaba aceptar participar en un *reality show* en directo antes de que llegase la hora de comer. Pero la verdad era, que de un tiempo a esa parte, estaba atrapada. Atrapada entre ese mundo de soledad que había construido después de pasar años sufriendo las críticas de la prensa y con la necesidad de algo más.

Había mucho más para ella en el mundo.

Si no una relación sólida y sana con su madre, al menos sí tener más claro quién era ella en vez de un personaje secundario al que la prensa había metido en una caja claustrofóbica. Y detrás de todo eso, estaba Beat. La oportunidad de pasar tiempo con él. Se había convertido en un personaje de cuento de hadas en su cabeza, pero era un ser humano de carne y hueso.

—¿Necesitas que haga el programa contigo, Beat? —murmuró.

Beat negó con la cabeza.

—No quiero ponerte esa clase de presión encima, Melocotón.

El corazón le dio un vuelco al oírlo. El apodo que le había puesto a los dieciséis años surgió como de la nada, y sin embargo daba la sensación de que la hubiera llamado así miles de veces. Tal vez porque había repetido muchísimo esa palabra ronca a lo largo de los años.

—¿Me necesitas? —insistió.

Él no contestó de inmediato.

—No se lo pediría a nadie más en el mundo.

Fue como si tirasen de la anilla de un paracaídas y el placer la inundó por completo.

—Pues adelante —dijo ella. Al ver que él se limitaba a mirarla con expresión inescrutable, cogió el último *beignet*, lo partió por la mitad y le dio uno de los trozos—. No suelo compartir comida. No te acostumbres.

Vio que le temblaban los labios por la risa.

—Tomo nota. —Él se metió el trozo en la boca y masticó, y el mundo empezó a dar vueltas en la cabeza de Melody—. Una cosa más antes de que le descubramos el pastel a Danielle. —Esos ojos azules se clavaron en los suyos—. Si las cámaras y la atención, o lo que sea, es demasiado, me lo tienes que decir, Mel. Los detendré tan deprisa que no sabrán ni por dónde les viene el aire.

Melody sintió que se le secaba la boca de repente.

—Te lo diré.

—Vale. —Él soltó un suspiro entrecortado—. No me puedo creer que vayamos a hacerlo.

—Yo tampoco. —Esbozó una sonrisilla sin querer—. Pero ¿te imaginas que lo conseguimos? ¿Que las Steel Birds se reúnan para un concierto? El mundo se volvería loco.

—No va a pasar.

—En la vida.

En fin. Cuando Beat se puso en pie con una sonrisa y le ofreció la mano, nada parecía imposible.

5

Cuando regresaron al despacho de Danielle, ya los estaban grabando.

La reacción instintiva de Beat fue apartar la cámara de un manotazo y sacar a Melody de allí, pero eso era en lo que se estaban metiendo. La vida bajo el microscopio, aunque fuera por una breve temporada. Quedaban menos de dos semanas entre ese día y Nochebuena, fecha en la que debería producirse la reunión de las Steel Birds. Si Melody y él iban a emplearse a fondo, tendrían que empezar de inmediato.

Aunque no le gustaba ni un pelo.

Melody lo sabía. Sabía que él necesitaba el dinero, aunque no estuviera al tanto del motivo. Sin embargo, era consciente de que el chantajista no sería su único problema durante los próximos trece días.

Rara vez pasaba tanto tiempo con alguien fuera de su familia inmediata. Se relacionaba de manera superficial. Insustancial. Pasar mucho tiempo a solas con alguien implicaba entrar en detalles personales. Por eso se iba de vacaciones con grandes grupos de amigos. Por eso siempre se largaba de las fiestas antes que los demás. Para evitar esos momentos etílicos en los que se esperaba que un amigo de toda la vida se abriera.

Había aprendido por las malas que a la gente no siempre le gustaba lo que veía si se permitía ser vulnerable.

Se lo habían dado todo. No solo había nacido en una familia rica y había heredado la fama, sino que además le caía bien a la gente de forma natural. Había supuesto que las sonrisas de la gente con la que se topaba eran lo normal. Los *paparazzi* alababan su ropa. Si no tenía tiempo de estudiar para un examen del colegio privado de Hollywood al que asistía, le cambiaban la fecha sin más. Su madre y su padre nunca dejaban de decirle que era especial, que se sentían muy orgullosos de él.

Sin embargo, la vida no era así para todo el mundo.

A los trece años, lo mandaron a un campamento de verano durante dos meses, a petición de su padre. Rudy Dawkins había crecido en la Pennsylvania rural y creía que un respiro de la boina de contaminación de Los Ángeles le iría bien a su hijo. Estar en la naturaleza, respirar aire fresco, hacer cosas con las manos. Pintaba bien. Tampoco podía ser tan difícil.

A lo largo de aquel verano, viviendo en una cabaña con chicos que no tenían padres famosos, Beat se dio de bruces con la realidad de que su vida era de ensueño.

El dinero y la fama de su madre le habían servido en bandeja de plata todo lo que necesitaba, hasta las zapatillas de deporte de seiscientos dólares. Aquellos chicos se preparaban solos el desayuno. Ningún profesor les daba un trato especial. Llevaban ropa de imitación y compartían dormitorio con sus hermanos. Sus padres los mandaban a campamentos de verano porque trabajaban y necesitaban un lugar donde dejarlos, no porque sentían nostalgia de su propia infancia.

Al principio, el campamento fue genial. Se llevaba de lujo con sus compañeros, de la misma manera que se llevaba de lujo con prácticamente todo el mundo. Hablaban de chicas junto a la fogata, intercambiaban anécdotas embarazosas y sueños de futuro.

Sin embargo, cuando se enteraron de quién era, empezaron a cogerle manía poco a poco, porque tenían la sensación de que se había hecho pasar por quien no era. Que había fingido ser otro chico más allí tirado, cuando en realidad iba a volver a una vida de lujos que ellos nunca experimentarían. Se pasó un mes limpiando la cabaña y contando sus mejores chistes para ganárselos de nuevo.

Sin embargo, el encanto (y su apellido) no le sirvió de nada por primera vez en la vida.

Poco después fue cuando empezó a disfrutar cada vez que las cosas le resultaban difíciles.

Cuando conoció a Melody a los dieciséis, ya había pasado por la adolescencia y por esa transformación tan emocional al mismo tiempo, dejándolo en un lugar que aún lo confundía a veces, aunque lo disfrutaba. Bastante.

Un lugar en el que le gustaba que le negaran cosas.

Le encantaba cuando las cosas no le resultaban fáciles.

La parpadeante luz roja de la cámara lo sacó de sus pensamientos y en un acto reflejo, le rodeó los hombros a Melody con un brazo, la pegó a su costado y la hizo entrar en el despacho mientras intentaba sin éxito no fulminar al cámara que cambió de posición con paciencia para no perderlos de vista.

—¿Tan segura estabas de que íbamos a acceder? —le preguntó a Danielle.

—En el mejor de los casos, solo quería tener algo grabado.

—¿No estamos en directo?

—No. —La sonrisa de Danielle se ensanchó—. Todavía no. —Los miró a los dos—. Pero como ya os he dicho, tenemos que ponernos manos a la obra ya para que el concierto sea en Nochebuena. Mi idea es crear un repentino fenómeno en redes que cautive hasta al consumidor de cultura pop más relajado del mundo. Nada de tirarnos ocho meses promocionando y que todos se hayan aburrido del concepto para cuando salga de postproducción. —Plantó las dos manos en la mesa y se inclinó hacia delante—. Solo necesitamos a Joseph y su cámara, plataformas, ancho de banda y un plan. Si la respuesta es sí, grabaremos algunas entrevistas el miércoles como promoción y saldremos al aire en *streaming* a finales de esta semana.

—Nuestra respuesta depende de unos cuantos detalles importantes —dijo Beat.

—¿En serio? —susurró Melody con disimulo.

Le dio un apretón en respuesta.

—Sí.

Debería apartar el brazo de Melody, sobre todo cuando los estaban grabando, pero parecía incapaz de lograr que su cuerpo cooperase. Además, debería dejar de pensar en sus uñas clavándosele en la muñeca un segundo cuando estaban en la cafetería. Joder, el recuerdo hizo que empezara a empalmarse.

«¡No sigas por ahí!».

Iban a pasar mucho tiempo juntos durante los próximos trece días, y no podía ponerle un puto dedo encima a Melody, no lo haría. Ella decía que participaba en ese programa para conseguir independizarse económicamente de su madre, pero... sospechaba que también lo hacía por él. Lo que significaba que debía estar agradecido y protegerla a toda costa. En otras palabras, que debía dejar las manos quietecitas.

Vida personal y vida sexual. Jamás se cruzarían una con la otra.

Ese no era el momento de empezar a romper su propia regla.

—¿Qué detalles importantes? —quiso saber Danielle, dando una palmada—. Vamos a atar los flecos.

El cámara soltó una risilla.

Danielle lo miró con expresión elocuente.

¿Había tensión entre Danielle y Joseph? Eso parecía, pero no tenía tiempo de pensar en eso.

—Lo primero es que quiero seguridad para Melody. Mucha —contestó él.

Melody le dio un toquecito en el costado.

—¿Y tú qué?

—No te preocupes por mí. —Melody intentó protestar, pero la interrumpió sin miramientos, aunque le dio un apretón en un hombro a modo de disculpa—. La grabación termina cuando anochezca. Necesitaremos tiempo para descansar.

Danielle asintió con la cabeza.

—Como he dicho, os grabaremos entre doce y catorce horas al día.

—Genial.

—Y creo que hablo por los dos al decir que vayas buscándote a alguien que pueda actuar en Nochebuena, porque si nuestras madres acceden a compartir escenario de nuevo, habremos presenciado un milagro divino.

—Hay otras cuatro actuaciones para sacar adelante el programa si no hay reunión. Claro que no estarán a la altura de las Steel Birds, pero el espectáculo debe continuar.

—Bien, porque Beat ha dado en el clavo en lo de que tenemos que obrar un milagro. No se habrá visto nada igual desde la Biblia —replicó

Melody, respaldándolo—. De pequeña, mi madre tenía una habitación con todos los premios de las Steel Birds, y la cara de Octavia estaba rajada en todas las fotos. Un museo del odio.

—Mi madre estuvo yendo durante diez años a terapia primal después del Incidente del Concierto. En casa. Teníamos un armario de los gritos. De hecho, nunca he pronunciado en voz alta el nombre de Trina porque estaba prohibido. —Se señaló la boca—. Mira, esta es la primera vez que lo he dicho.

Melody ladeó la cabeza para mirarlo.

—¿Qué has sentido?

—Pues… alivio. Siempre supuse que desataría una plaga de langostas o que haría que las montañas se derrumbaran.

—Rápido, que alguien compruebe cómo está el Machu Pichu —dijo Melody, señalando el teléfono de la mesa.

—Esto va a ser oro puro —susurró Danielle al tiempo que le daba un empujoncito al cámara en el hombro—. Tú sigue grabando. Podemos usar esto como promo. Vosotros dos, seguid hablando. Se ha especulado muchísimo sobre la separación de las Steel Birds, pero como nunca se hicieron públicos los detalles, son más suposiciones que otra cosa.

Beat miró a Melody. Ella le devolvió la mirada en silencio.

¿Hasta qué punto estaban dispuestos a exponerse delante de la gente?

—Han pasado treinta años desde que sucedió —dijo Danielle, gesticulando—. ¡Treinta años! La adoración del público por este grupo es indescriptible, pero nunca les han dado (ni a nosotros) una explicación satisfactoria. Cierto que a lo mejor no nos la deben. Pero sería una pena que siguiera siendo un misterio. ¿Fue por culpa de un triángulo amoroso? ¿De otra clase de traición? —Danielle rodeó despacio la mesa, y el cámara se apartó de su camino sin mirar—. Nunca pedisteis cargar con el peso de este secreto, pero os han acribillado a preguntas al respecto toda la vida. Día tras día, durante treinta años. Tenéis la oportunidad de liberaros de eso.

¿Él? ¿Cargar con el peso? «Más bien lo contrario», pensó Beat. Sin contar con el chantajista, tenía todo lo que podía desear en la vida.

Amigos que se preocupaban por él, una carrera profesional estupenda, comodidades, oportunidades. Sin embargo, tampoco podía desechar por completo las palabras de Danielle, porque no solo debía pensar en sí mismo. A Melody y a él los habían puesto desde que nacieron en una situación donde les preguntaban todos los días por qué se deshizo el grupo. Y aunque él podía soportarlo, era capaz de aguantar las preguntas constantes durante el resto de la vida, no le importaría ponerle fin en ese preciso momento, por Melody.

La idea de hacerle la vida más fácil, aunque solo fuera un poquito, hacía que se sintiera muchísimo más contento. Pero seguramente el programa en directo tendría el efecto contrario y crearía una nueva ansia por los detalles. Ah, y su madre casi seguro que lo apuñalará, eso también había que tenerlo en cuenta.

—No nos corresponde a nosotros contarlo —dijo al cabo de un rato, mirando a Melody y guiñándole un ojo fuera del ángulo de la cámara—. Pero tenemos otras cosas que contar.

Ella comprendió lo que quería decir a la primera. Anécdotas. Podían pasar por eso sin revelar demasiadas verdades al tiempo que le daban vidilla al programa, ¿no? Hasta podrían pasárselo bien.

—Ah, sí —convino Melody, que le devolvió el guiño—. Anécdotas increíbles.

—¡Corten! —gritó Danielle—. Llévalo al equipo —le susurró a Joseph—. Vamos a subir esto a todas las redes sociales de inmediato con un aviso sobre la retransmisión en directo que empieza el viernes. Ese era nuestro gancho, aunque parece más un arpón.

Joseph se quitó la cámara del hombro, y Beat y Melody pudieron verle por primera vez la cara al hombre, que se parecía a Gerard Butler. El cámara miró a Danielle de arriba abajo, asintió con la cabeza y después miró a Melody con una sonrisa cariñosa.

Ella le devolvió la sonrisa.

—Una condición más —dijo Beat sin pensar—. Quiero a otro cámara.

Joseph se rio mientras salía por la puerta.

Danielle lo observó marcharse con una mezcla de hostilidad y de interés renuente.

—No te preocupes, es un profesional estupendo. El mejor del negocio si pasas por alto esa pinta de ogro cínico. Hace su trabajo y se va a casa, dondequiera que esté.

Beat sospechaba que Danielle sabía dónde vivía Joseph, pero se guardaría esa teoría. O eso creía. Melody le dio un codazo con disimulo en las costillas y le hizo un gesto con las cejas para hacerle saber que ella también se había dado cuenta de la tensión romántica. ¿Cómo era posible que estuvieran tan en sintonía?

¿Y si los próximos trece días no fuesen tan molestos como había creído?

¿Y si… acabara disfrutándolos porque estaba con Melody?

«Pero no los disfrutes demasiado».

—Bueno… —dijo Melody, colorada. Seguramente porque él la estaba mirando como si quisiera contarle las pestañas. ¿Sabía lo guapa que era?—. Y ahora, ¿qué?

Danielle dejó que el silencio se prolongara hasta que Beat consiguió dejar de contarle las pestañas a Melody, aunque la productora no fue capaz de ocultar su sorna del todo.

—Id a casa y descansad. Nos volveremos a ver aquí el miércoles por la mañana para vuestras entrevistas promocionales. Había pensado hacerlas por separado, pero he cambiado de idea. Vamos a hacer una entrevista conjunta. Sois increíbles juntos. —Ni se paró a respirar mientras Melody y él se miraban un segundo con expresión intensa—. Por simple cuestión geográfica, Beat, creo que deberíamos hablar primero con tu madre sobre el reencuentro.

—Joder.

Melody soltó una risilla.

La productora cogió el móvil y tocó la pantalla varias veces.

—Según las redes sociales de Octavia, tiene una gala benéfica de su fundación el viernes por la noche.

—Sí —confirmó él con un suspiro—. Lo sé perfectamente, porque soy el organizador.

—Pues atacaremos allí. —Danielle sonrió y agitó las manos con gesto inocente—. O pondremos el espectáculo en marcha. Como quieras llamarlo.

—Tentar a la muerte —sugirió Beat—. O cometer traición.

—¿Pesadilla en Navidad? —Eso fue de Melody—. Lástima que mi madre ya no sea nudista. No habría tenido sitio donde esconder armamento.

Al oírla, se le escapó una tos que acabó siendo una carcajada. ¿De qué se estaba riendo? Acababa de aceptar que invadieran su intimidad (y la de Melody) hasta Nochebuena incluida.

—Ojalá no hubiera despachado al cámara —murmuró Danielle.

—¿Por qué? —preguntó Melody en voz baja al tiempo que se humedecía los labios.

Y Beat la observó mientras lo hacía, porque era incapaz de apartar la mirada de su boca.

Danielle murmuró algo mientras los miraba sin perder detalle.

—Por nada. —Se dio unos golpecitos en los labios con un dedo—. Pesadilla en Navidad. Es lo que has dicho, ¿no, Melody? Olvidaos de *Encerrona a las madres*. Creo que tenemos nuevo título.

—Aceptaré las futuras regalías en *beignets* —replicó Melody, que parecía un poco desconcertada porque la productora hubiera considerado digna de usarse una idea que había dicho al tuntún—. Mmm... Pero hay un problemita con los planes del viernes.

«¿Lo había?», pensó Beat. Lo arreglaría por ella sin pérdida de tiempo.

—No tengo nada que ponerme para ir a una gala.

Danielle cogió el fijo que estaba sobre la mesa y pulsó un botón con un brillo en los ojos que hizo que a Beat empezara a arderle el estómago. Travesura. Expectación. Planes.

—¡Anda, pues creo que puedo ayudarte!

6

13 de diciembre

Melody llegó a Manhattan demasiado temprano el miércoles por la mañana. Se detuvo un momento en la salida de la boca del metro para debatir sus opciones. Hasta que llegara la hora en la que podía entrar en Duane Reade para comprar unas cuantas paletas de sombras de ojos que nunca usaría, sentarse en una cafetería y observar a la gente... o enviarle un mensaje de texto a Beat. Vivía en Midtown, ¿verdad? A lo mejor le apetecía tomarse un café...

«¿¡Otra vez!?».

¡Qué aburrido!

De repente, se vio con él corriendo por la ciudad y haciendo travesuras espontáneas, al estilo de Paul y Holly en *Desayuno con diamantes*, pero ella era menos Holly Golightly, esa mujer atrevida, y más Holly Prefieroquedarmeencasa.

Claro que quizá eso ya no fuera del todo cierto. Al fin y al cabo, se había apuntado a un *reality show* sin tener ni idea de lo que le esperaba. Había dado los pasos necesarios para dejar de depender económicamente de Trina, aunque el millón de dólares que estaba en el aire todavía era una quimera. Haber tomado la decisión ya era importante, y mejor que nada, la verdad.

En plena explosión de positivismo, sacó el móvil y le mandó un mensaje a Beat.

Melody: Llego temprano. Dime dónde hacen el mejor café.

Vaya. Acababa de impresionarse a sí misma con el mensaje. Le informaba a Beat de que estaba en la ciudad y al mismo tiempo le decía que estaba buscando algo que hacer, sin obligarlo a apuntarse.

«No está mal, Gallard», se dijo.

Beat: Estoy en el gimnasio. ¿Por qué no vienes? Tienen café.

Melody: Me huele a encerrona.

Beat: ¿Me ves capaz?

Melody: Alguien podría haberte robado el móvil. Podría estar mensajeándome con un tío llamado Lance que quiere venderme una suscripción al gimnasio.

Beat: JAJA. Soy yo, Melocotón. Te mando la ubicación.

Melody: Vale. Voy, pero tengo mis dudas.

Le llegó una notificación, lo que añadió una capa de agradables escalofríos a los que él ya le había provocado al llamarla «Melocotón». Ya lo tenía en su teléfono para siempre. Podía mirarlo siempre que quisiera. Pulsó sobre el mapa y se sintió aliviada al comprobar que solo estaba a una avenida y una manzana al sur del gimnasio de Beat. Siete minutos más tarde, cruzaba con recelo la puerta giratoria con una expresión que desafiaba a cualquier Lance que intentara venderle la clase de pilates.

«Atrás, Satanás».

Sin embargo, tal y como había supuesto, un chico sonriente vestido con un polo morado se acercó a ella, como si acabara de cruzar la línea de meta de un triatlón Ironman. Ni siquiera tenía pantorrillas de verdad. Eran rocas venosas que llevaba embutidas en unas medias de nailon de color piel.

—Bienvenida a Core. ¿Eres miembro?

«¡Corre mientras puedas!».

—Lo siento, me he equivocado de dirección...

—¡Mel! —oyó que la llamaba Beat, entre los golpes metálicos de fondo y el insistente ritmo de una remezcla de *All I Want for Christmas* y se volvió.

Allí estaba.

Atravesando la recepción a la carrera para acercarse a ella. En pantalones cortos deportivos negros y sin camiseta.

Sudando. Sudando por todas partes.

¡Ay, madre, que le estaba mirando los pezones! «¡Para y no mires hacia abajo!». Tuvo que contenerse para no mirar los músculos que se le marcaban por encima de las caderas. O la gota de sudor que le caía desde la parte más carnosa del pectoral izquierdo. O la línea de vello que le bajaba desde el ombligo. «Demasiado tarde». Ya lo había mirado todo. Lo había examinado como si fuera el menú del día.

Por suerte, Beat no pareció darse cuenta. ¿O estaba fingiendo?

—¡Hola, colega! —dijo mientras chocaba los cinco con Pantorrillas Rocosas y la agarraba de la muñeca—. Está conmigo. ¿Puede acompañarme mientras termino?

—Claro. —El tío del gimnasio retrocedió de forma respetuosa y se alejó de ellos—. Sin problemas, Beat.

—Gracias.

Tras guiñarle un ojo, la guio a través de la recepción hasta una pequeña cafetería que parecía más bien un club nocturno. Estaba oscuro, salvo por las luces rojas navideñas que rodeaban la ventanilla de pedidos.

—Hola —dijo la chica que atendía el mostrador, regalándole a Beat una cálida sonrisa justo cuando se le caía el móvil de las manos. La torpeza hizo que balbuceara una disculpa y la sonrisa de Beat se ensanchó.

—¿Lo he soñado o hacéis café? No todo son batidos, polen de abeja y barritas de proteínas, ¿verdad?

—Tenemos café —contestó ella con voz ronca—. Nadie lo pide nunca, pero sí que lo hacemos.

—¡Pues genial! —exclamó, y todo su cuerpo pareció moverse con el poder del suspiro aliviado que soltó. Las arruguitas que tenía alrededor de los ojos se le marcaron más por la sonrisa—. ¿Cómo te llamas?

—Jessica —murmuró la chica.

—Jessica. —Asintió con la cabeza—. ¿Podrías ponerme uno grande para mi chica, Melody?

—Cla-claro. —Jessica intentó pulsar los botones correctos de la caja registradora, pero tuvo que intentarlo unas cuantas veces porque no paraba de meter la pata y el rubor de sus mejillas iba aumentando con cada intento fallido—. ¿Cómo te gusta? —Hizo una mueca—. El café, me refiero.

—Con leche —contestó Melody, que la miró con gesto comprensivo, porque sabía lo que estaba sintiendo—. Sin polen de abeja, por favor. No le pongas nada que sea saludable.

Beat se rio, se llevó la mano de Melody a la boca y le dio un beso en el dorso. Y fue como una patada accidental en el avispero que era su libido, al menos en lo que a él se refería. Allí estaba, con dos mujeres completamente descompuestas por su simple existencia. Porque era simpático, halagador, atractivo y, lo más importante, sincero.

Alguien debería grabar aquello. Danielle era un portento.

Jessica deslizó el vaso desechable de café por el mostrador.

—¿Tienes cuenta?

—Sí. —Le brillaron los ojos—. Dawkins.

—Ya lo sabía. No sé por qué te lo he preguntado.

Beat cogió el café riendo y se lo dio a Mel, tras lo cual le pasó el brazo por los hombros.

—Gracias por salvarme el día, Jessica.

—De nada.

Salieron de la cafetería, recorrieron un pasillo en dirección al lugar del que procedía la música y entraron en una zona llena de máquinas. Había algunos guiños a la Navidad (ramas de pino y acebo estratégicamente colocadas en los rincones), pero el ambiente en su mayor parte era sobrio. Y allí vestida con su abrigo de color verde irlandés y sus botas, ella se sentía fuera de lugar.

—¿Qué te parece? —le preguntó Beat.

—Intimidante. Un poco maloliente.

—Me refería al café, Melocotón.

—¡Ah! —Destapó la lengüeta, bebió un sorbo y tragó—. ¡Está bueno! Hecho con deseo.

Él ladeó la cabeza.

—¿El qué?

Lo miró fijamente.

—Has hecho que la pobre Jessica vuelva de repente a la pubertad. ¿No te has fijado?

—¿En serio? Pues no. —Miró hacia atrás con escepticismo—. Solo estaba siendo amable. Soy así con todo el mundo.

—Lo sé. Fuiste así conmigo cuando tenía dieciséis años.

Lo vio fruncir el ceño.

—No. Eso fue distinto. No es normal que recuerde durante años un encuentro. Como me ha pasado con el nuestro. —Pareció darse cuenta de que se había ido de la lengua y, un poco cohibido, se pasó una mano por el pelo húmedo mientras abría y cerraba la boca.

—Bueno —dijo ella, que ni siquiera sentía el vaso de café que llevaba en la mano. Podría haberle quemado la piel de la palma y ni lo habría notado—. Descanse en paz, Jessica.

Beat se rio entre dientes, volvió a cogerla de la muñeca y la llevó hacia la parte trasera del gigantesco gimnasio.

—Ven. Me estoy obligando a hacer veinte saltos de cajón antes de dejarlo por hoy.

—Parece un horror.

—Es que lo es.

—¿Y por qué lo haces?

Le rozó la cara interna de la muñeca con el pulgar.

—A veces, es divertido torturarse un poco.

Melody deseó poder verle la cara cuando dijo esas palabras, porque su tono de voz era un poco… ¿socarrón? ¿O se lo estaba imaginando?

—¿No puedes agobiarte viendo las noticias como hace todo el mundo? —Su risa le aceleró el pulso—. La única tortura que soporto de vez en cuando son los vaqueros.

—Hasta hoy. —Beat aplaudió y se frotó las manos con energía—. Vas a hacer saltos de cajón conmigo, ¿verdad?

—¡Ay, madre, que me han engañado! Eres tú. ¡Eres Lance!

—Es broma. —Se dio media vuelta mirando a su alrededor como si buscara algo. Melody no supo lo que era hasta que lo vio tirar de un banco de cuero que acercó a ella—. Para que te sientes. No tardo nada. —Agachó la cabeza un segundo—. Acabo de darme cuenta de lo raro que es que te haya arrastrado hasta aquí para verme hacer saltos de cajón. Te juro que no era mi intención convertirte en mi público, solo pensé que sería una buena oportunidad para hablar de la estrategia que vamos a seguir en los confesionarios.

Melody se sentó en el banco, cruzó las piernas y sintió que le ardía la piel al ver que él seguía el movimiento con atención, flexionando los dedos de la mano derecha.

—Estrategia. Sí. —Ya hablaba como Jessica.

—Obviamente, no nos interesa avergonzar a Octavia y a Trina —dijo Beat al cabo de un momento—. Podemos darles a sus fans cierta información, pero sin hacer grandes revelaciones.

—Mostrarnos cercanos, pero evasivos. Hacer como que les contamos algo, sin darles mucha información en realidad.

—Exactamente. —Beat puso cara de sorpresa—. ¿Has hecho esto antes?

—Solo como un millón de veces.

—Menuda tortura —bromeó.

—A lo mejor sigo tu ejemplo e intento pasármelo bien.

La sonrisa de Beat se mantuvo firme, pero sus ojos cambiaron. Se oscurecieron. Si hubiera llevado camiseta, no se habría dado cuenta de que se le hundía un poco el abdomen, pero, claro…, no llevaba camiseta. Y ella estaba sentada justo a la altura de esa zona, que se contrajo despacio mientras tomaba aire. De repente, se le crisparon los nervios. Fue como si alguien la enchufara a una toma de corriente y sus terminaciones nerviosas se pusieran a bailar. Si el calor que sentía en las mejillas era un indicativo, su cara debía de estar reflejando lo que le pasaba. «Distráelo. Distráete», se dijo.

—¿Y si pruebo lo de hacer saltos de cajón?

La pregunta hizo que Beat alzara las cejas.

—¿En serio?

Se levantó del banco, soltó el café y empezó a desabrocharse el abrigo.

—¿Hay alguno más bajo?

—No.

—¡Uf!

—Pero puedes hacerlo —le aseguró, dándole ánimos—. Yo me encargo.

—¿De qué? ¡Si la que tiene que saltar soy yo!

¡Ay, Dios, esa sonrisa era para morirse!

—Me refiero a que te ayudaré si te pasa algo, Melocotón.

—No dudes de que me pasará.

—Qué va —le aseguró él, que meneó la cabeza con firmeza—. Lo tienes controlado. Lo harás fenomenal, Mel, pero mejor te quitas los botines.

—¿Es mejor que lo haga descalza?

—Mejor que con los botines.

Refunfuñando un poco, se agachó para bajarse la cremallera lateral de los botines de cuero, intentando no mirarle la línea de vello que le bajaba desde el ombligo y fracasando de forma estrepitosa. El problema era que le encantaba y no podía evitar hacerle caso. Tampoco tenía mucho vello. Ni poco. Pero era provocador. Una especie de aperitivo.

—¿Estás bien ahí abajo?

—No tan bien como tú.

—¿Cómo dices?

—Creo que mejor empiezo a saltar.

—Vale. —Se colocó detrás de ella, le puso las manos en las caderas y la guio hasta el cajón.

De cerca, parecía mucho más grande que a metro y medio de distancia. De hecho, parecía insuperable.

—Creo que me he pasado de atrevida.

—Es el miedo el que habla.

Melody gimió.

—¿Estás seguro de que no eres Lance disfrazado de Beat?

Él le apretó más las caderas con las manos, haciendo que viera estrellitas delante de los ojos y que encogiera los dedos de los pies sobre el suelo acolchado del gimnasio. ¿Eran los pulgares de Beat los que le estaban presionando con delicadeza la parte baja de la espalda o eran las manos de Dios?

—Todo está en tus piernas —dijo Beat, y sintió el roce cálido de su aliento en la oreja y en el lado derecho del cuello.

Sus palabras no la tranquilizaron mucho, ya que tenía las piernas hechas un flan.

—Vale.

Otro firme apretón en las caderas y luego subió las manos para hacerle lo mismo en la cintura. Y, ¡ay, madre!, ojalá se hubiera puesto una de esas camisetas cortas que dejaban la cintura al aire para poder sentir sus manos directamente sobre la piel.

—Si no lo consigues, yo te cojo. Pero ¡lo vas a conseguir!

—¿Y si me caigo de bruces en vez de caerme de culo?

—No lo harás, pero de cualquier manera, yo te cojo.

—¿De verdad supones que confío hasta ese punto en una persona a la que no he visto en catorce años?

Se produjo un silencio que duró varios segundos.

—Pero confías en mí, aunque sea un poco, ¿no? Por eso estaba casi seguro de que vendrías a la reunión. Por… mí.

Melody cerró los ojos, agradecida de que él no pudiera verle la cara.

—Sí. —Tragó saliva—. Vale, Lance. Confío en ti.

—Tres, dos…

Sacó todo el poder y la fuerza de su cuerpo, y descubrió que andaba bastante escasa de ambas cosas. Al menos, en el aspecto físico. Saltó tan alto como pudo, pero ni siquiera rozó el borde del cajón con los dedos de los pies, le faltaron varios centímetros, y salió despedida hacia atrás, de manera que quedó con la espalda pegada al torso de Beat y los pies colgando sobre el suelo.

—Yo tampoco lo conseguí en mi primer intento —la consoló él.

—Mentira, sí que lo hiciste —lo contradijo con un trémulo suspiro.

—Vale, sí que lo conseguí. Pero de chiripa.

—No me lo creo. Te salió perfecto.

Beat la dejó en el suelo, y ella sintió de inmediato el ataque de sus dedos en los costados… Y fue un ataque tan inesperado que se volvió dando un chillido por las cosquillas.

—¡Madre mía, Mel! —exclamó él entre dientes—. ¿Por qué no aceptas mi consuelo y ya está?

—Vale. ¡Vale! —Se estaba riendo. ¡En un gimnasio!—. Lo conseguiré la próxima vez. Te toca.

Beat le dio un último apretón en los costados y siguió saltando para completar la serie mientras ella se dejaba caer en el banco y lo miraba moverse como un animal elegante sin esfuerzo, todo piel suave, músculos en acción y destellos de esa sonrisa tranquilizadora. Siempre había creído que estar cerca de Beat la haría sentirse normal. Más cómoda en su propia piel, como le sucedió aquel día a los dieciséis años.

Sin embargo, cuando salió del gimnasio en dirección a las oficinas de Applause Network con Beat a su lado, la realidad le pareció demasiado buena para ser verdad.

7

—Empecemos por el Incidente del Concierto de 1993.

Melody suspiró con nostalgia.

—¡Uf, lo recuerdo como si fuera ayer!

Beat se mordió el interior del labio para contener una sonrisa y buscó una postura más cómoda en su silla de director. Estaban sentados el uno al lado del otro en una habitación oscura y sin ventilación en las profundidades de las oficinas de Applause Network, grabando sus «confesionarios», aunque las confesiones no eran propias. Estaban hablando del pasado de sus madres.

A juzgar por la mirada nerviosa que le dirigió Melody, hablar de esos secretos guardados durante tanto tiempo delante de las cámaras le resultaba tan poco natural como a él.

Joder, ese día estaba muy guapa.

Llevaba una falda, ¡una falda ajustada!, cuya cintura se ceñía a la parte inferior de su torso. Medias negras y botines desgastados con una hebilla en forma de luna. Había entrado en su gimnasio con ese abrigo, de un alegre color verde que hacía que sus ojos verdosos parecieran insondables. Tenía el flequillo alborotado por el viento invernal y las mejillas coloradas. Estuvo a punto de suplicarles que no la maquillaran, pero se contuvo. ¿Por qué estropear algo que ya era bonito de por sí? De todas formas, lo que le habían puesto en los labios hacía que parecieran… ¿más carnosos?

«Deja de mirarle la boca».

«Deja de pensar que le tocaste las caderas en el gimnasio y concéntrate».

Mierda. Ella le estaba pidiendo ayuda con una rápida serie de parpadeos.

—El Incidente del Concierto. —Se llevó un puño a la boca para toser y enderezó la espalda—. Cierto. Así es como la gente se refiere al último concierto. Se celebró en Glendale, Arizona.

—Vuestras madres estaban embarazadas en aquel momento, ¿verdad? —preguntó el entrevistador, un chico llamado Darren que era el director de contenidos de las redes sociales de Applause Network—. Trina estaba embarazada de Melody y Octavia de Beat.

—Exacto —contestó Melody—. Octavia estaba de más meses. Beat es mayor que yo.

—¿Me estás llamando viejo cuando solo nos llevamos dos meses? —protestó él.

—¿Tienes el volumen del audífono al máximo, cariño? —replicó ella, que le dio unas palmaditas en el antebrazo—. Quiero asegurarme de que puedes oír todas las preguntas con claridad.

—¿Qué?

La risa de Melody reverberó en el estudio y su estómago no fue el único que respondió. Danielle y Joseph sonrieron detrás de la cámara. Hasta el técnico de iluminación esbozó una sonrisa.

—Vale, el Incidente. —Melody se bajó la falda hasta cubrirse las rodillas y el frufrú de la lana sobre el nailon hizo que a Beat se le secara la boca—. Para aquel entonces había muchas emociones contenidas. Creo que todo el mundo estará de acuerdo en que Trina y Octavia tienen personalidades muy diferentes. Mi madre, Trina…

—Letrista. Bajo. Coros —aportó Darren.

—Exacto. Es más un alma… inquieta y volátil, mientras que Octavia…

—Es más reservada. La mayor parte del tiempo —añadió Beat—. Al ser la vocalista del grupo, tenía una imagen más contenida, pero cuando la canción lo requería, era capaz de soltar un buen rugido.

—Eso es quedarse corto —dijo el entrevistador—. Se ha dicho de Octavia Dawkins que es una de las mejores cantantes de *rock* de nuestro tiempo. Debes de estar muy orgulloso.

—Lo estoy —le aseguró con sinceridad.

—¿Y tú? —Darren levantó una ceja mirando a Melody—. *Sacude la jaula* se considera desde hace tiempo como el himno de los noventa y lo escribió tu madre, Trina. Eso debe de provocarte un tremendo orgullo.

Melody abrió la boca, pero tardó en hablar.

—Pues sí —dijo al final.

Darren se movió en su asiento, captando algo jugoso en el ambiente.

—¿Y el orgullo se debe más a la música o dirías que eres una hija orgullosa de su madre en general?

Beat vio que se aferraba con fuerza a los brazos de la silla.

—Bueno…

—Volviendo al Incidente —la interrumpió él con firmeza, deseando que sus sillas estuvieran más cerca y preguntándose si podía acercarse sin que resultara demasiado obvio—, la gira anterior había terminado hacía solo unos meses. El nivel de estrés era alto. A puerta cerrada hubo algunas discusiones. Lo típico que pasa con los grupos de *rock* que viven prácticamente de un lado para otro.

—Lo que llevó a la gran separación —dijo Darren, que se inclinó hacia delante—. Los fans llevan años especulando sobre la causa, y el rumor principal siempre ha sido un triángulo amoroso. ¿Podrías arrojar algo de luz sobre este misterio que dura ya treinta años, Beat?

¿Podría? Sí. ¿Iba a hacerlo? Por supuesto que no. Y no era solo una cuestión de mantener en privado el pasado de su madre. Habría consecuencias si revelaba que hubo un triángulo amoroso con un tercer implicado.

También conocido como «el que se cargó al grupo».

Su chantajista y padre biológico.

Melody debió de captar su conflicto interior, porque carraspeó y dijo:

—Esa es la cuestión. Si de hecho hubo un triángulo amoroso, cosa que no confirmamos ni negamos… —inclinó la cabeza y le guiñó un ojo protegida por la cortina que le conformaba el pelo—, según los fans, hay muchos candidatos a culpable.

Beat sintió que la gratitud le hinchaba el pecho. Melody le estaba dando una vía de escape y recordándole la estrategia que habían acordado. Actitud cercana, pero evasiva.

—Axl Rose, cómo no, es el preferido —dijo.

—Sí —replicó Melody sin vacilar.

Darren se quedó boquiabierto.

—¿¡Axl Rose!?

—Keanu —añadió él, mirando a Melody—. Otro candidato con peso.

—¿¡Reeves!?

—Es mi preferido. —Melody suspiró—. Me gusta saber que a lo mejor estoy vinculada a John Wick en cierto modo. Aunque solo sea porque mi madre lo dejó hecho polvo en el 92. Pero te olvidas de la otra teoría que ha cogido fuerza.

—¿Ah, sí?

—El señor Belding.

Beat chasqueó los dedos.

—Cierto. Se colaba en todos los conciertos.

—¡Era imposible mantenerlo alejado! El señor Belding era un friki del grupo —dijo, hablándole a la cámara como si estuviera contando un secreto—. En serio. Mirad los primeros episodios. Las señales estaban ahí.

Darren empezaba a darse cuenta de la estrategia que estaban usando.

—¿Me estás diciendo que el director de *Salvados por la Campana* podría haber sido el culpable de la separación del grupo?

Melody se encogió de hombros y se clavó la punta del pie derecho en el tobillo del izquierdo. ¿Era un gesto delator? ¿Algo que hacía cuando mentía?, se preguntó Beat.

—Tú sabes tanto como nosotros —respondió ella al final.

El entrevistador resopló y los miró con escepticismo.

—Muy bien, volvamos al tema que nos ocupa. Durante la penúltima gira se produjo un triángulo amoroso. No sabemos por quién se pelearon, solo sabemos que hubo alguien.

Melody asintió con la cabeza.

—Ya he dicho que yo apuesto por el señor Belding.

Darren revisó sus notas sin inmutarse siquiera.

—Durante la última gira, las Steel Birds tenían un nuevo batería después de que el antiguo, Fletcher Carr, se fuera. ¿Tuvo eso algo que ver con el problema?

Beat percibió que Melody lo miraba con recelo.

—Si es así, no tengo ni idea —contestó.

—Yo tampoco —dijo Melody despacio, aunque su mirada todavía seguía calentándole la mejilla.

—Muy bien —continuó Darren—. Luego vino un descanso de seis meses para las Steel Birds, seguido de un mes en el estudio, mientras grababan su álbum final, *Rubia catatónica.*

—Mi madre ya había conocido a mi padre, Rudy, por aquel entonces.

—Y Trina había conocido a...

—Un técnico llamado Corrigan que las acompañaba en la gira. —Melody sonrió, a todas luces cómoda recitando información que hacía tiempo que la misma Trina había dado a conocer a la prensa—. Ahora vive en Detroit con su familia. Nos vimos una vez y me cayó bien, pero no tenemos mucho contacto. Es una relación de esas de felicitaciones por Navidad y cumpleaños.

Darren se movió.

—¿Qué te parece eso?

—Pues la verdad es que hace que me sienta confundida por el ADN y tal. Los técnicos son expertos en tecnología y eso, y yo soy incapaz de instalar un software.

El cariño que sentía por Melody creció tanto en el interior de Beat en ese momento que se preguntó si todo el mundo se daría cuenta. Si podían verlo. El enorme esfuerzo que debía hacer para contener el bombardeo de sentimientos dentro de su pecho. Se preguntó de nuevo hasta qué punto habría sido diferente su vida si ella hubiera estado en ella todo el tiempo. Aunque fuera de forma esporádica. Solo llevaban unas horas juntos y ya se notaba su impacto. Se sentía más ligero y más a gusto en su piel cuando Melody estaba cerca. Tenía un propósito. Una cómplice. Una amiga.

Una amiga con la que quería enrollarse.

Una amiga a la que quería complacer y que lo torturase...

—Cuando las Steel Birds volvieron a la carretera para la última gira, estaban embarazadas —dijo Beat, que necesitaba mantener la conversación, y sobre todo sus propios pensamientos, por el buen camino.

Darren tomó la palabra y siguió donde Beat lo había dejado.

—Su relación debía de ser buena hasta cierto punto para que sacaran un disco y planearan más conciertos.

—Exacto —confirmó Melody, que lo miró con disimulo—. Durante un tiempo todo fue bien.

—Hasta la gira —añadió Beat.

—Que culminó con el Incidente.

—Sí —replicaron a la vez.

Darren pisó el acelerador a tope de repente.

—Melody, ¿tu madre te ha confirmado alguna vez que fue ella quien puso el escorpión en la guitarra acústica de Octavia?

—No me lo ha confirmado con todas las letras, pero... —Melody levantó una ceja—. A ver, ¿no estamos todos de acuerdo en que seguramente lo hizo? ¿A quién queremos engañar? Es totalmente su estilo. El último álbum incluye una canción suya que se llama *Picadura de escorpión*.

—Algunos dicen que fue una advertencia —añadió Darren—. O un presagio de lo que estaba por llegar.

—No la veo capaz de planificar una maldad hasta ese punto —reflexionó Melody—. Creo que pasó porque estaban en Arizona y ya está.

—Todo el mundo sabe que allí es donde se consiguen los escorpiones más frescos —añadió Beat.

Agradecida, ella le regaló una sonrisa que le aceleró el pulso.

—Beat —dijo Darren, devolviéndolo de nuevo a lo importante—, ¿tu madre se ha responsabilizado alguna vez de los problemas que hubo con la iluminación y el sonido? A mitad de la primera canción, el foco de Trina falló y no volvió a encenderse. Su micrófono dio problemas durante todo el concierto, hasta que descubrieron el escorpión y

Octavia golpeó su guitarra contra el amplificador. Lo que provocó el incendio y el consiguiente pánico.

—Mi madre no era responsable de la iluminación ni del sonido. Ese no es su trabajo.

—No, pero podría haber influido en quien ocupara ese puesto.

Beat meneó la cabeza.

—Ella lo ha negado y yo le creo.

—Claro, sé leal a tu madre —se burló Melody—. Hazme quedar mal.

—No hay nada que pueda hacerte quedar mal —dijo Beat, sin pensar. De hecho, tardó diez segundos en darse cuenta de que estaba mirándola fijamente y de que todo el mundo lo estaba observando sin disimulos en el silencio sepulcral de la estancia.

—Una afirmación muy atrevida —balbuceó Melody, rompiendo por fin el silencio—. Teniendo en cuenta que me has visto con aparato en los dientes. —Recuperó la compostura en ese momento y se tiró de nuevo de la falda para taparse las rodillas, lo que provocó de nuevo el frufrú, de manera que la sangre regresó otra vez hacia cierta parte de la anatomía de Beat con total imprudencia. ¿Qué sonido harían esas medias de nailon si ella le rodeara las caderas con las piernas?—. En resumidas cuentas, que el Incidente fue hace treinta años y nadie sabrá nunca lo que ocurrió de verdad a puerta cerrada entre ellas. Nos alegramos de que nadie resultara herido.

—Sí, menos mal —convino Darren, que apretó los dedos—. Sin embargo, las simpatías del público se han dirigido en gran medida a Octavia, mientras que Trina (que es la personificación de la chica mala por excelencia, si me lo permitís) parece ser el chivo expiatorio de la separación del grupo. ¿Te parece injusto?

—No lo sé —contestó Melody con sinceridad—. No... no es algo de lo que hayamos hablado. La separación del grupo no es su tema de conversación preferido.

—Vale —murmuró Darren—. A ver, y ahora la pregunta que se hace todo el mundo. ¿Seréis capaces de reunir a estas mujeres? ¿Tenéis el poder de hacer que esas fuerzas de la naturaleza vuelvan a unirse para celebrar uno de los conciertos más esperados de todos los tiempos?

Beat miró a Melody.

Ella le devolvió la mirada con una sonrisa dulce.

Siguieron así durante varios segundos, dejando crecer la esperanza. Luego ambos miraron a la cámara.

—No —dijeron al mismo tiempo—. Ni de coña.

—Pero vamos a intentarlo —añadió Beat.

—Por el señor Belding —susurró Melody.

Intercambiaron un apretón de manos, extendiendo los brazos entre sus sillas.

—Por el señor Belding.

«Y para pagarle al chantajista», pensó Beat, obligándose a mantener la sonrisa.

8

15 de diciembre

¿Se había metido en un programa de cambio de imagen o qué?, se preguntó Melody.

Desde que llegó a las oficinas de Applause Network el viernes por la mañana temprano, se había descubierto atrapada en un torbellino de utensilios de peluquería, productos capilares, parafernalia autobronceadora y lentejuelas. Muchísimas lentejuelas. Al principio, las maquilladoras y peluqueras le preguntaron por sus rutinas habituales, pero como no les ofreció ninguna respuesta satisfactoria, dejaron de preguntarle y empezaron a depilarla por todo el cuerpo, a darle forma al flequillo, a limarle las uñas y, todo eso, sin ofrecerle ni un solo *beignet* más.

Por supuesto, Beat no estaba por ninguna parte. No necesitaba transformarse para estar listo ante las cámaras; había nacido así. Lo único que tenía que hacer para la gala de esa noche era ponerse un traje y perfumarse un poco, y tendría a todas las asistentes con las bragas en los tobillos. Las suyas incluidas, seguramente.

Sí. Pero nada más verlo.

De repente, se sintió muy agradecida con la mujer que la estaba sermoneando sobre la importancia de llevar la talla correcta de sujetador. Por lo menos la estaba distrayendo de las mariposas que le revoloteaban en el estómago desde la grabación del confesionario del miércoles.

«No hay nada que pueda hacerte quedar mal».

Beat le había dicho esas palabras. Y las había dicho en serio.

Y luego estaba lo de la encerrona a su madre. ¿Tenía una vena sádica por descubrir? Porque solo con imaginarse la cara de sorpresa de Trina se quedaba sin respiración. En la vida había conseguido dejar a su madre sin habla. De hecho, jamás la había sorprendido de ninguna manera.

Durante la visita de febrero, ella se pasaba casi todo el rato asintiendo con la cabeza mientras su madre le contaba sus historias y sus desvaríos. ¿Y si el hecho de participar en el reencuentro y de exponerse delante de todo el mundo cambiaba la percepción que Trina tenía de ella? ¿Y si reconocía algo de sí misma en ella y de repente le apetecía explorar sus puntos en común? Tal vez fuera esperar mucho, incluso demasiado. Pero su relación no podía permanecer como estaba.

Sin importar lo que pasara durante los próximos nueve días..., estaría haciendo algo. O bien le daría una patada al avispero que era su relación materno-filial con la esperanza de cambiarla, o bien estaría cortando definitivamente las transferencias de dinero.

En ese momento, cualquier cosa que sucediera le parecía suficiente. Había bateado en vez de esperar pasar a primera base gracias a los demás. Estaba participando de forma activa en su propia vida, en vez de intentar fundirse con el papel pintado de la pared.

—Amiga mía, solo rellenas la mitad de las copas de este sujetador —le estaba diciendo una mujer llamada Lola, con cejas afiladas y perfilador de labios negro, mientras le plantaba delante de la cara su sujetador beis que no podía ser más básico—. Normalmente, las mujeres llevan sujetadores demasiado pequeños y las tetas se les acaban saliendo por todos lados, pero tú no. Esto te llega hasta la clavícula. Parece un jersey de cuello vuelto.

—Es cómodo.

—¡Cómodo! —La mujer resopló por la nariz, indignada—. ¿Quién ha dicho que llevar sujetador tiene que ser cómodo?

—¿Alguien debería haberlo hecho?

Lola la obligó a levantarse de la silla y tiró de ella hasta colocarla delante de un espejo de cuerpo entero. Luego le desabrochó la bata de seda que le habían puesto y se la bajó por los brazos para que acabara en el suelo.

—¡Oye! —chilló Melody al tiempo que se cubría los pechos con los brazos.

Lola se los apartó de un manotazo.

—¡Mira! Mira qué tetitas tan monas tienes. Vamos a darles un hogar apropiado.

—¡Por Dios, que son pechos! No animalitos abandonados.

—¿Tú crees?

—Veo que has conocido a Lola —dijo Danielle desde la puerta—. Ella te preparará el vestuario apropiado para los próximos nueve días y se asegurará de que estés lo mejor posible. —Levantó una mano y le dijo a alguien que estaba en el pasillo detrás de ella—: No grabes. Se está vistiendo. —Acto seguido, le hizo un gesto a Lola para que se apresurase—. ¿Puedes...?

—Estoy en ello, jefa. No es la clienta más fácil. —Melody balbuceó algo a modo de protesta mientras veía a Lola rebuscar en una caja de plástico llena de ropa interior hasta que por fin seleccionó un sujetador, que levantó como si fuera Simba—. Esto funcionará con el vestido que tengo en mente.

Antes de que Melody pudiera articular palabra, Lola la rodeó por detrás, le abrochó el sujetador en la cintura y se lo subió para colocárselo en su sitio y taparle las tetas. A continuación, se miró en el espejo y se vio tapada solo con el sujetador sin tirantes y un tanga.

El instinto le gritó que se cubriera. Hacía tiempo que nadie la veía en ese estado de desnudez. Incluso las veces que había intimado con un hombre se había resistido a desnudarse por completo, aunque era cierto que luchaba contra los restos de la inseguridad corporal que había desarrollado en la adolescencia. Era difícil no acabar sintiéndose insegura cuando la prensa rosa se fijaba en la celulitis de los muslos y la resaltaba rodeándola con círculos amarillos fosforitos, ¿verdad?

Sin embargo, en vez de abalanzarse sobre la bata de seda, se obligó a quedarse quieta y a esperar que Lola le llevara el vestido de color sepia. Las otras dos mujeres presentes en la estancia no parecían sorprendidas por la situación. Tal vez fuera algo normal. Melody había visto imágenes entre bastidores de su madre haciendo cambios de vestuario durante los conciertos mientras cuarenta miembros del equipo la esperaban. ¿Era la suya una versión reducida de lo que Trina sentía en aquellos momentos? ¿Se sentía expuesta y avergonzada?

No. Desde luego que no.

Trina pediría llevar menos ropa. Levantaría los brazos por encima de la cabeza y se pondría a bailar.

—No olvides el micrófono —le dijo Danielle con brusquedad.

—¿Olvidarme del cable y de la petaca que arruinan el efecto de este vestido tan perfecto? Jamás. —Lola pasó del resoplido de Danielle y le colocó una cajita negra en el elástico trasero del tanga, tras lo cual extendió el cable del micrófono, que enganchó a una de las copas del sujetador sin tirantes—. No quieren que te lo diga —susurró la estilista—, pero si necesitas apagar el micrófono, por ejemplo, para ir al baño con tranquilidad, hay un botoncito en la parte de arriba de la petaca. Solo tienes que tocarla y lo notarás por encima del vestido.

—Gracias —dijo Melody, pero la mujer ya se había alejado de ella.

—Vamos allá —canturreó Lola al cabo de un momento mientras le pasaba el vestido por la cabeza y lo dejaba caer por su cuerpo, sobre el que resbaló como si fuera agua—. ¡Este color te sienta fenomenal!

—Es la primera cosa agradable que me has dicho en todo el día.

—Señal de que lo digo en serio.

Melody rio entre dientes y se movió un poco.

—Es bastante cómodo, la verdad.

—Deja de usar ese adjetivo en mi presencia.

—Lola odia ese adjetivo en concreto —terció Danielle, que estaba mirando su teléfono.

—Pero es que lo es…

Lola unió ambos lados de la cremallera que estaba en la espalda y se la subió. El corpiño dejó de ser holgado para ceñírsele al torso.

—¡Uf, no!

—¡Uf, sí! —La contradijo la estilista, agarrándola por los hombros—. Mírate. ¡Mírate!

Danielle, que había dejado de mirar el teléfono, se acercó a ella.

—¡Guau! —La examinó de pies a cabeza—. Melody, ya eras guapa antes, no necesitabas un cambio de imagen. Nadie lo necesita, pero…

Lola resopló.

—Pero ¡joder! —siguió Danielle, guiñándole un ojo a través del espejo—. Un poco de esfuerzo extra te sienta fenomenal.

—Gracias —murmuró Melody, porque fue incapaz de añadir otra cosa.

No era la primera vez que se ponía un vestido. Mientras crecía había asistido a innumerables ceremonias, entregas de premios y fiestas en los áticos de los productores musicales. De hecho, esos eventos eran la principal razón por la que Trina visitaba brevemente Nueva York, antes de marcharse de nuevo, dejándola a ella con las niñeras que se iban rotando. Sin embargo, cuanto más tiempo pasaba de la separación de las Steel Birds, más se fueron reduciendo dichos eventos. Desde que cumplió los dieciocho años y empezó a vivir sola, nunca se le había ocurrido esforzarse para presentar mejor aspecto, porque cuando lo hizo en el pasado, la prensa la criticó. O se veía en la revista *People* con los ojos de par en par y la cara brillante al entrar o salir de un restaurante. ¿Alguien se extrañaba de que eligiera la ropa que la tapaba más?

La mujer del espejo, sin embargo…, distaba mucho de ser la adolescente que parecía incapaz de encontrar una sola prenda de ropa que la favoreciera. El vestido se le ajustaba en el pecho y en las caderas, acentuando su cintura. Ya no había rastro del acné que la había asolado durante la adolescencia. La peluquera le había cortado un poco el pelo y se lo había dejado caer alrededor del cuello, sin que se viera un solo mechón encrespado. ¿Quién era esa persona?

—¡Ah! —exclamó Lola con gesto ufano—. Se ha quedado sin palabras. Me siento satisfecha.

Danielle chocó los cinco con ella.

—Has triunfado.

Lola sorbió por la nariz.

—Pues sí.

El móvil vibró en la mano de la productora, que miró la pantalla.

—Beat viene de camino. —Retrocedió unos pasos y se asomó al pasillo para decirle a alguien—: ¿Ya tiene micrófono?

—Sí, se lo han puesto abajo —respondió una voz grave a lo lejos—. Todo está preparado, Dani.

—Genial. —Danielle pareció desconcertada un instante por el diminutivo, pero le sonrió a Lola—. ¿Te importaría dejarnos un momento a solas?

—¡Mi trabajo está hecho! —canturreó la estilista mientras salía por la puerta—. Voy a tomarme una copa.

—Gracias —le dijo Melody, que seguía mirándose en el espejo, un poco aturdida. Por primera vez en su vida, podía ver cierto parecido con Trina—. ¿Vamos directamente a la gala cuando llegue Beat? —le preguntó a Danielle.

—Sí. Ya estamos retransmitiendo en directo, ¿te lo puedes creer? Beat ha hecho un confesionario durante el camino. Esta es una buena oportunidad para que tú hagas también uno.

—Confesionario. Vale. —Melody se apartó del espejo para mirar a Danielle—. ¿Vas a hacerme las preguntas tú?

—Sí. ¿Te parece bien que entre Joseph?

Melody asintió con la cabeza.

—Claro.

—Genial. —Danielle se asomó al pasillo y le hizo señas al cámara para que se acercara—. Vamos a hacerlo de pie para que no se te arrugue el vestido.

Melody vio que la luz roja de la cámara estaba parpadeando mientras miraba fijamente al objetivo.

En directo. ¡Estaba haciendo un directo!

—¿Cuánta gente está viendo esto?

—¿Ahora mismo? Unos cuantos miles, pero acabamos de empezar. Seguro que aumenta.

Melody lo asimiló. Unos cuantos miles de personas. En fin, podía lidiar con eso. Lo más seguro era que en la vida real no conociese nunca a esos espectadores sin rostro. Ella solo era tráfico en Internet que acabaría enterrada entre otras cosas. La verían durante unos minutos desde sus mesas en Milwaukee o Bakersfield, y luego cambiarían y verían algo más interesante, como el nacimiento de una jirafa en el zoo del Bronx. Nada del otro mundo.

No era para tanto.

Miró a Danielle e hizo todo lo posible para fingir que la cámara era invisible.

—Estoy lista cuando tú lo estés.

Danielle cambió el peso del cuerpo de un pie a otro y levantó la barbilla, y ella tuvo la impresión de que estaba dándose ánimos en silencio.

—Llevamos cuarenta y ocho horas emitiendo tu entrevista conjunta con Beat y el interés ha ido creciendo. La gente nos pide más información sobre ti en las redes sociales.

—¿Sobre... mí? Normalmente las preguntas son sobre las Steel Birds o sobre Trina —murmuró mientras se alisaba sin necesidad la parte delantera del vestido—. Bueno... yo... Vivo en Brooklyn y trabajo restaurando libros. No os muráis por la emoción. Básicamente me paso el día encerrada, pero una vez a la semana juego a la petanca. Y digo «jugar» por decir algo. Más bien lanzo la bola con los ojos cerrados y rezo para no dejar a alguien inconsciente. Salgo conmigo misma. ¿Puedo hablar de eso?

Danielle asintió de forma enfática con la cabeza.

—Vale. Pues salgo sola una vez a la semana. A veces, voy de compras, si no hay buenas películas en cartelera y me siento con ganas de aventura. Pero siempre voy a algún restaurante nuevo. Es una especie de juego con una regla que me impide repetir sitio. ¿Hemos bajado ya de los miles a los cientos de espectadores?

La productora consultó el móvil, pero no respondió la pregunta.

—Tienes un compañero en esta misión de reunir a las Steel Birds. ¿Beat y tú tenéis alguna estrategia?

Fue como si le cayera arena caliente desde la coronilla hasta las plantas de los pies. El pulso se le aceleró en las muñecas. Y solo con oír su nombre. Patético.

—Sí. —«Habla más alto. Parece que te has quedado sin aliento», se dijo—. Vamos a plantearles a nuestras madres con sutileza la posibilidad de una reunión y seguramente nos deshereden.

El cámara soltó una carcajada ronca que pareció retumbar en su pecho.

—¿Conoces bien a Beat? —le preguntó Danielle, después de mirar un segundito a Joseph.

—Qué va. Nada de nada. —Danielle no hizo ninguna pregunta de seguimiento y el silencio se alargó tanto que Melody se sintió obligada a llenarlo—. A ver, en el fondo sí que parece que lo conozco. Pero eso no significa nada, ¿verdad? Seguro que hay mucha gente que siente que lo conoce, porque es muy buena persona. Cuando te mira, todo se desvanece y…

Danielle le hizo una señal para que continuara.

¿Qué quería que añadiera? No tenía intención de decir nada de eso en voz alta.

Ni de coña.

Sin embargo, la luz roja seguía parpadeando. La gente estaba mirando, esperando a que siguiera.

—Sí, todo se desvanece cuando él está cerca, supongo. Es amable y atento, ya lo has visto. Es… guapo. —Empezaban a sudarle las palmas de las manos y sentía que la cabeza le daba vueltas—. ¿Es posible hacer un descansito para ir al baño…?

Beat apareció por la puerta.

La cámara de Joseph seguía apuntándola, y deseó que no fuera así, porque captó el momento exacto en el que vio a Beat con un esmoquin por primera vez. De alguna manera, estaba mucho mejor que con los pantalones cortos sudados y el torso desnudo. Su cerebro chilló durante unos segundos y luego se le salió por las orejas, licuado. ¿Le habían hecho el esmoquin a medida para que se ciñera a cada uno de sus músculos?

«Pues sí, imbécil. Se llama sastrería».

Recordó un instante aquella primera tarde que se conocieron, cuando él apareció mojado por la lluvia y el ambiente se cargó de electricidad. Seguía provocando el mismo efecto, más si cabía con ese esmoquin hecho a medida, pero en ese momento era más sutil. Como si su espectacular energía se hubiera visto mermada por el entorno. Tal vez por el motivo que lo había impulsado a participar en el *reality show*.

Necesitaba participar en el *reality show.*

Ese día era aún más evidente, según delataban las oscuras ojeras que tenía.

Muy bien. Estaba dispuesta a bailar claqué delante de la cámara si fuera necesario.

—Mel. —Beat articuló su nombre con los labios. Al ver que no reaccionaba, lo repitió en voz alta—. ¿Mel?

—Lo siento. ¿Ves este vestido? —Hizo una mueca—. Ahora solo respondo a mi nombre si se pronuncia con acento francés.

Esos ojos azules se le clavaron en los dedos de sus pies y subieron despacio. Y de nuevo tuvo la sensación de que Beat reaccionaba de forma intensa y de que le resultaba imposible disimular. «¡Vaya!». ¿Era posible que la encontrara atractiva? Ese día estaba dispuesta a creérselo, por lo del cambio de imagen, pero eso no explicaba las otras veces que lo había sorprendido mirándola.

Pensando en la audiencia, extendió los brazos e hizo una floritura con ellos en plan «¡Tachán!», pero Beat debió de malinterpretar el gesto como una petición de abrazo, porque dio dos pasos hacia ella y la abrazó con fuerza.

—¡Oh! —exclamó ella mientras dejaba caer los brazos como si le pesaran varias toneladas y el corazón se le subía a la boca—. ¡Hola!

—Hola, Melocotón. —Él bajó la cabeza, le rozó el cuello con la nariz y, ¡madre del amor hermoso!, Melody sintió que se le dilataban las pupilas. Una oleada de sangre viajó hacia el sur, calentándose por el camino, y el pulso se le disparó hasta batir todos los récords—. Sigues oliendo a galletas de jengibre. Por lo menos no se han cargado eso.

—Me encantan los aromas de temporada —replicó con dulzura, mientras se le cerraban los ojos de forma involuntaria.

Beat soltó una carcajada un tanto forzada mientras se alejaba de ella y sus ojos se clavaban un poco más de la cuenta en sus pechos, tras lo cual se pasó una mano por la cara y se dio media vuelta.

—Mmm… —Melody se colocó un mechón de su reluciente pelo detrás de una oreja—. ¿Cómo ha reaccionado tu madre a todo el asunto de la retransmisión en directo?

Beat suspiró.

—Ya estaba al tanto de lo de *Pesadilla en Navidad* porque se lo dijo su representante, y le ha sorprendido mucho que yo haya aceptado participar. Tendemos a ser muy reservados, así que formar parte de un programa en *streaming* no es exactamente mi estilo. Pero si algo le gusta a mi madre es ser el centro de atención. Ha aceptado firmar el consentimiento y que la graben esta noche. —Se ajustó la pajarita con gesto distraído—. Las peticiones de una reunión con Trina han ido aumentando desde hace unos meses y quiere aprovechar la oportunidad para zanjar el tema y descartar la idea de una vez por todas.

Danielle se quedó hecha polvo.

—Genial.

—No puedes decir que no te avisamos —dijo Beat—. Le he pedido al encargado del local que los invitados firmen el consentimiento nada más llegar, así que tenemos vía libre para grabar dentro de la fiesta, pero tendremos que buscar un momento oportuno para que Melody, mi madre y yo nos reunamos con tranquilidad.

—Durante el cual intentaremos convencerla de lo imposible —añadió Melody.

—Exacto. —Beat frunció el ceño—. ¿No hay alguna manera de que el encuentro entre mi madre y Melody sea en privado? ¿Sin cámara? Mi madre es una persona muy paciente y generosa, pero tiende a cortar a la gente por lo sano cuando se ve acorralada. No quiero que sienta que le hemos preparado una encerrona y que Mel pague las consecuencias con alguna bordería.

Danielle soltó una especie de gemido.

—Esos son los momentos que queremos ver.

Beat cerró los ojos y asintió una vez con la cabeza, tras lo cual extendió la mano para que Melody se la cogiera.

—Ha llegado la hora de la verdad, supongo.

Mel rodeó los dedos de Beat y tuvo la impresión de que se le aceleraba la respiración.

—¿Hemos acabado con el confesionario? —le preguntó a Danielle con una voz que le avergonzó por lo ronca que parecía—. ¿O queda alguna pregunta?

—De momento, hemos acabado. Vámonos.

Beat y ella salieron cogidos de la mano y enfilaron el luminoso pasillo caminando el uno al lado del otro, aunque le costaba un poco andar por culpa de los tacones. Beat preguntó:

—¿Qué has confesado?

«Nada».

«Aunque estoy bastante segura de haberle dejado claro al mundo que llevo toda la vida enamorada de ti».

Con suerte, en ese momento nadie estaba viendo la retransmisión.

—En fin, ya sabes... —«Te he puesto por las nubes», pensó—. Cosas básicas. Mi nombre, mi edad. Si canto como mi madre... Lo de siempre. —Miró su perfil y vio que tenía el ceño fruncido—. ¿Y tú? ¿Les has contado tus secretos más íntimos y oscuros?

Algo parecido a la alarma apareció en sus facciones.

—No. He conseguido morderme la lengua. —Abrió la boca y la cerró—. Se están centrando en nuestra vida personal más de lo que esperaba. Pensaba que nos harían muchas preguntas sobre Octavia y Trina, pero me han preguntado cómo es un día habitual en mi vida. Cómo me sentí al cumplir treinta años. Qué les parece a mis amigos que sea famoso gracias a mi madre. —Levantó un hombro—. No me lo esperaba.

—Intentaré no ofenderme porque no me han preguntado si tengo amigos. Estaban más interesados en mis salidas conmigo misma.

—¿En tus qué?

—En mis salidas sola. Una vez a la semana, salgo a cenar y me lo paso muy bien. Menos cuando la jefa de sala me sienta a cinco centímetros de una pareja en plena cena romántica y se sienten incómodos, porque parece que estoy pegando la oreja. Cosa que es verdad, claro.

Beat pulsó el botón del ascensor y las puertas se abrieron de inmediato, como si estuviera esperando a que el príncipe requiriera su uso. Entraron con Joseph y guardaron silencio diez segundos completos, antes de que Beat le preguntara de repente:

—¿Alguna vez quedas con alguien para salir?

—Mmm. A veces. —Sintió que los dedos que rodeaban los suyos temblaban. ¿Tenía Beat miedo a los ascensores? Ya se lo preguntaría—. En una ocasión, estuve saliendo cuatro meses con un chico, pero faltaba poco para que mi madre viniera por mi cumpleaños y empecé a verlo a través de sus ojos, preguntándome qué pensaría ella cuando llegara. Y así fue como me di cuenta de que no funcionaba. No éramos compatibles y lo único que necesitaba era dar un paso atrás y mirar para verlo. O para admitirlo, supongo. —Beat aún parecía tenso, así que tomó una honda bocanada de aire y le preguntó—. ¿Tú has salido con muchas chicas?

—No. —Esbozó una sonrisa tensa que no le llegó a los ojos—. Con ninguna.

—¿¡Con ninguna!? —Captó hasta la sorpresa de Joseph, que estaba en la otra punta del ascensor. Si Beat fuera un soltero adicto al trabajo con un defecto de personalidad, suponía que le resultaría difícil mantener relaciones sentimentales y que se limitaría a ligar cuando le apeteciera. Pero era un hombre sensible, atento y guapísimo. Si se cruzaba con una mujer que valiera la pena, algo que debería haber sucedido cientos de veces, lo normal era que la tuviese en cuenta, no que la descartase. ¿Cómo era posible?—. ¡Pero si eres el novio ideal!

Él soltó una breve carcajada.

—Me gusta estar soltero y sin pareja, Mel.

Las puertas del ascensor se abrieron y ella devolvió rápidamente la mirada al frente. ¿Le gustaba saber que Beat nunca había tenido una relación seria?

Tal vez. Solo un poco. Pero no lo suficiente como para evitar preguntarse (con preocupación) cuál sería el motivo.

9

Salieron del edificio cogidos de la mano, y Beat entrecerró los ojos al recibir la luz del sol invernal, que ya se estaba poniendo. En la calle se oían campanillas a lo lejos. Las guirnaldas de luces encendidas entre las farolas de la avenida titilaban y teñían el atardecer con su suave resplandor. Un olor a canela y a azúcar flotaba en el aire, cortesía de la panadería de enfrente. Estar en la calle de la mano de Melody le provocaba una especie de emoción navideña que lo obligaba a ralentizar el paso para exprimir el momento.

O a lo mejor solo estaba postergando las cosas para no enfrentarse a la realidad.

Junto a la acera había un SUV esperándolos para llevarlos a la gala, donde iban a plantearle a su madre la posibilidad de un reencuentro con Trina. Delante de una cámara. La probabilidad de que el espectáculo acabase antes de empezar siquiera era bastante alta. De ser así, ¿cómo iba a conseguir el dinero?

Melody le dio un apretón en la mano y le sonrió, como si supiera que sus pensamientos habían tomado un cariz preocupante. ¡Por Dios, estaba preciosa! Tan glamurosa y sensual como una estrella de la época dorada del cine salida directamente de la pantalla. El vestido se le ceñía en ciertos lugares que estaba haciendo todo lo posible por no mirar, pero esa noche sería imposible pasarlos por alto. Menos mal que en ese momento llevaba un abrigo que le tapaba las tetas y la curva de la cintura, allí donde empezaban las caderas, un lugar donde quería plantar las manos para explorarla. Para descubrirla. Para sentirla.

La creciente atracción por Melody era lo último que necesitaba en ese momento, con todo lo demás que estaba sucediendo. Tenían una cámara delante que documentaba todos sus movimientos. El chantajista insistía en enviarle mensajes. Cabía la posibilidad de que su madre lo repudiara esa misma noche, y en lo único que podía pensar era en arrancarle el vestido a Melody a bocados empezando por el escote.

—Todo va a salir bien —dijo ella, que infló un moflete y luego soltó el aire. Un gesto tan tierno que le provocó un nudo en la garganta—. ¿Qué tipo de comida habrá en la fiesta?

—No tengo ni idea —contestó en voz baja.

—Pero ¿no dijiste que la gala la has organizado tú?

Beat tiró de ella en dirección al coche que los esperaba, y Joseph empezó a caminar de espaldas delante de ellos para mantenerlos en el punto de mira de la cámara.

—Me encargo de los detalles en general.

—Vale, le dices a tu personal cómo quieres las cosas y ellos se encargan de hacerlo realidad.

—Exacto.

Se rio.

—Estoy segura de que es bastante más complicado. He seguido el progreso de Ovaciones de Octavia a lo largo de los años y es increíble la capacidad de la fundación para encontrar niños con talento sin muchos recursos. Son como diamantes en bruto que saca de la tierra para enviarlos a Juilliard o a alguna otra prestigiosa escuela de artes escénicas. Uno de los chicos becados interpretó el himno nacional en la final del Super Bowl el año pasado, ¿verdad? Siempre dejan boquiabierta a la gente. Quienquiera que los encuentre debe de ser un hacha.

La ayudó a acomodarse en el asiento central del vehículo, sin dejar de mirarla a la cara para intentar descubrir hasta qué punto estaba informada de las cosas. Sin embargo, no le hizo falta mirarla mucho, porque no le ocultaba nada. Sus facciones reflejaban todo lo que sentía.

—¿Sabes… sabes que soy yo quien selecciona a los becados?

—Sí. De ahí que te perdone por no saber si habrá cóctel de gambas.

—¡Ah, siempre hay cóctel de gambas! Forma parte de los detalles generales.

—Salta a la vista que eres un visionario. ¿Y el postre?

Se acomodó en el asiento junto a ella.

—Hemos preparado un buen surtido.

Ella jadeó.

—¡Mi postre preferido!

Al oírla, soltó una carcajada que reverberó en el interior del coche y Melody sonrió, complacida al tiempo que se ponía colorada. Aunque era una idea terrible, se dejó llevar por el deseo de examinar ese rubor, así que se acercó, extendió un brazo para coger su cinturón de seguridad y aspiró con avidez su olor a galletas de jengibre mientras le pasaba el cinturón de nailon por el torso para abrocharlo con un clic. Sin embargo, cometió el error de mirarle la boca y, de repente, temió que la cremallera del pantalón le reventara. «¡Por Dios!».

Había una cámara grabando todos sus movimientos y, aun así, no podía dejar de sopesar los pros y los contras de besarla.

—¡Oye! —exclamó alguien desde la acera, a través de la puerta del coche que seguía abierta. Beat se volvió un poco y descubrió a una desconocida agitando el móvil que llevaba en una mano—. ¡Hostia puta! ¡Que estoy viendo tu Instagram en directo ahora mismo!

Un par de chicos se detuvieron detrás de ella en la acera, boquiabiertos.

—¡Madre mía! —gritó uno de ellos, corriendo hacia el coche, con su amigo detrás—. ¿Podemos grabar?

La desconocida usó el cuerpo de pantalla para impedir que los chicos entraran en el coche.

—¿Dónde es la gala? ¿De verdad vais a reunir al grupo? ¿Sois pareja? Porque lo parece.

Los chicos se impacientaron y empezaron a apartar a la mujer a codazos para ver qué pasaba en el interior del coche. Se produjo un forcejeo entre ellos, y Beat aprovechó la distracción para cerrar la puerta y echar el seguro. Hasta que no dejaron atrás las voces del trío de desconocidos y el SUV se alejó rugiendo del bordillo, no se dio cuenta de que el pulso le taladraba las sienes como un martillo neumático.

Cuando consiguió encontrar la voz, se volvió hacia Danielle, que estaba sentada en el asiento trasero.

—¿Qué ha pasado con la seguridad que se suponía que ibas a contratar? —Sintió que le clavaban un dedo en el costado y se dio cuenta de que había arrinconado a Melody, utilizando su cuerpo como escudo. Murmuró una disculpa y se apartó. Un poco—. ¿Y si Melody hubiera estado sentada más cerca de la puerta?

Era la primera vez que habían pillado a Danielle desprevenida. Parecía haberse quedado pasmada.

—Yo…, el equipo de seguridad se reunirá con nosotros en la gala. No imaginé que los necesitáramos tan pronto.

—Yo tampoco lo habría imaginado —murmuró Melody.

Miraron simultáneamente a la cámara.

Beat carraspeó antes de preguntar:

—¿Cuántas personas nos están viendo ahora?

—¿De verdad quieres saberlo? —replicó Danielle después de teclear un momento en su teléfono.

—No —se apresuró a contestar Melody.

Beat pensó en lo fácil que les habría resultado sacar a Melody del coche. O preguntar algo mucho más vergonzoso que si estaban juntos.

—Contrata más seguridad.

Danielle soltó un suspiro y se llevó el teléfono a la oreja.

—Buena idea.

No habían pasado ni cinco segundos cuando todos los presentes en el coche (Melody, Danielle, Joseph, un técnico de iluminación, el chófer y él) recibieron a la vez un mensaje de texto. Seguido de otro y de otro más, lo que convirtió el interior del vehículo en una cámara de resonancia de notificaciones.

Aunque casi le daba miedo mirar, Beat le echó un vistazo al móvil y vio que sus amigos lo estaban acribillando a mensajes. Por supuesto, todos eran preguntas. No les había dicho nada de la retransmisión en directo y, obviamente, no habían visto la promoción del programa. En otras palabras, que acababan de enterarse en tiempo real a través de las redes sociales.

Los reunió a todos en un chat de grupo para explicar la situación una sola vez. Un mensaje general para mantener las cosas impersonales y vagas, como era su *modus operandi*. Sin embargo, antes de que pudiera ofrecerles una explicación e iniciar el hilo, su amigo Vance envió un vídeo acompañado de un mensaje que decía: «A alguien le ha dado fuerte». Beat pulsó para reproducirlo, pero lo pausó cuando vio que era un vídeo de Melody. Estaba claro que la grabación era reciente, porque llevaba el mismo vestido.

«No lo veas». La intuición le dijo que era una mala idea. Sin embargo, cuando ella se volvió en el asiento para hablar con Danielle, no pudo evitar pulsar de nuevo el *play* y acercarse el teléfono a la oreja para oír la conversación.

—¿Conoces bien a Beat? —oyó que decía Danielle.

—Qué va. Nada de nada —respondió Melody. Beat contuvo la respiración—. A ver, en el fondo sí que parece que lo conozco. Pero eso no significa nada, ¿verdad? Seguro que hay mucha gente que siente que lo conoce, porque es muy buena persona. Cuando te mira, todo se desvanece y… Sí, todo se desvanece cuando él está cerca, supongo. Es amable y atento, ya lo has visto. Es… guapo.

Las palabras por sí solas bastaban para dejarle claro que Melody estaba enamorada de él, pero su tono de voz lo confirmaba. Bien podría haber sido una devota católica hablando de la Segunda Llegada de Cristo. Y el comportamiento que él estaba demostrando ayudaba poco a evitar que se sintiera atraída por él. Por ejemplo, sus manos seguían entrelazadas en el asiento. Dos segundos después de que grabaran ese vídeo, él entró en la habitación y la abrazó, porque se sintió obligado a… tocarla de alguna manera. ¡De cualquier manera!

Estaba claro que ambos estaban colados el uno por el otro.

Más le valía reconocer los hechos.

Por desgracia, Melody no sabía que sus intereses sexuales eran… un pelín complicados. Era una parte intrínseca de su persona, y había decidido desde el principio, antes incluso de llegar a la edad adulta, que se ocuparía de sus necesidades particulares en privado y mantendría su vida social separada. Eso incluía a Melody. ¡Sobre todo a ella!

«Pues deja de engañarla».

Claro que una cosa era saber lo que debería hacer y otra muy distinta hacerlo. Tocar a Mel era algo natural, como nunca lo había sido con otra. Le parecía algo necesario, como si estuviera recuperando el tiempo perdido. Aunque hubieran crecido cada uno por su lado por culpa de la separación de las Steel Birds, el pasado de sus madres los mantenía unidos, junto con algo intangible. Cuando estaba con ella, sus sentidos se agudizaban y su mundo bidimensional se convertía en tridimensional. Como debía ser.

En cuanto le soltó la mano, sintió como si le clavaran un puñal en el pecho y lo retorcieran. Quiso de inmediato volver a unir sus dedos; en cambio, se obligó a mantener ambas manos en el teléfono, para teclear un mensaje que les envió a sus amigos sin procesar en el fondo lo que estaba diciendo.

Al cabo de unos minutos, cuando llegaron al hotel donde se celebraba la gala, se sintió aliviado al ver que los esperaba un equipo de seguridad conformado por seis hombres al otro lado de la hilera de aparcacoches. Sin embargo, cuando bajó del SUV y se volvió automáticamente para ayudar a Melody a bajar, uno de los guardaespaldas cumplió esa función en su lugar y a él se le encogió el estómago. Sus miradas se cruzaron un instante por encima del hombro del guardaespaldas, aunque ella no tardó en apartarla, lo que le dejó claro que se había percatado de su distanciamiento durante el trayecto.

Claro que sí.

Y era lo mejor, aunque su ridículo corazón se le hubiera subido a la garganta.

Al darse cuenta de que la cámara le estaba enfocando la cara, dejó que el equipo de seguridad los llevara hasta la entrada mientras se preparaba para lo que estaba por llegar.

Nada importante. Una tontería llamada «Apocalipsis».

10

Hacía mucho tiempo que Melody no asistía a un evento de ese tipo.

Y le había encantado que no la incluyeran en las listas de invitados.

Las galas benéficas de los famosos eran todo un despliegue de extravagancia, y nada más llegar a esa le resultó evidente que no iba a ser distinta. Junto a la acera había una larga hilera de limusinas que avanzaban a paso de tortuga mientras sus ocupantes se apeaban bajo los destellos de los *flashes* de las cámaras. De la entrada del edificio colgaban guirnaldas repletas de luces azules y brillantes carámbanos de cristal. Un músico ceñudo, de pelo largo y esmoquin, tocaba una versión sexi de *Noche de paz* al borde de la alfombra.

—Es imposible que algún día el código de vestimenta sea fiesta de pijamas —dijo con ironía, esperando hacer reír a Beat.

Lo vio esbozar el asomo de una sonrisa torcida, pero no apartó la mirada del móvil.

De repente, se preguntó si no sería genial para el programa que se levantara el vestido y echase a correr por la avenida. ¿No aumentaría la audiencia? Se convertiría en un meme en un segundo.

Tuvo que hacer un gran esfuerzo para contener el impulso. La noche ya era bastante aterradora, pero el repentino distanciamiento de Beat la empeoraba bastante.

«Relájate. Seguro que también está nervioso».

Al fin y al cabo, se estaban preparando para proponerle a su madre una reunión con Trina, al parecer delante de mucha gente. Beat no estaba obligado a cogerla de la mano y a rodearla con su dorada energía a todas horas. Era bastante probable que a ratos apagara por completo ese radiante brillo. ¿Cómo sería en esos momentos?

Le dolía el pecho por la necesidad de saberlo.

De repente, lo vio apretar los dientes y se dio cuenta de que lo estaba mirando con detenimiento, de manera que se apresuró a mirar al frente. El suyo era el único SUV de la hilera de vehículos y... se habían convertido en el centro de atención. Al principio, supuso que la mente le estaba jugando una mala pasada, pero no. Vio más cámaras corriendo hacia la alfombra roja, junto con los peatones armados con sus móviles. Un grupo de hombres corpulentos con chaquetas negras y auriculares esperaban su llegada en la acera. Cuando les llegó el turno para apearse, todo sucedió tan rápido que solo atinó a poner un pie delante del otro y a seguir avanzando.

Alguien la cogió de la mano y la ayudó a bajar del coche. No fue Beat. Esa mano era más gruesa y su apretón fue formal.

—Es mejor que entremos rápido, señorita.

—Llámame Melody.

—Melody —repitió el hombre de voz ronca, manteniendo las distancias—. Vamos.

Los *flashes* la cegaron, pero alcanzó a ver la expresión tensa de Beat. Había clavado los ojos en la mano del guardaespaldas, que acababa de agarrarla del codo para empujarla hacia delante. Uno de los cámaras llamó a Beat por su nombre y él pareció salir de su aturdimiento, al menos a medias, mientras avanzaba por la alfombra roja delante de ella mirándola de vez en cuando por encima del hombro.

—¡Sonríe, Melody! —gritó alguien—. ¡Aquí!

¿Dónde? No veía nada. Demasiados *flashes*. La canción *Noche de paz* había alcanzado el *crescendo*. Por desgracia, la combinación de ceguera temporal y el intento de mantener los ojos abiertos para las fotos resultó ser muy peligrosa. Se le metió un copo de nieve artificial en el ojo derecho y se sobresaltó hasta tal punto que se detuvo de repente.

—La nieve. Se me... ha metido en el ojo. —Se lo tapó con la mano derecha mientras le hacía señas con la izquierda a Beat para que avanzara—. Sálvate.

—Melody. ¡Aquí!

—Claro, pasad todos de mi dolor. —Entrecerró los ojos mientras miraba la hilera de fotógrafos—. Tengo dos preguntas relacionadas. Una, ¿la nieve artificial se derrite? Y dos, ¿estaría elegante con un parche en el ojo?

Se sorprendió al oírlos reírse.

De hecho..., ¿se reían con ella? En su adolescencia, se reían de ella, que no era lo mismo.

Tal vez la ayudaba el hecho de no poder verles las caras. Sin embargo y por suerte, el copo de nieve que tenía en el ojo empezaba a derretirse, devolviéndole la visión, y la breve pausa de los *flashes* la ayudó a ver el mar de caras.

Estuvo a punto de echar la pota.

—¡Melody! —gritó alguien, justo cuando el guardaespaldas la hacía avanzar de nuevo—. ¿Tienes novio?

Vio que la puerta doble de latón se abría y en ese momento dos trompetas anunciaron su llegada. De repente, se encontró en el interior y la cacofonía del exterior desapareció al instante.

—No —dijo ella—. Soy libre como el viento.

Una risilla a su espalda le recordó que Joseph la seguía.

Había escapado de la multitud física, pero en internet había una multitud que seguía observando cada una de sus palabras y de sus movimientos. No dejaba de olvidarlo, y eso no podía ser.

Se maravilló al ver el lujoso vestíbulo del hotel. Quienquiera que hubiera supervisado la decoración esa noche había optado por el color azul para la temática navideña y todo el espacio estaba iluminado por las resplandecientes luces azules que colgaban del techo. En las paredes bailaban los copos de nieve de los proyectores led, que también iluminaban las caras de los asistentes. Un cuarteto de cuerda tocaba en el centro de la estancia, dándoles la bienvenida con una refinada interpretación de *Silver Bells*. Los camareros, ataviados con sombreros de copa, paseaban de un lado para otro ofreciendo champán de arándanos rojos y saludaban a los que aceptaban una copa.

Beat apareció de repente delante de ella y su mirada la recorrió de pies a cabeza. ¿Por qué parecía que tenía los puños apretados en los bolsillos?

—¿Estás bien?

—Sí. ¿Y tú?

—Sí, por supuesto. —En sus labios apareció una sonrisa deslumbrante que no le llegó a los ojos—. Aunque con toda la emoción, se me olvidó decirte que esta noche era una mascarada. —Levantó una delgada máscara de terciopelo negro que sostenía entre el dedo corazón y el índice—. Menos mal que ofrecemos en la puerta.

Melody vio que los demás invitados empezaban a ponerse las máscaras, tras haber esperado a que los *paparazzi* los fotografiaran.

—¡Ah, sí, el clásico tema de la mascarada navideña! —Aceptó la máscara que le ofrecía y se la pasó por la cabeza para colocársela sobre los ojos—. Qué sería de las fiestas sin celebrar una.

—Ojalá hubiese una máscara que evitara que mi madre me deshe-rede.

Melody se rio.

—En una escala del uno al diez, ¿cómo te sientes de preparado para esto?

Lo vio inflar un carrillo mientras sopesaba la respuesta.

—Tres con cinco —respondió, desinflándolo.

—Pues es más de lo que esperaba.

—Acabo de pimplarme dos copas de champán de arándanos rojos —le explicó al tiempo que señalaba a uno de los camareros—. Y luego me di media vuelta y ya no estabas detrás de mí.

—Han disparado nieve artificial ahí fuera y he sido la desafortunada víctima. Espero que no te remuerda la conciencia.

La deslumbrante calidez de su sonrisa empezaba a extenderse de nuevo por esos ojos tan expresivos, y ella se alegró muchísimo. ¿Sería ella la responsable del cambio? Eso parecía..., ¿o no? Salvo por las partidas de petanca y alguna que otra interacción laboral, siempre era muy reservada. En el pasado, siempre metía la pata cuando estaba en público. Cada movimiento, cada atuendo, cada palabra que salía de su boca al parecer provocaba vergüenza ajena. ¿Era posible que lo hubiera superado?

Beat estaba a punto de decirle algo, pero se acercó un hombre, también con sombrero de copa.

—¿Me permite su abrigo, señorita?

—¡Claro! —Se desabrochó los botones y se quitó la prenda, mientras miraba rápidamente hacia abajo para asegurarse de que sus tetas seguían bien sujetas, y luego le entregó el abrigo al hombre con un murmullo de agradecimiento.

Captó el momento en el que Beat le miró los pechos, antes de que carraspeara con fuerza y apartase la mirada. Claro que no lo hizo lo bastante rápido como para sofocar la reacción en cadena que comenzó en la parte superior de su cabeza, donde empezaron a palpitarle las orejas y se le secó la boca, y fue descendiendo hasta el abdomen, donde sintió que la inundaba un torrente en plena ebullición.

No era el momento ni el lugar para ponerse cachonda.

Claro que no podía decírselo a sus hormonas. En lo referente a Beat eran incontrolables, y allí estaba él, delante de ella con esmoquin y una máscara muy estilosa. ¡Le había mirado las tetas! ¿Cómo esperaba controlar la libido?

—¿Có-cómo vamos a enfrentarnos a esto?

Beat debió de notar que le faltaba el aliento, porque le devolvió la mirada de repente y la calidez desapareció de sus ojos. Como en el SUV. ¿Por qué?

—Tendremos que improvisar para conseguir quedarnos con Octavia a solas, y no será fácil. Todo el mundo quiere hablar con ella en estas ocasiones. Tendrá que ser en algún momento después de la ceremonia de los deseos.

—¿Qué es una ceremonia de los deseos y cómo puedo participar en ella?

Lo vio esbozar una sonrisa fugaz.

—Celebramos esta fiesta todos los años y los deseos se han convertido en una especie de ritual —contestó—. Debajo del árbol de Navidad de cuatro metros hay una mesa enorme, cargada de tarjetas con deseos. Es tradicional que todos los asistentes escriban un deseo y lo cuelguen en el árbol. Yo elijo uno a mitad de la velada y Octavia lo hace realidad. Por supuesto, tengo instrucciones estrictas de elegir uno que pida que mi madre nos entretenga con una canción. —Hizo un mohín con los labios, pero en plan cariñoso—. Entonces ella se niega, aduciendo que ha bebido demasiado champán, la gente empieza a insistir y al final, se levanta y canta la canción que seguramente lleva ensayando desde agosto.

—No parece molestarte mucho.

—No. —Levantó un hombro y pareció buscar las palabras adecuadas—. Todo el mundo tiene un vicio que necesita satisfacer, ¿verdad? El de mi madre es la vanidad. La necesidad de ser el centro de atención. Y es inofensivo. No le hace daño a nadie. Al contrario. Todo el mundo disfruta con ello.

—¡Uf! Ojalá entendiera a mi madre como tú entiendes a la tuya —dijo mientras resistía la necesidad constante de acercarse a él. Le habría bastado un simple roce de su codo contra la chaqueta del esmoquin. ¿Estaba evitando mirarla a los ojos? Eso parecía. Algo estaba pasando allí, pero ¿qué podía ser?—. ¿Y cuál es tu vicio, Beat?

Bueno, esa fue una forma de hacer contacto visual.

La miró a los ojos al instante, con los labios apretados.

Su tez dorada había perdido el brillo y tenía un aspecto ceniciento.

—Mi… ¿qué? —Cogió otra copa de champán de la bandeja de un camarero que pasaba—. Beber, está claro. —Sin embargo, no hizo ademán de llevarse la copa a los labios. Se limitó a mirar fijamente sus burbujeantes profundidades—. Mi vicio es no hablarle a nadie de mi vicio. Supongo que eso entra en la categoría del orgullo.

Melody no esperaba esa respuesta.

—¿Por qué no se lo cuentas a nadie? ¿Tan malo es?

—No es malo. Solo es privado. —Esos ojos azules se clavaron un instante en sus labios—. ¿Y el tuyo, Mel? ¿Cuál es tu vicio?

—Negarme a llamar a mi casero para que arregle algo en mi piso porque quiero ser su preferida. Creo que eso es una mezcla de pereza y avaricia.

Beat meneó la cabeza.

—No es ninguna de las dos cosas. Eres tú…, Melody.

—Yo no soy un vicio.

—Podrías serlo —replicó Beat. ¿Su voz se había vuelto más grave?, se preguntó ella—. Muy fácilmente —añadió él.

Ojalá no pudiera verle el pulso acelerado en la parte inferior del cuello, porque lo sentía palpitando a toda velocidad.

—Seguramente se estén preparando para abrir las puertas del salón de baile —dijo Beat, que carraspeó—. Deberíamos…

—Mel, ¿puedo hablar contigo un segundo? —le preguntó Danielle que se había acercado a ella.

Para entonces, el vestíbulo estaba lo bastante lleno de invitados que esperaban el comienzo de la gala como para que Danielle no tuviera más remedio que pegarse a ella. La productora esbozó una sonrisa torcida en dirección a Beat y echó a andar entre los asistentes a la fiesta hasta alejarse unos tres metros de él, que las miraba con curiosidad sin beberse el champán que tenía en la mano.

—¿Qué pasa? —dijo Melody.

—Apaga el micrófono. —Danielle tragó saliva y clavó la mirada en el móvil por cuya pantalla empezó a desplazarse con el pulgar. Melody la miró un momento y luego estiró el brazo para hacer lo que le había ordenado, para lo cual movió el botoncito de la petaca con el pulgar y el índice—. Solo quiero ser sincera contigo. Estamos experimentando un importante ascenso en el número de espectadores. Es imposible predecir qué va a captar el interés de la gente y qué los hará engancharse…

Melody sintió que se le encogía el estómago.

—¿A qué se han enganchado?

Danielle soltó un fuerte suspiro.

—Somos tendencia con la etiqueta #MelcoladaporBeat. —La miró con preocupación y siguió desplazándose por la pantalla—. ¡Pero esa solo es una! También están #Nieveenlaalfombraroja y #Lareinadelparcheenelojo.

—¿En serio? ¿Basado en algo que dije hace diez minutos?

—Esto avanza a la velocidad de la luz. No me canso de repetirlo.

—Esto es… ¡Uf! —Melody se quedó sin aliento. En realidad no le importaba lo rápido que internet podía convertir algo en un chiste, pero estaba intentando desesperadamente centrarse en la locura que le parecía todo aquello porque de lo contrario tendría que reconocer que… #MelcoladaporBeat. ¡No! ¡Por Dios, no!—. Así que… ahora mismo lo que más tirón tiene es…

—¿Ahora mismo? Tu evidente enamoramiento de Beat —contestó Danielle, apagando la pantalla del móvil—. Está circulando un vídeo tuyo del camerino. Mientras hablas de él y... es evidente que sientes algo. —Melody hizo ademán de darse media vuelta para mirar a Beat con esa nueva información en mente, golpeada por la humillación, pero Danielle la detuvo poniéndole una mano en un brazo—. Te lo digo fuera de cámara, porque en serio que no creo que seas consciente de cómo lo miras. O de cómo hablas de él. Y aunque mi trabajo es conseguir audiencia, me caes bien. Así que te aviso por si quieres... cortarte un poco.

—Gracias —consiguió decir Melody, aunque no fue capaz de levantar mucho la voz.

El motivo por el que Beat había levantado un muro entre ellos ya no era un misterio. Durante el trayecto a la gala, había estado mirando el móvil y acercándoselo de vez en cuando a la oreja para oír algo. Había visto el vídeo y la había oído hablar de él como una colegiala enamorada.

Y no sentía lo mismo. Obviamente. ¡Obviamente!

¿Por qué iba a hacerlo? Beat estaba fuera de su alcance y, además, tampoco se había pasado los últimos catorce años suspirando por ella. La anomalía allí era ella, como siempre.

Danielle se acercó y le puso una mano en un brazo.

—Mel...

—Gracias por avisarme —la interrumpió al tiempo que retrocedía un paso y se chocaba con algo—. ¡Oh! Lo siento.

El rubio con el que se había chocado se volvió.

—No... —Vio que abría mucho los ojos detrás de la máscara—. No pasa nada. Hay poco espacio aquí, ¿verdad?

—Sí.

—Vuelve a encender el micro, Mel —le dijo Danielle.

—Vale. —Melody lo hizo con los dedos entumecidos. ¿Tendría la cara como un tomate? Porque se lo parecía. Sentía como si la hubiera sumergido en un cuenco con cera derretida. Se dijo a sí misma que no debía mirar a Beat, pero no pudo evitarlo. Descubrió que la estaba mirando con el ceño fruncido por encima de las cabezas de la multitud, como si le preguntara qué quería Danielle. ¿Qué iba a decirle? ¡Si ya lo sabía!

—Han abierto las puertas del salón —comentó el rubio, ofreciéndole el brazo—. ¿Me permite? Mi acompañante se ha perdido en el baño de señoras. —Le guiñó un ojo—. Cita platónica.

Melody no quería tocar el brazo de ese hombre. No después de que le hubiera guiñado un ojo y hubiera enfatizado la palabra «platónico». ¡Puaj! Claro que ella también era como un globo que se hubiera escapado y flotara en soledad, así que necesitaba algo a lo que atar su cuerda. Además, quería dejar de causarle problemas a Beat. Seguro que estaba temiendo el momento de verse obligado a acompañarla al salón y no quería que se sintiera así. Tampoco quería generar más etiquetas con sus vergonzosas muestras de afecto por alguien con quien solo había hablado unos seis minutos cuando era adolescente.

—Claro —se apresuró a aceptar y entrelazó su brazo con el del desconocido.

La entrada al salón de baile estaba un poco más adelante, y a través de las puertas abiertas se oía la música de los instrumentos de cuerda. Intentó evitar de nuevo el contacto visual con Beat, pero él se interpuso en su camino y, pese a la multitud que se agolpaba a su alrededor, se quedó quieto, observándola mientras se acercaba del brazo de aquel hombre. En ese momento, ella se percató de que había una cámara grabando lo que sucedía, y se preguntó cómo se le había ocurrido participar en un *reality show* retransmitido en directo. Medio día de grabación y ya había metido la pata. Otra vez era una adolescente torpe.

Al llegar cerca del lugar donde la esperaba Beat, echó la cabeza hacia atrás como si quisiera admirar la reluciente guirnalda que enmarcaba la entrada al salón de baile. «Sigue andando. Sigue andando...», se dijo.

—Mel —oyó que la llamaba Beat, que soltó una carcajada carente de humor mientras la miraba fijamente a la cara.... Que a esas alturas sí que tenía como un tomate—. ¿Me estás abandonando o qué?

Antes de que pudiera contestar, el rubio le tendió la mano izquierda a Beat.

—Beat Dawkins. Me había parecido que eras tú. ¿Qué tal va la cosa?

Mel observó fascinada que Beat enderezaba los hombros y aceptaba el apretón de manos mientras esbozaba una sonrisa deslumbrante.

—No me puedo quejar, Rick. ¿Y tú qué? ¿Cómo va ese *drive*?

—Es mortal, gracias a mi profesor de golf. —Lo señaló con un dedo que agitó en el aire—. Algún día de estos volverás a jugar. Pásate por el club, que te invito.

—¿Para convertirme en tu víctima? No si puedo evitarlo.

Rick echó la cabeza hacia atrás y se rio, apartando por un instante la mirada de Beat. En ese pequeño lapso de tiempo, la sonrisa deslumbrante desapareció por completo. Esos ojos azules se clavaron en su brazo, que seguía entrelazado con el de Rick, y luego la miró a la cara.

Y entonces volvió a sonreír.

—Oye, Rick, gracias por encontrar a mi acompañante. —Extendió una mano hacia ella—. ¿Necesitas ayuda para encontrar a la tuya...?

¡Guau! Rick se quedó pasmado. Dio un respingo casi imperceptible, mientras abría la boca y la cerraba.

Al parecer, habían dejado atrás las sutilezas sociales.

¿Estaba mal visto interrumpir a un hombre mientras acompañaba a una mujer?

A ella le importaba muy poco ese tipo de normas. Prefería salvar el poco amor propio que le quedaba. Beat no debería verse obligado a sufrir su enamoramiento.

—No pasa nada. No soy tu acompañante.

—¿Desde cuándo, Mel? Hemos llegado juntos. —Miró con los ojos entrecerrados a alguien que estaba detrás de ella—. ¿Qué tenía que decirte Danielle?

—Nada importante.

La miró fijamente.

—Me parece que estás mintiendo.

—¿Por qué?

—Porque estás clavando el pie derecho en el tobillo izquierdo.

—Porque estoy... —Melody miró hacia abajo y, efectivamente, comprobó que había apoyado todo el peso del cuerpo en el pie izquierdo mientras se daba golpecitos en el tobillo con el derecho—. No tenía ni idea de que hacía eso cuando miento.

—¡Ajá, lo sabía! —exclamó Beat, y ella creyó oírlo añadir en voz baja—: Lo llevo crudo.

Claro que tampoco estaba segura de haberlo oído bien. Así que plantó los dos pies con firmeza en el suelo, cada vez más desesperada por retener esa pizca de orgullo. Si no podía conseguirlo alejándose de él, por lo menos podía decir la verdad.

—Vale. Pues me ha dicho que... en internet han decidido que siento algo por ti. Que estoy colada, vaya, a falta de un término mejor. Así que se han enganchado al tema creando etiquetas y esas cosas. Y quería decirme que...

Beat se echó hacia atrás.

—¿Qué quería decirte?

Miró ansiosa a la cámara, con la parpadeante luz roja, y bajó la voz hasta soltar con un susurro apenado:

—Que se me estaba notando mucho.

«¡Ay, madre!».

Lo había hecho. Acababa de confesarle al hombre que le gustaba que estaba enamorada de él. En voz alta.

Delante de todo internet.

Sin embargo, se sorprendió porque no sintió el impulso de buscar de inmediato un rincón oscuro donde esconderse en posición fetal, muerta de la vergüenza, hasta que saliera el sol. Admitirlo fue casi... liberador. Como si hubiera estado corriendo con un paracaídas atado a la espalda y alguien (no ella, sino otra persona) hubiera cortado por fin las cuerdas.

—¡Ah! —exclamó Rick—. Creo que veo a mi acompañante.

¿Rick seguía allí?

Sí. Y no solo eso, sino que seguía agarrada a su brazo como si le fuera la vida en ello.

«Suéltalo. ¡Suéltalo!».

—Lo siento —murmuró al tiempo que se alejaba del hombre.

Beat seguía sin moverse, observándola con los dientes apretados y una mirada inescrutable.

Se obligó a no apartar los ojos de él, pero la posición fetal le resultaba cada vez más atractiva.

—Nos vemos ahí dentro.

—Deberíamos hablar —replicó Beat.

—En realidad, no tenemos por qué hablar del tema. De…

—De que estás colada por mí.

Ella tragó saliva.

—Sí.

—Tenemos que hablarlo. —Se humedeció los labios—. Tú… Es complicado, Mel.

—No me vengas con el rollo de que es complicado.

—No es la típica excusa que se dice en estos casos. No hay nada típico en nosotros.

—Quieres decir que yo no lo soy —le soltó ella.

Beat frunció el ceño.

—¿Qué?

La cámara estaba a medio metro. Ambos parecieron darse cuenta a la vez, y el cerebro de Melody se activó justo a tiempo para cerrarle la boca mientras Beat se estremecía visiblemente.

—Vamos. Todavía falta un buen rato hasta que mi madre haga su gran entrada. —Miró a Joseph con expresión mordaz—. No se permiten cámaras en la pista de baile.

Antes de que se diera cuenta de lo que estaba ocurriendo, Beat la cogió de la mano y tiró de ella en dirección al salón de baile. Por un instante, no pudo evitar quedarse boquiabierta al ver lo que la rodeaba. Habían transformado la estancia en un paisaje invernal de ensueño, con tonos plateados y dorados, varias esculturas enormes de copos de nieve colgando del techo, luces centelleantes y copas de champán tintineando. Las mesas estaban adornadas con frondosas coronas de acebo y relucientes candelabros con velas titilantes. La perfección del buen gusto y la elegancia.

Su madre lo detestaría.

Tardó varios segundos en darse cuenta de que la estaba arrastrando al centro de la pista, donde no había nadie más bailando. Vamos, que estaba totalmente vacía.

—¡Ah, no! Ni hablar. No necesito tantos testigos mientras te mato sin querer. El forense determinará que moriste por un extraño accidente. «Un tacón de aguja le atravesó la planta del pie, John. Muerte por taconazo».

Beat le dirigió una mirada guasona por encima del hombro.

—¿Quién es John?

—El valiente asistente del forense.

—Pues claro. —Beat se dio media vuelta y la atrapó rodeándole la cintura con un brazo mientras esbozaba su sonrisa deslumbrante por debajo de la máscara de terciopelo negro—. Tenemos que hablar fuera de cámara. Esta es la mejor manera de hacerlo, ¿vale? ¿Sabes apagar el micrófono?

—¿Crees que Danielle querrá que los apaguemos ahora mismo?

—Me da igual.

—Vale. —Volvió a estirar el brazo y pulsó el botón de la petaca por tercera vez en menos de diez minutos—. Ya lo he apagado.

—Y yo. —La hizo sacudirse un poco mientras desviaba la atención hacia sus pechos, antes de volver a mirarla a la cara con gesto decidido, aunque… ¿tenía los ojos un poco vidriosos?, se preguntó ella—. Relájate, Melody. Estás conmigo.

—¡Hala! El nombre completo. Esto va en serio. —De repente, su perfume le invadió las fosas nasales en un ataque letal y cedió al impulso de memorizarlo. De memorizar esas notas masculinas amaderadas, con un toque de salvia y de regaliz negro. Más potente de lo que había imaginado para él—. Estás haciendo una montaña de un grano de arena. Te juro que no estoy sufriendo la ilusión de que vas a ser mi novio. Solo es un vestigio de la adolescencia, supongo que podríamos llamarlo así.

No. Estaba enfrentándose mal a la situación.

«Si has llegado hasta aquí, ¿por qué no te sinceras de verdad?», se preguntó. Y no para liberar la presión que llevaba en el pecho desde hacía casi quince años, sino porque confiaba en Beat. Confiar en él era como un mecanismo incorporado que no recordaba que le hubieran instalado. Por alguna razón que no entendía, esa confianza siempre había estado ahí. Tal vez hasta nació con ella.

—Vale, voy a serte sincera. No he salido con muchos chicos. Y últimamente nada de nada. Tú sabes lo que es crecer con una madre famosa, lo de no saber nunca si alguien está interesado por ti o si solo buscan una anécdota jugosa. «He salido con la hija de Trina Gallard», ¿me entiendes? —Apenas si se estaban moviendo. Se mecían al compás de la música sin molestarse siquiera en girar. Los ojos de Beat estaban clavados en su boca, como si solo pudiera concentrarse en las palabras que salían de ella, algo que la ilusionaba muchísimo. Porque le estaba prestando atención. La estaba escuchando—. Cuando te conocí, hace un millón de años, estaba pasando por una época difícil. Era un ser torpe dando tumbos por el mundo, sin parecerme en nada a mi madre. Era una decepción. Pero tú me trataste como... a una persona. Una persona real que estaba pasando por lo mismo que tú. ¿O lo he exagerado todo en mi cabeza?

—No —contestó él con la voz muy ronca—. Lo interpretaste bien.

El alivio se extendió por sus venas y capilares, directo a las yemas de los dedos, que descansaban sobre los anchos hombros de Beat.

—Gracias.

—¡Por Dios, Mel! No tienes nada que agradecerme.

—Vale. —Estaban teniendo cuidado para mantener sus cuerpos a un centímetro de distancia, pero se le habían endurecido los pezones, como si intentaran rozarse contra su torso. Las firmes manos de Beat la agarraban por la cintura, con los pulgares rozándole las caderas. Tuvo que morderse la lengua para no pedirle que se los clavara. Solo una vez. Solo para saber qué se sentía. Pero eso no estaría bien—. Beat, no tienes por qué responsabilizarte de mi atracción por ti.

De repente, él soltó un resoplido frustrado y se inclinó para hablarle al oído, haciendo que contuviera la respiración mientras todo se paralizaba a su alrededor.

—Te agradezco lo que sientes por mí, Mel. Es algo bonito, pero... Mmm... —Parecía estar buscando las palabras adecuadas—. Ahora me toca a mí señalar la educación que recibí. Me enseñaron a mantener las cosas en secreto. En privado. Me enseñaron que confiar en la gente, aunque fueran amigos, podía acabar perjudicando a mi familia, así que es posible que me haya pasado tres pueblos. Mi vida romántica..., mi vida sexual, mejor dicho... —Soltó el aire con fuerza—. Es algo que mantengo separado de todo lo demás. De toda la gente.

El mundo se encogió en ese mismo momento, como si en un abrir y cerrar de ojos hubieran dejado de estar en ese enorme y ruidoso salón de baile, y estuvieran acurrucados debajo de unas mantas en la oscuridad. ¿Qué quería decir exactamente? ¿Cómo mantenía separada su vida romántica?

—Beat...

Trompetas.

Un sinfín de trompetas sonando a la vez.

Desde todos los rincones del salón de baile, haciendo que hablar fuera imposible. Que oír algo fuera imposible.

Vio que Beat esbozaba una sonrisa irónica mientras sus labios articulaban una única palabra: Octavia.

Melody se volvió un poco, justo a tiempo para ver a la antigua compañera de su madre entrar en el salón de baile, donde la recibieron con un aplauso atronador.

Llegaba en un trono.

Llevado por cuatro hombres corpulentos disfrazados de cisnes.

11

Beat tenía el corazón latiéndole en la garganta, joder.

Había estado a punto de contárselo todo a Melody. ¿Cuál habría sido su reacción? Se encontró ansiándola, incluso mientras volvía a guardar la información en su caja y la sellaba con un soplete. Todos los presentes en el salón de baile tenían los ojos clavados en el espectáculo que estaban presenciando, pero él sería incapaz de apartar la mirada de Melody ni aunque le fuera la vida en ello.

«Beat, no tienes por qué responsabilizarte de mi atracción por ti».

Por Dios, su cuerpo rechazaba esas palabras. De plano.

Las yemas de sus dedos no tenían un objetivo porque no le habían recorrido la clavícula. Ni la suave curva de los pechos. Quería pasarle una mano por la garganta, enterrársela en el pelo y suplicarle…

Que le impidiera alcanzar el placer.

Hasta que estuviera temblando como una puta hoja.

Quería llevársela a un rincón oscuro y besarla en la boca mientras ella le acariciaba el paquete por encima de los pantalones, pero sin dejar que se corriera. Sería increíble. Claro que eso no iba a pasar. Había mantenido sus intereses a puerta cerrada desde que cumplió los dieciséis.

Aunque ¿qué pasaría si se lo contaba? «Me gusta que me lleven al borde del orgasmo y que me dejen ahí». Y que se negaba a mostrarse vulnerable por completo con alguien, al menos al final. ¿Qué diría ella? ¿Y si confiaba en él lo suficiente como para acompañarlo en la experiencia?

Por Dios, era posible.

Sin embargo, dos cosas lo frenaban. La primera era que le estaba ocultando lo del chantaje. Tocar a Melody sin que hubiera absoluta sinceridad entre ellos… no le gustaba. En absoluto. Y lo segundo era que no estaba seguro de poder ocultarle algo a Melody en la cama. No sería otra compañera sin más. Podría haber… No, habría algo más profundo y más significativo que en sus rollos habituales. Ni siquiera estaba seguro de saber cómo dejarse llevar con alguien de esa manera. Por completo. De principio a fin. ¿Podría llegar a ese punto teniendo en cuenta el secreto que le estaba ocultando?

Hasta que se aclarase, necesitaba mantenerla a una distancia adecuada.

Una hazaña que cada vez le parecía más difícil.

Además, iban a pasar muchísimo más tiempo juntos.

Se pasó una mano por la cara, pero la volvió a levantar para devolverle el saludo a su madre. Pese a la máscara dorada que ella llevaba, se percató de que ladeaba la cabeza para mirar con detenimiento a Melody. Como si estuviera buscando el parecido con Trina. O a lo mejor sencillamente no daba crédito a que Melody tuviera la espalda pegada a su torso mientras él le sujetaba la cintura con las manos. Se obligó a retroceder un paso en ese momento, sufriendo el estremecimiento que sacudió a Melody en respuesta.

Aquello no era una cita romántica. Debía dejar de comportarse como si lo fuera.

Dejar de sentir que lo era.

Sus citas eran más bien sexuales y privadas, una transacción más que otra cosa.

Por fin dejaron de sonar las trompetas y uno de los cisnes humanos ayudó a su madre a bajarse del trono. Octavia se fijó en la cámara que había al borde de la pista de baile y puso los ojos en blanco de forma exagerada antes de esbozar una sonrisa cómplice y mirar a su embelesada audiencia.

—¡Que empiece la fiesta! —exclamó con voz sensual, provocando una oleada de silbidos y de aplausos. Alguien le pasó champán servido en un cáliz dorado especial y ella empezó a moverse entre la multitud, como un hada madrina concediéndoles deseos a los plebeyos.

El salón de baile se puso de nuevo en movimiento y la gente se agolpó alrededor de los veladores altos mientras algunas parejas salían a la pista de baile. Como Octavia ya había hecho su entrada, las luces empezaron a atenuarse y la música clásica dio paso a un ritmo más sensual para animar al baile. Aunque la noche acabara de empezar, los invitados estaban encantados de hacerlo.

Melody se dio media vuelta y lo miró parpadeando.

—¡Guau! Tu madre acaba de aparecer como si fuera Cleopatra de verdad.

Soltó una risilla al oírla al tiempo que una sensación de camaradería que pocas veces se permitía le hinchaba el pecho.

Mierda. Le gustaba Melody. Mucho. Y se daba cuenta de que ella quería retomar la conversación que estaban manteniendo antes de que su madre apareciera. Lo veía en su ligero ceño fruncido. Pero no le sorprendió que ella se diera cuenta de su reticencia a hablar de eso. Eran capaces de comunicarse sin palabras.

Cambiaron de postura al mismo tiempo. Se recompusieron.

—¿Dónde está tu padre? —le preguntó ella.

—Espera a que se acabe la fanfarria y luego entra a hurtadillas por una puerta lateral con un vaso de brandi y el jersey con motivos navideños más feo que haya podido encontrar.

—Te lo estás inventando. ¿Y tu madre lo odia?

—¡Qué va! Le encanta.

Melody jadeó.

—¿Por qué?

Beat se encogió de hombros.

—Él la deja brillar.

¡Uf! Estuvo a punto de quebrársele la voz en la última palabra. No era raro que hablase del amor que les tenía a sus padres. Pero su felicidad no pendía de un hilo habitualmente. Ni dependía de él, tal como estaban las cosas, junto con la verdad que podría destruirlos como familia.

Como si lo hubiera conjurado, empezó a vibrarle el móvil en el bolsillo. Por supuesto, podría ser algún amigo que estaba viendo la retransmisión en directo y quería acribillarlo a preguntas, algo de lo más normal. Aunque la intuición le dijo que era el chantajista quien llamaba. Siempre parecía encontrar el momento más inoportuno para lanzarle un zarpazo…, y desde luego que ese momento lo sería, en la gala benéfica de la asociación en la que sus padres y él se volcaban con tanto ahínco y amor.

—¡Hola, Beat! —lo saludó una voz conocida mientras pasaba por la pista de baile a su lado.

Apartó los ojos de Melody y saludó a Ursula Paige, una cantante de ópera novel y también una de las receptoras de sus becas.

—Ursula. —Asintió con la cabeza y le estrechó la mano a su acompañante—. Felices fiestas. Es un placer veros a los dos.

—Yo también diría que es un placer verte, pero… —Ursula se sacó el móvil y lo agitó en el aire—. Es que te he estado viendo. Por todas partes.

—Claro. —Beat soltó una carcajada ronca y le puso una mano a Melody en la espalda—. En ese caso, supongo que ya conoces a mi… —Su ¿qué? Dejó la frase en el aire, acabándola con un silencio, mientras tres pares de ojos esperaban a que la terminase. ¿Su amiga? ¿Su compañera de reparto? Su ¿¡qué!?—. Mi Melody —terminó con una risilla, para intentar disimular el titubeo.

Nadie dijo nada durante un largo y horroroso momento. Melody se miró el vestido.

Beat clavó la mirada en un mechón de pelo que se le había escapado junto a la mejilla mientras se preguntaba si se lo podría recoger detrás de la oreja con los dedos.

Ursula le dio un codazo a su pareja en el costado.

—Sin ánimo de ofender, pero vamos a dejar de hablaros para poder seguir viéndoos.

—¿Qué son? Frases que resumen el 2023 —susurró Melody, contestando como si estuviera en el concurso de *Jeopardy!* Y mientras se colocaba el mechón detrás de la oreja ella sola.

«Mierda», pensó Beat.

Ursula y su acompañante se echaron a reír y chocaron los cinco con Melody.

—Madre mía, Melody. Normal que todo internet esté coladito por ti. ¡Eres graciosísima!

Melody arrugó la nariz.

—Que internet ¿qué?

La pareja se rio con más ganas.

Beat y Melody se miraron sin comprender, pero él sintió que se le encogía el estómago de repente. ¿Internet se estaba enamorando de Melody? Pues claro que sí. Y él no tenía derecho ninguno a sentir ese aguijonazo posesivo, pero allí estaba. Que el mundo tuviera acceso a ella le gustaba incluso menos de lo que se había imaginado, algo que no era nada justo. No tenía ningún derecho sobre Melody, a pesar de lo que todo su ser parecía empeñado en decirle.

—No te preocupes, Beat. Ya hay varias campañas de apoyo para ti en marcha. —Ursula tocó la pantalla del móvil con el pulgar—. Una para convertirte en el próximo James Bond y otra para elegirte presidente de este co… —Cerró la boca de golpe—. Perdón, debería haberlo leído entero antes de decirlo en voz alta.

Melody resopló.

—Me alegro de que no lo hayas hecho.

Beat sintió ganas de sonreír. Aunque el móvil seguía vibrándole en el bolsillo sin parar.

—¿Tendría tu voto asegurado como el próximo presidente de conejos? —le preguntó a Melody.

—A ver, con ese nombre que tienes… —Le guiñó un ojo con gesto exagerado—. Encajarías como un guante.

Se le escapó una carcajada ronca al oírla.

—Qué mente más guarrilla tienes. No lo sabía.

Melody señaló a Ursula.

—Salta a la vista que ella es una mala influencia.

—Vale, lo siento, pero es que vamos a tener una cita doble sí o sí —decidió Ursula—. Cuando acabe el *reality*, claro.

—Ah, no estamos… —empezó Melody, que gesticuló con rapidez entre los dos.

«Échale una mano», se dijo Beat. ¿Por qué no quería hacerlo?

—Somos… —¿El qué?—. Somos amigos.

Esa palabra le supo a jamón caducado.

—Eso —convino Melody con una sonrisa serena—. Amigos.

El jamón caducado se convirtió en polvo.

—Ajá… —El acompañante de Ursula abrió la boca por primera vez, y parecía muy escéptico—. Nos veremos pronto para esa doble cita.

Cuando la pareja se alejó, Beat y Melody se miraron de reojo.

Pasados unos tensos segundos, ella se echó a reír.

—¿Te imaginas lo que pasaría si la relación que nuestras madres manifestaron al ponernos los nombres que tenemos acabara dando frutos? Habría que sedarlas.

—Mira, es una manera infalible de garantizar una reunión: una boda —dijo él.

Melody se echó a reír. Porque saltaba a la vista que él bromeaba.

¿Se le había apretado de golpe la pajarita o qué?

Un camarero se detuvo delante de ellos y Beat cogió una copa de la bandeja plateada para dársela a Melody, ya que él seguía teniendo una copa de champán en la mano, a esas alturas caliente. En cuanto el camarero se fue, ella levantó la copa.

—Solo quiero que sepas que me alegro de que seamos amigos —dijo, y Beat siguió la expansión de su rubor, que le llegó hasta las orejas—. Me parece bien la amistad. ¿Vale? Ojalá que… todo esto del enamoramiento no haga que la situación sea incómoda. ¿Cabe la posibilidad de que puedas olvidarte del tema?

Se lo pensó. Se lo pensó de verdad.

Pensó si sería capaz de ponerse anteojeras y fingir que Melody no se sentía atraída por él… En fin, llegó a la conclusión de que si un hombre era capaz de olvidar que esa mujer sentía algo por él, dicho hombre era un despojo humano. Aun así, no quería que se sintiera avergonzada a su lado. Quería que se sintiera cómoda.

—¿Qué enamoramiento? —replicó, resistiendo el impulso de frotarse la tráquea.

Melody parpadeó varias veces e intentó sonreír, pero se dio por vencida y agachó la cabeza. Mierda. ¿Se había pasado con el tono despreocupado?

—¡Señor Dawkins! —Un joven con cara de estar hecho polvo y con auriculares se detuvo entre Melody y él—. Soy Lee. Asistente del organizador de la fiesta. Lo he estado buscando por todas partes.

—Aquí me tienes, Lee —susurró él, sin dejar de observar a Melody con detenimiento—. ¿Qué pasa?

—Su madre ha decidido adelantar la ceremonia de los deseos este año.

Beat echó la cabeza un poco hacia atrás, sorprendido.

—¿Cuándo lo ha decidido?

—Hace ocho minutos y treinta segundos —contestó Lee entre jadeos—. ¿Le importa acompañarme? Tenemos a los de iluminación y a los de sonido a la espera.

—Claro. —Miró por encima del hombro a Melody y añadió, articulándolo con los labios, sin hablar en voz alta: «No tardo».

Ella le hizo un saludo militar.

—Tienes muy poco tiempo antes de que me vaya en busca de las gambas.

La señaló con un dedo.

—Siempre que me esperes para comerte el postre…

—Me lo pensaré si no metes la gamba.

¿Cómo era posible estar pasándoselo bien en ese momento? El móvil seguía vibrándole en el bolsillo cada poco tiempo, recordándole que lo estaban chantajeando, que estaba a pocos minutos de pedirle formalmente a su madre delante de las cámaras que las Steel Birds se reunieran de nuevo, y además seguía preocupado por la idea de que hubiera desdeñado sin pretenderlo los sentimientos de Melody. Y allí estaba, riéndose por un chiste malo sobre gambas.

—Señor Dawkins, tenemos que ponernos en marcha.

Aun así, titubeó.

—Claro.

De repente, su mano se movió por voluntad propia y buscó la de Melody. Antes de que pudiera analizar cómo había tomado la decisión, siguieron a Lee, cogidos de la mano. Todo porque no quería pasar unos minutos lejos de ella. ¡Guau!

—¿Me llevas contigo? ¡Creía que éramos amigos!

—Querías una ceremonia de los deseos, ¿no? Pues esta es tu oportunidad. —Le dio un apretón en la mano—. No te preocupes, ya hablo yo.

—Ni lo dudaba, vamos. Cuando me llega el momento de lanzar en las partidas de petanca, mi sistema nervioso supone sin más que me dirijo a todo el país. ¿Has oído eso de que se te bloquean las rodillas? Pues las mías se ponen a deletrear «patética» en código Morse. Y ni siquiera sé Morse.

Una carcajada ronca y conocida sonó detrás de ellos, y los dos se dieron cuenta a la vez de que Joseph los seguía a través de la multitud, grabando su conversación.

—¿Os importa encender de nuevo los micros? Danielle me está dejando sordo.

—Perdón. —Melody hizo una mueca y se llevó la mano a la espalda para pulsar el botón.

Beat la imitó.

Un abeto Douglas de cuatro metros se alzaba junto a la escalinata. Además del suave brillo del dorado y de los adornos colocados para dejar el mismo espacio entre todos, las fragantes ramas estaban cuajadas de notitas blancas. Mientras conducía a Melody escaleras arriba, Beat hojeó las tarjetas y leyó casi de inmediato una en la que pedían que Octavia les cantara una canción, de modo que la cogió entre el índice y el dedo corazón.

—Ya lo tengo.

—Madre del amor hermoso, que me vas a llevar ahí arriba delante de todo el mundo —dijo ella, y los dedos empezaron a temblarle.

«Distráela», se ordenó Beat.

—Voy a ir a una de tus partidas de petanca, Mel —le dijo en voz baja.

—De eso nada.

—¿Cuáles son los colores de tu equipo? Los necesito para pinturas corporales.

Ella se estremeció por la risa.

—Rosa.

Hizo una mueca al oírla.

—Uf, qué mala pata, pero vale.

—No. No vas a hacerlo.

Esbozó una sonrisa.

—Te equivocas.

A mitad de la escalinata, se dieron media vuelta para mirar a la multitud, el uno junto al otro, mientras Lee le ponía un micrófono en la mano y le recordaba que tenía que esperar al foco.

—¿¡El foco!? —chilló Melody.

—Date por avisada, Melocotón —dijo antes de carraspear con fuerza. Dios, le encantaba llamarla «Melocotón». El rubor inmediato de su mejillas, exactamente del mismo color que la fruta en cuestión, era adictivo—. Cuando se enciende el foco, es un poco desconcertante. Es que se… enciende sin más.

—Ajá. Entendido. —Levantó la barbilla—. Estoy preparada.

La estancia se quedó a oscuras.

Un haz de luz, como un rayo láser, cayó sobre ellos desde el otro lado del salón de baile, golpeándolos como si de un puñetazo se tratara… y lanzó a Mel hacia atrás, de modo que cayó de culo en el escalón superior.

—¡Mel!

—Te has quedado un pelín corto, la verdad —susurró ella.

Beat soltó el micrófono, lo que provocó que se acoplara y que el ruido resonara por todo el salón mientras la ayudaba a ponerse de pie.

—¿Estás bien? —La hizo volverse un poco para mirarle el punto de impacto, sin pararse a pensar que dicho punto de impacto era su trasero—. ¿Te duele?

—¿El culo? No, solo lo ha pillado desprevenido. —Melody cerró los ojos con fuerza—. Lo que quiero decir es que me ha pillado desprevenida a mí, no a mi culo.

Las carcajadas resonaron por el salón de baile.

Al parecer, el micrófono estaba amplificando todas y cada una de las palabras que salían de su boca, por no hablar de los susurros que se les quedaban pegados al cuerpo.

—Creo que me voy a esconder aquí detrás un ratito.

Melody se colocó a su espalda, ganándose más carcajadas de los espectadores. Beat miró hacia el mar de caras, pero tardó un momento en encontrar las palabras que normalmente le salían con facilidad. ¿Había sido egoísta al llevar a Melody allí arriba? Que sí, que ella había accedido a aparecer en un programa en directo delante de una cantidad desconocida de personas, pero quizá ver a la multitud que tenía delante era demasiado, ¿no? Luchó contra la necesidad de darse media vuelta y asegurarse de que estaba bien, pero ¿eso no llamaría más la atención sobre ella?

Se agachó lo más rápido que pudo para recoger el micrófono que había dejado caer, tragó saliva y se obligó a esbozar una sonrisa. La que todo el mundo estaba acostumbrado a verle.

—Buenas noches, amigos, y felices fiestas. En nombre de la familia de Ovaciones, en el mío propio y en el de mis padres, Octavia y Rudy Dawkins, os doy las gracias por estar aquí esta noche y por vuestra generosidad con el fondo de becas.

Para todos los presentes, para todos los que estaban viendo la retransmisión en directo, tenía toda la pinta de ser lo contrario a un desastre. Pero en secreto, eso era, ¿no? Un desastre. Antes era capaz de hacer esas apariciones públicas sin que esa verdad le gritara al oído todo el rato, pero cada vez le costaba más fingir…

Melody le puso una mano en la espalda. «No pasa nada. Tranquilo».

Nadie estaba al tanto del montón de mensajes de voz amenazantes que tenía en el móvil.

Nadie estaba al tanto de que le gustaba que lo castigasen por habérselo encontrado todo en la vida servido en bandeja. Porque nunca le negaban nada ni le había faltado nada.

El aire le llenó los pulmones y se obligó a esbozar una sonrisa más deslumbrante.

—Siguiendo la tradición, Octavia le concederá un deseo a uno de vosotros esta noche. No me imagino qué podrá ser…

Un murmullo cómplice y guasón recorrió a los invitados.

Justo en ese momento, la multitud se separó y su madre echó a andar hacia la escalinata, iluminada por un segundo foco que la envolvía en un nebuloso brillo; y si no se equivocaba, la luz era mucho más favorecedora que la que los cegaba a Melody y a él. No pudo contener la carcajada al pensarlo.

Sin embargo, la expresión de Octavia no era tan indulgente como de costumbre.

Era una expresión curiosa teñida con algo de miedo..., y Melody, que en ese momento tenía todo el cuerpo pegado a su espalda con la mano enterrada en el esmoquin, era su centro de atención. Su madre estiró el cuello para ver mejor a Melody y levantó todavía más las cejas. Después lo miró a él como diciendo: «Perdona, ¿te estás acostando con el enemigo?».

Ojalá...

Suspiró hondo y levantó el micro.

—Este año, el deseo es...

—La reunión de las Steel Birds —gritó alguien entre la multitud.

Los aplausos y los silbidos recorrieron el salón de baile como la pólvora.

Y después empezaron los cánticos.

12

—¡Reunión! ¡Reunión!

Melody, que seguía escondida detrás de Beat, se quedó boquiabierta. Parecía que la multitud les estaba haciendo el trabajo. El interés del público por una reunión del grupo iba en aumento desde hacía meses. ¿Era posible que el *reality show* en directo hubiera acicateado todavía más dicho interés? ¿¡Tan pronto!?

Se asomó por encima del hombro de Beat para ver la reacción de Octavia ante los cánticos de los invitados y volvió a sorprenderse por lo diferentes que eran la madre de Beat y la suya. Trina ya estaría dándoles patadas a las mesas o saltando al escenario, mientras que la expresión de Octavia era una máscara de absoluta calma y tenía las manos en la cintura, con una pose elegante.

En una ocasión, vio una vez un documental en un canal de la tele por cable sobre las Steel Birds, titulado *Delirios de grandeza*. En una de las entrevistas, el antiguo mánager del grupo aseguraba que era imposible alterar a Octavia Dawkins. Absolutamente nada pillaba desprevenida a la vocalista. Una vez le lanzaron un pollo asado al escenario y ella le arrancó un muslo al vuelo y se lo empezó a comer sin perder el compás de la canción, algo que sin duda era lo más cañero que Melody había oído en la vida. A ella el pollo volador la habría dejado inconsciente. Pero vamos, lo tenía clarísimo.

Por favor, cómo envidiaba esa clase de calma.

La que estaba presenciando en ese momento.

Octavia era una diosa griega ataviada con un vestido al estilo de la antigua Grecia, adornado con un encaje púrpura y con el pelo oscuro recogido en la coronilla. Su presencia vibraba, rodeada por una audiencia absorta y sumida en un extraño silencio, y ni pestañeaba siquiera.

—Beat, cariño, por favor, lee el deseo correcto —dijo Octavia al cabo de un rato.

Los cánticos empezaron de nuevo, aumentando de volumen, de modo que acabaron ahogando lo que Beat dijo al micro. Octavia soltó una carcajada indulgente en dirección a la entusiasta multitud, una carcajada que decía a las claras: «Ja, ja, ja, muy graciosos, pero ni de coña». Y después empezó a subir la escalinata como una reina que se estuviera preparando para dirigirse a sus súbditos. Beat dejó caer a un costado la mano con la que sujetaba el micro y suspiró, claramente esperando a que su madre le pusiera fin a su misión incluso antes de que empezara.

Verlo tan resignado hizo que algo cobrara vida en su interior.

No podía quedarse allí escondida. Octavia iba a coger el micro y a rechazar de plano la idea de una reunión, y su primer (y tal vez único) intento de lograrlo se iría al traste. Quizá Beat no estaba preparado para confiarle el motivo exacto de que necesitara con tanta desesperación el millón de dólares, pero lo necesitaba, y no había vuelta de hoja. Hacía accedido a hacer el programa para ayudarlo… y también para ayudarse a sí misma. ¿No quería independencia? Pues esconderse no era una opción.

Antes de que Octavia pudiera llegar hasta ellos en mitad de la escalinata, salió de detrás de Beat y se quitó la máscara. A juzgar por las reacciones de los espectadores, la mitad ya conocía su identidad (gracias a *Pesadilla en Navidad*) y la otra mitad se quedó más desconcertada que antes.

Octavia dejó un pie suspendido en el aire y después se quitó la máscara despacio.

—Tiene sentido que la primera vez que te vea te hayas colado en mi fiesta. De tal palo tal astilla, supongo.

Y así fue cómo se puso al día la otra mitad del salón de baile, en mitad de una oleada de jadeos.

—Hola, señora Dawkins. No me imaginaba conocerla de esta manera. A ver, que tampoco esperaba que nos conociéramos, pero que nunca me imaginé que lo hiciéramos en una fiesta en la que entrara llevada por una bandada de cisnes. Así se llaman cuando van en grupo, una bandada. Aunque es más normal verlos en pareja, porque se emparejan de por vida. —Empezaron a arderle las mejillas y levantó la mirada, momento en el que vio que Beat la observaba con una sonrisa guasona.

—Y aquí está nuestra experta en cisnes, Melody Gallard —dijo él.

Sintió que algo se le aflojaba en el pecho al oírlo. No lo suficiente como para echarse a reír, no con todos los ojos clavados en ella, pero sí se relajó algo en su interior.

—Esto... —Con mucho esfuerzo, apartó la mirada de los relucientes ojos azules de Beat y se concentró en Octavia de nuevo—. Como he dicho, es un placer conocerla. Soy una gran fan, como todos los demás. ¿Podríamos...?

«Hablar en privado». Eso era lo que iba a decir. Pero... «Ay, no».

Se le ocurrió una idea terrible. O a lo mejor era una genialidad.

Decirla en voz alta seguramente fuera un error tremendo.

Sin embargo, era uno de esos momentos en los que lo imposible parecía posible. Esa idea era la única oportunidad de salvar a la humanidad en *Los Vengadores: End Game*, como predijo el doctor Strange. Podía ser su única esperanza de hacer realidad la reunión del grupo y, por algún motivo, tal vez porque en ese momento estaba mirando a los ojos a una legendaria estrella del *rock*, de repente se moría por conseguir la reunión de las Steel Birds. Quería marcarse ese tanto con Beat. Lo quería para todos los habitantes del planeta. Quizá llevaba tanto tiempo riéndose de la idea que nunca se había parado a pensar en lo felices que harían a miles de millones de personas.

Y, ¡guau!, el hecho de tener la responsabilidad en sus manos fue un subidón de poder.

¿Desde cuándo disfrutaba con los subidones de poder?

«Tú dilo». Antes de que esa fracción de tiempo se les escapara.

—He venido porque mi madre, Trina Gallard, quiere reunir al grupo.

Se dio cuenta de que Beat se quedaba pasmado.

Octavia dio un respingo.

¿Había conseguido sacudir a la impasible vocalista?

—Los pollos asados son una tontería a mi lado —susurró.

Beat soltó un sonido estrangulado.

—Nunca sé lo que vas a soltar por la boca.

—Ya somos dos.

—Perdona —dijo Octavia al tiempo que se acercaba—. ¿Has dicho que Trina quiere reunir al grupo?

Los *flashes* de los móviles se disparaban a la velocidad de la luz. Melody pensó en su madre, encerrada en su comuna *hippie* de Nuevo Hampshire, rehuyendo el mundo exterior, incluida la televisión e internet. Ya no tenía representante ni agente que le comunicara las noticias. Era muy probable que Trina no supiera nada de *Pesadilla en Navidad* y que no viera lo que estaba pasando en ese preciso momento. Menos mal.

—Sí, eso es lo que he dicho.

—¿Qué has hecho? —le susurró Beat sin apenas mover los labios.

—Estoy improvisando —replicó también susurrando—. Al menos, creo que eso es lo que estoy haciendo. Me daba demasiado miedo ir a las clases. O pedir que me devolvieran el dinero.

Se dio cuenta de que a Beat empezaban a temblarle los costados.

Octavia observó su intercambio como si fuera una científica observándolos a través del microscopio.

—A ver, ¿cuánto tiempo estáis pasando juntos? —Parecía fascinada, como si hablara más consigo misma—. Admito que siempre me he preguntado si vosotros dos… conectaríais.

Beat carraspeó.

—A lo mejor deberíamos continuar con la conversación en privado.

—No hace falta. —La risa de Octavia recorrió el silencioso salón de baile—. No hay suficiente bótox en Nueva York para borrar la clase de arrugas que me provocaría la presencia de Trina. —Agitó una mano elegante hacia Melody—. No te ofendas, querida.

—No me ofendo, mi madre sería capaz de provocarle arrugas a un shar pei.

Octavia soltó una carcajada.

—Por Dios, tenías que ser un encanto, ¿verdad? Me va a doler tener que decirte que no.

—Pues no lo hagas —terció Beat—. Escúchanos.

Se oyeron aplausos y silbidos en el salón de baile. Cuando aumentaron de volumen, Beat la pegó a su cuerpo y la medio ocultó, pasando de la señal que le hizo el cámara para que volviera a dejarla en plano. A Melody le sorprendió tanto el gesto protector que casi no se dio cuenta de que Octavia ladeaba la cabeza con mucho interés.

—Madre mía… —masculló la que fuera princesa del *rock* al tiempo que bajaba de nuevo la escalinata y señalaba una puerta lateral que daba al guardarropa adyacente—. Vale. Supongo que puedo escuchar lo que tenéis que decir antes de negarme. Pero solo porque es Navidad.

—Bien dicho —replicó Melody, que hizo ademán de seguirla. Pero Beat la detuvo rodeándole los hombros con un brazo para que se quedase pegada a él.

Se inclinó hacia delante y le rozó la frente con los labios en lo que parecía un gesto inconsciente.

—Espera al equipo de seguridad, ¿vale?

—Acabamos de estar ahí abajo. No pasa nada.

—Antes tenías la máscara puesta. Además, Melody, no creo que te des cuenta de que estás engatusándolos a todos.

—¿¡Yo!?

—Sí —dijo él, exasperado, mientras escudriñaba la multitud con los ojos—. Llevas mucho tiempo sin recibir la atención pública, así que a lo mejor no recuerdas cómo es. A veces, la gente cree que ya te conoce, así que se… toma mucha confianza. Tú quédate a mi lado, ¿te importa?

Le pareció que Beat estaba siendo un poco paranoico, pero acceder a quedarse cerca de él no le costaba nada. De hecho, quedarse cerca de él era una gran fuente de seguridad en esa situación tan extraña, de modo que asintió con la cabeza.

—Vale.

El equipo de seguridad se colocó al pie de la escalinata, formando una especie de pasillo para Beat y para ella que les permitió salir del atestado salón detrás de Octavia y llegar a un guardarropa tan amplio que en Manhattan podría considerarse un estudio. La asistente de chaqueta roja puso los ojos como platos ante la repentina aparición de la invitada de honor…, y a Melody no se le escapó que la chica del guardarropa estaba viendo la retransmisión en directo en el móvil. De hecho, se vio en la pantalla, de modo que cerró la boca de golpe.

La asistente salió disparada de la estancia, dejando solos a Octavia, Beat, Mel, Joseph y Danielle, que consiguió colarse justo antes de que el equipo de seguridad cerrase la puerta.

—En fin —comenzó Octavia al tiempo que se daba media vuelta y los miraba a todos con una sonrisa que Melody solo definiría como «educadamente asesina»—. Mi fiesta anual, mi famosa gala benéfica navideña, acaba de ser secuestrada. Espero que estéis contentos.

Beat hizo ademán de hablar, pero Danielle se le adelantó al tiempo que levantaba un dedo, con el portapapeles en la mano.

—No me importa llevar la voz cantante en esto.

—¿Y quién coño eres tú? —preguntó Octavia sin perder la sonrisa.

—¡Hala! —exclamó Melody.

Beat le dio un apretón en una mano.

—La productora ejecutiva de *Pesadilla en Navidad*, además de otros programas de Applause Network. Danielle Doolin. —Pareció sopesar los pros y los contras de intentar estrecharle la mano a Octavia y acabó decidiendo que mejor no se arriesgaba—. Es un auténtico placer conocerla.

Octavia parpadeó.

—Lamento no poder decir lo mismo.

—Lo entiendo perfectamente.

—Las mujeres de esta sala son la caña —le susurró Melody a Beat—. Te apuesto lo que quieras a que ninguna de las dos se ha caído de culo por un haz de luz.

—Eso no es verdad, cariño —le dijo Octavia, que apartó la mirada de Danielle para clavarla en ella—. En el primer concierto en un estadio de las Steel Birds (creo que en Dallas), me sorprendió tanto el foco que tropecé y me caí hacia atrás y casi me dejé la cabeza contra la batería. Esos cabrones pegan bien. —Ladeó la cabeza y recorrió con la mirada el brazo de Beat, que le rodeaba la cintura a Melody como el arnés de una montaña rusa—. Hijo, ¿por qué estás estrujando a esa chica tanto que parece que vas a matarla?

Pasaron dos segundos.

—No lo sé.

—Entiendo. —Octavia soltó el aire—. Ay, por Dios. Venga, acabemos con esto.

Beat carraspeó.

—Como ya hemos dicho antes, el objetivo del programa es…

La puerta del guardarropa se abrió y entró un hombre fumando un puro, vestido con un jersey espantoso con un muñeco de nieve con brillantes ojos de luces led y pantuflas de Louis Vuitton. Rudy, el padre de Beat.

—Ah, ya veo que la fiesta está aquí. —Se acercó a Octavia, mirándolos a todos con expresión guasona en sus ojos azules—. ¿Por qué todo el mundo tiene cara de que Papá Noel ha pasado a mejor vida?

—Deja que te ponga al día, amor mío. —Octavia suspiró y se dio unos golpecitos en la mejilla a la espera de que el hombre se inclinara hacia ella y le diera un ruidoso beso en ese punto—. Nuestro hijo está participando en un *reality show* con la hija de Trina (saluda a la cámara)… —Él le hizo un saludo militar, de modo que la ceniza del puro cayó al suelo—. Su cruzada es conseguir que las Steel Birds se reúnan.

—En Nochebuena —añadió Danielle—. En el escenario del Rockefeller Center.

En vez de sorprenderse por la explicación, Rudy se limitó a mostrarse impresionado.

—De verdad, hijo, pero qué diligente eres. ¿De dónde sacas el tiempo?

Melody vio que el afecto suavizaba el rictus de la boca de Beat.

—Hola, papá.

—Estoy deseando que llegue la primavera para volver al *green*. ¿Un *reality show*? ¿En serio? —Le dio una calada al puro—. Lástima que tu madre prefiera zambullirse en un mar infestado de tiburones antes que volver al escenario con Trina. —Le dirigió su siguiente pregunta a Melody—. ¿Cómo le va a la señora del caos estos días?

—Ahí sigue, sembrando el caos y señoreando, o eso creo —contestó ella—. Solo la veo en febrero, así que ha pasado ya un tiempo desde la última vez.

Octavia se agarró a eso.

—Pero has dicho que ella ha pedido la reunión.

—Por teléfono. En realidad, por Zoom. Nos hacemos videollamadas de Zoom —soltó Melody. Sabía que estaba haciendo lo que se hacía al mentir (añadir demasiados detalles), pero era incapaz de contenerse—. Llevaba unos rabillos preciosos en los ojos la última vez que hablamos. Sí. Fue hace dos días y medio cuando dijo: «Tienes razón, Mel. Ha llegado la hora, ha llegado la hora de reunir al grupo de nuevo. Ha llegado la hora de darle caña a la guitarra una vez más». Y luego se echó a llorar. En mitad de la videollamada de Zoom.

Nadie dijo nada.

Melody le dio un sutil codazo a Beat en las costillas.

—En mitad de la videollamada de Zoom —confirmó él—. Lloró. Sin esconderse.

Octavia entrecerró los ojos.

—No me parece muy típico de Trina.

—Ha cambiado mucho a lo largo de los años. Ha madurado como el buen vino. —Esa era la trola más grande que había soltado esa noche. En todo caso, lo cierto era que Trina había tenido una regresión desde sus días de gloria—. Señora Dawkins…

—¡Uf! Será mejor que me llames Octavia, cariño. —Cruzó los brazos por delante del pecho con delicadeza—. Es lo justo, dado que mi hijo está haciendo todo lo posible por pegarte a su costado.

Melody sintió que le ardían las mejillas. Beat no estaba intentando pegársela a ningún sitio. Eso era una exageración. Aunque era cierto que la sujetaba con tanta fuerza que solo tenía un pie bien apoyado en el suelo. ¿Estaba nervioso por toda esa situación sin más?

—¿Están saliendo? —preguntó el padre de Beat, a lo que añadió una carcajada estentórea que resonó por todo el guardarropa—. Eso sí que tendría su guasa.

—No —dijo Melody tan deprisa como pudo. Sobre todo porque no quería oír una negativa tajante de boca de Beat. Se removió y se agachó hasta conseguir soltarse de su brazo, y se dio cuenta de que Beat solo parecía pasmado por cómo la había agarrado—. No estamos saliendo, pero compartimos misión. —Hablar delante de un grupo tan intimidante hacía que se sintiera como si estuviese a punto de sufrir una erupción de miles de ronchas en la piel, pero siguió adelante. Al fin y al cabo, ella había soltado la trola de que Trina había pedido la reunión. Había dirigido la empresa en una dirección totalmente nueva, así que no podía soltar el timón en ese momento, ¿verdad?—. Hay miles de personas viéndonos, Octavia —dijo.

—Millones —la corrigió Danielle en voz baja.

—Millones. —Melody inspiró hondo mientras la cabeza empezaba a darle vueltas—. Han esperado (hemos esperado) treinta años para una reunión de las Steel Birds. Que sí, que hay grabaciones y canciones que se pueden descargar. Pero nada se puede comparar con la posibilidad de escuchar tus canciones preferidas en directo. Trina y tú tenéis el poder de que se haga realidad. De darles a los fans el momento con el que llevan soñando desde 1993.

Beat le puso una mano en la base de la espalda.

—A veces lo echas de menos. ¿A que sí, mamá? La multitud cantando *Sacude la jaula* a pleno pulmón. Sintiéndola. Echas de menos esa larga pausa antes del cambio. El subidón del solo final.

—Los pollos asados —murmuró Melody mientras se llevaba una mano al corazón.

—No nos olvidemos del pollo —dijo Beat sin inmutarse.

Octavia soltó una risilla desconcertada.

—Que sepáis que cuando Trina y yo estábamos embarazadas de vosotros, Stevie Nicks nos bendijo las barrigas entre bastidores en una ceremonia de ingreso en el Salón de la Fama del Rock and Roll. Creo que iban a incluir a Sly and the Family Stone. Sí, eso era. Y Stevie recitó un viejo proverbio y agitó un puñado de salvia prendida, que literalmente llevaba en el bolsillo del vestido, y dijo que vosotros dos siempre estaríais... ¿Dijo protegidos o conectados? No me acuerdo. —Encogió un hombro y lo dejó caer—. Las Steel Birds se disolvieron seis días después. Siempre me he preguntado si nos maldijo.

—Podríamos llamarla y averiguarlo —sugirió Danielle al tiempo que movía con discreción el codo de Joseph—. Delante de la cámara.

Octavia resopló.

—Stevie Nicks no tiene teléfono.

—¡Hala! —dijo Melody.

—Vamos a hacer una cosa. —Octavia agitó las manos—. Es casi la hora de mi brindis con champán y esta noche voy a cantar *Santa Baby*, joder, lo haya deseado alguien o no... —Miró a Beat sorbiendo por la nariz—. Para zanjar el tema: si conseguís traer a Trina a Nueva York, cantaré una sola canción con ella en el escenario. Pero no habrá comunicación entre ambas, ni antes ni después. No va a ser una gran reunión emotiva durante la cual nos lamentemos por los treinta años que hemos desperdiciado siendo enemigas y planeemos una gira mundial. Si ese es el objetivo final, vais a llevaros un buen chasco.

—Queda claro, mamá —le aseguró Beat, asintiendo con la cabeza—. Una noche. Una canción. Nada de cháchara.

—Mándaselo a mi agente por escrito, por favor —añadió Octavia al tiempo que salía por la puerta, seguida de Rudy con su puro—. Hijo, te quiero con locura pese a esta ridiculez. —Se detuvo antes de salir al salón de baile, donde los invitados ya empezaban a vitorear su regreso a la gala—. Y Melody...

—¿Sí?

—La próxima vez que te pongan un foco encima, devuélvele el golpe.

13

Beat llevaba una hora experimentando una sensación espantosa en el estómago.

Era una mezcla de temor y urgencia.

Las miradas que le habían echado a Melody todos los que estaban al pie de la escalinata tenían algo que lo preocupaba. Lo habían pillado. Se habían dado cuenta de lo que él ya sabía. Y cierta parte de sí mismo disfrutaba de que la gente pareciera estar reconociendo la singularidad de Melody. Que estuvieran celebrando esas peculiaridades especiales que la hacían tan... Mel. Porque ya era hora, joder.

Sin embargo, el miedo lo abrumó cuando se dio cuenta de que estaban retransmitiendo en tiempo real todo el encanto sincero y vulnerable de Mel a millones de personas. Así que, cuando llegó el momento de abandonar la gala, el instinto protector que había estado cobrando vida en su interior durante toda la velada empezó a alertarlo. Cada vez más fuerte, hasta que casi no pudo oír las órdenes del equipo de seguridad por encima del ruido.

Se agachó para observar lo que se veía desde la parte delantera del hotel y se le cayó el alma a los pies. La multitud que esperaba fuera se extendía por toda la manzana.

Ni veía dónde acababa.

El *streaming* en directo solo llevaba unas cuantas horas, pero de alguna manera los espectadores habían sacado tiempo para hacer carteles. Reconoció su nombre de pasada en unos cuantos, pero le preocupaban mucho más los que mencionaban a Melody.

«Los melocotones son mi fruta favorita».

«Ven a jugar con mis pelotas de petanca, Mel».

«Melody, ¿te quieres casar conmigo?».

Además, varias personas llevaban… ¿parches en un ojo?

Melody parecía no darse cuenta del caos que había fuera mientras dejaba que los de seguridad la acompañasen a la salida.

—Un momento —gruñó Beat, que se abrió paso a la fuerza y bloqueó la salida—. ¿No creéis que la puerta trasera es mejor?

—Tiene razón. —Joseph se acercó con Danielle y bajó un segundo la cámara. Tosió una vez—. Danielle, yo tampoco te quiero ahí en medio.

La productora parecía desconcertada, pero se recuperó enseguida.

—Esto…, muy bien. —Le hizo un gesto al equipo de seguridad—. ¿Os importaría hablar con el gerente del hotel para encontrar una forma más discreta de irnos?

—Voy a ello —dijo uno de los hombres, que se alejó hablando por el pinganillo.

Danielle miró su portapapeles, donde tenía apoyado el móvil.

—Esperaba un buen número de espectadores, pero no esta clase de… reacción intensa. —Meneó la cabeza—. Los números que estamos viendo rompen récords. Vamos por…

—¿Es posible que no nos informes del número de espectadores? —la interrumpió Mel con una mueca—. Lo siento, pero es que no quiero saberlo.

—Entendido —contestó Danielle—. ¿Beat?

—Yo sí quiero saberlo. —Necesitaba saber dónde estaban en todo momento para poder asegurarse de que Melody estaba protegida—. Pero dímelo en privado.

—Vale. —Pasó un segundo mientras Danielle bloqueaba la pantalla del móvil. ¿Estaba haciendo acopio de valor para preguntar algo?—. Para que todos estemos al tanto, mañana por la mañana cogemos un avión a Nuevo Hampshire. No sabemos la localización exacta de la comuna de Trina, pero sí tenemos una idea aproximada. —Se cuadró de hombros—. Me preocupa más esta noche.

Melody frunció el ceño.

—¿Esta noche?

Como si lo hubieran preparado, la multitud del exterior empezó a corear su nombre.

Melody puso una cara desconcertada monísima. Por algún motivo, el corazón de Beat comenzó a dar saltos, como un pajarillo herido y enjaulado.

—No puede volver a casa —susurró él, adelantándose a Danielle—. Nos han seguido, ¿verdad?

—Ajá. —Danielle abrió la boca para hablar, pero la cerró de nuevo—. No esperaba que las cosas se salieran de madre tan deprisa, Melody. Pero sí, no creo que sea una buena idea que te vayas a Brooklyn esta noche. Vives en un bajo con ventanas a la calle. Está demasiado expuesto. Lola te ha preparado una bolsa con lo esencial y uno de mis asistentes te está buscando una habitación de hotel mientras hablamos, pero es complicado, porque necesitamos permiso para grabar.

—¿Por qué no se queda conmigo? —En cuanto Beat lo dijo, parte de la tensión de su pecho empezó a desaparecer—. Tengo una habitación libre. Estoy en la planta veintisiete de un bloque con portero. Estará a salvo conmigo.

—Me quedaré en un hotel —se apresuró a decir Melody—. Pero gracias por el ofrecimiento.

Pillado por sorpresa, Beat intentó leer su expresión, pero en esa ocasión le resultó imposible descifrar lo que estaba pensando.

—¿Por qué?

Melody miró de reojo la cámara y se puso más colorada.

Él se volvió, para ocultarla de la cámara. El ruido procedente del exterior no le dejó más remedio que acercarse y hablarle al oído, y así evitar que los micrófonos captaran las voces, lo que provocó una oleada de vítores y de abucheos en la calle.

—¿Por qué no quieres quedarte en mi casa?

—Déjame quedarme en un hotel.

—Pero dime por qué.

Ella titubeó.

—Por lo del enamoramiento. No..., será incómodo. Para ti.

Beat tardó cinco segundos en comprender la explicación. Melody pensaba que pasar la noche en su casa lo incomodaría. Y sí, debía admitir que era muy probable que estuviera en lo cierto. No solo porque estaba colada por él, sino porque el sentimiento era mutuo. Si pasaba algo entre ellos, tendría que compartir partes de sí mismo que normalmente se reservaba. Con celo.

Aun así…

—No, no dejaremos que eso pase. —Le dio un tirón de los codos para acercarla e intentó no gemir en voz alta cuando sus pechos le rozaron el torso—. Por favor, no hagas que me preocupe por ti.

Ella hizo ademán de protestar, pero el equipo de seguridad los rodeó de nuevo antes de que pudiera hacerlo.

—Estamos listos. El coche espera al final de la manzana para no llamar la atención. Va a aparecer en el último segundo, así que estad preparados para subiros en la parte trasera a toda prisa.

Melody asintió con la cabeza antes de desviar la mirada del guardaespaldas a Danielle.

—¿Va a ser así para siempre?

—No lo sé. No tengo con qué compararlo.

Echaron a andar por el vestíbulo hacia el lado oeste del edificio, con Beat manteniendo en todo momento la mano en la base de la espalda de Melody. Cuando llegaron a la puerta lateral y se oyó el chirrido de unos neumáticos, seguido de una algarabía de gritos, se le subió el corazón a la garganta. La puerta se abrió y los *flashes* lo cegaron, pero entrecerró los ojos para aguantar el torrente de luz y se interpuso entre Melody y los fans que corrían hacia el coche desde la parte delantera del edificio, porque saltaba a la vista que habían descubierto el plan. Por suerte, la puerta del coche ya estaba abierta, de modo que pudo coger a Melody en volandas y casi lanzarla al interior del vehículo antes de meterse detrás de ella a toda prisa.

—¡Se queda en mi casa! —le gritó Beat por encima del ruido a Danielle, que iba en el asiento del acompañante. Casi no atinó a ver que la productora asentía con la cabeza antes de que el coche saliera disparado por la avenida—. En casa de la madre de Melody no será así, ¿verdad? —Beat le lanzó una miradita por encima del hombro a la cámara, que, cómo no, seguía captando hasta la mínima expresión—. Nadie sabe dónde está.

—Correcto —contestó Danielle, que le dio indicaciones al chófer—. Debería ser más tranquilo.

Beat sospechaba que nada de esa experiencia iba a ser tranquilo. Pero antes de que se enfrentasen a la posibilidad de otra multitud…, necesitaba sobrevivir a esa noche. Lo había dicho en serio cuando le aseguró a Melody que no permitirían que las cosas fueran incómodas, pero la atracción que sentía por ella crecía a pasos agigantados a cada momento. Nada típico en él. En absoluto.

Había sentido mucha atracción sexual a lo largo de su vida, sí, pero normalmente hacia el cuerpo femenino en general. La promesa de un placer sostenido y agudizado era lo que lo atraía. Nunca tuvo a una persona en concreto en mente.

Sin embargo, con cada hora que pasaba en compañía de Melody, eso iba cambiando.

En ese momento, habiendo dejado el caos de la noche atrás, ya no podía contener sus pensamientos. Melody en su cama, llevándolo al borde de la agonía mientras sus músculos se tensaban, se mordía el labio inferior hasta sangrar y el sudor le corría por el torso.

Dado que no pensaba revelar que el enamoramiento era mutuo (ni hacer nada al respecto), su actitud protectora seguramente la confundiría. ¿Le daría falsas esperanzas? Eso era impensable. Sin embargo, era incapaz de no protegerla, sobre todo en esa situación tan peligrosa. Proteger a Melody Gallard era algo instintivo. Siempre lo había sido.

¿Cómo desconectaba ese instinto?

—Vivo ahí delante —le dijo a Melody, momento en el que se dio cuenta de que tenían los dedos entrelazados y que descansaban sobre las piernas cruzadas de ella. Por Dios, se le movían las manos sin que su cerebro les diera una sola orden. Tocarla era como respirar—. En el edificio de la esquina.

Melody miró por la luna delantera.

—Tu portero lleva sombrero de copa.

—Es Reeves. No le va a hacer gracia lo de la cámara. ¿Por casualidad alguien lleva una chocolatina encima?

—Yo tengo una en la bolsa de las cámaras. De hecho, tengo varias.

—Te sigue encantando el dulce, ¿no? —preguntó Danielle, que miró a Joseph a través del espejo retrovisor—. Otro detalle que nos hace incompatibles, supongo.

—Permíteme no estar de acuerdo en eso —replicó Joseph, con un tono más ronco de la cuenta.

Melody se animó mientras Beat rebuscaba en la bolsa de la cámara y sacaba una chocolatina de la marca Baby Ruth. «Esto valdrá», se dijo él.

—A ver, repíteme cómo os conocisteis —quiso saber Melody.

—No lo hemos contado —replicó Danielle sin inmutarse mientras el coche se paraba junto a la acera—. Además, es agua pasadísima. ¿Entramos antes de que se forme otra multitud?

—Sí. —Beat esperó a que un miembro del equipo de seguridad se bajara antes de salir a la acera y volverse para ayudar a Melody… y se quedó paralizado. Ella no se había abrochado el abrigo al salir del hotel y cuando se inclinó para aceptar su mano, se le abrieron las solapas, ofreciéndole una panorámica de sus tetas, que estaban a punto de salírsele por el escote. Que Dios lo ayudara, porque se le puso dura al verlas y la pajarita empezó a estrangularlo.

Alguien tocó el claxon en la avenida al pasar junto a ellos y Melody se sobresaltó, de modo que se le trabó el pie en el borde de la puerta del coche y se cayó de bruces. A Beat le daba vueltas la cabeza porque toda la sangre se le había concentrado entre las piernas, pero cuando la vio tambalearse, el pánico hizo que se pusiera en acción y abrió los brazos justo a tiempo para atraparla.

¡Por Dios bendito! Su calidez, su forma y su peso… La gravedad hizo que todo eso cayera sobre él, y la sensación fue tan increíble que vio estrellitas delante de los ojos. Esos pechos se le pegaron al torso y sus rodillas le rozaron las caderas. Sus regazos se pegaron de golpe y así se quedaron, y supo que ella notaba que se estaba empalmando porque se quedó sin aliento junto a su oreja, y el sonido solo consiguió ponérsela más dura.

«Déjala en el suelo».

¿Cuánto tiempo iba a estar sujetándola?

Intentó tragar saliva, pero se le atascó en la garganta, aunque consiguió camuflar el gemido estrangulado con una tos antes de soltar a Melody en el suelo, a regañadientes. Vio que ella tenía las mejillas coloradas y que miraba a cualquier parte menos a él.

Pues sí, estaba claro que lo había notado.

Otro coche pasó con una serie de pitidos, y todos echaron a andar a toda prisa hacia la entrada del edificio. Reeves salió a la acera y se quitó el sombrero para usarlo a modo de barrera contra el grupo.

—Un momento, ni un paso más, gente. Los administradores del edificio tienen que aprobar cualquier grabación o cualquier cosa del estilo… —Beat le dio la chocolatina al portero—. ¡Oh, una chocolatina Baby Ruth! Pero si hace siglos que no le hinco el diente a una. A ver si me acuerdo de los ingredientes. Cacahuetes, caramelo…, ¡turrón! —El portero se interrumpió al darse cuenta de que todo el grupo se había montado en el ascensor que había al final del vestíbulo—. Discúlpeme, señor Dawkins…

—¿Podríais quedaros un momento con Reeves para ponerlo al día? —les preguntó Danielle a los de seguridad, que seguían en el vestíbulo.

—Sí, señora —contestó uno de ellos.

—Señor Dawkins… —insistió Reeves.

Beat asomó la cabeza un segundo por las puertas del ascensor y le guiñó un ojo al portero.

—No nos has visto, Reeves.

El aludido suspiró con la mirada clavada en la chocolatina que tenía en la mano.

—Me ha vuelto a engañar con chocolate. Me tiene calado desde que era un adolescente y venía de visita.

Antes de que se pudieran cerrar las puertas del ascensor, Joseph metió la mano en la bolsa de la cámara sin dejar de grabar. Sacó un paquetito amarillo y lo lanzó hacia fuera, donde Reeves lo atrapó al vuelo.

—¡Oh, una chocolatina Butterfinger! Pero si hace siglos que no le hinco…

Las puertas metálicas del ascensor se cerraron de golpe.

Todos soltaron el aire a la vez.

—¿Qué ha querido decir con que lo tienes calado desde que eras un adolescente? —le preguntó Melody.

—Aquí tenían mis padres su casa. Una de ellas, ya que dividían su tiempo entre Los Ángeles y Nueva York. Cada vez que estaba en la ciudad, lo sobornaba con chocolate para que no se chivara cuando me saltaba el toque de queda.

A Melody le temblaron los labios por la risa.

—¿Esto no será un problema para él?

—¡Qué va! Lleva de portero tanto tiempo que un grupo de los residentes pusieron dinero y le compraron participaciones en el edificio. A menos que se despida a sí mismo, no se va a ir a ninguna parte.

Melody relajó los hombros.

—Bien. —Ella movió los dedos entre los suyos, y Beat ni siquiera recordaba cuándo le había cogido la mano—. Bueno..., ¿cuándo se deja de grabar?

—Tendremos una imagen final vuestra mientras entráis en el piso y luego daremos por terminado el día —contestó Danielle con sequedad mientras le daba a Melody una bolsa de cuero, seguramente preparada por la estilista de la cadena—. Volveremos a las nueve para buscaros y coger el avión. —Levantó seis dedos mientras articulaba con los labios «seis de la mañana», sin duda para confundir a los espectadores—. ¿Os parece bien?

Beat quería discutir sobre esa última imagen de los dos entrando juntos en su casa. Era un gesto que resultaría sugerente a propósito. Los espectadores los habían relacionado sentimentalmente desde el primer segundo de grabación, y eso solo aumentaría las especulaciones. Pero si protestaba por esa toma, le daría otro motivo a Melody para buscarse un hotel donde pasar la noche. Y le apetecía tanto que saliera sola a enfrentarse a esos fanáticos espectadores como que le sacaran las muelas del juicio sin anestesia. Con eso en mente, se mordió la lengua y poco después ya estaba cerrando la puerta de su piso tras haber hecho pasar a Melody.

Y se quedaron a solas.

A solas de verdad por primera vez en la vida.

—El silencio nunca me ha parecido tan evidente —dijo ella, cerrando los ojos.

Su voz sonaba de maravilla entre sus cuatro paredes.

—Un día largo.

—Larguísimo.

«Ayúdala a sentirse mejor». Al fin y al cabo, fue él quien la había metido en *Pesadilla en Navidad*. El estómago se le encogió mientras le quitaba la bolsa de las manos.

—Ven, que te enseño la habitación de invitados. ¿Quieres café, té o una copa?

—Té. O una copa mejor. Sí, una copa sin duda.

Beat señaló el pasillo que llevaba a los dormitorios contiguos. Ella se quitó los zapatos de tacón y lo siguió, y sus pasos apenas resonaron sobre la alfombra del salón. No le hacía falta volverse para saber que estaba mirando los muebles, los cuadros y la panorámica del East River. ¿Su casa era lo que Melody esperaba? ¿Era mejor? ¿Peor? Había invitado a muchos amigos a lo largo de los años, pero nunca a una mujer sola. Que ella fuera la primera le parecía tan adecuado que le resultó alarmante.

Llegó al dormitorio de invitados y encendió la luz antes de reducir el brillo y soltar la bolsa nada más pasar la puerta. Sintió un cosquilleo en la piel del hombro izquierdo cuando ella se colocó a su lado, y también se le tensaron los oblicuos.

—Es perfecta —aseguró ella antes de pasar junto a él, con mucho cuidado para no rozarlo—. Gracias.

Solo atinó a murmurar por lo bajo hasta que consiguió relajar los músculos.

—Nos vemos en la cocina para esa copa.

—Vale.

Cerró la puerta a su espalda y se quedó mirándola un momento. El sonido de la cremallera de su vestido al bajar fue como si le rozaran la bragueta con las yemas de los dedos. Ya le costaba controlar su creciente atracción por ella, pero una vez desaparecida la cámara, había una sensación de libertad que no esperaba.

«Olvídalo».

Por Dios, tenía que olvidar el tema.

Les quedaba mucho camino por delante antes de Nochebuena, y él ya estaba dando traspiés.

Meneó la cabeza, irritado, y se fue a la cocina mientras se quitaba la pajarita y el esmoquin. Se desabrochó los gemelos y se remangó la camisa hasta los codos antes de coger dos vasos del armarito y dejar una botella de *whisky* de triple malta al lado. Acababa de recuperar la compostura cuando Melody salió del dormitorio con una camiseta ancha y larga de manga corta que ni de coña debería resultar tan erótica. Sin embargo, cuando se detuvo delante del ventanal, con el cuerpo recortado contra las brillantes luces de la ciudad, una cosa le quedó meridianamente clara.

Se había quitado el sujetador.

Llenó el vaso hasta arriba.

—¿Tus padres decoraron así el piso o lo has cambiado tú?

—Lo cambié yo —contestó contra el vaso antes de beber un buen trago—. El estilo de mi madre es…

—¿Chic palaciego? ¿Muchos blancos, cremas y dorados? Con adornos en forma de cabeza de cisne.

El *whisky* le quemó la garganta mientras se le escapaba una carcajada al oírla.

—Lo has clavado.

Melody se inclinó un poco hacia delante para mirar con detenimiento una colección de fotografías enmarcadas que había en una mesa del salón, lo que hizo que se le subiera la camiseta por detrás, hasta medio muslo. Beat tragó saliva con dificultad mientras le suplicaba al *whisky* que empezara a hacerle efecto y mitigara la reacción que ella le provocaba. Por desgracia, dio la sensación de que el alcohol solo aumentaba lo que sentía.

—Que sepas que no me esperaba quedarme boquiabierta con Olivia esta noche, pero eso me ha pasado. Desde luego que ha estado a la altura de su reputación de leyenda. Las estrellas son seres bidimensionales y algunas de ellas, en mi experiencia, se quedan así cuando las conoces en la vida real. Pero tu madre no. Brilla más y es más cautivadora de lo que me esperaba. Solo puedo decir lo mismo de otros dos famosos.

Beat dejó el vaso a medio camino de su boca.

—¿Quiénes?

Ella lo miró con una sonrisa deslumbrante por encima del hombro.

—Springsteen y Tina Turner.

—¡Guau! Son buenos. El mío es McCartney.

—Cómo no ibas a conocer en persona a uno de los Beatles... —Lo miró meneando la cabeza con expresión guasona mientras le daba unos toquecitos a una de las fotos enmarcadas—. ¿Quiénes son los niños de la foto?

El *whisky* se le fue por donde no era y le cayó como una piedra en el estómago.

—Esa la hicieron durante un campamento de verano. Son mis compañeros de cabaña.

Ella se enderezó con un jadeo y entró descalza en la cocina mientras articulaba con los labios un «gracias» cuando él le acercó el vaso de *whisky*.

—¿Fuiste a un campamento de verano?

Beat asintió una vez con la cabeza.

—Cuando tenía trece años, mi padre pensó que me iría bien salir de Los Ángeles. Ensuciarme las uñas y alimentarme de comida espantosa durante un mes.

Melody bebió un sorbito a su *whisky* para probarlo.

—¿Y te fue bien?

Al oír su pregunta, él se dio cuenta del tiempo que llevaba mirando el brillo del licor en sus labios.

—¿El qué?

—Que si la mala comida y las uñas sucias te fueron bien.

—Pues claro que sí. —Esbozó una enorme sonrisa forzada. La que usaba con sus amigos. Con todo el mundo, en realidad—. Si alguna vez me pierdo en el bosque, tendré una fogata hecha en cuestión de minutos. Dos horas como mucho.

¿Por qué lo miraba con cara rara? ¿Había... había visto su fachada?

—¿Fue una buena experiencia de verdad, Beat? —le preguntó ella en voz más baja.

—Al principio, sí, lo fue. —Por Dios, esa voz vacía era muy rara. Desconocida—. Después los otros chicos empezaron a darse cuenta de quién era. Creo que a lo mejor oyeron hablar a algunos de los monitores. Y después... —Soltó una carcajada, pero le salió hueca—. En fin, después...

Melody apartó la mano de su vaso.

—¡Ay, Beat! —susurró—. Te odiaron.

No había nada que pudiera compararse a la oleada de gratitud que sintió en ese momento. Jamás había experimentado algo parecido. Al menos, no desde el día en que se conocieron. La mujer sentada al otro lado de la barra del desayuno era la única persona que conocía, que comprendía, la extraña vergüenza que suponía ser el vástago de un icono de fama mundial. Tuvo que echar mano de todo su autocontrol para no extender los brazos sobre la encimera de mármol y pegarla a él.

—Sí —confirmó—. La primera semana estuvo bien. De hecho, estuvo genial. Hasta que mi madre me envió un paquete con ostras ahumadas, un molinillo de pimienta grabado y Pellegrino. Lo hizo con buena intención. De verdad. Pero después de que los monitores dijeran de quién era el paquete, ya saltó la liebre. Empezaron a hacerme preguntas sobre mi vida en Los Ángeles y no me quedó más remedio que decir la verdad. Al principio, parecían interesados. Querían saber todos los detalles. Pero esos detalles solo sirvieron para que me empezaran a coger manía. Todavía quedaban tres semanas y... —Se encogió de hombros—. Volví todos los veranos hasta los dieciséis, con la esperanza de que fuera distinto. Pero siempre pasaba lo mismo. Digamos que dormía mucho al raso.

—¿Qué hacían? ¿Te cerraban la puerta para que no entraras?

Le cerraban la puerta para que no entrara. Le saboteaban la tienda de campaña. Le echaban tierra en la comida. Y siempre se callaba y aguantaba, demasiado avergonzado como para explicarles la situación a sus padres.

—Mel, me vino bien.

Ella hizo un mohín con la nariz.

—Te... ¿Cómo es posible?

—Sí, Mel. —Apuró el *whisky*—. Porque todo me venía rodado. Ni siquiera tenía que pedir ropa nueva o zapatos, o mi propio barco, porque todo aparecía sin más. Vacaciones, amigos, incluso la prensa me pasaba la mano en comparación a lo que hacían contigo. Por Dios, cómo odiaba eso. —Cerró los ojos un segundo, hasta que los recuerdos de los titulares más crueles desaparecieron de nuevo—. Cuando volvía del campamento, después de pasar varias semanas aguantando que me robasen la comida y que se rieran de mis habilidades para la supervivencia (con toda la razón del mundo, porque no era capaz de hacer fuego ni con un mechero), todo volvía a la normalidad, pero yo... ya no soportaba la excesiva comodidad. No la tragaba.

Melody lo observaba sin moverse.

—¿Y ahora?

—Sigo sin aguantarla. —«No digas el resto». Necesitaba mantener la boca cerrada, pero contener el torrente de palabras era casi imposible cuando la persona que había vivido una existencia paralela estaba sentada delante de él, mirándolo a los ojos como si pudiera leerle el pensamiento—. Pero tengo una forma de controlarlo —terminó con voz ronca.

Debería sentir menos presión en el pecho después de esa confesión, ¿no? Sin embargo, empezó a dolerle más, como si se hubiera tragado un hueso de pollo. Tenía la impresión de que Melody se daba cuenta de la seriedad de sus palabras, porque parecía estar conteniendo la respiración.

—¿Cómo?

—Mel...

—¿Cómo? —insistió ella.

No obstante, él negó con la cabeza.

—Vamos a dormir un poco, ¿vale? —Se obligó a sonreír y miró la hora en el horno—. Solo nos quedan seis horas antes de que volvamos a tener la cámara delante de la cara. Y parece que necesitaremos descansar antes de enfrentarnos a Trina.

—No hay descanso suficiente para eso —replicó ella sin pensar, todavía observándolo fijamente.

Le entraron ganas de tumbarla en alguna parte, pegar la cabeza a la suya y dejarla mirar, porque ninguna otra persona lo veía con tanta claridad. Pero eso daría pie a que hubiera algo más entre ellos. Más de lo que se podía permitir u ofrecer.

—Buenas noches, Mel.

Después de un breve titubeo, ella se bajó del taburete, cruzó el salón y se volvió para mirarlo una vez antes de meterse en su dormitorio. El vaso de *whisky* del que ella había bebido estaba allí, sin terminar, pero con la marca de sus labios. Sin pensar, cogió el vaso y se lo llevó a los labios justo por el mismo sitio que ella había bebido, tragándose el licor con ansia mientras sentía un aguijonazo entre las piernas en respuesta. Dejó que el anhelo se colara dentro…

Y supo que estaba a punto de hacer que la cosa empeorase.

14

Melody llevaba veinte minutos sentada en el borde de la cama del dormitorio de invitados, con la mirada clavada en la pared. Beat tenía razón, necesitaban descansar todo lo posible porque el día siguiente iba a ser un reto y medio, por decirlo suavemente. Pero era incapaz de acostarse y cerrar los ojos. No con las palabras de Beat rondándole la cabeza.

«Pero tengo una forma de controlarlo».

Se había pasado al insistirle para que le contara los detalles, ¿verdad? Pero cuando estaban solos, como en la cocina, era como si nada estuviera prohibido. Como si por fin pudieran bajar la guardia y... ser sin más. Una especie de magia que no tenía con nadie más. Claro que Beat no había compartido su secreto con ella, y en ese momento no dejaba de inventarse teorías y descartarlas. No solo por curiosidad, aunque también sentía algo de eso.

Era más porque tenía la sensación de que la respuesta consistía en una gran parte de sí mismo que mantenía oculta.

Cierto que no tenía derecho a conocer los secretos y los entresijos de Beat. Solo quería que supiera que podía confiar en ella. Que supiera que lo iba a entender. Que no tenía por qué cargar solo con algo difícil.

Un sonido sordo le llegó a través de la pared. Fue breve y podría tratarse de un avión que pasaba a lo lejos, quizá bajando el tren de aterrizaje para tomar tierra en el aeropuerto JFK o en el de LaGuardia. Conocía bien ese sonido. Así que ¿por qué se le aceleró el pulso al oírlo?

Casi se había convencido a sí misma de que se había imaginado que Beat parecía haberse empalmado cuando se tropezó al salir del coche. Esa protuberancia dura que sintió contra el muslo era su teléfono, ¿verdad? Claro que, así en general, la gente no llevaba el móvil tan delante y tan en el centro. Ni los teléfonos eran tan grandes. También estaba la cuestión del siseo que se le escapó cuando se rozó con esa parte..., así que a lo mejor no se había imaginado que estaba excitado, ¿o sí?

Claro que ¿y si ella no era el motivo?

¿Sería posible que la erección de Beat solo fuera por la simple emoción de estar a punto de liberar el estrés del día? ¿Se empalmaban los hombres solo con pensar en que iban a masturbarse? ¿Se estaría masturbando en ese preciso momento?

Se le escapó un trémulo suspiro y apretó los muslos. El deseo la recorrió hasta la punta de los pies, y echó la cabeza hacia atrás. Sintió el calor entre los muslos y el roce de una pluma invisible en el abdomen. Intentó separar la sensación de Beat y disfrutarla sin más por lo que era, pero sin su imagen, sin el recuerdo de sus manos, sin el atisbo de su energía, el deseo empezó a desvanecerse.

—No —susurró, y el deseo se reavivó cuando le llegó un sonido ronco por debajo de la puerta. Estaría violando su intimidad si salía a comprobar qué era ese ruido, pero de todas formas se encontró poniéndose de puntillas, con el oído pegado en busca de otro de sus sonidos roncos. Cuando por fin oyó otro, sintió la piel tan sensible que el simple hecho de respirar casi le resultó insoportable.

Saldría al pasillo y ya. Quizás allí podría oírlo mejor. Además, ¿cuándo se le iba a volver a presentar esa oportunidad? La de estar cerca de ese ser humano que la atraía con tanta intensidad. La de memorizar su olor y los sonidos que hacía.

Tomó una honda bocanada de aire, la contuvo, abrió la puerta de la habitación de invitados y salió al oscuro pasillo. El piso se quedó en silencio, un silencio absoluto, un buen rato. Después oyó un trémulo jadeo al otro lado de la puerta del dormitorio de Beat y casi se le doblaron las rodillas. Apoyó la palma de la mano en la pared y dio un pasito más. Treinta segundos. Se daría a sí misma treinta segundos.

El crujido de un muelle de la cama tensó algo en su interior con tanta brutalidad que clavó los dedos de los pies en la alfombra del pasillo y se agarró la camiseta con la mano libre…

La puerta de la habitación de Beat se abrió.

Lo vio allí de pie, sin camiseta, a la luz de la lámpara de la mesita de noche, con el pecho subiéndole y bajándole con fuerza mientras el sudor le mojaba la frente y el labio superior. Un gran bulto se le marcaba en la parte delantera del pantalón de deporte, apartándole la tela del cuerpo de un modo que resultaba… sexual, íntima y no apta para sus ojos. Sin embargo, no habría podido dejar de mirarlo ni aunque le fuera la vida en ello, porque era la persona más guapa del mundo con los párpados entornados, el pelo alborotado de haberse pasado las manos y el cuerpo duro por los músculos.

—Has hecho ruido —jadeó él.

Meneó la cabeza al oírlo.

—No, de eso nada.

—Sí que lo has hecho.

—A lo mejor ha sido un avión a punto de aterrizar…

Dejó la frase en el aire, jadeando, porque él salió del dormitorio y se acercó a ella con paso lento y decidido, y se sintió tan abrumada al ser su destino final que empezó a temblar. Estaba temblando de la cabeza a los pies cuando él la arrinconó con el cuerpo contra la pared.

—Mel.

—Espera —fue lo único que atinó a decir—. Es que… ti-tienes que dejar de tocarme.

De inmediato, él puso las palmas en la pared a ambos lados de su cabeza y cambió de postura, de modo que ya no se tocaban. Pero de todas formas su proximidad le provocó una revolución de las terminaciones nerviosas. No era un móvil. Aquello no era un móvil ni de coña. El pantalón de deporte ni siquiera tenía bolsillos.

—¿Porque quieres que pare?

—No, porque me voy a poner en evidencia —contestó ella al tiempo que soltaba el aire.

—No. Me encanta volverte loca. —Se pegó de nuevo a ella y le puso la boca junto a la oreja, rozándole el lóbulo con los labios de un modo que hizo que viera estrellitas—. Mel, me gusta que las cosas se desquicien un poco.

Ahí estaba.

Estaba a punto de compartir su secreto. Todo a la vez era demasiado. El cuerpo de Beat correspondiendo al suyo, ese bulto íntimo pegado a ella y su confianza al alcance de la mano. Se le desbocó el corazón, y no sabía si sería capaz de mantenerse de pie sin derrumbarse por el peso de tantas partes de Beat al mismo tiempo. Aun así…

—Dímelo.

—Prefiero hablar de lo que te gusta a ti —replicó él y sintió, más que vio, que había fruncido el ceño—. Tengo la sensación de que soy el único que debería saberlo.

—¡Oh! —exclamó sin más al oírlo.

—Dame permiso para tocarte, Melocotón —le suplicó él contra el cuello.

—Tócame —susurró ella.

—Bien hecho. —Empezó a chuparle despacio la piel de debajo de la oreja. Y fue aumentando la presión hasta arrancarle un jadeo mientras el cuerpo se le hacía gelatina entre él y la pared—. Estoy esperando a que me digas lo que te gusta.

«Esto. Esto a todas horas». Pero Beat buscaba algo más.

—Creo que todavía no sé lo que me gusta —dijo del tirón—. Siempre tengo demasiado miedo como para bajar la guardia. Es que…, a lo mejor son imaginaciones mías, pero me preocupa que estén tomando notas para después contárselo a sus amistades.

Beat levantó la cabeza y la miró fijamente. En sus ojos vio que la comprendía a la perfección. Fue tan potente que la sensación de pertenencia, de seguridad, se le atascó en la garganta.

—Lo entiendo, Mel. Por eso yo… —Se detuvo y meneó la cabeza—. Por Dios, me muero por besarte, nunca he deseado nada con tantas ganas en mi puta vida.

—Pues a lo mejor deberías hacerlo —susurró ella.

Un sonido ronco brotó de la garganta de Beat.

Y después la besó. Por completo.

Beat la besó.

La alegría la invadió a la velocidad de la luz. El oxígeno le corrió por el torrente sanguíneo y sus pulmones se morían por recibir más aire. La presión de los labios de Beat sobre los suyos, esa lengua pidiéndole que bailara, fue como si multiplicaran su fuerza vital por dos. Como si la triplicaran. Por una vez..., se sentía cómoda en su propio cuerpo. Sentía palpitaciones en lugares increíbles y las piernas estaban de todo menos rígidas. Las notaba llenas de energía y lánguidas al mismo tiempo. Se deleitaban con los duros ángulos de Beat allí donde se movían y se rozaban con urgencia contra sus curvas.

—Por el amor de Dios, Mel, tu boca... —gruñó él contra sus labios—. Vas a ser el mayor de todos los privilegios que nunca me he ganado, ¿verdad?

—Te lo mereces todo —replicó ella en voz baja.

—No. —Le agarró el bajo de la camiseta y se la subió hasta la garganta, y el deseo le demudó la cara al verle los pechos desnudos y el tanga—. Pero de todas formas voy a devorar ese olor que tienes a galleta de jengibre, ¿no? Hasta que empapes ese tanga que te han obligado a ponerte.

«¡Madre mía!». Que Beat tuviera una forma de hablar totalmente distinta para esos momentos íntimos le pareció maravilloso.

—Sí —susurró—. Por favor.

—Soy yo quien suplica. —Beat le pasó un brazo por la base de la espalda, haciendo que se pusiera de puntilla. La postura le arqueaba la espalda, levantándole los pechos, acercándoselos a la boca. Justo antes de que él le chupara uno, lo oyó soltar un suspiro entrecortado—. No dejes que me corra, Mel.

—Vale —consiguió decir, un poco desconcertada. ¿Podría ser... porque todavía no habían hablado de métodos anticonceptivos? Sin embargo, perdió el hilo de sus pensamientos y fue incapaz de concentrarse en otra cosa que no fuera en los cálidos jadeos sobre su pezón. La increíble oleada de placer que surgió cuando le rozó el pezón derecho con la lengua antes de lamerlo con más fuerza hasta que lo atrapó entre los labios y se lo chupó con un gemido gutural.

Sintió una punzada por debajo del ombligo. Muy rápida. ¿Demasiado?

Apretó los muslos con fuerza para contener la oleada de placer, pero él le impidió cerrar las piernas con las caderas, y ella gimió, preocupada, excitada, incrédula. ¿Iba a tener un orgasmo solo con que le chupara los pezones? No, no. No, era imposible.

Beat la miró con ojos brillantes mientras trasladaba la lengua de un endurecido pezón al otro, acariciándoselo y metiéndoselo en la boca al tiempo que embestía con las caderas, como si una oleada de deseo lo hubiera asaltado de repente. Ella apoyó de nuevo la espalda en la pared, con los dedos de los pies apenas rozando el suelo, y la dura superficie le sirvió de ancla mientras él le enganchaba la mano izquierda en el tanga. Se dio cuenta de que se estaba debatiendo, como si quisiera arrancarle la prenda de un tirón. Dejó de chuparle el pezón un segundo, y su erección fue tan evidente en ese momento que le resultó imposible no frotarse contra ella. No moverse arriba y abajo sobre el duro bulto que tensaba su pantalón de deporte, gimiendo cuando él gemía, mientras esa punzada se hacía cada vez más intensa.

«¡Por el amor de Dios!».

¡No! Todavía no.

—¿Así es como quieres correrte? ¿Frotándote por encima de la ropa? —Beat cambió el ángulo de las caderas al tiempo que miraba hacia abajo, se mordía el labio inferior y gemía por lo que vio. El movimiento de su sexo, la más que probable mancha de humedad en el tanga. Sus caderas, que se movían por voluntad propia, y sus muslos, tensos por el deseo de frotarse contra su erección. «Más deprisa, más deprisa»—. O… Por Dios, ¿quiere que vaya a por un condón?

¿Cómo se las apañaba Beat para que la palabra pareciera tan sensual?

—¿Si-siempre los usas?

—Sí. —Soltó el aire con un suspiro trémulo y le frotó la frente con la suya sin dejar de mover la parte inferior del cuerpo—. Aunque contigo no querría ponérmelo, te lo juro.

—Yo tampoco quiero que te lo pongas si no quieres ponértelo, pero… puede que todavía no…

—Sí, Mel. No quiero ponérmelo. Pero haremos lo que quieras cuando estés lista. Así que sigue haciendo lo que estás haciendo, nena.

Joder, eres guapísima. No pares. Podemos mantenerla así de dura todo el tiempo que lo necesites.

Ella gritó y se acarició los pechos. Era la primera vez que lo hacía porque nunca había sentido los pechos tan conectados a su sexo como lo estaban en ese momento. El ardiente hormigueo de sus pezones se estaba volviendo tan insoportable como el que sentía entre las piernas, y solo atinó a pellizcárselos para aliviar el dolor, la tensión, aunque así solo empeoró las cosas. Solo aumentó la urgencia.

Estaba cerquísima. Y el poder de dejarse llevar con otra persona era tan intenso que casi no se lo podía creer, pero ¿dejarse llevar con Beat en concreto? Una especie de felicidad surgió en su interior, como una burbuja gigante a punto de estallar.

Y después él le apartó el tanga, desnudándola por primera vez, y apretó los dientes mientras se estremecía por completo.

—Joder, Melocotón. Por si las moscas, ¿tomas la píldora? Porque sacártela de ese coño va a ser una tortura.

—Sí —jadeó ella, y perdió la cabeza por completo.

Que Beat la mirase a la cara mientras ella se corría consiguió que el clímax fuera más intenso, más concentrado. Soltó un gemido que acabó pareciéndose a un sollozo mientras la asaltaba una oleada tras otra de un placer inimaginable, haciendo que se golpeara la espalda contra la pared. Apretó los dientes por la euforia con tanta fuerza que empezaron a dolerle. La perfección del orgasmo la dejó sin aliento, y fue incapaz de controlar sus actos durante unos largos y estremecedores segundos, mientras respiraba de forma entrecortada. Y no era la única.

Beat seguía mirándola a los ojos, con una expresión de... ¿sorpresa? ¿Pavor? ¿Asombro?

Era incapaz de pensar con la claridad suficiente como para interpretarla. Solo sabía que quería que él también tuviera una experiencia alucinante. Quería, necesitaba, que la acompañase en dicha experiencia.

—Quiero que tú también te corras —le susurró entre jadeos—. Por favor.

Parecía ahogado por una lucha interna y por el arrepentimiento. De repente, se disculpó entre susurros y la bajó al suelo con las manos temblorosas antes de apartarse de ella con el torso sudoroso, respirando con dificultad.

—Lo siento, Mel. ¡Joder!

Su mente abotargada por el orgasmo intentó entender lo que pasaba, pero esas palabras consiguieron que recordase algo que él había dicho poco antes: «No dejes que me corra».

Cuando le hizo esa petición, estaba demasiado abrumada como para analizarla.

En ese momento, mientras Beat se alejaba cada vez más de ella, no pudo contener la sensación de que la habían privado de algo. De que la habían rechazado. El alma se le cayó a los pies y se apresuró a cubrirse de nuevo con la camiseta. Un hipido entrecortado le subió por la garganta, pero se lo tragó enseguida y se abalanzó hacia la puerta del dormitorio de invitados, perdida y con la cabeza dándole vueltas por la sensación de que se había quedado a medias. Se sentía demasiado liviana. Como flotando.

En cuanto cerró la puerta, oyó los pasos de Beat acercándose a la habitación de invitados.

—Mel, déjame entrar.

—No. —Se obligó a controlar la voz—. No pasa nada. —Oyó que algo duro, como la frente de Beat, golpeaba la puerta—. No pasa nada, solo tengo ganas de acostarme.

—Claro que pasa, Mel.

—De verdad que no. Te lo prometo.

Pasaron varios segundos.

—Siento no haber podido…, siento no saber cómo compartir eso contigo. Si pudiera estar con alguien cuando pasa, serías tú.

Sentía tal nudo en la garganta que no pudo replicar. Se metió en la cama con la sensación de que estaba muy expuesta y se arropó antes de enterrar la cara en la almohada. ¿Qué acababa de pasar? ¿Su orgasmo le había cortado el rollo a Beat? ¿Se había mostrado demasiado ansiosa? ¿Le había parecido desesperada? Esa última posibilidad hizo que se encogiera contra la almohada.

Al cabo de unos segundos, oyó los pasos de Beat mientras regresaba a su dormitorio, cuya puerta cerró con una nota de frustración, y se quedaron separados por más de una clase de pared.

15

16 de diciembre

Beat se paseaba de un lado para otro por delante de la puerta de su piso. Eran las 5:50 y Melody todavía no había salido de la habitación de invitados. La oía moverse. ¿Cuál era su plan? ¿Salir a las seis en punto para aparecer delante de la cámara y así no tener que hablar de lo que pasó la noche anterior?

Ya se había acercado una vez a la puerta con la intención de llamar, para poder mantener una conversación cara a cara sin la luz roja parpadeante a medio metro de distancia y el bolígrafo de Danielle escribiendo sobre el portapapeles. Pero ¿qué podía decirle para mejorar la situación? Debía averiguarlo, porque les quedaban ocho días más de encierro, y la idea no debería alegrarlo ni excitarlo tanto. Les quedaban un montón de horas juntos en el oscuro interior de un SUV. Y esa noche, más oportunidades de estar solos.

Más oportunidades de joder esa amistad que valoraba más a cada minuto que pasaba.

Un carraspeo al otro lado de la puerta de Melody le aceleró el pulso, seguido del sonido de un pintalabios al destaparse, si no se equivocaba. Y su mente fue incapaz de pensar en otra cosa que no fuera su boca. Besarla había sido como una fiesta de bienvenida a un sitio que nunca tendría la suerte de llamar su hogar. Era una intrusión. No tenía derecho a separar tanto esos labios ni a meterle tanto la lengua. Ni a colocar las caderas entre sus muslos para que ella se restregara y lo pusiera tan cachondo que había estado a punto de perder el control.

Era la primera vez que le pasaba algo así. La primera.

Porque siempre terminaba solo. El placer era medido y prolongado para obtener el máximo sufrimiento, pero nunca acababa acompañado. Eso lo hacía cuando estaba solo. ¿Mostrarse así de vulnerable con alguien? No. No confiaba en nadie lo suficiente. Pero… nunca se había enfrentado a nadie como Melody. El rubor de sus mejillas y su respiración agitada, ese temblor incontrolable. La confianza que parecía tener en él. Su vínculo era tan tangible que casi no tenía sentido. Había experimentado su orgasmo a través de los pantalones y casi se había corrido con ella, allí mismo y en aquel momento.

Sin embargo, al retroceder y contenerse había herido sus sentimientos, que era lo último que haría de forma intencionada. ¿Por qué tenía que sentirse tan atraído por alguien a quien podía hacerle daño?

Tenían que hablar ya.

Mantenerse en ese punto muerto empeoraría las cosas.

Como se pasara todo el día sin saber a qué atenerse, haría algo poco aconsejable, como ceder a la frustración y hablar del tema con ella delante de una audiencia mundial.

Cuadró los hombros y echó a andar por el piso en dirección a la habitación de invitados. Sin embargo, acababa de dar un paso cuando llamaron a la puerta.

Se pasó una mano por el pelo.

—Llegáis temprano, cómo no… —Dejó la frase en el aire al abrir la puerta. Porque en vez de encontrarse a Danielle y Joseph, era su chantajista quien estaba apoyado en el marco. Se le formó una capa de hielo sobre la piel y el corazón se le subió a la garganta. Además de la sorpresa, en su mente solo había un único pensamiento: «Mantenlo alejado de Melody»—. ¿Qué haces aquí? —preguntó al tiempo que lo empujaba hacia el pasillo y cerraba la puerta—. ¿Cómo has subido?

—¿Cómo crees? Con chocolatinas. Gracias a la retransmisión en directo, se ha desvelado el secreto.

—Quedamos en que nunca vendrías a mi casa.

Su sonrisa chulesca se ensanchó.

—No has contestado al teléfono —contestó—. ¿De qué otra forma quieres que hablemos?

—He estado ocupado.

—¡Ah, me he enterado! Como el resto del mundo. Solo se habla de tu pequeño proyecto.

—¿Has venido a felicitarme? —le preguntó él—. Al fin y al cabo, no estaría haciendo el programa si no fuera por ti.

—Eso es mentira, Beat. Sé la cantidad de dinero que recauda todos los años Ovaciones de Octavia con las donaciones. Es de dominio público. No necesitabas participar en un *reality show* para pagarme.

—Nunca he usado el dinero de la fundación para asegurarme tu silencio. Uso el mío. —Se inclinó y acercó la cara a la del batería—. El dinero de Ovaciones de Octavia se destina a becas para personas con talento. No a oportunistas que se disfrazan de artistas.

La sonrisa perdió brillo.

—Yo que tú iría con cuidado.

—Haré lo que me parezca mejor. Menos mal que no nos parecemos en nada.

—En cuanto a personalidad, tal vez. —Se acarició la barbilla—. ¿Genéticamente? Eso es otra historia.

De repente, se sintió como si hubiera estado saltando durante una hora seguida.

Melody estaba en el piso y él quería a ese cerdo a un millón de kilómetros de ella. Lejos de su familia. Por desgracia, todavía no había terminado con Fletcher Carr. Tal vez nunca se librara de él si quería mantener el secreto de su paternidad entre ellos dos. Donde no pudiera hacerle daño a nadie ni arrastrar el nombre de su madre por el fango.

—La de anoche fue una escena muy conmovedora con toda la familia reunida para el viaje anual del ego de tu madre. Tu padre todavía sigue con una venda en los ojos en lo referente a ella. Si él supiera…

—Lárgate —le soltó Beat—. Sal del edificio y no vuelvas. Conseguiré el dinero para Navidad tal como acordamos, ya tenga que pedir un préstamo o haciendo realidad el concierto. No es necesario que sigas poniéndote en contacto conmigo.

—¿Ah, no? —El chantajista invadió su espacio personal y se le tensó toda la piel alrededor de los músculos—. Un día de estos, te plantearás lo de ser valiente y tal vez dejes que la verdad salga a la luz. Creo que estas visitas mías te recuerdan lo poco que quieres que la gente sepa que soy tu verdadero padre en vez del hombre que todos creen que lo es. Ese hombre que cree que tu madre le fue fiel desde el día en que se conocieron.

Sintió que se le hinchaba la vena del cuello.

—He dicho que te largues.

El chantajista retrocedió con una carcajada que le puso los pelos de punta.

—Diviértete con Trina, esa puta loca. —Dio media vuelta hacia la escalera y abrió la puerta de par en par—. Lo veré con un cuenco de palomitas.

El silencio que se hizo cuando se cerró la puerta de la escalera fue ensordecedor. El instinto le suplicó que entrara de nuevo en el piso, llamara a la puerta de la habitación de invitados y se lo contara todo a Melody. El alivio de tenerla a su lado sería increíble. Casi sentía lo maravilloso que sería quitarse ese peso de encima. Pero, en realidad, estaría echándoselo a ella encima, y eso no era justo. No después de prácticamente haberla obligado a participar en *Pesadilla en Navidad*. No después de lo de la noche anterior, cuando le hizo daño al echarse atrás en el último segundo. Melody era un haz de luz, raro y perfecto en su vida, y si le echaba demasiada mierda encima, apagaría su luminoso brillo.

No, mantendría la boca cerrada y se ocuparía de Fletcher por su cuenta, punto. Ese era su problema y estaba relacionado con su familia. Ella no necesitaba cargar con eso.

Acababa de tomar una honda bocanada de aire cuando se abrieron las puertas del ascensor. Danielle y Joseph salieron en medio de una discusión. Joseph llevaba la cámara en una mano mientras la productora se apartaba de él, retrocediendo con los brazos en jarras. Y siguió retrocediendo hasta que su espalda se topó con la pared del pasillo y el cámara se cernió sobre ella, con cara de estar pensando en besarla.

Al menos, hasta que se dieron cuenta a la vez de su presencia.

—¡Beat! —Danielle se alisó el pelo con gesto nervioso y se zafó de la trampa que Joseph estaba creando con su cuerpo—. Buenos días. ¿Qué haces aquí?

—Estaba hablando con uno de mis vecinos —contestó con energía mientras giraba el pomo de la puerta para entrar de nuevo en el piso—. Le diré a Mel que habéis llegado. —Se detuvo cuando vio a Melody de pie en el vestíbulo, con la bolsa de viaje en la mano.

—Ya me he enterado —murmuró ella, mirándole la barbilla. No a los ojos.

Joder, qué buena estaba. Llevaba una camiseta blanca metida por dentro de unos vaqueros de cintura alta, y las curvas de esas caderas necesitaban las manos de un hombre. Sus manos. Se las había agarrado en el gimnasio y la noche anterior otra vez. A esas alturas, sus palmas ya recordaban sus curvas mientras apretaba los puños. ¿Qué sentiría si la agarraba desde atrás? ¿Si clavaba los pulgares en ellas mientras se lo comía? Porque se arrepentía de muchas cosas de la noche anterior, pero sobre todo de no haberse puesto de rodillas en el pasillo. Si la noche anterior era la única oportunidad que tendría de tocar a Melody, al menos podría haber vivido sabiendo que había saboreado uno de sus orgasmos.

—¿Estáis listos para empezar a grabar? —preguntó Danielle con cierto titubeo.

—No —contestó él.

—Sí —respondió Melody al mismo tiempo.

—Deberíamos hablar —le dijo, meneando la cabeza.

—Podemos hablar en el avión, ¿no?

Danielle soltó una risa nerviosa.

—¿Va todo bien entre vosotros?

—No —gruñó Beat.

Melody lo miró con los ojos muy abiertos.

—Sí.

—Melody…

Ella dejó la bolsa de viaje en el suelo y pasó a su lado para coger el abrigo del perchero y ponérselo. Al ver que le costaba trabajo meter uno de los brazos, Beat se puso detrás de ella sin pensárselo y la ayudó. Su olor a galleta de jengibre se le subió a la cabeza.

—Gracias —murmuró ella, que se alejó para recoger la bolsa.

Todos guardaban silencio. Saltaba a la vista que Joseph no estaba seguro de si debía empezar a grabar, porque miró a Danielle con disimulo.

—Todos me estáis mirando —dijo Melody, que se rio.

¿Quién querría mirar a otro sitio cuando ella estaba presente?, se preguntó Beat.

—Pareces nerviosa —adujo Danielle, en cambio.

Melody soltó un suspiro.

—Pues claro. Voy a ver a mi madre. En su comuna. Que yo sepa, no tiene ni idea de que vamos. Y no tengo ni idea de lo que me voy a encontrar cuando lleguemos. «Comuna» podría ser un eufemismo de «secta». A lo mejor hasta los encontramos rezándole a una estatua de Chester Cheetos, el guepardo de los cereales, cuando lleguemos. —Hizo una pausa—. Ni siquiera es febrero.

En ese momento, sonó el móvil de Danielle. Como no contestó de inmediato, sonó tres veces en el silencioso pasillo antes de que se disculpara y tocase la pantalla.

—¿Diga? —guardó silencio mientras escuchaba—. Vale, gracias. Enseguida vamos. —Colgó y los miró a Melody y a él—. El *jet* privado ya está listo. No me ha parecido prudente viajar en un vuelo comercial después de lo de anoche, pero me ha costado bastante convencer a la cadena de que lo aprobara. —Se guardó el móvil en el bolsillo—. Por desgracia, tenemos que irnos ya. Muchos ricos viajan en esta época del año y nuestro piloto tiene la agenda apretada.

Beat registró vagamente lo que Danielle estaba diciendo, pero lo que repitió fueron las palabras de Melody. Su forma de decirlas, la ansiedad que las teñía, su evidente aprensión. Sí, estaban lejos de terminar con la conversación de Trina. Sin embargo, ese día ya iba a ser bastante duro para ella como para encima obligarla a hablar del encuentro de la noche anterior. Ya llegarían a ese punto. En ese momento, solo quería que se relajara y se olvidara de los nervios.

Se moría de ganas de acercarse a ella para estrecharla entre sus brazos, pero abrazarla sin resolver primero lo de la noche anterior sería pasarse un poco, ¿no? De todas formas, tenía que hacer algo para aliviar su preocupación. Después de echarse el macuto al hombro, acortó la distancia que los separaba y cogió su bolsa del suelo. Acto seguido, la tomó de la mano y entrelazó los dedos con los suyos, dándoles un apretón.

Repasó rápidamente su conversación de la noche anterior mientras la miraba a los ojos.

—¿Quieres ver mi imitación de Springsteen, Melocotón?

Al menos, la había distraído.

—Eeeh, ¿qué?

Él levantó una ceja.

Ella parpadeó y dijo:

—A ver, ¿quién podría rechazar una oferta como esa?

Beat carraspeó, manteniendo una expresión seria. Cantaba fatal, pero tenía la voz ronca como su madre, y eso era lo único que necesitaba para imitar a Bruce. Bajó la frente hasta dejarla a un palmo de la suya y cantó los primeros versos de *Born to Run*.

La cara de Melody se iluminó poco a poco.

Se quedó boquiabierta y volvieron a brillarle los ojos al mismo tiempo que aparecía el hoyuelo de su mejilla derecha. Pese a sus tropiezos con la letra, se sintió como un héroe, algo que no le había pasado en la vida. Al final, su alegría lo afectó más de la cuenta y se vio obligado a dejar de cantar. Tosiendo para aliviar la presión de la garganta, añadió:

—Tu madre no está en una secta adoradora de Chester Cheetos.

A Melody le temblaron los labios por la risa.

—Eso no lo sabes.

—Bueno, estoy bastante seguro de que no existe ninguna.

Ella soltó un suspiro.

—Cuando estoy cerca de ella, vuelvo a tener dieciséis años, ¿sabes? Vuelvo a ser la chica torpe que conociste hace un millón de años, que pensaba que elegir gomas de color verde agua para la ortodoncia era vivir al límite.

—Esa chica torpe era la mejor.

Agradecida, Melody esbozó una sonrisa torcida.

—Es fácil decirlo cuando no eras ella.

—Yo también era torpe. Pero a esas alturas se me daba genial disimularlo.

Lo miró con el ceño un poco fruncido, como si estuviera tratando de descifrar la reveladora afirmación.

—Para que conste en acta, mi ortodoncista insinuó que las gomas transparentes eran una opción aburrida. Estoy bastante segura de que era un sádico.

«Es tan maravillosa que me voy a derretir entero».

—En serio, Mel, el verde agua te quedaba fenomenal.

—Mi yo de dieciséis años nos sonríe. Con cera entre los dientes. —Se mordió el labio—. Ha sido una interpretación de Springsteen estupenda. Un Boss en toda regla, sí señor.

—Gracias. —Le costó la misma vida no prometerle la luna en ese momento—. Ya sabes que puedes contar con él cuando lo necesites.

—Micrófonos encendidos. Tenemos que irnos, chicos —dijo Danielle, que contestó otra llamada y empezó a hablar con quien estuviera al otro lado mientras echaba a andar.

La productora les sujetó la puerta y esperó mientras ellos se colocaban las petacas en la espalda, se pasaban el cable del micrófono por el cuerpo para engancharselo por debajo de la ropa y pulsaban el todopoderoso botón que recogería sus voces con mayor claridad para el público. Al darse media vuelta, Beat vio que Joseph había estado grabando y se preguntó cuánto habrían oído él y todos los espectadores. ¿Importaba a esas alturas? Ocultarle cosas a la cámara solo servía para recordarle la privacidad de la que disfrutaba normalmente. Dejaba que todo el mundo se acercara, pero nunca lo suficiente. No revelaba nada demasiado profundo o importante.

Con la mano de Melody entre las suyas, se preguntó por primera vez si tal vez podría aprender a ser un poco más confiado. Y qué podría estar esperándolo al otro lado.

16

Durante el vuelo a Nuevo Hampshire, Melody intentó desesperadamente concentrarse en su charla TED sobre la posibilidad de que los cerebros de los insectos fueran la clave para crear una inteligencia artificial asombrosa, pero cada vez que pasaban cinco minutos, se daba cuenta de que no había retenido nada.

Era evidente que su cerebro no se parecía en nada al de un insecto.

Esforzándose por parecer despreocupada, se volvió en su amplio asiento de cuero y miró hacia la parte trasera del avión, donde Beat hojeaba un ordenado fajo de papeles con el ceño fruncido. Lo vio lamerse los dedos índice y corazón para pasar de página, y ella tuvo la impresión de que una enorme manivela de tamaño industrial giraba por debajo de su ombligo.

Parecía que cada vez que parpadeaba, recordaba esos dedos tan largos tirándole del tanga para mirarla.

«Joder, Melocotón. Por si las moscas, ¿tomas la píldora? Porque sacártela de ese coño va a ser una tortura».

En el calor del momento, esas palabras la habían excitado. La habían dejado al borde del abismo. A la luz del día (o más bien de la tenue iluminación de la cabina del avión privado por así decirlo), solo le provocaban preguntas. La hacían reflexionar. Alejarse físicamente de ella parecía una… ¿costumbre? ¿O una necesidad?

Como si hubiera oído sus pensamientos en voz alta, Beat la miró en ese momento y le provocó un subidón que habría bastado para impulsar el avión.

—Oye… —le dijo Danielle, dándole un codazo en las costillas—. Que lo estás mirando.

—Vale. —Se volvió de nuevo en el asiento mientras se mojaba los labios, que sentía secos de repente, y mantuvo los ojos cerrados hasta que se le ralentizó el pulso—. Supongo que no podría persuadirte de distraerme contándome la verdad sobre lo tuyo con Joseph, nuestro fiel cámara, ¿verdad?

—¿Distraerte de qué?

—Viajar en avión me provoca ansiedad.

—Si vas a exigirme la verdad, tendrás que devolverme el favor.

—Supongo que te debo una —refunfuñó—. Por haberme recordado que estaba comiéndome a Beat con los ojos delante de la cámara.

—Lo que me digas queda entre nosotras. —La productora cruzó las piernas y se colocó frente a ella—. Ya sois bastante interesantes delante del objetivo. Ni siquiera tengo que aliñar las cosas editando escenas.

—¿Es una práctica habitual en un *reality show*?

Danielle pensó en confesar, pero cambió de opinión.

—Algún día lo leerás cuando escriba mis memorias.

Melody levantó un dedo.

—Voy a reservarlas ya. —Danielle sonrió, pero guardó silencio mientras asentía con la cabeza para animarla a hablar—. Anoche nos besamos —susurró—. Nos enrollamos de verdad.

—La sorpresa del siglo.

«Dilo sin más. Arráncate la tirita del tirón».

—Pero él… como que… me dejó tirada.

Danielle la miró, sorprendida.

—La verdad es que no me lo esperaba. ¿Me lo explicas?

—No —contestó, negando también con la cabeza—. Te toca.

Era evidente que la productora quería una explicación, porque se dejó caer en el asiento, desilusionada, un gesto que resultó muy cómico.

—Joseph y yo empezamos en una cadena de noticias de 24 horas. Nos movíamos en los mismos círculos, nos cruzábamos y teníamos esa especie de rollito de enemigos que se atraen. Luego, hace unos ocho años, coincidimos en un directo, cubriendo una tormenta, y nos vimos obligados a pasar la noche en la furgoneta. Y ahí lo dejo para que tú rellenes los espacios en blanco.

—Creo que el que rellenó algo fue él.

Danielle resopló.

—El caso es que es de esos tíos que van de «yo controlo» y... —Cogió la revista que había estado leyendo y empezó a abanicarse con gesto distraído—. Es lo contrario de lo que quiero. Por lo menos fuera de la cama. Porque dentro...

Melody reflexionó al respecto.

—¿Te sorprendió descubrir que disfrutabas con alguien así en la cama?

—Sorprenderme es poco. —Danielle miró hacia atrás con expresión irritada—. Y el muy cabrón no para de recordarme a todas horas que lo disfruté.

—Eso explica la tensión, supongo —murmuró mientras repasaba la conversación en su cabeza. Danielle y Joseph tenían claras sus preferencias en la cama. Ella nunca se había sentido lo bastante cómoda como para explorar las suyas..., pero ¿lo habría hecho Beat? ¿Y si tenía ciertos intereses que ella aún no había descubierto? Desde luego la noche anterior había soltado algunas pistas. Tal vez el problema no fue su entusiasmo, y él solo necesitaba un poco más de tiempo para compartir lo que lo excitaba.

«No dejes que me corra».

Se dio cuenta de que se le aceleraba el corazón y se desabrochó el cinturón de seguridad con manos inquietas, porque necesitaba moverse con desesperación y, por desgracia, en un avión solo había un lugar donde esconderse. De camino al baño, se cruzó con un adormilado Joseph que estaba echando un sueñecito en la parte trasera, con la cámara apagada y asegurada en el asiento de al lado, como si fuera un niño pequeño. Se apresuró a entrar en el baño, se lavó las manos, se echó agua fría en la cara y ya iba de camino a su asiento cuando el avión sufrió unas turbulencias.

Se tambaleó en el pasillo mientras buscaba un lugar al que agarrarse.

—¡Mel! —exclamó Beat con brusquedad al tiempo que la cogía de la muñeca.

Antes de que se diera cuenta de lo que estaba pasando, él cambió su trayectoria y tiró de ella hacia su regazo. Se sobresaltó al oír el crujido de los papeles bajo las nalgas.

—¡Ay, madre! Lo siento. Espero que no sea nada importante.

Vio que aparecía un tic nervioso en su mentón. ¿Acababa de mirarle la boca?

—Solo son papeles —replicó Beat, y ella asintió con la cabeza mientras empezaba a levantarse, pero el avión se sacudió de nuevo, devolviéndola otra vez a su regazo y estampándola contra su pecho, momento en el que lo oyó tomar una honda bocanada de aire—. Mmm…

El deseo se apoderó de ella. Con fuerza.

—Debería volver a mi asiento.

El avión no estuvo de acuerdo, ya que pasó por varias turbulencias más. Beat se aferró con fuerza a uno de los reposabrazos del asiento en cada una de ellas.

—Vas a hacerte daño. Quédate aquí hasta que las dejemos atrás.

Sus palabras eran sensatas. No podía decirse que tuviera una gran coordinación ni en su mejor día. Si intentaba volver a su asiento mientras el avión atravesaba más turbulencias, podía acabar fácilmente con una conmoción cerebral. Sin embargo, fingir que la postura que tenían los dejaba indiferentes era misión imposible. Si no tuviera la carpeta con los papeles entre su culo y el regazo de Beat, sospechaba que notaría su erección. La mano con la que se había aferrado al reposabrazos se deslizó hasta una de sus rodillas y le colocó el pulgar en la sensible cara interna. Le dio un apretón.

Los vaqueros empezaban a molestarle entre los muslos. Pero saldría ilesa de aquello. Ambos lo harían. Solo necesitaban una distracción.

—Háblame de los papeles que acabo de aplastar.

—Vale —dijo Beat con voz ronca, cerrando los ojos—. Son, esto…, solicitudes. De aspirantes a becas. Anunciaremos el ganador de enero el día de Año Nuevo. —Parecía estar haciendo un gran esfuerzo para centrarse en lo que ella le había pedido—. Siempre es difícil elegir, pero escoger entre este grupo es casi imposible. No hay ni uno solo que no se lo merezca.

—¿Qué criterio sigues?

Algo brilló en sus ojos. Entusiasmo. Una pasión por su trabajo que hizo que el pecho se le abriera aún más para él.

—Obviamente, lo académico es primordial, pero eso es solo la punta del iceberg para estos chicos. Todos son los mejores de su clase. Así que tenemos que buscar algo más. Hay que fijarse en su participación en los clubes, en las cartas de recomendación. Cuando tenemos unos doce que destacan sobre los demás, pasamos a las grabaciones de sus entrevistas.

Melody sintió que la emoción iba aumentando en su interior.

—¿Cómo informáis al ganador?

Beat esbozó una sonrisa torcida.

—Lo normal es que nos pongamos en contacto con sus padres o tutores y concertemos una videollamada por Zoom. Octavia aparece en la pantalla y les dice que tiene la universidad pagada. Es... —Dejó la frase en el aire—. Es increíble.

—Y tú eres el responsable de que suceda.

—Ellos son los responsables. Yo solo los busco.

Las piezas del rompecabezas empezaron a encajar.

—¿Fue tu madre quien creó el programa de becas o fuiste tú?

—No lo sé. —Miró a un punto situado por encima de su hombro un momento, con los ojos entrecerrados—. Ha pasado tanto tiempo que no me acuerdo.

Le estaba diciendo la verdad. Sinceramente no lo recordaba.

—Pues yo apuesto por ti.

—¿Por qué? —Se comunicaron a través de una mirada larga y silenciosa—. Crees que hago esto para equilibrar la riqueza con la que he nacido —dijo despacio.

—Creo que eso forma parte del motivo. El resto es que eres una buena persona que quiere ayudar a los demás.

—No lo sé. Es que... Me resulta increíble que haya tanta gente con talento ahí fuera y que gran parte de él se quede sin descubrir. Tienen la aptitud, pero ninguna de las ventajas. Y mi caso es el contrario. Carezco de talento, pero tengo todo lo que...

—No. Deja de pensar así.

Beat soltó una carcajada carente de humor.

—No es tan fácil.

—Lo sé, en serio. Las expectativas que tienen de nosotros son tremendas e irreales, porque nuestras madres son quienes son. —Pensó en las numerosas horas de terapia que había recibido, en las conclusiones que habían sacado una y otra vez. Unas conclusiones en las que empezaba a creer—. Pero, Beat, podemos ser personas. Podemos ser personas sin más.

En esa ocasión, cuando la miró a la boca no pudo fingir que se lo había imaginado.

—En privado tal vez podamos ser personas —replicó él, acercándose a ella. O tal vez fue al contrario—. Pero con los demás, con los amigos, con los colegas, con la prensa, siempre he tratado de mantener relaciones superficiales, de distraerlos para que no vean lo que hay en el fondo. Para ocultarles lo que es personal. —Lo oyó tragar saliva—. Tal vez lo he llevado demasiado lejos, ¿sabes?

Sus frentes se encontraron, sus ojos se buscaron.

No. No se estaba imaginando lo importante que era lo que había entre ellos. El peso de esa conversación.

No se lo estaba imaginando en absoluto.

—Es muy difícil estar cerca de ti —dijo ella sin pensar—. También es muy fácil estar cerca de ti. ¿Tiene sentido?

—Nunca te he entendido mejor.

—Ojalá pudiera decir lo mismo. —Eso pareció escocerle un poco, pero ella no se retractó—. Dices que mantienes relaciones superficiales. Que llevas demasiado lejos lo de mantener intimidad. Dime a qué te refieres.

Sintió que le subía y le bajaba el pecho con cada respiración. Abrió dos veces la boca para hablar antes de poder hacerlo.

—Como ya te he dicho, cuando era más joven, se me hizo demasiado difícil aceptar... ser un puto niño mimado. No hacía nada para ganarme la comodidad con la que vivía. Lo fácil que era mi vida. Y la culpa empezó a filtrarse por todas partes. Necesitaba una salida. Así que cuando tenía dieciséis años, le pedí a una chica con la que salía que me llevara al límite. Que me acariciara, pero que no me dejara terminar. Y lo hizo, pero después no quiso volver a verme. Con la siguiente pasó igual. —Encogió un hombro con brusquedad—. Aprendí a no compartir esa parte de mí con la gente que me importa. Aprendí a mantenerla en privado y, en algún momento, dejó de ser una cuestión de culpa para convertirse en una cuestión de disfrute. Y de no tener que confiar en nadie, que era lo más importante. Hay ciertos sitios a los que puede ir una persona que... —Cerró los ojos y meneó un instante la cabeza—. Por Dios, es increíble que te esté diciendo esto.

Melody llevaba un minuto entero sin respirar.

—No pasa nada.

Cuando volvió a mirarla, sus ojos irradiaban una mezcla de deseo y disculpa.

—Hay ciertos sitios a los que se puede ir, Mel. Clubes, a veces residencias privadas. Allí encuentro mujeres dispuestas a ser discretas y... —Levantó una ceja, como diciendo: «Tú ya me entiendes»—. Es una transacción, no una relación, y esa línea tan clara me resulta cómoda.

—¡Oh! —susurró mientras intentaba asimilarlo todo.

Beat la interrumpió cuando volvió a unir sus frentes.

—Mírame.

—Te estoy mirando.

—No he ido a ninguno de esos sitios desde que volví a verte. No he querido hacerlo.

Asintió con la cabeza, derretida. A Beat le gustaba que lo llevaran al límite y que no lo dejaran terminar. Tal vez debería haberse escandalizado, pero su cerebro solo parecía capaz de proyectar imágenes suyas en los momentos más álgidos del deseo, con el cuerpo excitado y tenso, los dientes a la vista y los ojos vidriosos. ¿Quién no querría estar con él, dándole lo que quería, en esos momentos?

—Así que... te gusta que te lleven al límite. Negación del orgasmo.

Soltó una carcajada dolorida.

—Utilizas términos más técnicos que yo.

—Una vez restauré una copia de un libro clásico de ayuda sexual. Puede que haya aprendido algunas cosas.

—Mel, no pareces escandalizada por esto en absoluto.

—¿Estás decepcionado?

—No. Pero saber que te sientes cómoda con esto… —Recorrió despacio su mejilla con los labios en dirección a la boca y los posó allí, respirando con tanta fuerza que sintió la condensación de su aliento—. Me preocupa lo que querré hacer.

—¿Por qué te preocupa?

Hizo una mueca de dolor.

—Porque es mi forma de conseguir lo que quiero sin tener que ser vulnerable. Es satisfacción sin… emoción. Sin el vínculo. —Su boca estaba sobre la suya mientras hablaba, lo que amortiguaba un poco sus palabras—. Me gusta follar hasta que estoy a punto de explotar, Mel. Y después paro. No puedo… No sé cómo compartir ese momento final con alguien. Así que me largo. —Movió las caderas debajo de ella y soltó un gemido ronco y bajo—. Acabaría hiriendo tus sentimientos, como anoche. No creo que te des cuenta de lo mucho que me afectó.

—Me sentí dolida, pero porque no lo entendía. Ahora lo entiendo. —Se apresuró a humedecerse los labios resecos—. Y creo que…, en todo caso, tu necesidad de… encontrar dificultades demuestra que tienes alma. Reconoces tu buena suerte. Mucha gente en tu posición no lo hace.

—Mmm… —Su mano se levantó sola y le enterró los dedos despacio en el pelo. Esos ojos azules se iban cerrando poco a poco a medida que avanzaban. La mano que tenía en el muslo le dio un apretón y en ese momento ella fue incapaz de contenerse y lo besó en los labios—. Se me acaba de ocurrir una cosa.

—Vale —dijo él, sin moverse. ¿Estaba conteniendo la respiración?—. Me gustaría saber qué es.

Ella movió las caderas de forma instintiva, giró la espalda y añadió presión a los papeles que seguían entre ellos hasta que Beat contuvo el aliento.

—Creo que podemos volver a intentarlo. Ahora que sé lo que me espera… o más bien lo que no me espera… —Le lamió fugazmente una de las comisuras de los labios—. A lo mejor disfruto… no dejándote.

Lo recorrió un escalofrío.

—¡Mel!

La pequeña oleada de poder que le prendió las puntas de los dedos la sorprendió. Sin embargo, ese destello de algo nuevo y único no la asustó. Al contrario, se dejó llevar. Usó el hombro de Beat como apoyo, se incorporó para aferrar la carpeta y los papeles, y lo colocó todo en el asiento contiguo, tras lo cual volvió a sentarse sobre la dura erección que la estaba esperando y tomó aire con fuerza.

—Sabías muy bien lo que le estabas haciendo a mi polla —le susurró él con brusquedad al oído—. ¿A que sí, Melocotón?

—Sí.

Beat soltó una trémula exhalación que le puso el vello de la nuca de punta.

—Imagínate que follamos. —La agarró del pelo con una mano y le dio un tirón mientras recorría su cuello con los labios, arrancándole un jadeo—. Por Dios, imagínatelo.

Eso estaba haciendo. En brillante tecnicolor. Sin embargo, detectaba cierta inseguridad en la voz de Beat.

—¿Pero? Eso lleva un pero.

—No sé cómo hacerlo sin contenerme. Manteniendo el sexo de forma impersonal. —Meneó la cabeza—. Podría arruinar esto. Podría hacerte daño, y no pienso tolerarlo.

—¿De verdad crees que vamos a ser capaces de mantenernos alejados? —replicó ella.

—Es muy difícil responder preguntas cuando te tengo sentada encima.

Tal vez fuera la posición elevada lo que aumentaba su confianza o tal vez fuera la intuición que poseía en lo referente a Beat, pero lo agarró del pelo y se retorció un poco mientras murmuraba contra sus labios entreabiertos:

—A partir de ahora, no se te permite terminar. —Lo besó con ternura, un claro contraste con sus palabras—. No hasta que yo te lo permita.

Esos ojos azules se pusieron vidriosos mientras le clavaba los dedos en el muslo con rudeza.

—Dios, qué ironía. Podría correrme ahora mismo solo con oírte decir eso. —Su expresión era una mezcla de deseo e incertidumbre—. No sé si soy bueno para ti, Mel.

—Tal vez sí. Tal vez no. —Movió las caderas y fue girando despacio sobre su regazo hasta colocarse de cara a la cabina del avión, dándole la espalda a Beat. Luego lo miró por encima del hombro y rotó despacio las caderas, memorizando el efecto que el deseo le provocaba en la mirada—. ¿Vas a dejar que lo averigüemos?

Se quedaron así unos instantes, ella moviéndose en su regazo mientras el pecho de Beat subía y bajaba cada vez más rápido. La batalla entre el sí y el no seguía reflejándose en su atractivo rostro. Hasta que por fin extendió el brazo derecho, la rodeó con él a la altura de los hombros y tiró de ella hacia atrás para pegarla a su torso.

—¿Crees que tengo elección cuando cada minuto que pasa estoy más obsesionado contigo? —Le mordió una oreja, cogió el abrigo que había colgado en el asiento de al lado y lo usó para cubrirlos, ocultando de ese modo lo que estaban haciendo—. Me la has puesto dura, ahora menéamela. Mastúrbame. Haz que me duela. —Sus grandes manos le acariciaron los pechos por debajo del abrigo, rozándole los pezones con los pulgares—. Quiero ser yo quien te haga daño, Mel. Pero al mismo tiempo no quiero hacerte daño, joder…

Que le acariciara los pezones despertó en ella un ansia por aumentar la fricción. Guardó en su subconsciente la importancia de sus palabras para desenterrarla y analizarla más tarde, pero en ese momento solo atinaba a dejarse llevar por ese poder tan nuevo y excitante que le corría por las venas. Solo atinaba a darle una dosis de oxígeno a las necesidades que los abrumaban y lo hizo hundiéndose más entre sus muslos e incorporándose de nuevo. El gemido ronco que surgió de la garganta de Beat le puso el vello de punta.

—¿Esto te gusta?

—¿Contigo? Me encanta —respondió, esforzándose por respirar contra su cuello—. Sigue. Lo estás haciendo muy bien. Fóllame por encima de los pantalones. Yo te aviso cuando esté cerca.

—¿Y entonces paro?

—Sí. Te paras y me dejas con un calentón de la hostia. —La lamió, del cuello a la mejilla—. Deseando metértela en ese coño.

La intensa punzada que recordaba haber sentido la noche anterior comenzó en el abdomen y fue bajando hasta que el palpitante deseo que sintió entre los muslos se hizo con toda con su atención. Podía tener un orgasmo así. Negándoselo a él. Mientras él la halagaba por lo bien que lo hacía. A esas alturas, Beat le había metido las manos por debajo de la camiseta y estaba apartando las copas del sujetador para pellizcarle los pezones, pero eso no debería bastar para provocarle un orgasmo, ¿verdad?

No importaba. Eso era lo que estaba pasando.

Igual que pasó la noche anterior, iba a correrse en segundos.

—Cinco minutos para aterrizar —gritó alguien desde la parte delantera del avión.

Melody parpadeó y su mirada enfocó de nuevo el entorno mientras miraba por encima del asiento que tenían delante. Danielle estaba de pie en la parte delantera del pasillo, hablando con el copiloto, riéndose de algo que el hombre estaba diciendo. Efectivamente, en ese momento sintió que el avión empezaba a descender poco a poco, esa ingravidez delatora que le dejaba el estómago flotando en el aire. Sin embargo, el descenso hacia tierra no era el único responsable de la sensación que la invadía. Más bien se la provocaba el hombre que tenía detrás.

No hizo falta que se volviera para sentir que Beat intentaba recuperar la compostura. Le acarició los pechos una última vez, soltó un taco y volvió a colocarle el sujetador. Lo sentía bien empalmado debajo y sus caderas parecían moverse por voluntad propia, porque no paraba de levantarlas para frotarse contra su culo.

—Debería... —¿Dejar ese increíble calor? ¿Aislarse de esas sensaciones tan particulares que solo él le provocaba? No estaba entre sus prioridades. Pero ¿qué otra opción tenía?—. Debería volver a mi asiento. Antes de que aterricemos y empiecen a grabar.

—Sí —convino Beat, que le dio un tirón de la ropa para colocársela bien antes de estirar la mano para alisarle el pelo. Una pasada, dos, y un tironcito final—. ¿Melocotón? —Le rozó la nuca con los dientes—. Solo yo puedo verte cachonda, nadie más.

Melody se sorprendió de lo mucho que le gustaba ese afán posesivo. Se echó hacia atrás y le susurró al oído:

—Que no se te baje. —Se frotó una última vez sobre su dura erección, lo escuchó contener un gemido y se levantó con las piernas temblorosas en dirección a su asiento para el aterrizaje, rebosante de una expectación que no existía ahí durante el despegue.

17

Una hora más tarde, cuando llegaron a la comuna, no encontraron una secta adorando una estatua de Chester Cheetos. Podría decirse que el espectáculo que descubrieron fue peor.

El vehículo que los estaba esperando en el pequeño aeródromo se detuvo delante de una casa de tres plantas situada entre una arboleda al borde de un extenso prado helado y de aspecto yermo bajo un cielo gris. Nadie hizo ademán de abandonar el calor del coche en marcha. En cambio, todos se inclinaron al unísono hacia la izquierda para contemplar la espeluznante casa de estilo victoriano, en busca de indicios de vida en su interior.

No había ninguno. Sin embargo, sí vieron un cartel de madera sobre la puerta que rezaba: «CLUB DEL AMOR LIBRE Y LA AVENTURA».

Nada más verlo, Beat quiso llevarse a Melody de vuelta a Nueva York.

Esa mañana, cuando Melody expresó sus temores de encontrarse con una secta, en vez de algo más inocente como sugería el nombre, pensó que estaba exagerando. A esas alturas, ya no estaba tan seguro. Se imaginaba perfectamente a la familia Manson arrojando ácido en el porche de esa casa.

Melody se dejó caer contra el asiento a su lado, mordiéndose el labio. Ese labio tan suave y bonito. Tuvo que apretar los dedos contra la palma de la mano para no acercarse y acabar marcándoselo con los dientes. ¡Joder! Casi ni la había besado en el avión. Seguro que por eso deseaba tanto saborearla. Por eso y por el puto dolor de huevos que le había dejado.

Muchos hombres estarían hechos polvos en su actual estado de sufrimiento. Pero él no. El deseo le corría por las venas, espesándole la sangre. Sentía cada aliento que entraba y salía de sus pulmones. Se le habían agudizado todos los sentidos. Oía mejor, sus dedos encontraban más interesantes todas las texturas, más sensuales. Los pasó por las ligeras marcas del asiento y se le contrajeron los músculos porque le recordaron a los pezones de Melody. A su piel de gallina.

Joder, estaba enamorado de ella hasta las cejas. Hasta el infinito y más allá.

«Que no se te baje».

Cada vez que la recordaba susurrándole esa orden, se le ponía dura otra vez. Lo único que podía aplacar su deseo era el evidente nerviosismo de Melody por ver a su madre, y a esas alturas, llegado el momento, estaba prácticamente fundida contra el respaldo del asiento. Respiró hondo y dejó que el deseo desapareciera de su cuerpo, concentrándose en ella por otras razones.

—Todo saldrá bien. —Levantó una mano para apartarle el pelo de la cara, pero se dio cuenta de que la cámara los estaba enfocando y la retiró.

Según Danielle, el público ya estaba presionando para que fueran pareja. Sin embargo, algo le impedía tocarla delante de la cámara. Tal vez porque quería mantener la fachada más íntima de Melody solo para él. O tal vez porque sabía que debía luchar contra la atracción física que existía entre ellos. Porque si lastimaba a esa persona perfecta, nunca se lo perdonaría. Jamás.

—¿Salimos y llamamos a la puerta? —preguntó Danielle.

Nadie se movió.

—No parece haber nadie en casa. No hay coches en los alrededores —señaló Beat—. A menos que... ¿Conducen?

—Van en bici a todas partes. Recuerdo que mi madre me lo dijo.

—Vale. —Beat le apretó la mano en el asiento—. Voy a salir y a comprobar si hay bicis.

—¡No! —Ella lo agarró de la muñeca para evitar que abriera la puerta—. ¿Puedes pedirle al chófer que por favor toque el claxon o algo?

¡Piii, piii!

Silencio.

El chófer, un sesentón con una gorra de béisbol de visera baja, se tomó su tiempo para darse la vuelta en el asiento.

—No es mi intención alarmar a la gente de la ciudad, pero creo que deberían saberlo. Aquí hay mucha actividad policial.

Melody enderezó la espalda.

—¿Qué tipo de actividad policial?

—Del tipo de coches patrulla con sirena y luces —contestó el hombre.

—Sí, pero ¿por qué avisan a la policía?

El conductor inclinó la cabeza.

—¿Sabes a quién estás visitando, muchacha?

—A mi madre.

—¡Ah! —El hombre torció el gesto—. ¿La vieja roquera que va por el pueblo con alas de ángel y botas militares?

Melody se cubrió la cara con las manos.

—Seguramente. A menos que haya dos personas que encajen en esa descripción.

—Los lugareños no le tienen mucho cariño. Ni a sus amigos. —Miró a Beat con expresión elocuente—. No les gusta mucho la higiene.

Beat abrió la boca para pedirle al chófer que por favor dejara de molestar a Melody, pero no tuvo ocasión de decir nada. Porque, de repente, el sonido de una sirena de policía rasgó el aire.

—Creo que son ellos —dijo el chófer con un resoplido al tiempo que se volvía de nuevo hacia el frente.

Joseph se echó a reír.

—Cállate —le susurró Danielle, que luego le dijo a Melody—: Seguro que es una coincidencia. Salgamos a echar un vistazo, ¿vale?

En cuanto la productora abrió la puerta trasera, se oyó a lo lejos un redoble de tambores. Danielle se volvió, mirándolos a todos con una ceja levantada, y bajó, seguida de cerca por el cámara.

—¡Eh! —exclamó Joseph—. Quédate cerca.

—¡Cállate ya!

—Oye, que lo digo en serio.

Danielle parecía dispuesta a echarle la bronca. Por desgracia, otra sirena se unió a la primera y la distrajo. Beat resistió el impulso de cerrar la puerta de golpe y pedirle al chófer que los devolviera al aeródromo, pero en cambio salió del vehículo y se volvió para ayudar a Melody. Ella le puso las manos sobre los hombros y él la levantó en brazos, permitiéndose un segundo más para abrazarla antes de dejar que sus pies tocaran el suelo. La cogió de la mano, echaron a andar por el lateral de la casa y al llegar a la esquina vieron la hoguera.

Las llamas se elevaban hasta una altura de un piso, azotando y lamiendo el apagado cielo invernal, a unos cuatrocientos metros de la casa. Varias figuras parecían moverse despacio alrededor del fuego, algunas de ellas tocando tambores. Sin embargo, los coches patrulla que iban llegando empezaban a ponerle fin a la escena.

—Dejen ya los tambores —dijo una voz severa a través de un altavoz—. Suéltenlos en el suelo y mantengan las manos donde podamos verlas.

La orden tuvo el efecto contrario y los tambores se oyeron con más fuerza. Se oyó un grito familiar y desafiante.

—¡Ay, madre! —exclamó Melody, tragando saliva—. Esa es Trina.

—¿Lo estás grabando? —le preguntó Danielle a Joseph—. ¿Cuánto puedes acercarte?

—Es como si estuviera allí —respondió el cámara—. Hay siete tocando los tambores. Son bongos. Trina entre ellos. Estamos a un grado centígrado y no veo que lleven ni una puta chaqueta.

—Claro, descríbenos lo importante —replicó Danielle.

Joseph carraspeó.

—¿Quieres que te hable de los tres hombres vestidos de Papá Noel que acaban de llegar?

—¿¡Qué!? —gritaron al unísono Melody, Danielle y Beat.

—Lo que habéis oído.

—Tenemos que acercarnos —dijo Danielle, que ya corría hacia el coche—. Vamos.

Al ver que Melody seguía a la productora, Beat la agarró por la cintura con un brazo y la detuvo.

—Prefiero que Melody se mantenga lejos de la actividad policial.

—Para bien o para mal, es mi madre —le recordó ella, retorciéndose contra él—. ¿Y si puedo ayudar?

—Si ella quisiera ayuda, dejaría de tocar el tambor.

—¡Beat!

En contra de su voluntad, la soltó y la siguió hacia el vehículo. Una vez que estuvieron todos dentro y el conductor atravesó el prado, Beat le levantó la barbilla a Melody para que lo mirara a los ojos.

—No te separes de mí, ¿sí? Por favor.

—Vale.

—Fíjate que se lo pide por favor —dijo Danielle mientras le pellizcaba un hombro a Joseph.

Él soltó un resoplido como respuesta.

En cualquier otro momento, Beat se habría planteado qué relación existía entre la productora y el cámara, pero era incapaz de concentrarse en otra cosa que no fuera la escena que se desarrollaba en torno a la hoguera con los tambores.

Porque era un espectáculo en toda regla.

Trina Gallard estaba junto al fuego con unas alas de ángel en la espalda, pero no eran del tipo rosa con purpurina típicas de los disfraces infantiles de Halloween, como él se había imaginado erróneamente. No, eran negras y moradas, y medían por lo menos dos metros. Las Doc Martens le llegaban hasta las rodillas. Llevaba pantalones cortos ceñidos y algo que le pareció un corpiño. ¿O se llamaba corsé?

—Señorita Gallard… —dijo el policía con voz exasperada a través del altavoz—. No voy a pedirle dos veces que suelte el tambor.

—¡Estamos en plena naturaleza, agente! El ser humano no tiene jurisdicción en este lugar.

—¡Pero estás otra vez en mi propiedad, Trina! —gritó uno de los hombres vestidos de Papá Noel, agitando un dedo en el aire—. Tengo derecho a celebrar una reunión pacífica en mi casa sin que los *hippies* os pongáis a adorar el cielo o cualquier chorrada que se os haya ocurrido esta semana.

—Ya lo ha oído, señorita Gallard —dijo el policía—. Está invadiendo propiedad privada. Otra vez.

La antigua estrella del *rock* hizo una pedorreta.

—No molestamos a nadie.

—¡Me estáis molestando a mí! Esta vez han ido demasiado lejos al hacer una hoguera dentro de mi propiedad. Agente, quiero que los arresten.

—¡Ay, no! —gimió Melody—. Tenemos que encontrar la manera de mediar en el asunto.

—Melody, quédate en el coche, por favor —dijo Beat—. Yo me encargo…

Sin embargo, Melody acababa de salir del vehículo y ya iba corriendo detrás de Danielle por el prado.

—Si lo pides todo por favor, al final pasan de ti. —Joseph suspiró y siguió a las mujeres.

Beat salió al aire helado justo detrás de él, corriendo para alcanzar a Melody.

Nivel de estrés: alto.

La escena ya se inclinaba hacia el caos y la aparición de Melody, Danielle, un cámara grabando y él la empeoró todavía más.

—¿Se puede saber quiénes son todos estos? —preguntó un segundo Papá Noel, visiblemente cabreado por su llegada—. Encendéis fuego en nuestras tierras sin pedir permiso y con el riesgo de provocar un incendio y ¿¡encima lo grabáis!?

—¡No tienen nada que ver con nosotros! —protestó un hombre que llevaba un pañuelo morado atado a la cabeza.

Trina apartó las manos de los bongos y puso cara de sorpresa. Se alejó un paso de la hoguera y se detuvo, protegiéndose los ojos del resplandor del fuego.

—En realidad, esa es… mi hija. Es mi hija.

El del pañuelo morado se dio media vuelta.

—¿¡Tienes una hija!?

Melody se detuvo en seco, como si se hubiera topado con una barrera invisible. Beat no podía verle la cara, pero sabía cómo sería. Toda blanca, menos los ojos. Que tendrían una expresión turbulenta. Consciente de eso, lo inundó una ira tan potente que fue un milagro que pudiera seguir andando, aunque lo logró de alguna manera, y se colocó detrás de ella para que sintiese su calor contra la espalda. Le aferró una mano y entrelazó sus dedos con fuerza.

Trina entrecerró los ojos y dejó de mirar a Melody para mirarlo a él, y en ese momento parte del color abandonó su rostro.

—Más vale que no sea quien creo que es —dijo, visiblemente descompuesta.

Los hombres vestidos de Papá Noel empezaban a impacientarse.

—Agente, ¿cuánto tenemos que esperar para que estos *hippies* se vayan de nuestra propiedad? Estamos celebrando nuestra fiesta anual de Navidad y sé que han organizado esta dichosa hoguera con tambores para dar por culo. ¡Está claro!

Papá Noel número dos se adelantó y preguntó:

—¿Lo hacéis porque no os hemos invitado?

—¡Os odiamos! Precisamente por esto —dijo Papá Noel número tres.

Trina pasó de ellos.

—Contéstame, Melody. ¿Ese es su hijo?

—Sí, mamá. Es Beat Dawkins.

De la garganta de Trina brotó un gemido indignado que fue aumentando de volumen poco a poco hasta convertirse en un chillido.

—¿Lo has traído aquí? ¿¡A mi casa!?

—Técnicamente, estás en nuestra casa —masculló Papá Noel número uno.

Trina se echó hacia atrás y le tiró el bongo a Papá Noel número uno, haciendo diana. El tambor le dio en el centro de la frente y el hombre se tambaleó hacia atrás, mientras se colocaba las manos en el punto de impacto, con la barbilla temblorosa por el golpe.

En ese momento, sus compañeros cargaron contra los participantes de la hoguera.

Los agentes de policía, que no esperaban un altercado físico, tardaron en actuar mientras soltaban las radios y se chocaban con las puertas abiertas de sus coches patrulla en su afán por salir corriendo hacia la hoguera para ponerle fin a la pelea. Beat observó con incredulidad que los compañeros de Trina arrojaban sus tambores en solidaridad con la que parecía la líder del grupo y se enfrentaban de lleno a los hombres vestidos de Papá Noel. No sabía lo que había esperado encontrarse, pero desde luego que no era eso.

Mucho menos, que Melody corriera derecha para participar en la refriega.

—¡Mamá!

Tenía las piernas tan entumecidas que tardó un segundo en salir corriendo detrás de ella.

—¡Mel! —gritó.

Con el pulso martilleándole en las sienes, vio que Papá Noel número tres cogía un palo del suelo mientras se acercaba a Trina. Un palo largo y nudoso que tal vez habían estado usando para atizar el fuego. Vio que lo levantaba por encima de la cabeza como una lanza mientras abría la boca para soltar un grito. Todavía estaba a unos diez metros de Melody cuando, para su horror, la vio interponerse entre Trina y Papá Noel número tres, con los puños apretados, preparada para defender a su madre.

Nunca se había sentido tan asombrado por nadie ni había sentido tanto pánico en su vida.

Acababan de descubrir que Trina era una mujer que no hablaba de Melody. Ni siquiera con las personas con las que convivía. ¿Tenía una hija increíble y no se molestaba en reclamarla? No merecía su lealtad, pero allí estaba ella, ofreciéndosela de todos modos. Sin embargo, no iba a permitir que corriera daño alguno mientras le quedara un soplo de vida en el cuerpo.

Se puso a su lado justo cuando el palo bajaba y lo atrapó con una mano en el aire. A dos palmos de la cabeza de Melody.

Con los dientes tan apretados que hasta le dolió la mandíbula, miró a Papá Noel número tres a los ojos y partió en dos el palo contra su rodilla.

—Aléjate de ella o te juro por Dios que la próxima sirena que oigas será la de tu ambulancia.

—Beat —susurró Melody detrás de él, con voz angustiada, y enseguida vio por qué.

Papá Noel número uno había alcanzado a Trina y estaban forcejeando.

Melody se interpuso entre ellos de nuevo, pese a los esfuerzos de Beat por llegar a tiempo para detener la pelea, y apartó al hombre de un empujón. Papá Noel número uno extendió un brazo por encima de la cabeza de Melody y golpeó a Trina en la frente con el dedo índice, lo que provocó que Melody le diera un fuerte rodillazo entre las piernas.

Papá Noel se dobló por la cintura y soltó un alarido.

Y en ese momento fue cuando llegó la policía, demasiado tarde, obviamente.

—Muy bien, están todos arrestados. —Uno de los agentes tiró a Trina al suelo. Beat supuso que el segundo se encargaría de Papá Noel número uno, pero, para su horror, el agente le colocó a Melody las muñecas a la espalda y la esposó.

—Pero ¿qué hace? —soltó de repente al tiempo que le daba un tirón a Melody para acercarla a él, con esposas y todo—. ¿Por qué la arresta?

—Acaba de agredir al hombre en su propiedad.

—¡Estaba atacando a su madre!

—El hombre está en su derecho de defender su propiedad y su madre ha sido la instigadora del problema al golpearlo con el dichoso tambor, por si no se ha fijado.

—¡Estoy sangrando! —exclamó Papá Noel número uno.

Aquello no estaba pasando. De ninguna de las maneras. No podían arrestar a Melody.

De repente, recordó vagamente que estaban retransmitiendo toda la escena en directo; aunque, la verdad, era lo último que le importaba.

—¿Puedes arrestarme a mí en vez de a ella?

—Qué tierno —canturreó el agente, que apretó los labios—. No.

Beat soltó el palo roto que tenía en la mano y se pasó los dedos por el pelo. La idea de que Melody pasara sola la noche en el calabozo le estaba provocando una tormenta ácida en las tripas.

—¿No deberían arrestarme a mí también?

El policía miró a Beat por encima de sus gafas de aviador.

—Yo que tú no haría ninguna estupidez, hijo.

—Beat, no te dejes arrestar. —Melody se puso de puntillas, unió sus mejillas y de repente él tuvo la impresión de que se había tragado una estrella de mar—. Te necesitamos para que nos saques.

Con esas palabras resonando en su cabeza, observó impotente mientras los agentes metían a su Melody (y a su madre, que no paraba de gritar como una energúmena y de escupir) en la parte trasera de uno de los coches patrulla.

—Por favor —suplicó con voz ronca, sin dirigirse a nadie—. Por favor.

Danielle y Joseph estaban a su lado. Joseph, grabando. Danielle toqueteando a toda velocidad la pantalla del móvil.

—Estoy localizando al agente de fianzas más cercano —le dijo la productora, que le dio un apretón en el hombro—. La sacaremos. En cuanto firme los formularios para que la dejen en libertad.

El *hippie* del pañuelo morado impidió que pudiera seguir mirando a Melody, porque se puso delante de él sonriendo de oreja a oreja, de manera que todos sus dientes quedaron a la vista.

—Bienvenido a la típica tarde del Club del Amor Libre y la Aventura.

18

Al parecer, no avisaban antes de que la policía hiciera la foto para la ficha policial.

Melody casi no tuvo tiempo de darse cuenta de que estaba delante de la pared con las líneas de altura cuando el *flash* de una cámara la cegó. Todavía con el fogonazo en los ojos, una agente de policía la hizo avanzar unos pasos hacia la derecha, donde abrió una cajita con un tampón y le preguntó su nombre completo. Que estaba pasando de verdad. La habían detenido por darle un rodillazo en los huevos a un hombre.

—¿Tendré que contar esto cuando pida trabajo en el futuro?

—Eso se lo tiene que preguntar al juez. —La agente esperó a que el policía que acompañaba a Melody le quitase la esposas—. El pulgar, por favor.

Casi no le dio tiempo a levantar el dedo que le había pedido cuando metieron a Trina en la sala, detrás de ella, con la misma cara de una niña a la que habían mandado al despacho del director. De nuevo.

—¡He vuelto, agentes! ¿Cuántos vais a pedirme autógrafos en secreto esta vez? —canturreó, sin dirigirse a nadie en particular, mientras sus pies descalzos resonaban contra el suelo con cada paso—. Supongo que tampoco puedo culparos por poneros de parte de Papá Noel estando la Navidad a la vuelta de la esquina. Si lo cabreáis, a lo mejor no os trae de regalo una vida..., que bien que os hace falta. Algo con lo que pasar el tiempo además de arrestar a la leyenda local.

—Era una leyenda cuando se mudó —replicó con sorna el agente que le sujetaba las manos esposadas a la espalda—. Mire a la cámara de frente.

Trina pestañeó cuando saltó el *flash*.

—Finge todo lo que quieras, pero te asoma el tatuaje de las Steel Birds.

El agente carraspeó con fuerza y se dio un tirón de la manga del uniforme, tapándose las líneas del tatuaje.

—Equipo Octavia —masculló.

—Ya, eso me cuadra. —Trina puso los ojos en blanco—. Sois unos aguafiestas de manual. Seguro que le caeríais genial.

—¿En serio?

Trina echó la cabeza hacia atrás con un gemido.

—Por el amor de Dios, méteme en un calabozo. Prefiero estar encerrada que mantener esta conversación.

—Mamá —terció Melody—, a ver si podemos terminar con esto sin que añadan más delitos, ¿vale? Seguro que Beat ya está intentando que nos pongan en libertad.

—Ah, sí, ya que estamos hablando de los fans de Octavia… —Ya sin esposas, Trina apartó la mirada y plantó el pulgar en el tampón, pero no antes de que Melody captara la expresión dolida de su cara—. Mi propia hija. Increíble.

—No soy su fan. —Melody no habría pasado el detector de mentiras, pero Trina no tenía por qué saberlo—. Solo la he visto una vez.

—¿Sigue siendo una estirada rencorosa?

—¡Mamá!

El agente se puso delante de Melody.

—Espero que no le moleste que lo diga, pero vi el encuentro en directo. Mi mujer y yo estamos convencidos de que la impresionó de verdad. Y no creo que sea tarea fácil lograrlo. Me refiero a que parecía encantada de conocerla, Mel.

—¿¡Mel!? —Trina le dio una patada, ¡una patada!, al agente en la pantorrilla—. No conoces a mi hija lo suficiente como para llamarla así.

En vez de ofenderse, el hombre puso cara ufana.

—Así la llama todo el mundo, Trina. Mel la Magnífica.

«¿Cómo?», pensó Melody.

Su madre parecía al borde del infarto.

—¿Quién es «todo el mundo» si se puede saber?

—Es una larga historia —se apresuró a decir Melody. Aunque... ¿Mel la Magnífica? ¿Era un apodo nacido de la ironía o de verdad la estaban llamando así los espectadores?—. Seguramente tendré tiempo de explicártelo todo mientras esperamos a que nos pongan en libertad.

—Ah, de eso seguramente nada —replicó el policía con jovialidad—. El agente de fianzas no trabaja hoy. Es la boda de su hija.

—Mierda. —Eso lo dijo Trina.

Melody se negó a dejarse llevar por el pánico. Se limitó a sentir el miedo que la abrumaba por el hecho de que la hubieran arrestado y por tener que explicarle a su madre que estaban en mitad de un *reality show*.

—A Beat se le ocurrirá algo. Sé que es así.

Trina la miró fijamente.

—Como me digas que estás saliendo con el hijo de Octavia, voy a desear que ese Papá Noel cabreado me hubiera dado con el palo.

—No estamos... saliendo.

El agente casi se atragantó. Y después empezó a dar vueltas con las manos en la cabeza, como si quisiera callarse un secreto enorme.

—Perdone, Mel la Magnífica, pero tengo ojos en la cara. Ese hombre está coladito por usted.

Melody sintió que se le aceleraba el pulso del cuello.

—No, solo es...

—Ya sé lo que va a decir. Que él es así. Que hace que todo el mundo se sienta especial. Blablablá. En fin, pues yo creo, y mi mujer también, que solo dice eso para contener sus expectativas, porque tiene complejo de inferioridad.

Melody sonrió.

—Queremos que nos metan ya en ese calabozo.

La agente que había llevado a Melody a la sala para tomarle las huellas se acercó a ella.

—Vas a asustarla con tanta palabrería, Melvin. Por Dios, que hablas como si los conocieras.

—No finjas que tú no estás analizando hasta el último segundo que se emite en directo, Deena. Que vi tu publicación en el foro de fans. TripleDPoli45 eres tú, ¿verdad? —Melvin parecía muy complacido consigo mismo—. Supongo que tu teoría de que la reunión de las Steel Birds solo es una coartada tiene su mérito. Que el programa en realidad va de Beat y de Melody. Pero...

—¿¡Reunión!? —chilló Trina.

Melvin cerró la boca de golpe.

—Ah, ¿todavía no lo sabe?

—Calabozo —susurró Melody.

TripleDPoli45 fulminó a Melvin con la mirada y llevó a Melody por el largo pasillo que conducía a lo que parecían cuatro calabozos. Todos estaban vacíos, salvo uno en el que un hombre dormía en un banco, roncando con la boca abierta. Melody sentía la mirada de Trina clavada en la nuca. Ese día no habría cálida conversación entre madre e hija. Iban de cabeza a una explosión, ¿verdad?

Ajá.

En cuanto las metieron en el calabozo y cerraron la puerta tras ellas, Trina se dejó caer contra la pared más alejada y se frotó la cara con las manos.

—¿Te importa decirme qué está pasando, Melody Anne?

Un susurro emocionado les llegó desde el final del pasillo.

—¡La ha llamado Melody Anne!

—Voy a ponerlo en el foro principal. La gente va a alucinar.

—Chicos, ¿podemos hablar en privado, por favor? —preguntó Melody a través de los barrotes.

A continuación, se produjo una discusión entre cuchicheos.

—Claro —dijo TripleDPoli45 al cabo de un rato—. Además, tenemos que ver a Beat en la retransmisión en directo.

Melvin gritó, emocionado.

—El pobre está que se tira de los pelos. Quiere sacarla de aquí, pero ya.

—Lo ha dicho él, no nosotros. —Oyó que arrastraban las sillas por el suelo—. Vamos a verlo en la sala de descanso.

Unos segundos después, se oyó que una puerta se abría y se cerraba, dejándolas en silencio, salvo por el zumbido del tubo fluorescente del techo. Trina se quitó las manos de la cara y soltó un fuerte suspiro.

—Retransmisión en directo. Foro principal. El hijo de Octavia. Reunión. Son cosas que me están provocando una úlcera..., y soy demasiado joven para tener úlceras.

Era más que posible tener úlceras a los cincuenta y tres años, pero no era el momento adecuado para mencionarlo.

—He accedido a participar en un *reality show*. —Melody tomó una honda bocanada de aire y enderezó la espalda—. Beat y yo vamos a intentar reunir a las Steel Birds.

Se produjo un largo silencio mientras su madre mantenía una expresión inescrutable.

Después una carcajada salió de su boca, brotó poco a poco hasta convertirse en un estruendo histérico que rebotó contra las paredes del calabozo.

—No me subiría a un escenario con esa asquerosa mojigata ni aunque fuera la última persona sobre la faz de la Tierra.

Melody ya tenía un pie en la tumba, así que bien podría meterse de un salto.

—Ya ha accedido a la reunión.

Esa fue la primerísima vez que conseguía sorprender de verdad a su madre..., y mentiría si dijera que la reacción no le daba ánimos. Desafiar el *statu quo* de su relación era uno de los principales motivos por los que había accedido a participar en *Pesadilla en Navidad*, ¿no?

Trina se apartó de la pared.

—¿Me estás diciendo que esa vieja chocha quiere que volvamos a tocar juntas?

—Eso es lo que te estoy diciendo —contestó Melody sin inmutarse—. En Nochebuena. ¿Te apuntas?

—Ni de coña.

Aunque se esperaba esa respuesta, ya estaba mucho más implicada en el éxito de la misión (aunque a lo mejor no era lo más sensato), y la respuesta tan tajante de Trina se le clavó en el pecho como si le hubiera lanzado un puñal. Quizá la hoja se le habría clavado más hondo de no ser porque vio algo distinto a la sorpresa en la cara de su madre. Algo parecido a… la esperanza.

Podía hacerlo.

Había encontrado el extremo de la cinta adhesiva y ya solo tenía que levantar el piquito con la uña.

—El mundo está mirando, mamá. Y si la gente ya pedía antes a gritos la reunión, ahora *Sacude la jaula* se ha hecho viral, después de tres décadas. Si Melvin y TripleDPoli son un ejemplo representativo, los espectadores están enganchados al programa. Piensa en los fans.

Trina se echó a reír, pero la risa no le llegó a los ojos.

—Los fans me odian. Y la adoran a ella, joder. Siempre ha sido así.

—Yo… —Melody salió de su sorpresa—. No sabía que eso era lo que pensabas.

—A ver, no me malinterpretes —se apresuró a decir su madre mientras agitaba un dedo en el aire—. Que me importa una mierda. Solo digo las cosas como son.

—Ajá.

A Trina le importaba, y mucho.

—Me da igual si todos me echan la culpa de lo que creen que pasó. Soy feliz, en serio. Aquí estoy, viviendo libre en el limpio aire de la montaña mientras ella está en Nueva York, en su jaula de oro, revolcándose en sus chuminadas cursis.

Melody hizo ademán de contestar, pero se descubrió abrumada de repente.

—¿Qué pasa? —le preguntó Trina, que cruzó los brazos por delante del pecho.

—Nada —consiguió decir ella al cabo de unos segundos—. Es que a veces se me olvida que tú eras la letrista. Que eres genial con las palabras.

Trina se dio media vuelta. ¿Para ocultar que se le había suavizado la mirada?

—Nada de lo que digas me convencerá de aceptar una reunión de las Steel Birds, Melody Anne. Octavia fue la que pidió que nos fuéramos cada una por nuestro lado.

Melody sintió una punzada justo por encima de la clavícula.

—¿De verdad? No lo sabía. Nadie sabe qué pasó en realidad. A ver, siempre se ha especulado con un triángulo amoroso, pero yo no he dejado de preguntarme si eso solo era sensacionalismo por parte de la prensa.

—Ojalá. —Trina se quedó callada un buen rato—. Ay, niña, es la historia de siempre. Y que sepas que eso es lo que más me cabrea. —Se volvió para mirarla de nuevo, con una mueca desdeñosa en los labios—. El primer día juramos que nunca seríamos normales. ¡Que nunca seríamos normales! Y mira lo que pasó. Un pene se interpuso entre nosotras. Un hombre. Ni siquiera uno medio decente. —Dio la sensación de que se perdía en sus recuerdos un momento—. A lo mejor yo soy la mala de su historia, pero soy la heroína de la mía. Y voy a seguir siéndolo si al mundo le parece bien.

Esa mujer, su madre, no tenía ni idea de que cada frase que salía de su boca era un exitazo. Por Dios, ¡por Dios!, qué intimidante era eso. De pie en ese calabozo, Melody se sintió de nuevo como la adolescente anodina, sin nada que pudiera aportar a su fama mundial. El talento se había saltado su generación. Terminaba con Trina. Ella solo era el eco tranquilo de algo extraordinario.

Rebuscó en lo más hondo mientras intentaba sacarle provecho a todo lo que había aprendido durante los últimos quince años de terapia, pero solo encontró una línea de fondo monótona y aburrida. Una emisora de radio muerta.

¿Qué le había dicho a Beat en el avión? ¿Que podían ser personas sin más? Quizá le costaría menos recordarlo más tarde, cuando no tuviera que enfrentarse a la excelencia.

—¿Qué pasa contigo y su hijo?

Estaba demasiado agotada como para mentir.

—No lo sé.

Trina se estremeció.

—Es su clon. Está claro. Sé prudente y ten cuidado.

—¿Cuidado con qué?

—Con ese sentimiento. El que dice que alguien siempre va a estar ahí. En esta vida no puedes depender de nadie, Melody Anne, solo de ti misma. ¿No te lo he dicho antes?

—No. Me lo has demostrado.

Trina echó la cabeza un poco hacia atrás y adoptó una expresión recelosa.

—¿Cómo dices?

—Nada.

—No, vamos, dilo.

Melody sentía que cada vez le costaba más respirar. Nunca, jamás de los jamases, había criticado a su madre en voz alta. ¿Quién era ella para ponerse quisquillosa con una letrista genial? ¿Quién era ella para intentar analizar, anclar y retener a un espíritu tan libre? No podía hacerlo. Solo era una chica sudorosa con ortodoncia.

No estaba segura de dónde procedía el valor que demostraba en ese momento. ¿Se debía al hecho de que había cogido una espada y se había cargado de un tajo su zona de confort al participar en el programa? ¿Se debía al... subidón de confianza que se había dado en el avión al interpretar a una seductora? No lo tenía claro. Solo sabía que la voz no le falló cuando dijo:

—Me has demostrado que solo puedo depender de mí misma. Aprendí sola lo que era estar bien. Estar bien es un objetivo. Pero no creo que estar bien signifique evitar a cualquiera que pueda poner a prueba tu versión de estar bien. A veces los límites de estar bien cambian. Tienes que romperlos y aceptar el cambio, joder. Tienes que volver a encontrar ese punto en el que estás bien. Una vez y otra y otra. Hasta que nos morimos. Enhorabuena, eso es pertenecer a la raza humana.

—Oye, que creía que la letrista era yo.

A Melody se le escapó una carcajada. De satisfacción.

Trina esbozó una sonrisilla, y la tristeza asomó a sus ojos un segundo.

—Lo siento, Melody Anne. Me he cansado de ser la chica mala según todo el mundo. —Echó un vistazo a su alrededor—. Si ahora soy mala, lo hago porque quiero, ¿sabes? Los fans cantaron conmigo durante años, me veneraron con sus almas. Nos abandonamos al universo juntos. Y después se volvieron en mi contra. Se lanzaron a por mí y me destriparon. Y ella estuvo a la cabeza de la turba. Mi mejor amiga, joder.

Melody sintió el escozor en la parte posterior de los ojos.

—Lo siento. No sabía que llevabas todo eso dentro.

—Es más fácil dejar que todos crean que nada te afecta.

Melody quería que ese comentario se quedara sin respuesta. De verdad que sí. La explicación de su madre era sincera. De principio a fin. Y no quería castigar a Trina por sincerarse con ella cuando rara vez lo hacía. Pero ese día se sentía más fuerte que en el pasado y no quería perder esa sensación. No quería arrepentirse más adelante.

—Entiendo que es más fácil dejar que la gente crea que eres intocable, pero yo no soy cualquiera, mamá, soy tu hija.

—Pues menos mal que solo te obligo a aguantarme una vez al año, ¿no? —Trina se echó a reír y se alejó descalza al otro lado del calabozo, indicando que se había acabado la conversación—. No digas que nunca he hecho nada por ti.

Si el suelo del calabozo no estuviera manchado de sabría Dios qué, Melody se habría tumbado en él, con las rodillas contra el pecho. Pero si esas marcas habían conseguido manchar el hormigón, debían de ser algo gordo, así que se quedó de pie. Meciéndose un poco después de las hirientes palabras de su madre. ¿Trina pensaba que le estaba haciendo un favor al ausentarse de su vida? ¿Cómo se suponía que tenía que responder a eso?

Por suerte, no tuvo que averiguarlo.

La voz de Beat atravesó el aire viciado como una cuerda de violín que cortara una tarta.

—He hablado con el agente de fianzas y me ha permitido hacer una transferencia. Debería haber recibido un mensaje de correo electrónico suyo. Melody ya no tiene que comparecer ante un juez porque nadie la ha denunciado. Yo mismo hablé con el Papá Noel cabreado. —Su voz no dejaba lugar a tonterías—. Póngala en libertad, ahora mismo.

—En plural, Beat —dijo ella hacia el pasillo—. Que nos pongan en libertad a las dos.

—¡Mel! —gritó él a su vez—, ¿estás bien?

A ese paso, iba a acabar convertida en neblina por el alivio y a colarse por los barrotes.

—Estoy perfectamente.

En el plano físico.

—Será mejor que esté bien —le dijo Beat a Melvin cuando aparecieron por el pasillo.

«Madre... mía», pensó Melody.

La sangre se le convirtió en sirope caliente al ver a Beat acercándose al calabozo, con el pelo revuelto, la camisa mal remangada hasta los codos y los antebrazos y la mandíbula, tensos por la irritación. Aunque estaba hecho un desastre, parecía dominar por completo la situación. Empezó a rezar con todas sus fuerzas para que la reacción de su cuerpo, al que se le habían aflojado las rodillas, nada más ver a Beat no se le reflejase en la cara. Al menos tenía la suerte de que la cámara no estuviera allí, seguramente porque habían obligado a Joseph a esperar fuera.

Melvin abrió la puerta del calabozo, y Beat la sacó tirándole de la muñeca antes de encorvarse un poco para estrecharla entre sus brazos y levantarla del suelo.

—Te he sacado lo más deprisa que he podido. —Su voz ronca le sonaba divina contra el cuello—. ¿Seguro que estás bien?

—Sí.

Beat la dejó en el suelo, pero la mantuvo a su lado y no perdió el ceño fruncido por la preocupación.

—Deja que te vea las muñecas.

—¿Por qué? —le preguntó, desconcertada, pero se las enseñó de todas formas.

Beat le cogió las manos y se las sostuvo en alto para verlas a la luz antes de girarlas a derecha y a izquierda.

—Como las esposas te hayan dejado marca, te juro que se me va la cabeza del todo.

—No lo han hecho.

Melvin le dio unas palmaditas a Beat en el hombro.

—Relájese, hombre, que ha estado en las manos de un fan suyo. ¡La he tratado como si fuera de la familia!

—¿Os importa dejarme salir a mí también? —preguntó Trina con voz chillona.

—¡Chicos, mi madre! —Melody se zafó de las manos de Beat y buscó la de su madre a través de la puerta abierta para sacarla del calabozo—. Lo siento.

—¿No quieres mirarme las muñecas a mí también? —le preguntó Trina a Beat para pincharlo mientras agitaba los dedos en su dirección.

—¡Qué va! —replicó él sin perder comba—. Parece que las tuyas están acostumbradas a las esposas, las de ella no.

—Beat —murmuró Melody, mirándolo con el ceño fruncido. ¿Por qué parecía tan enfadado?

Trina se crujió un nudillo.

—Ya veo que tu madre te ha puesto en mi contra como es debido.

—La verdad es que no. Ella no es así. Yo soy capaz de juzgar a la gente solo.

Melody lo cogió de una mano y le dio un apretón, suplicándole sin palabras que la mirase. En realidad, daba un poco igual que Beat y Trina no se cayeran bien. De hecho, había una probabilidad muy alta de que así fuera. El pasado ya iba en su contra. Pero por algún motivo, cada dardo que se lanzaban la hería a ella en el proceso.

—Por favor. Por favor, para.

Él desvío la mirada y le recorrió la cara por completo.

—Ya. Sí, vale. Es que no me gusta este sitio. —Le apareció un tic en el mentón—. No me gusta que apareciera Melody Gallard y que el Club del Amor Libre y la Aventura no le demostrara su aprecio como es debido.

—A ver, que tampoco he tenido la oportunidad, ¿no crees, niño mimado? ¿O no viste que me detuvieron en cuanto apareció? —masculló Trina antes de adoptar una sonrisa seductora, que dirigió hacia Melody—. Siempre hay una pequeña celebración en la casa cuando salgo del trullo. ¿Quién quiere irse de fiesta?

Melvin carraspeó.

—A mí me encantaría desestresarme…

—Anda y que te den, Melvin —resopló Trina mientras recorría el pasillo hacia la salida—. No estás invitado. Es para mi hija. —Justo antes de salir, se dio media vuelta—. Ni qué decir tiene que estás invitada a quedarte a dormir. Tenemos un dormitorio extra.

Melody siguió a su madre mientras la mano de Beat le calentaba la base de la espalda.

—¿Solo uno?

—Por desgracia, sí. La casa está hasta la bandera.

Sintió la mirada de Beat en la coronilla y poco a poco levantó la cabeza para encontrarla. ¿Tenía las pupilas más dilatadas de lo normal o era cosa de la luz? No estaba segura. Y tampoco estaba segura de lo que la esperaba.

Aunque todo indicaba que iba a ser interesante.

19

Beat y Melody estaban el uno junto al otro, mirando la cama individual.

Corrección: colchón. Era un colchón. En el suelo, en el rincón de un dormitorio, en la zona más alta de la casa. El desván, por llamarlo de alguna manera. No había más muebles, salvo una hilera de macetas con plantas de interior alineadas frente a una ventana circular enorme. El sol se había puesto mientras Melody y Trina estaban en el calabozo, de modo que el cielo era un lienzo negro lleno de estrellas que parecían tan cercanas que Beat sintió que podía tocarlas con la mano y cambiarlas de sitio.

La alegre música de la planta baja sonaba lo bastante fuerte como para hacer temblar el suelo bajo sus pies. Madonna seguida de Skynyrd y de Bing Crosby cantando *White Christmas*. Les habían dado la bienvenida a la casa con una gran ovación y el alcohol había empezado a correr. Danielle iba de un lado a otro para que le firmaran los formularios de consentimiento mientras servían *whisky* en vasos desechables junto con cerveza y cortaban limas en la cocina para preparar chupitos de tequila.

Ni de coña iba a beber esa noche, se dijo Beat. Demasiadas variables. Su misión principal era reunir a las Steel Birds, pero su misión secundaria era llevar a Melody de vuelta a Nueva York sin que sufriera más percances ni daños.

Y cada vez confiaba menos en sus posibilidades de éxito.

Sobre todo por la cama. El colchón.

El colchón individual que se suponían que iban a compartir.

Consciente de la cámara que grababa a su espalda, Beat se obligó a soltar una carcajada.

—Seguro que preferías haberte quedado en el calabozo.

Melody se estremeció por la risa.

—Era más silencioso.

—¿No tenía este ambiente de secta setentera?

—¿No crees que la forma de vida de mi madre tiene cierto… encanto?

—No.

—Tienes razón. —Melody miró hacia la puerta—. Supongo que será mejor que bajemos. Al fin y al cabo, están celebrando la fiesta en honor a las forajidas. Y yo soy una de ellas.

—Ajá.

Ni Melody ni él hicieron ademán de dirigirse a la puerta.

En realidad, él se moría de ganas de que la cámara se fuera para poder rodearla con los brazos y pasarle las manos por el pelo, por la cara y por la espalda. Para pegarle los labios a la piel y aspirar su aroma, y así llevarla en los pulmones. No habían estado a solas desde que pagó la fianza y no tenía ni idea de lo que había pasado en el calabozo. Solo sabía que ella había perdido parte del brillo de sus ojos y quería que volviera cuanto antes.

También sabía que si la tocaba, era bastante posible que acabaran en ese colchón. Y el resultado de iniciar algo físico podría significar robarle más brillo todavía a la fuerza vital que asomaba a sus ojos. Eso lo dejaba entre la espada y la pared. Su necesidad de tocarla era un dolor físico anhelante, pero si cedía, ella podría acabar herida.

En otras palabras, iba a ser la noche más larga de su vida.

—Oye, dormiré contra la pared. Estoy tan cansado que caeré en cualquier posición.

El espanto demudó la cara de Melody.

—¿Qué? No. —Ella se humedeció los labios y agitó los dedos en dirección al colchón—. Dormiremos espalda contra espalda. O yo duermo con la cabeza en los pies de la cama y tú al revés.

Beat levantó una ceja.

—¿Con los pies en la cara?

—Eso mismo —canturreó con voz dramática—. Así es como seduzco a todos mis hombres.

Se echó a reír al oírla, aunque le dolió. Ojalá lo sedujera. Por Dios, no soportaría ni cinco segundos antes de empezar a suplicar. Sin necesidad de persuasión alguna. Ver que la arrestaban había sido la cura al ansia que ella había despertado en el avión, pero bien que había vuelto ya, con más ganas y más fuerte que nunca. ¿Cómo iba a combatirla cuando el universo le ponía colchones individuales en el camino?

—Ya nos las apañaremos —dijo Melody con una miradita de reojo a la cámara—. Será una fiesta de pijamas entre amigos. Nada que ver, circulen.

«Nada salvo mi creciente obsesión contigo».

—Nada en absoluto.

Ella se mordió los labios y asintió con la cabeza.

—¿Nos sumamos a la fiesta un ratito?

Beat se metió las manos en los bolsillos del pantalón de pinzas para no extender los brazos hacia ella.

—¿Qué son unas vacaciones sin una fiesta?

Cuando Melody pasó a su lado, sus pulmones se llenaron con aire muchísimo más dulce gracias a su olor, y la siguió, con Joseph pegado a los talones. Danielle, que los esperaba en el pasillo tecleando a toda velocidad en el móvil, sonrió al verlos salir y se sumó a su lenta procesión hacia la ensordecedora música antes de bajar tres tramos de escalera hasta la planta principal de la casa. Los cuatro se detuvieron al pie de la escalera y observaron la escena que tenían delante. Solo habían estado en el desván diez minutos y las cosas ya se habían desmadrado por completo.

A juzgar por las habitaciones ocupadas en la casa, al menos doce personas vivían allí con Trina. Más si dichas personas compartían habitación. A juzgar por el revolcón que se estaban dando en el hueco que había debajo de la escalera, al menos dos de los invitados de Trina eran… compañeros de habitación. Daba la sensación de que todos los miembros de la casa estaban presentes en la fiesta, y ninguno pareció inmutarse por la presencia de la cámara ni de los cuatro desconocidos.

Algunos incluso saludaron con la mano, y el tío del pañuelo morado les hizo el símbolo de la paz.

Había un árbol de Navidad en un rincón, decorado con grandes bombillas antiguas. Salvo por eso, solo había dos lámparas que iluminaban la planta baja, y habían cubierto sus pantallas con pañuelos de colores, de modo que la estancia estaba teñida de un festivo resplandor rojo y verde. En el aire flotaba el penetrante olor a marihuana, pero la casa era tan grande y estaba tan bien ventilada que no agobiaba. Beat se sintió aliviado al comprobar que, en consonancia con el extraño ambiente de comuna *hippie*, todo el mundo parecía relajado y abierto. Aunque no tanto como para perder de vista a Melody. No después de lo rápido que se habían torcido las cosas esa tarde.

Melody le dio un golpecito en el codo y señaló hacia el otro extremo del salón, donde vio a Trina de pie sobre un viejo baúl, con una botella de Southern Comfort en una mano y un porro encendido en la otra, bailando al son de Wilson Phillips. Los cuatro acababan de dar un paso en dirección a Trina cuando un hombre con unos vaqueros blancos rotos se subió de un salto al baúl justo al lado de ella, la agarró por la nuca y le plantó un beso en la boca.

Melody se paró en seco y parpadeó varias veces.

—Buena manera de conocer a mi nuevo padre.

Trina los vio con el rabillo del ojo y le puso fin al beso con una carcajada que ahogó la música un segundo. Después se bajó del baúl y le hizo una señal al de los vaqueros blancos para que la imitara. En cuanto lo hizo, Trina lo cogió de la mano y se abrió paso con él a través de un grupo de compañeros de casa que estaban bailando, dirigiéndose hacia Melody, Danielle, Joseph y él.

—¡Hola! —le gritó a Melody para hacerse oír por encima de la música—. Te presento a Buck. Buck, te presento a mi hija, Melody Anne.

—Encantada de conocerte. —Melody le tendió la mano para darle un apretón, pero Buck soltó la de Trina y la estrechó en un abrazo descamisado, haciendo que Beat se tensara de los pies a la cabeza.

Trina no perdió de vista la cara de Beat ni un momento, mientras bebía despacio de la botella que tenía en la mano.

Al final, Melody se zafó de los brazos del tal Buck y le dio una palmadita incómoda en un hombro.

—Buck, pareces más o menos de mi edad, así que eso de los abrazos paternales como que no termino de verlo, ¿sabes?

—Joder, como para no quererla con locura —gruñó Danielle, a la espalda de Beat.

Sí. Beat empezaba a acostumbrarse a esa sensación.

—¿Llevas mucho tiempo con mi madre? —quiso saber Melody.

Trina y Buck se miraron con sorna.

—Se podría decir que sí —contestó la madre de Melody—. Pero en esta casa no nos restringimos a una sola relación.

Melody ya estaba asintiendo con la cabeza para indicar que lo entendía.

—Que sepas que ya había llegado a la conclusión antes de terminar la pregunta. He atado cabos.

Buck se inclinó hacia delante.

—Si te sientes mejor, Melody Anne, que sepas que tu madre es mi preferida.

—Ah, me ayuda bastante, sí. —Otra serie de palmaditas en el hombro—. Gracias.

Melody le dio un codazo a Beat en las costillas.

—Deberíamos tomarnos algo —sugirió él, que reconoció su grito de auxilio—. ¿Trina? ¿Buck? ¿Queréis algo de la cocina?

—Estamos servidos, gracias —contestó Trina, con voz almibarada—. ¿Sabes cómo prepararte una copa, Beat Dawkins? ¿No te las prepara el mayordomo?

Fue un golpe bajo, pero le dio a Beat donde más le dolía, haciendo que tensara los hombros.

—Mamá, por favor —dijo Melody con un suspiro.

—Me preparo yo mismo las copas, gracias.

Trina resopló.

—A lo mejor tu madre quería criar a un niño mimado, pero yo decidí no criar a mi hija así. —Miró a Melody con expresión elocuente—. Estás dejando que te ablande, Melody Anne.

Sentía una erupción volcánica en el centro del pecho. Trina estaba diciendo la verdad sobre algo: desde luego que no había criado a una niña mimada. No había criado a nadie, porque nunca había estado presente y había dejado a Melody para que viviera sola la tortura que le infligía la prensa. Abrió la boca para decirle a Trina lo que pensaba de su estilo de crianza, pero debería haber sabido que Melody no necesitaba su ayuda.

—¿Que me está ablandando? —murmuró Melody mientras subía y bajaba los hombros al respirar—. Yo me quedé. Me quedé en Nueva York con todas las cámaras y el escrutinio. Tú huiste. Huiste porque todo el mundo era cruel contigo. No conmigo. —Beat nunca se había sentido tan orgulloso de nada ni de nadie como cuando Melody invadió el espacio personal de su madre y levantó la barbilla—. En mi opinión, tú eres la blanda, aquí escondida detrás de esa actitud infantil de echarles la culpa a los demás. ¿Por qué no escribes una canción sobre el tema? A menos que te dé demasiado miedo subirte a un escenario para cantarla.

—Mierda —mascculló Joseph.

—Mierda, tú lo has dicho —dijo Danielle con voz reverente—. ¿Le ha lanzado el guante de la reunión por casualidad o es así de genial?

Beat meneó la cabeza. Era incapaz de apartar la mirada de Melody. Su demostración de valentía le estaba abriendo el esternón.

—Ahora mismo no está pensando en la reunión.

Se había hecho el silencio en el salón, ya que habían bajado la música por la evidente discusión que estaba teniendo lugar entre Trina y Melody. Beat respiró hondo para contener el impulso de sacar a Melody de la casa y llevársela muy lejos, lejísimos. Aplastó dicho impulso, se colocó a su espalda y esperó al más mínimo indicio de que lo necesitaba.

Contra todo pronóstico, fue Buck quien le puso fin al incómodo silencio.

—Joder, Trina no le tiene miedo a subirse a un escenario. Nos canta a todas horas.

—¡Guau! —Melody echó un vistazo a su alrededor—. Esto es como el Madison Square Garden, sí.

A Trina le apareció un tic nervioso en un ojo.

Buck intentó aligerar el ambiente de nuevo.

—¿Por qué no nos cantas algo ahora mismo, Trina? —Le hizo un gesto a alguien que había en el otro extremo del salón, con todo el nerviosismo posible de alguien que llevaba el símbolo de la paz tatuado—. ¿Qué te parece *Celebrity Skin* de Hole? Esa te encanta.

Una mujer le dio a Buck una guitarra, y él tocó unas cuantas notas.

—¿Por qué no cantas algo de las Steel Birds? —sugirió Melody.

Se oyeron jadeos por todo el salón. Cortaron la música del todo.

Melody miró a la multitud que se había congregado a su alrededor.

—¿Qué pasa?

Buck tosió contra un puño.

—No..., no tocamos nada del grupo aquí. De hecho, ni siquiera hablamos de él. —Se frotó la barbilla—. Puede decirse que es un requisito para quedarse.

—Ah. —Melody apretó los labios—. Así que es todo amor libre y vivir la vida loca de boquilla. Pero en realidad lo que tienes aquí son unas normas estrictas diseñadas para que tú te sientas cómoda. —Pareció hacerle gracia esa revelación, porque el pecho empezó a movérsele más rápido y vio que le relucían los ojos—. Pues yo no vivo aquí. Estas personas ni siquiera sabían de mi existencia hasta hoy y yo no tengo por qué seguir las reglas. —Le quitó la guitarra a Buck y salió del círculo que se había formado. Echó a andar hacia el baúl en el que Trina estaba bailando e intentó subirse..., pero no lo consiguió. Era demasiado bajita. Sin embargo, él ya se estaba moviendo. Llegó junto a ella en menos de cinco segundos, preparado para levantarla. Sin embargo, antes de que pudiera alcanzarla, lo dejó de piedra al ejecutar un salto perfecto con las piernas juntas—. ¡Je! —Se dio media vuelta, con la boca abierta—. ¡Lo conseguí!

Beat sintió un hormigueo en el pecho.

—Siguiente parada: apuntarte al gimnasio durante dos años.

—Antes me tiro por un puente.

La carcajada de Beat se cortó en seco cuando ella tocó unas cuantas notas.

—Espera. ¿Tocas la guitarra? —le preguntó él, con los ojos clavados en su abdomen.

—Di clases inversas —susurró ella con voz temblorosa.

Él repitió la explicación en voz alta.

—¿Qué quiere decir?

—Quiere decir que, a diferencia de lo que ha pasado con los saltos de cajón, empeoré cuantas más clases daba.

—Vale.

—Me he acordado de que tu madre me dijo que le devolviera el golpe al foco la próxima vez. Pero con todos mirándome, ahora me arrepiento de haberme subido aquí.

—Nada de arrepentirse. —Le dio un apretón en la cintura—. Vas a hacerlo genial.

Melody tocó unas cuantas notas, que no tuvo problemas en reconocer.

—Eso lo dices porque eres mi mejor amigo.

«¿Esto es lo que se supone que se siente cuando se está dispuesto a morir por alguien?».

Beat veía la luz roja parpadeante de la cámara con el rabillo del ojo y, la verdad, le importaba una mierda en ese momento.

—Tú también eres mi mejor amiga, Melocotón.

—¿Tanto como para cantar conmigo?

«¿Debería seguir respirando a estas alturas?», se preguntó Beat.

—Tanto como para hacer lo que sea.

Melody se meció de un lado a otro y soltó un largo y trémulo suspiro.

—Vale, allá vamos. —Y para la más absoluta estupefacción de Beat, ella hizo una mueca desdeñosa y el primer verso de *Sacude la jaula* brotó de su boca con un rugido digno de un concierto con las entradas agotadas—. ¡No puedes entrar en el cielo cuando vas arrasándolo todo!

Solo tuvo una milésima de segundo para sobreponerse a la sorpresa antes de que ella lo mirase con los ojos desorbitados, suplicándole que la acompañara. «No me dejes tirada».

Beat se subió al baúl a su lado y se colocó de modo que no la molestase al tocar la guitarra.

—¡Agarra los barrotes de tu calabozo con las manos! —gritó. Fatal. No cantaba ni para dormir a un niño—. ¡Sacude a esos cabrones, demuestra que te ofenden!

Los dos hicieron una peineta, como era tradición a esas alturas de la canción.

—¡Sacude la jaula! —cantaron juntos—. ¡No nos podrán retener!

Danielle era la única que los animaba…, y lo hacía con mucho entusiasmo. Joseph estaba delante de ellos, grabando, con una sonrisa de oreja a oreja por debajo del visor. Los miembros del Club del Amor Libre y la Aventura parecían incomodísimos, aunque había un par de ellos cantando por lo bajo. Claro que después del primer verso, todos desaparecieron. Solo estaban ellos dos atrapados en ese momento que parecía predestinado. Alguien lo había escrito en su historia hacía mucho tiempo y por fin habían encontrado su lugar en la página correcta para poder seguir las indicaciones.

Melody era increíble. Valiente, desinhibida y un poco triste. Y muy inteligente.

Mientras cantaba, le ardía la garganta por el deseo de retroceder en el tiempo y reorganizar cada hora de su vida para pasarla con ella. Para conocerla.

Lo deseó con tantas fuerzas que ni se dio cuenta de que la canción había terminado hasta que Melody dejó la guitarra a un lado, donde se quedó hasta que el de los vaqueros blancos la recogió sin decir una sola palabra. Melody lo estaba mirando de un modo que su cuerpo entendía. Y al que respondía.

Con voracidad.

Era puro deseo. Era un «Te necesito ahora». Dado que habían llegado a la misma página, solo podía seguir leyendo. Incapaz de contenerse, demasiado ciego por el deseo que sentía por su compañera como para analizar sus actos y las consecuencias que podían tener, se bajó del baúl de un salto, ayudó a Melody a bajar y la agarró por la muñeca antes de echar a andar hacia la escalera.

Melody forcejeó un poco hasta que se detuvo delante de Trina, que la miraba con expresión impasible.

—Nos vamos por la mañana —le dijo Melody en voz baja—. Y preferiría que no fueras a visitarme en febrero.

—Hecho —replicó Trina con sorna y después bebió un sorbo de *whisky.*

Sin embargo, Melody ya se estaba alejando con él a su lado.

Joseph tuvo el buen tino de no seguirlos con la cámara.

20

Entraron en la pequeña habitación del desván como dos bolas de demolición enredadas.

Melody nunca había sentido un deseo semejante, uno que le espesaba la sangre en las venas y la ponía a cien. Le dolía la garganta por haber cantado a pleno pulmón, algo que no había intentado hacer en la vida, pero la boca de Beat en la suya era el bálsamo perfecto. No sabía adónde la llevarían esos momentos robados a la luz de las estrellas, pero le daba igual.

Iba a plantarle cara al asunto.

Si había sido capaz de insinuar que su madre era una cobarde (en su cara) y cantar una canción de las Steel Birds en un salón lleno de gente, podría soportar un futuro desengaño amoroso. De hecho, lo recibiría con los brazos abiertos. Que pasara lo que tuviese que pasar. Esa noche era inmortal y despreciaba la simple idea del arrepentimiento o del dolor.

¿Cómo podía existir cualquier emoción negativa cuando tenía su boca encima? Esa boca que era la combinación perfecta de reverencia y agresividad. Esa lengua curiosa que desterraba cualquier posibilidad de detenerse. O de pensar. O de respirar. Separó los labios e inclinaron las cabezas a la vez hacia la derecha, como si estuvieran hechos el uno para el otro. Se estaban besando de forma salvaje en esa casa situada en medio de la nada, saboreándose sin demostrar reservas ni inseguridades. Lo único que había entre ellos era un deseo febril y el profundo reconocimiento de dos almas que habían estado separadas demasiado tiempo. Quizá no fueran buenas la una para la otra, pero las habían creado como pareja para lo bueno y para lo malo.

Le enterró los dedos a Beat en el pelo, luego se los bajó por la espalda y le rodeó la cintura en busca de la hebilla del cinturón, que le desabrochó para poder encargarse de la cremallera.

Detuvo la mano a unos centímetros de su gruesa erección, pero no llegó a tocarla.

Pasaron dos segundos. Tres.

Sintió el roce de su aliento sobre los labios húmedos.

—La he mantenido dura, como me pediste.

Un gemido le brotó de lo más profundo de la garganta. Tuvo la impresión de que esas palabras susurradas se le retorcían en las entrañas y sintió que el sexo se le mojaba al instante. Lo sentía perfectamente. La excitación de su cuerpo, sus músculos preparados para aceptarlo por todas partes. ¡Por todas partes! La intimidad con Beat era su único afrodisíaco y él también parecía poseído por el mismo deseo. Iban demasiado rápido, pero era algo mutuo, así que sería imposible parar. Estar juntos le parecía maravilloso y lo correcto.

—¿Y qué hago ahora con ella? —le preguntó, frotando sus labios húmedos.

—Todo lo que quieras, Melocotón.

¿Era normal sentir que las pupilas se dilataban?

—Mmm… —murmuró mientras se la acariciaba con un índice y veía que esos ojos azules se oscurecían y lo dejaba sin aliento.

Beat necesitaba que lo tocaran y, al mismo tiempo, que no lo tocaran, por lo menos de momento. Lo sabía, aunque no sabía cómo. Así que se contuvo y dejó de acariciarlo, arrancándole un jadeo mientras le desabrochaba la camisa desde el cuello hasta los faldones. Sus bocas se devoraron mientras tanto. La de Beat explorándole la suya desde arriba, sin detenerse en ningún momento, ni siquiera cuando le bajó la prenda por los hombros y la dejó caer al suelo, seguida de la petaca y el micrófono. Menos mal que los habían apagado antes de subir la escalera o todos los habitantes de Estados Unidos estarían escuchando gemidos, suspiros y el frufrú de la ropa que solo significaba una cosa.

Su camiseta fue lo siguiente que acabó en el suelo y sus manos se chocaron en el afán por desabrochar el cierre delantero del sujetador, que él procedió a bajarle por los brazos, arrancándole el micrófono al mismo tiempo que le liberaba los pechos.

—Llevo deseando quitarte estos putos vaqueros desde que saliste de mi habitación de invitados esta mañana —dijo él con voz ronca mientras se lanzaba a acariciarle el cuello con los labios y la lengua—. Todavía los siento en la polla por el bailecito erótico que me has hecho en el avión. Te siento encima, restregándote hasta ponérmela dura. —Le mordisqueó la boca—. Te han arrestado con estos vaqueros. Has cantado *Sacude la jaula* con ellos como si hubieras esperado toda la vida a que llegara ese momento. Creo que no podré volver a verte con ellos puestos sin morirme. O sin sentir por fin que estoy vivo. No sé explicarlo. —Le subió las manos por los costados y se las colocó sobre los pechos, acariciándoselos y rozándole los pezones con las yemas de los pulgares—. Pero ahora mismo quiero que te los quites. —La hizo retroceder despacio hacia la pared, justo a la derecha de la enorme ventana circular, y se arrodilló para trazar con la lengua un reluciente camino desde la garganta hasta el ombligo—. Quiero que te los quites para poder comértelo bien. —Se los quitó con brusquedad. Ni siquiera le había desabrochado por completo el botón de la cintura cuando empezó a forcejear con la cremallera y a bajárselos por los muslos, pasando por las rodillas, hasta dejárselos arrugados alrededor de los tobillos.

Melody sacó los pies y los apartó de una patada, momento en que él le agarró la pierna derecha en el aire y se la separó mientras sentía el ardiente roce de su aliento en la parte delantera de las bragas.

—Mel. —Le rozó el ombligo con los dientes y luego se lo clavó con suavidad en una cadera, provocándole un maremoto de sensaciones que le llegó hasta los dedos de los pies. Empezaron a palpitarle zonas para las que ni siquiera tenía nombre. Él le pasó la lengua por la piel de la cintura, de cadera a cadera, con los ojos rebosantes de deseo y fijos en los suyos. Y en ese momento empezó a bajarle las bragas, muy despacio, hasta que cayeron al suelo sobre sus pies, y lo vio estremecerse cuando tuvo delante su sexo desnudo—. Que sepas que estoy deseando metértela hasta el fondo y que no puedas pensar en otra cosa. —Un brillo animal pareció relucir en las profundidades de esos ojos azules, acompañando la ferocidad de sus palabras (¿eran una advertencia quizá?), y le provocó un aleteo en la garganta al tiempo que contraía los músculos de la vagina—. Aunque me pare y no me corra, no creas que voy a cortarme antes de llegar al límite.

—Estoy dispuesta a todo contigo —le aseguró.

Esa muestra de confianza hizo que él dejara de fruncir el ceño y procedió a dejarle una lluvia de besos desde el ombligo hasta el monte de Venus. Allí se detuvo, y sintió la calidez de su aliento durante unos segundos, mojándola y recordándole a alguien que estuviera murmurando una oración. Pero justo entonces se transformó en un pecador al separarle los labios mayores con los dedos para poder darle un suave lametón. Acto seguido, volvió a meterse la lengua en la boca como si quisiera disfrutar de su sabor y después repitió la caricia con el triple de ansia. Empezó a gemir mientras recorría su sexo una y otra vez con la lengua, pasando sobre el clítoris, hasta que directamente se posó sobre él para frotarlo sin pausa. Esos ojos azules se le clavaron en la cara, brillantes, mientras le hundía los pulgares en las caderas. Los muslos le temblaban de forma incontrolable por la imagen que tenía delante, por la experiencia, sí, pero también por la fricción. Era un momento carnal, íntimo, y estaba claro que él lo estaba disfrutando a tope. Tanto que parecía embriagado, con una evidente erección por debajo de los pantalones, abultando los calzoncillos. Esa prueba de su deseo la excitó todavía más y aumentó el placer que le estaba provocando con la lengua.

Le proporcionó placer oral como si fuera un honor, como si no pudiera sobrevivir sin el siguiente lametón rodeando la entrada de su vagina, rodeando su clítoris.

«Estoy empapada», pensó.

Algo que daba la sensación de que a él le encantaba, porque parecía ansioso por mojarse la barbilla y la boca con la muestra física de su deseo. Enterró la cara contra ella y empezó a frotarla de lado a lado, succionándola, metiéndole la lengua y lamiéndola de extremo a extremo. Se la estaba follando con la boca, usando la lengua para crear fricción mientras le mantenía los labios separados con los dedos para tener mejor acceso. Y una vez que la tuvo bien mojada, empezó a usar los dedos para penetrarla, alternándolos con la lengua, y esa fue la gota que colmó el vaso. Había estado tan distraída por esa faceta tan carnal de Beat, tan decidida a memorizar todos los detalles, que no se dio cuenta de que estaba a punto de correrse hasta que el orgasmo la sorprendió. Levantó la pierna derecha para rodearle el cuello con ella, le acercó las caderas y empezó a gemir mientras el placer la estremecía por dentro y por fuera, en palpitantes oleadas, liberándola de la tensión.

O de parte de la tensión.

Porque aunque los estremecimientos del clímax seguían atravesándola, dejándole las piernas temblorosas, sintió que el deseo la consumía de nuevo cuando vio que Beat se limpiaba la boca con un antebrazo y luego se relamía los labios mirándola a los ojos. La cabeza empezó a darle vueltas, los pezones se le endurecieron y sintió una nueva oleada de humedad. Por la responsabilidad, la anticipación y algo mágico...

Un vínculo electrizante que la unía a ese hombre y que movía sus cuerpos con una coreografía no ensayada. Beat se levantó, como si percibiera que ella necesitaba un beso, un contacto con la tierra, y él se lo dio, separándole los labios con la lengua y compartiendo su propio sabor con descaro, casi con orgullo. Sin embargo, no necesitaba que le recordase el placer que acababa de provocarle, porque su mente era incapaz de pensar en otra cosa. Su mano derecha se movió sin que el cerebro se lo ordenara para colarse por el elástico de sus calzoncillos, porque deseaba, porque necesitaba, corresponderlo.

—¡Oooh! Así, Melocotón. Apriétamela tan fuerte como puedas. —Sintió su aliento en la boca y el movimiento de su torso, que subía y bajaba—. Me gusta cuando duele.

Se dejó llevar por el instinto, acariciándolo suavemente, despacio, una, dos, tres veces, observando la forma en la que se mordía el labio inferior, con los ojos cerrados, conteniendo la respiración. Luego le dio un buen apretón y oyó un gruñido gutural, tras lo cual miró hacia abajo y vio que él intentaba moverse dentro de su puño, impulsándose con las caderas. Usó la mano con la que lo agarraba para hacer presión, tirar de él e invertir sus posiciones, de modo que lo dejó de espaldas contra la pared, momento en el que vio que su nuez subía y bajaba. Al instante, él levantó las manos para tirarse del pelo, como si fuera incapaz de soportar la tortura de que lo acariciara. Eso, sumado a la inmortalidad que se había ganado abajo hizo que se sintiera más formidable que nunca. Embriagada.

—Te quiero dentro de mí. —Se puso de puntillas y besó esa boca jadeante mientras se la acariciaba arriba y abajo con la mano con un ritmo lento, una y otra vez, hasta que sintió una gota de humedad en los nudillos y lo oyó gemir su nombre—. Métemela.

Melody apenas había acabado de pronunciar la orden cuando Beat deslizó la espalda por la pared.

Sin romper el contacto visual con ella (ni siquiera estaba seguro de que fuera físicamente posible hacerlo), se bajó los calzoncillos lo justo para sacársela. Y se la ofreció, porque ella se lo había pedido. Aunque estar dentro de Melody lo aterrorizaba tanto como la idea de que le parecía algo inevitable sin lo que ya no podría vivir. No podía respirar sin ella.

¡Por Dios!

La habitación estaba a oscuras, salvo por la luz de las estrellas que bañaba su cuerpo desnudo con un resplandor etéreo. Tenía el coño húmedo por su lengua y la mirada decidida, aunque vidriosa. Era un ángel embriagado por el poder que tenía sobre él. Un poder que era casi demasiado puro y conmovedor como para soportarlo cuando se arrodilló delante de él (tan preciosa que contuvo la respiración) y se colocó a horcajadas sobre su regazo, uniendo sus frentes, mirándolo a los ojos.

—Dime cuando estés cerca y pararé —susurró.

La gratitud le inundó el pecho. De ahí para abajo, reinaba el deseo.

—Dime cuando estés cerca y te follaré más fuerte.

Melody gimió sobre sus labios y él se tragó el sonido, sorbiendo besos de sus labios mientras extendía un brazo para colocársela entre los muslos. Empezó a frotarse contra esa carne húmeda hacia adelante y hacia atrás, hasta que la posibilidad de correrse solo con esa tortura preliminar empezó a preocuparlo.

—¿Estás preparada?

—Sí.

—Levántate un poco. Muy bien. Ahora vuelve a bajar. —Contuvo la respiración cuando le metió la punta y ella empezó a mover las caderas para aceptar más en su interior—. Joder. Dios.

—¡Beat!

Se le encogieron las pelotas hasta un punto doloroso.

—No gimas así. Me voy a correr.

—Beat...

—No te muevas. Por favor, por favor, nena, quédate quieta mientras me tranquilizo. ¡Dios! —La estrechó contra su cuerpo, hundido hasta el fondo en ella, y rodeado por esa ardiente humedad, y enterró la cara sin ver la habitación, ajeno a todo salvo a su sentido del tacto. A ella. A Melody—. ¿Estás hecha para mí? ¿Por eso es así?

Ella empezó a mover las caderas despacio.

—Tú también me pareces perfecto.

Beat soltó un gemido y vio estrellitas delante de los ojos.

—Cariño, no te muevas todavía.

—No puedo evitarlo.

—¡Joder!

Le recorrió la espalda con las manos, le dio un apretón en las nalgas y le ordenó a su cuerpo que se quedara como estaba. Duro. Preparado para ella, listo para su uso, pero negándose a aceptar su propio placer. Le encantaba eso, le encantaba ser la clave de su placer. Le encantaba que ella se llevara el premio, mientras que él se lo negaba. La negación era lo único que podía satisfacerlo sexualmente, que él recordara, pero nada podía compararse con eso. Con el sacrificio de su propio orgasmo por Melody. Solo llevaba en su interior unos segundos y ya podía asegurar que el sexo era incomparable, porque todo su ser se lo decía a gritos. Su corazón, sus huesos, su sangre. Joder, ¡todo su cuerpo!

¿Era Melody el subidón definitivo que había estado persiguiendo sin darse cuenta?

Su cuerpo le dijo que sí cuando ella empezó a moverse. ¿O era él quien la estaba moviendo? Era imposible saber quién inició el movimiento, si fue el vaivén de las caderas de Melody o la urgencia de sus propias manos empujándole las nalgas. Sin embargo, una vez en movimiento, adoptaron un ritmo frenético. Ella le clavó los dientes en el cuello, lo bastante como para hacerle sangre, y el deseo se convirtió en una enfermedad bienvenida en sus entrañas, mientras el sonido de su coño húmedo lo aceptaba una y otra vez, una y otra vez, hasta ponerlo demasiado cachondo como para quedarse quieto, así que se echó hacia atrás para apoyar los codos en el suelo y poder impulsar las caderas hacia arriba.

—Dime qué se siente —le pidió con voz ronca.

—Me gusta mucho —gimió ella contra su cuello—. Demasiado. No lo soporto.

—Lo sé. ¡Dios, Mel! ¡Dios!

Desconocía los gustos sexuales de Melody. Pero los descubriría. De momento, solo quería darle gracias a Dios. No era un hombre religioso, pero era evidente que había sido lo bastante bueno como para ganarse ese privilegio. Ella le había confiado que en el pasado se había contenido con otras parejas, pero no lo estaba haciendo en ese instante. No. Confiaba en él lo suficiente como para dejarse llevar. Sentía casi de forma física que ella le estaba concediendo ese honor, y su cuerpo respondía de la misma manera.

—Déjate llevar —susurró, soltándole las nalgas para acariciarle la nuca, al tiempo que embestía hacia arriba con las caderas, haciendo que los muslos de Melody temblaran con cada golpe—. ¡Déjate llevar!

Ella soltó un gemido que lo dejó al borde del orgasmo y apretó los muslos en torno a él, aumentando el ritmo de sus movimientos. Cada vez que se la metía hasta las pelotas, juraría que la sentía en una región desconocida de su abdomen.

—Estoy cerca —la oyó decir con voz ronca.

—Ve a por él —replicó con los ojos en blanco y los puños apretados—. Fóllame. Haz que me duela. Y exprímelo bien antes de que yo llegue, nena, por favor. —Se clavó las uñas en las palmas de las manos—. Joder, me la has puesto durísima.

Sintió la caricia ardiente y mágica de la lengua de Melody en su cuello y se permitió pensar que necesitaba su sabor para llegar al orgasmo. El deseo lo abrasaba. Le colocó las manos otra vez en el culo y empezó a moverla con la polla cada vez más dura, buscando ese estallido del alivio que nunca se permitía. Y de repente, Melody empezó a estremecerse, gritó con la cara enterrada en su hombro y sintió que la humedad se acumulaba allí donde sus cuerpos estaban unidos. No pudo evitarlo. Su corazón le pedía que le enterrara los dedos en el pelo y le levantara la cabeza para poder mirarla a los ojos mientras flotaba.

Nunca volvería a ser el mismo.

El eje de su mundo se movió, empezó a rotar en dirección contraria, y la desesperación se apoderó de todo su ser. No se trataba de sexo por deseo, sino de la necesidad de acercarse a esa mujer tanto como fuera humanamente posible. Antes de que pudiera darse cuenta de lo que estaba haciendo, se puso de pie llevándola consigo, sin sacársela, y la arrojó sobre el colchón, para colocarse sobre ella y follársela como un loco.

—Lo sabía. Sacártela va a ser un infierno. Dios, estás empapada.

El pánico se apoderó de él cuando se desbocó el hedonismo que llevaba dentro, que llevaban dentro los dos. ¡Por Dios! No iba a parar. No podía parar. No con ella tan suave debajo de su cuerpo, con esos ojos clavados en él, con sus cuerpos encontrándose en cada embestida. Sin embargo, debería haber sabido que Melody le daría justo lo que deseaba. Cuando vio que se estaba mordiendo el labio hasta hacerse sangre y que ahuecaba el abdomen en señal de advertencia, Melody se inclinó hacia él y le susurró contra la boca:

—Para. —Le recorrió la espalda con las uñas y luego se las clavó en el culo—. No te muevas. No te muevas.

Beat le enterró la boca abierta en el cuello justo a tiempo para contener un gemido ronco. Temblaba tanto por la necesidad de correrse que tuvo que apretar los dientes para que no le castañetearan. Clavó los dedos de los pies en el colchón y sintió que las pelotas se le subían hasta el puto estómago. No iba a salir vivo de esa y, aunque era una tortura, también era el paraíso.

—Sí. Por favor —gimió, ordenándose mentalmente a no moverse, a no seguir follándosela—. Oblígame. Oblígame a complacerte.

—¿No te gustaría seguir? —le susurró ella al oído.

—¡Sí! —masculló entre dientes.

Ella se contrajo a su alrededor.

—Qué pena.

El dolor empezaba a envolverle la base de la columna vertebral.

—Por favor. ¡Joder, apriétame! ¡Apriétame!

—Puedes follarme un poco más, pero no te corras.

Las palabras apenas habían salido de su boca cuando se abalanzó sobre ella, agarrándole las rodillas para colocárselas cerca de los hombros y empezó a mover las caderas a toda velocidad, mientras el sudor le corría por la columna vertebral y por los laterales de la cara. Solo consiguió unos diez segundos antes de sentir que el clímax le tensaba las pelotas, apretando, apretando. «Tienes que parar».

—Dios, este coño me está matando.

—Sigue.

—No. No, se va a acabar. Estás buenísima cuando follas.

—No pares —susurró ella, casi para sí misma.

—Mel. Mel...

«No. Tu vida ya está llena de recompensas. No puedes disfrutar también de esto».

Casi no logró sacársela a tiempo. El orgasmo fue como el estallido de una bomba, tensando y haciendo vibrar todos los tendones y los músculos de su cuerpo. Rodó sobre el colchón y enterró la cara en la flexura del codo, para amortiguar el rugido, mientras se la cascaba con la otra mano, algo completamente innecesario, ya que no paraba de experimentar una oleada tras otra de placer, y no dejaban de pasarle imágenes de Melody por la cabeza. Sus tetas rebotando, su boca abriéndose para gemir, sus rodillas en sus manos. «¡Oooh, Dios!». El orgasmo era interminable. Siguió corriéndose hasta que se le aflojó todo el cuerpo, aunque el corazón siguió acelerado en su pecho.

Sin duda, había sido el polvo más increíble de su vida. Ninguna experiencia anterior era comparable. No solo sentía un alivio físico, sino también mental. Anímico. Había perdido el conocimiento y luego se había despertado en una tierra donde no había pasado nada malo.

Eso fue lo que sintió al principio. En esos momentos iniciales de júbilo, se maravilló de lo perfecto que habían logrado que fuera el sexo entre ellos en el primer intento.

Hasta que ese resplandor empezó a desvanecerse y se dio cuenta... o más bien deseó, por primera vez, poder compartir todavía más con ella. Todo, incluyendo ese momento final que nunca había compartido con otra persona.

—Oye —dijo y con una extraña sensación de pánico inundándole el pecho, se colocó de costado y se acercó a Melody—, ven aquí. —Rodeó a Melody con los brazos, la pegó a su pecho y la estrechó con fuerza mientras la besaba en la cara, en el cuello y en los hombros—. Mi Melocotón.

Ella le permitió que le cogiera los brazos para colocárselos en torno a los costados con una sonrisa trémula y le puso la cabeza debajo de la barbilla, dejándose aplastar por su abrazo.

—Te tengo, te tengo, te tengo —murmuró, aunque no era suficiente.

Sin embargo, a la mañana siguiente, se dio cuenta de que no la tenía.

En absoluto.

21

17 de diciembre

Melody quería su cama.

Quería su pijama de franela, su esponja natural y su cajón secreto lleno de gominolas.

Quería irse a casa.

Cuando aceptó participar en *Pesadilla en Navidad*, decidió afrontar la aventura tal y como viniera. No preocuparse por el resultado ni rumiar cada pequeña decisión hasta que se le pusiera la cara azul. Su intención era romper los muros de su zona de confort. Sacudirlo todo para cambiarlo de forma. Quería un nuevo «estar bien».

Y en ese momento estaba sufriendo las consecuencias de haber sido imprudente.

«Latigazo cervical emocional» era su diagnóstico oficioso y los síntomas la acompañaban de camino al aeropuerto, sentada con la mirada perdida en el asiento trasero del SUV. Demasiado aturdida por las últimas veinticuatro horas como para hacer otra cosa que no fuera repasar una y otra vez las decisiones tan inusuales y precipitadas que había tomado.

Entre las cuales estaba la de hacer el amor con Beat.

Claro que ¿podría realmente referirse a lo que había pasado como «hacer el amor»?

¿No había sido más bien… una cópula animal?

No había habido manoseos incómodos, ni establecimiento de límites y tampoco se habían preocupado por mantener el ritmo adecuado. La había invadido una especie de mentalidad animal. Dar, recibir, no pensar, obtener placer, devolverlo. Dar, recibir, dar hasta que el cielo se derrumbara. Había esperado que el sexo con Beat fuera increíble, inolvidable, orgásmico. Y lo había subestimado muchísimo.

¿No debería estar radiante, ruborizada y de subidón esa mañana?

Se había despertado rodeada por los brazos de Beat y había descubierto que algo en su interior se había apagado. ¿Sentirse apagada con Beat cerca? Eso era nuevo. Lo normal era que le sucediera todo lo contrario.

Danielle se volvió en el asiento delantero y la miró de reojo.

—¿Seguro que estás bien?

—Sí.

Pasaron varios segundos.

Danielle le echó un vistazo a su reloj.

—El avión debería estar listo y esperando. ¿Has dicho que Beat sigue durmiendo arriba?

—Sí. —Melody salió de su estupor. Un poco—. Sí, anoche volvimos a la fiesta un rato después de que tú te fueras al motel. —Mentira—. Demasiado tequila.

—¿Quieres decir, después de que arrasaras cantando *Sacude la jaula*?

Melody soltó una carcajada forzada.

—Sí. Después de eso.

Danielle la miró fijamente.

—¿Seguro que no pasó nada más?

Antes de que Melody pudiera responder, la puerta de la casa se abrió y Beat salió en tromba con el pelo alborotado y la camisa sin abrochar. Su mirada turbulenta se movió en todas direcciones a la tenue luz del amanecer y se clavó en ella, que estaba en el asiento trasero del vehículo. Se miraron fijamente a través del cristal durante unos cuantos segundos que parecieron durar horas hasta que ella tragó saliva y apartó la mirada, con el pecho retorcido como un *pretzel*.

¿Debería haberse quedado en la cama? ¿Estar allí cuando él se despertara?

Podrían haber hecho el amor otra vez. Bien sabía Dios que lo habría disfrutado.

¿Qué le pasaba?

«Por favor, quiero irme a casa».

Al cabo de un momento, la puerta trasera del SUV se abrió y el corazón se le subió a la garganta. Beat se sentó a su lado, y su reconfortante olor amaderado llenó el interior del vehículo. Si lo miraba, lo descubriría observándola con esa intensidad tan peculiar. Así se lo decían el calor que sentía en la mejilla y una intuición desconocida.

Joseph se sentó en el asiento central y se colocó la cámara en el hombro.

—Comenzando la transmisión en directo en tres…

—Espera —dijo Beat, al tiempo que le levantaba a ella la barbilla—. Oye. Mírame.

Se armó de valor e hizo lo que él le pedía.

Lo que sea que Beat vio hizo que su cara perdiese parte del color.

—¿Qué pasa, Melocotón?

—No lo sé —contestó ella con sinceridad.

—Vale —dijo en voz baja, y la bajó todavía más para que solo la oyera ella mientras le preguntaba con el miedo reflejado en la mirada—: ¿Te hice daño anoche?

—¡No! Por Dios, no. Qué va.

Beat soltó una bocanada de aire.

Muy bien, lo estaba preocupando. Al mostrarse vaga y evasiva, algo injusto cuando era evidente que estaba preocupado. ¿Qué le pasaba? Necesitaba encontrar una manera de decirlo en voz alta, de ponerlo sobre la mesa.

—Supongo que… Lo que hicimos anoche me encantó. Cada segundo. Fue perfecto. Pero… —Muy consciente de la presencia de las demás personas en el interior del coche, se inclinó hacia él para susurrarle—: En el avión me dijiste que no podías compartir ese momento final con nadie. Y estás en tu derecho. No pasa nada, pero no esperaba sentirme tan… sola.

Sus palabras lo dejaron tan hecho polvo que casi quiso retractarse.

—¿Te has sentido sola por mi culpa? —le preguntó él con voz hueca.

—A lo mejor es cosa mía.

—No, ni hablar.

—Quiero decir que a lo mejor necesito estar ahí, contigo. Esa confianza. Por tu parte. Contigo. O… nada en absoluto. —Fue como si se tragara una piedra—. No tenemos que lamentar nada. Ni tampoco hay reproches. Decidimos intentarlo y lo hemos hecho.

Beat guardó silencio con la mirada clavada en el paisaje que se veía por la ventanilla. El silencio se prolongó durante un minuto entero antes de que Danielle lo rompiera preguntando en voz baja:

—¿Quieres despedirte de tu madre, Mel?

—No. Ya me despedí anoche —contestó, con los labios rígidos—. Estoy lista.

—¿Empiezo la retransmisión en directo ya? —preguntó Joseph.

Beat y ella respiraron hondo a la vez y asintieron con la cabeza en silencio.

Vio que la luz roja cobraba vida en el espejo retrovisor y también captó que los números iban aumentando en el teléfono de Danielle, aunque estaba demasiado lejos como para verlos con claridad. ¿Cuántas personas habían presenciado su improvisado espectáculo de la noche anterior? ¿Cuánta gente se preguntaba qué había pasado después de que salieran del salón, obviamente en dirección a la escalera?

Estuvo a punto de soltar una carcajada. Hasta las mejores suposiciones serían erróneas.

—A ver —dijo Melody de repente—, voy a arriesgarme al decir que John Cena tiene más posibilidades de cantar en Nochebuena que las que hay de que lo haga Trina Gallard. A menos que la haya malinterpretado, no va a hacerlo ni de coña.

—¿Qué hacemos ahora? —le preguntó Beat a Danielle, sin dejar de mirar a Melody.

—No te preocupes, tengo un as en la manga —contestó la productora, moviendo los hombros—. Algo para no zanjar todavía el tema.

—¡Oooh! —Melody esbozó una sonrisa—. ¿Implica que me arresten de nuevo?

—Mejor no —dijo Beat.

—No, nada de eso. Pero necesito un par de días para reorganizarme. —Danielle unió las puntas de los dedos mientras hablaba—. Después de la negativa de Trina, anoche me pasé un buen rato diseñando un nuevo enfoque. De momento, durante los dos próximos días vamos a dividirnos. Con toda la atención que estamos recibiendo, la cadena ha aprobado un segundo cámara.

—No será tan bueno como yo —protestó Joseph.

Danielle hizo una mueca.

—¿Quieres que te sujete la cámara para que puedas acariciarte el ego con las dos manos?

Joseph miró a la productora.

—Bastantes caricias he hecho ya desde que acepté este trabajo.

Si las miradas mataran, él estaría muerto.

—Sabes mejor que nadie que estamos en directo.

—Tú has sacado el tema.

Danielle levantó la mirada al techo.

—Me encanta mi nuevo plan. Estoy deseando irme con el otro equipo.

—Nena, si crees que voy a dejar que grabes con otro cámara, estás muy equivocada.

La productora estaba a punto de discutir, pero al final decidió morderse la lengua.

—Como iba diciendo —dijo, mirando a la cámara—. Vamos a dividirnos durante los dos próximos días. Beat estará con uno de los cámaras y un productor asociado. Yo me quedaré con Mel. Si todo va según lo previsto, nos reuniremos el martes por la mañana… —Hizo un mini redoble de tambor en el respaldo del asiento—. En el programa *Today*. Bien temprano.

—¿¡El programa *Today*!? —exclamó Melody—. ¿Nos han invitado?

Danielle resopló.

—Melody, nos está invitando todo el mundo. ¡Todo el mundo, literalmente! —Dejó la exclamación flotando en el aire—. Durante estos dos próximos días, mientras yo pongo en marcha mi plan, intentad seguir con vuestra vida normal. Mientras os graban, por supuesto.

—Por supuesto —replicó Beat con un deje seco en la voz, indiferente, aunque saltaba a la vista que tenía todo el cuerpo tenso—. ¿Cómo vamos a separarnos si Melody está durmiendo en mi casa?

—Ya no. Necesito irme a la mía.

Eso lo tensó aún más.

—¿No habíamos quedado en que no era seguro?

—En ese caso, recogeré algunas cosas y me iré a un hotel. Es que... —El agotamiento emocional empezaba a apoderarse de ella, y ya sentía el ardor de las lágrimas en los ojos—. Creo que es una buena idea que nos tomemos un par de días para reorganizarnos. —Pese a lo torcidas que estaban las cosas entre Beat y ella en ese momento, no quería aumentar su sentimiento de culpa, así que añadió—: De todos modos, mañana por la noche tengo una partida de petanca. Debería... prepararme mentalmente.

—¡Oooh! —Danielle sacó su portapapeles como por arte de magia—. Me pondré en contacto con ellos hoy sobre la grabación y para que firmen los formularios de consentimiento.

—¿Vas a grabar mi partida de petanca? —balbuceó ella.

—Sí, claro —respondió Danielle, mientras anotaba algo con el bolígrafo—. A los espectadores les encantará.

Beat se inclinó hacia delante.

—¿Será seguro para ella?

La frustración se agolpó en el pecho de Melody.

—Puedo cuidarme sola. Deja de preocuparte por mí.

—¿Crees que puedo controlarlo? —le soltó él, alzando la voz—. ¿Crees que puedo sacarte de aquí dentro? No puedo.

Ni siquiera se movió después de oír semejante declaración, pero se le aceleró el pulso como si fuera un caballo de carreras al tomar una curva. Danielle miró a Joseph y luego hacia otro lado, porque, ¡ay, madre!, estaban en directo. El silencio que siguió fue ensordecedor. Melody no sabía cómo sentirse. Estaba encantada de ser alguien tan importante para Beat. Y sentía la suficiente curiosidad como para analizar lo que él había dicho. Y también estaba triste, porque no podía disfrutar de un sexo alucinante sin ansiar más. Lo más frustrante de todo era el insoportable dolor que sentía en su interior, que le exigía que se desabrochara el cinturón de seguridad, se sentara en el regazo de Beat y se quedara allí para siempre.

Al final, fue Beat quien rompió el incómodo silencio que había creado.

—Por favor, asegúrate de que la acompaña el equipo de seguridad, ¿vale? —dijo, con brusquedad.

—Por supuesto —murmuró Danielle.

Nadie habló durante el resto del trayecto hasta el aeródromo.

Tras un vuelo tan silencioso que resultó inquietante, ninguno de los cuatro estaba preparado para el caos que los esperaba en Nueva York. Bajaron del avión y subieron a otro SUV, y todo parecía normal. Sin embargo, en cuanto llegaron a la salida de la pista, descubrieron que había miles de personas para recibirlos.

Cuando aparecieron, la multitud soltó un rugido como si fuera una bestia y empezó a aclamarlos a voz en grito. Melody hundió la espalda en el asiento trasero y Beat se acercó para rodearle los hombros con un brazo y pegarla a su costado con afán protector.

—¿Cómo sabían dónde íbamos a aterrizar?

—O ha sido un golpe de suerte o la tripulación del vuelo ha filtrado la información —respondió Danielle, mirando por el parabrisas delantero el mar de cuerpos, con los carteles sobre las cabezas, las manos protegidas por los guantes y el vaho de sus alientos elevándose en el aire. Empezaron a golpear las ventanillas del SUV con los puños y a mirar por los cristales con las manos ahuecadas en un intento por ver el interior, mientras gritaban su nombre y el de Beat.

Totalmente anonadada por el espectáculo, Melody se esforzó por respirar.

—Esto es una locura. No lo entiendo.

Danielle soltó una especie de gemido.

—Me pediste que no te dijera el número de espectadores que tenemos, pero anoche reventaste internet mientras cantabas *Sacude la jaula* delante de la mujer que la escribió y que ahora se niega a interpretarla.

Y delante de su novio, mucho más joven que ella. Básicamente, lo que intento decirte es que…

—Generó audiencia —murmuró Melody.

La productora suspiró.

—No sabes cuánta.

Pasaron junto a un cartel que decía: «¡MELODY GALLARD, QUIERO SER COMO TÚ!».

Otro: «¡ESTÁN COLADITOS!».

Y un tercero: «¡EL TEMA DE "SOLO HAY UNA CAMA" EN LA VIDA REAL! MI VIDA ESTÁ COMPLETA».

¿Eh?

Las sirenas de la policía resonaron en el aire de media mañana, y los agentes se abrieron paso entre la multitud para empujar la masa de cuerpos a un lado y a otro, de modo que el coche pudiera salir. Varias personas los siguieron a la carrera, uno de ellos fue un chico con un anillo en un estuche, aunque Melody no sabía si quería declararle su amor a ella o a Beat.

Danielle le dio una palmada.

—Ahora que hemos escapado de la *Belodymanía*…

—¿Cómo has dicho? —la interrumpió Beat.

—Es vuestro nombre de pareja. Os llaman «Belody».

Beat se dejó caer contra el respaldo del asiento, llevándosela con él. Todavía los estaban grabando.

¿En qué se había convertido su vida?, se preguntó ella.

—Beat, ¿tienes algún plan para los próximos días? Solo quiero asegurarme de que tenemos claro el itinerario antes de comunicárselo al productor asociado.

—Planes. —Beat se pasó una mano por el pelo sin dejar de mirarla, como si estuviera comprobando si había escapado sin un rasguño, aunque estuviesen dentro del vehículo—. Yo…, pues sí. Por la cantidad de llamadas perdidas que tengo, supongo que mi madre vio algo de la retransmisión en directo de anoche o se ha enterado. Debería hacer control de daños. Aparte de eso, tengo una fiesta de Navidad mañana por la tarde, a las siete. Algo íntimo en casa de mi amigo Vance.

—¡Aaah, vale! —Dos eventos a la vez. Danielle se mordió el labio e hizo otra anotación—. Tal vez podamos dividir la pantalla. Mel jugando a la petanca. Beat en la fiesta…

—Señora, ya hemos llegado —anunció el conductor.

—Gracias. —Danielle empezó a recoger sus cosas y le hizo un gesto a ella para que hiciera lo mismo. La multitud la había pillado tan desprevenida que había tardado en reconocer su entorno, pero en ese momento se percató de que se habían detenido en la zona de coches de alquiler del aeropuerto—. Melody, aquí es donde hemos quedado con nuestro chófer y el nuevo cámara.

Beat se incorporó en el asiento.

—¿¡Ya se va!? —exclamó.

—¿Ya me voy? —dijo ella al mismo tiempo y se detuvo justo antes de cogerle la mano a Beat. Algo ridículo. Necesitaba tiempo y espacio para controlar su enamoramiento. Y para asimilar todo lo que había pasado la noche anterior con su madre, como, por ejemplo, que Trina ni siquiera hablaba de ella. Seguramente la quería a su manera, pero se sentía como una obligación de la que Trina tenía que ocuparse mientras jugaba a formar parte del Club del Amor Libre y la Aventura, y eso no era lo que ella deseaba. Ni lo que necesitaba. Sin importar si conseguía o no el millón de dólares de *Pesadilla en Navidad*, ya no quería que su madre la mantuviera, pero eso no significaba que no se sintiera dolida. Y necesitaba tiempo para procesar ese dolor.

Mantenerse un par de días lejos de Beat sería bueno. Sería saludable.

Se volvió hacia él y lo besó en la mejilla.

—Hasta dentro de dos días —le dijo.

—Vale —replicó Beat con voz ronca, mientras su pecho subía y bajaba con fuerza.

Si dejaba las cosas entre ellos sin resolver, lo lamentaría durante las próximas cuarenta y ocho horas, pensó. Así que se volvió para mirar a la cámara y luego lo miró de nuevo mientras se acercaba para susurrarle al oído:

—Creo que te reprimes porque te enseñaron (nos enseñaron) que la verdad es fea y siempre debemos mantenerla oculta. Suprimirla. Creo que te reprimes porque esos chicos te marginaron después de que te sinceraras con ellos. —Se humedeció los labios—. Para disfrutar de algo, tienes que hacerlo por los motivos correctos. Si se hace por algo retorcido…, en ese caso, no sé si podré repetir lo de anoche. Pero, pase lo que pase, seguiremos siendo los mejores amigos. Creo que quizás lo hemos sido todo este tiempo aunque ni siquiera nos hayamos visto. Si después de una noche loca somos capaces de seguir siendo grandes amigos, creo que eso significa que seguiremos siéndolo a largo plazo. —Hizo una pausa mientras buscaba las palabras adecuadas—. ¿Y si solo lo hemos hecho para olvidarnos del tema?

Él soltó un resoplido.

—No voy a olvidarlo nunca, Mel. Te llevo dentro de mí.

Tuvo que hacer otro gran esfuerzo para no sentarse en su regazo y envolverlo como si fuera un lazo, pero recordaba demasiado bien la estremecedora soledad de la noche anterior. No haber conseguido que confiara por completo en ella era peor que no tener nada, ¿verdad? Eso era lo que sentía. Más aún cuando, en su caso, estaba deseando dárselo todo. Entregarse por completo.

—Yo tampoco voy a olvidarlo. Pero a lo mejor si fingimos lo suficiente, empezaremos a creer que podemos hacerlo. —Sintió el maravilloso roce de sus labios en la mejilla. ¿Por accidente?—. No quiero que nos separemos y no volvamos a vernos.

Joseph carraspeó.

Ambos se apartaron un poco, Beat visiblemente cabreado por la interrupción.

Melody bajó del SUV y sintió su mirada clavada en la espalda mientras se reunían con el nuevo chófer y se alejaban, consciente de que no apartaba los ojos de ella hasta que desapareció.

Sin embargo, no se permitió mirar atrás ni una sola vez.

22

Cuando Beat entró en el comedor de su madre más tarde, seguido de cerca por el nuevo cámara, se podía oír el sonido de un alfiler al caer al suelo.

Octavia cogió su vaso de tubo de agua con gas y arándanos, y bebió un sorbo con delicadeza, mirándolo por encima del borde con los ojos entrecerrados. Beat se sentó frente a ella con un suspiro y dejó el iPad y las carpetas con los documentos delante de él. A continuación, cruzó los brazos por delante del pecho y esperó a que su madre hiciera ruido de nuevo. Aunque hubiera llegado el momento de aguantar el chaparrón por su viaje a la comuna de Trina en Nuevo Hampshire, también iba a trabajar un poco.

Trabajar. Eso era lo único que había hecho desde que volvió. Valoraba su puesto en Ovaciones de Octavia y se lo tomaba en serio. Pero ese día en concreto agradecía la distracción. Si no tuviera que tomar decisiones sobre la beca, estaría trepando por las paredes.

En ese momento era una hazaña de proporciones épicas no pulsar la pantalla del iPad unas cuantas veces y ver la retransmisión en directo de Melody. Ya la había visto mucho rato esa mañana para asegurarse de que llegaba al hotel y a su habitación sana y salva antes de obligarse a desconectarse. Era evidente que ella quería pasar tiempo a solas, y debía respetarlo. Había millones de personas observando todos y cada uno de los movimientos de Melody. Sin embargo, ella solo necesitaba distanciarse de él.

Se frotó los tensos músculos de la garganta y extendió la mano hacia su copa, un vaso de *whisky* que ya lo estaba esperando. Empezó bebiendo pequeños sorbos, pero la quemazón era tan agradable que se lo bebió entero.

—Madre del amor hermoso —susurró Octavia al tiempo que se repantingaba en la silla—. ¿Estás intentando olvidar el recuerdo de mi antigua compañera de grupo? A ver, que no te culpo.

—Que no se te olvide que te están grabando.

—¿Yo, olvidarme del cámara? No se mimetiza muy bien, cariño.

Beat levantó la mirada hacia el enorme espejo colgado en la pared y vio el reflejo del nuevo. Ernest. El salón de Octavia estaba decorado en un blanco níveo. Los candelabros y la araña de cristal relucían, junto con las guirnaldas blancas y las parpadeantes luces que había añadido como decoración para las fiestas. Ernest, que había dicho que lo llamara Ernie, llevaba una camisa de franela blanca y gris, tenía una barba pelirroja espesa y parecía tan cómodo como un luchador en una función de ballet.

—Parece que has visto la retransmisión —dijo Beat con sorna antes de darle las gracias al ama de llaves con un gesto de la cabeza cuando apareció para rellenarle el vaso de *whisky*—. ¿Qué te ha parecido?

—No sé ni por dónde empezar.

—Pues ya somos dos.

Justo cuando esperaba que su madre demostrara su enfado porque saltaba a la vista que Trina no había pedido la reunión, tal como le hicieron creer, lo sorprendió al inclinarse hacia delante y empezar a darle golpecitos a la reluciente mesa con un dedo.

—Exijo saber qué pasó anoche en ese desván.

Beat dejó la mano suspendida en el aire de camino al vaso antes de bajarla.

—¿¡Qué!?

—No me vengas con esa cara de sorpresa. El mundo entero está especulando. Deberías ver los mensajes en los foros, tienen más movimiento que las luces de un árbol de Navidad. —Sorbió por la nariz—. En mi opinión, debería enterarme de la verdad como compensación por la más absoluta de las traiciones.

—Te estás pasando con el melodrama, mamá.

—¿Yo, melodramática? ¿Una mujer que ha ido en un trono cargado por cuatro hombres disfrazados de cisnes? No sé por qué lo dices.

Beat sonrió, dejando al descubierto los dientes.

—Ni de coña voy a decirte lo que pasó en el desván.

Octavia hizo un puchero.

—Mel la Magnífica no parecía la misma después.

Beat sintió que las entrañas se afanaban en salírsele por la boca. «No parecía la misma después». Él era el causante de eso. La había apartado de su lado.

—Has hablado con Melody tan solo diez minutos —le recordó con voz ronca mientras cerraba la mano temblorosa alrededor del vaso de *whisky* y lo levantaba, aunque de repente no tenía fuerzas para llevárselo a los labios.

—Sí —convino su madre, hablando despacio—. Sé que suena raro, pero tengo la sensación de que la conozco desde mucho antes. —Ojalá supiera lo bien que la entendía él—. Y si te digo la verdad, me he convertido en una fan de Melody desde la gala, aunque me soltara una mentirijilla. —Frunció el ceño tras decir eso mientras se reclinaba de nuevo en su asiento—. Que me caiga tan bien es muy desconcertante, sobre todo teniendo en cuenta que es el fruto del vientre de una *banshee* de la que no se acuerda nadie. —Saludó a la cámara con su bebida—. Trina, si lo estás viendo, ¿dónde has encontrado a tus compañeros de casa, cariño? ¿Entre bastidores en un concierto de Everclear? —Se rio con expresión ufana—. Ella sabe a lo que me refiero.

—A lo mejor deberíamos cambiar de tema —masculló Beat al tiempo que abría la carpeta que tenía delante—. He reducido las opciones a cinco aspirantes…

—No, no, no te vas a librar tan fácilmente. —Su madre apretó los labios, ya que quería aparentar indiferencia—. ¿Cuándo vas a traer a Melody a cenar? Me han dicho que le gustan los *beignets*. Si le va la cocina francesa, voy a contratar al chef de La Bernadin.

A esas alturas, Beat sentía el pecho unido tan solo por una cremallera, y cada vez que se mencionaba a Melody, bajaba un poco más, dejándolo todo a punto de desparramarse.

—¿Hay alguna forma de que no hablemos de este tema delante de millones de personas?

—¿Lo dices en serio? —Octavia parecía perpleja de verdad—. ¿Eres consciente de todo lo que has estado diciendo delante de la cámara, hayas abierto o no la boca?

Se le aceleró el pulso al oírla.

—¿A qué te refieres?

—Me refiero —respondió su madre, agitando los dedos en dirección a la cámara— a que no has sido precisamente... sutil con tus sentimientos. ¿O no te acuerdas de haber amenazado con estrellar un tractor contra los calabozos de Podunk para sacar a Melody? Y, la verdad, nadie te culpa. ¿Qué hombre podría ser sutil cuando Melody la Magnífica está en juego?

No supo cómo replicar a eso. A lo largo de la última semana, había intentado en muchísimas ocasiones ponerse un freno con Melody, ocultar un poco lo colado que estaba por ella. Al parecer, no lo había conseguido en absoluto. ¿Por qué se molestaba en negarlo en ese momento? A esas alturas, seguramente solo estaba quedando como un imbécil.

—¿Llevas todo el día viendo el *reality show*? —le preguntó a su madre con voz gruñona y esperó a que ella asintiera con la cabeza—. ¿Cómo está ella? ¿Está bien?

—Está restaurando un ejemplar antiguo de *Rebelión en la granja*. Te juro por Dios que no debería ser tan fascinante, pero no para de hacer comentarios graciosísimos. Me tenía enganchadita.

En ese momento, habría vendido el alma por ver a Melody, con la cabeza inclinada sobre un libro y la lupa en la frente mientras explicaba el procedimiento de restauración con ese tono de voz único, tan lleno de humor y elegancia.

Octavia lo miró con expresión triunfal.

—¿Lo ves? Mírate. Basta con mencionarla para que se te derritan los ojos como la cera de una vela. Pareces Woody de *Toy Story* cuando Andy se negó a llevárselo a la universidad. —Octavia señaló al cámara con impaciencia—. ¿Lo estás grabando?

Beat se pellizcó el puente de la nariz y echó mano de toda la paciencia que le quedaba mientras Ernie rodeaba la mesa para conseguir un mejor ángulo de su cara.

—¿Qué quieres de mí, mamá? ¿Quieres que admita que siento algo por Melody?

—A estas alturas, solo es una formalidad. Pero sí. —Agitó una mano hacia el cámara—. Ponme de fondo. Seguro que van a usar esto de promo y estoy que me salgo.

Beat fue incapaz de contener la sonrisilla que asomó a sus labios.

—Siento todo lo que se puede sentir por ella.

Su madre chilló al oírlo.

—¿Y se puede saber dónde está?

—Tomándose un merecido descanso de mí. —Intentó tragar saliva, pero fue incapaz—. Lo siento, pero no creo que vaya a venir a cenar en un futuro cercano. Al menos, no como mi pareja. ¿Como amiga? Puede. —Tenía un regusto amargo en la boca—. Si yo tengo que aceptarlo, tú también.

Octavia se lo pensó.

—No. Y no puedes obligarme.

El ama de llaves entró corriendo en el comedor y le susurró algo a Octavia al oído, haciendo que pusiera los ojos como platos por el interés.

—Espera a que oigas esto: Melody ha pedido al servicio de habitaciones. —El ama de llaves le dijo algo más—. ¿Espaguetis y una Coca-Cola Light? Joder. Ahora no sé si contratar a un chef francés o a uno italiano para la cena.

Beat quería poner los ojos en blanco, aunque reconocía que había contenido el aliento para enterarse de lo que pedía.

—He venido con la certeza de que ibas a cantarme las cuarenta porque Melody aseguró que Trina quería la reunión. En cambio, estás creando un club de fans de Melody.

Su madre levantó una ceja.

—¿No te apuntarías como miembro?

Él bajó la mirada a los papeles sin verlos de verdad.

—Sería el presidente.

Estaba seguro de que Octavia le soltaría un «Te lo dije», pero en cambio la vio ladear la cabeza para mirarlo.

—¿Qué pasa, Beat?

—Eso se queda entre ella y yo.

—Y el desván. —Su madre titubeó—. Parpadea dos veces si hubo desnudos.

—Mamá, por favor.

—¡Soy una estrella del *rock*! ¡No me escandalizo por nada!

Como no cambiara de tema pronto, la conversación acabaría adentrándose todavía más en un terreno al que no quería ir, mucho menos de forma pública.

—¿Sigues dispuesta a llevar a cabo la reunión?

La sonrisa de Octavia se congeló mientras extendía un brazo para coger su vaso.

—Ya da un poco igual, ¿no crees? Trina ha dicho que no, ¿verdad? —Y después añadió entre dientes—: Bruja rencorosa.

Beat recordó la cara que puso Trina la noche anterior mientras Melody cantaba. Incluso antes de eso, cuando Melody le plantó cara, se quedó casi… fascinada. Pensativa. Como si hubiera estado atrapada en una cápsula del tiempo y por fin alguien hubiera abierto la escotilla.

—No lo sé. Danielle nos ha conseguido un hueco en *Today* el martes por la mañana y al parecer tiene «un as en la manga». Aunque algo me dice que Trina todavía se está pensando lo de la reunión pese a su no rotundo.

—Cuando Melody le leyó la cartilla… —Octavia perdió la mirada con una sonrisa confusa en la cara—. Menudo espectáculo, ¿verdad? Los dos desafinasteis en el segundo verso de *Sacude la jaula*, pero nadie se dio cuenta. Y no lo he comentado en los foros. —Se rascó una ceja—. No fui yo. No, señor.

—Ajá.

—Fui yo.

—Lo sé. —Le dio unos golpecitos a la carpeta abierta—. ¿Podemos hablar ya de los aspirantes?

—Otra cosa. Durante todas las horas que he estado hoy viendo a Melody, me he dado cuenta de que está muy nerviosa por la partida de petanca de mañana por la noche. —Lo miró con expresión elocuente—. Quizá le vendría bien un poco de apoyo moral.

La simple idea de que Melody estuviera nerviosa por algo lo hacía desear que el suelo se abriera y se lo tragara para siempre. Sin embargo…

—Ahora mismo no quiere mi apoyo.

—¡Ay, cariño! —exclamó su madre con los ojos rebosantes de compasión—. ¿No te lo he dicho? Ella tampoco es muy sutil con sus sentimientos. A la porra lo de ser amigos.

—Es complicado —replicó con voz ronca.

—¿Estás enamorado de ella?

Su corazón respondió por él al latirle con fuerza detrás de la yugular.

—Sí.

Una alegría atemperada inundó la cara de Octavia.

—Pues a lo mejor deberías simplificar las cosas.

18 de diciembre

A la noche siguiente, Beat llegó a la fiesta de su amigo, le dio la botella de champán que había llevado e intentó por todos los medios fingir que no se habían quedado de piedra al verlo.

—Beat... —lo saludó Vance en la puerta con cara de haber visto un fantasma—. Esto... Pero... ¿Has venido? No esperaba que lo hicieras.

—¿En serio? —Se inclinó para darle un medio abrazo y varias palmadas en la espalda—. Porque confirmé la asistencia en noviembre.

—Eso fue antes de que te convirtieras en una sensación mundial.

Vance puso los ojos como platos cuando Steve, el productor asociado, entró en el piso, haciendo que todos los invitados los mirasen con más atención si cabía.

—Siento interrumpir, chicos, pero voy a necesitar que todos firméis el consentimiento. Si decidís no salir en cámara..., ¿qué os pasa? Pero vale. Necesitaré vuestro nombre y el diagnóstico oficial. Es broma. Pero ya, en serio, estoy seguro de que todos os morís por salir en la retransmisión en directo. Por favor, acercaos y firmad el consentimiento, de uno en uno. Tan deprisa como sea posible, por favor, para que podamos empezar a grabar.

Sentía la capa más superficial de la piel ardiendo, de la cabeza a los pies. Esa mierda era soportable cuando tenía a Melody al lado. Porque estaban juntos en eso. Pero hacerlo solo hacía que se sintiera como un payaso.

—Siento todo esto —le dijo a Vance—. Intenté llamarte para explicártelo...

—Mierda. He estado corriendo de un lado para otro las últimas horas. Mi casa era una pocilga hasta hace diez minutos. No exagero. —Vance se quedó boquiabierto cuando los invitados formaron una cola para firmar y después miró de nuevo a Beat—. Tengo como diez mil preguntas. Pero no voy a hacerte ninguna.

A Beat se le escapó un suspiro como el helio se escapaba de un globo.

—Gracias.

—Pero un día de estos te vas a emborrachar y me lo vas a contar todo.

—Claro. Me pondré a cantar como un canario.

Vance se echó a reír mientras lo miraba fijamente.

—No, no lo harás. —Abrió la boca, la cerró y empezó de nuevo—. Siempre he tenido la extraña sensación de que no conocía al Beat Dawkins real, no sé si me explico. Ahora sé que no era solo una sensación. Que es verdad. Después de verte con Melody... —Alguien los llamó desde el otro lado de la estancia y Vance se volvió para saludar, por lo que Beat lo imitó, aunque de repente le pesaba el brazo cien kilos—. Has mantenido muchas facetas ocultas, ¿verdad?

Cualquier otra noche, habría fingido no darse cuenta de la expresión dolida y de la confusión en los ojos de su amigo, habría bromeado y habría cambiado de tema. Pero Vance era la segunda persona que le daba un tirón de orejas por su comportamiento en cuestión de treinta y seis horas..., y ya no podía seguir rehuyendo la acusación. ¿Había llevado demasiado lejos sus ansias de privacidad? ¿Estaba apartando a la gente al mantener sus esperanzas, sus miedos y sus secretos ocultos bajo la superficie?

Eso parecía. Su amigo lo miraba como si casi no lo conociera.

Melody no estaba a su lado, en el lugar que le correspondía. Y sin embargo lo guio en ese momento, oyó su voz en la cabeza, revelándose siempre con una sinceridad brutal. Sin hipocresía. Sin miedo. Por Dios, se moría por parecerse más a ella y, madre del amor hermoso, la echaba tanto de menos que le dolían hasta los huesos.

—Es costumbre, ¿sabes? —Beat tosió contra un puño—. Mientras crecía, tenía que callarme cosas para mantener la privacidad de Octavia. Más tarde, me di cuenta de que cuando hablaba de mi vida con los demás..., mis privilegios se notaban mucho. Supongo que empecé a guardarme las cosas por costumbre. No era mi intención mantenerme... oculto.

Vance asintió despacio con la cabeza.

—Y con Mel...

—Con Mel es como si los dos estuviéramos... en el mismo escondite. Juntos.

Se dio cuenta de que su amigo contenía una carcajada.

—Lamento tener que decírtelo, colega, pero habéis estado haciendo todo lo contrario de esconderos. —Entrecerró un ojo—. ¿Cuánto te tengo que emborrachar para enterarme de...?

—¿Lo del desván? No hay alcohol suficiente en toda la ciudad.

—Tenía que intentarlo.

—Pero ¿lo has hecho?

Ese fue su último momento a solas antes de que amigos y conocidos se reunieran con ellos tras haber firmado el consentimiento. Ernie encendió la cámara y la luz roja empezó a parpadear, enfocándolo mientras mantenía conversaciones forzadas con amigos de amigos que saltaba a la vista que solo querían preguntarle sobre *Pesadilla en Navidad*, cómo iba lo de la reunión y... Melody.

¿Qué estaría haciendo ella en ese momento? De estar allí, intercambiaría una mirada elocuente con ella, porque entendería que todas las personas con las que hablaba se morían por interrogarlo, pero se estaban conteniendo con mucho esfuerzo. Entendería que él no se sentía digno en sí mismo, que no se sentía lo bastante bueno sin la jugosa información sobre su famosa familia. Entendería que estaban esperando que él les ofreciera algún detalle sin que tuvieran que preguntarle. Melody y él habían bailado esos pasos desde que eran niños y en muy poco tiempo se había acostumbrado a bailar con ella, no solo.

No llevaba ni media hora en la fiesta cuando ya había dejado de oír las conversaciones que lo rodeaban. No dejaba de desviar la mirada hacia la ventana que daba al este, hacia Brooklyn. La partida de petanca de Melody estaría empezando a esas alturas. Había llamado a Danielle esa tarde para preguntarle por el dispositivo de seguridad que habían preparado y la productora se mostró esquiva y masculló algo sobre que la cadena estaba trabajando con el Departamento de Policía de Nueva York para controlar la multitud que se esperaba.

Pensar en la diminuta Melody en mitad de todo ese caos hizo que una gota de sudor le cayera por la columna. Ella estaba lidiando con la locura por Mel la Magnífica mientras que él estaba en ese piso particular sin necesidad de seguridad. Melody le había pedido espacio, pero aquello no estaba bien. Aunque intentaran contratar a los guardaespaldas que protegían al papa, nadie se preocuparía por Melody tanto como él.

—Perdonadme un momento —le dijo a la pareja que le estaba contando la experiencia de su primer concierto en un intento más que evidente por sacar el tema de las Steel Birds—, tengo que hacer una llamada.

No era verdad. Lo cierto era que había llegado a su límite. Había pasado treinta y seis horas sin ver la retransmisión en directo de Melody, y ya no aguantaba más.

Se encerró en el cuarto de baño y se sentó en la tapa del inodoro cerrado, ya con el móvil en la mano. Abrió la *app* de la cadena y apareció la pantalla dividida, y soltó una carcajada carente de humor por lo surrealista que resultaba verse a sí mismo hablando con los invitados de la fiesta en un lado y a Melody en la parte trasera de un SUV oscuro en la otra.

En cuestión de segundos, se le humedecieron las palmas de las manos y se le disparó el pulso. Se le entrecortó la respiración al verla. Madre del amor hermoso, estaba preciosa. No, era preciosa, y punto. Exudaba esa cualidad tan de Melody sin inmutarse siquiera, era su personificación. Una vulnerabilidad jadeante mezclada con saber estar. Encanto y valor. Amabilidad con el toque justo de escepticismo.

No había nadie como ella sobre la faz de la Tierra. Y quería tenerla sentada en el regazo para poder decírselo.

Sin embargo, había perdido ese privilegio. Ella se lo había dejado claro.

Amigos. Iban a ser los mejores amigos del mundo mundial.

Ojalá su corazón pudiera aceptar esa realidad.

Observó a Melody a través de la pantalla del teléfono, la vio poner los ojos como platos por la alarma al doblar la esquina que daba a la manzana del local donde jugaba a la petanca. Las luces rojas y azules se reflejaron en las ventanillas interiores del vehículo y Mel se encogió en el asiento mientras el guardaespaldas que iba sentado a su lado empezaba a prepararse para actuar. Por Dios, ¿en qué se estaba metiendo?

Fuera lo que fuese, él tenía que estar allí.

Sí, le había pedido espacio. Pero también había dicho que era su mejor amigo. Eso era lo que ella quería, ¿no? Si no podía ser más que un amigo para ella, pasaría del abrumador anhelo que sentía en el pecho y sería el mejor amigo que ella pudiera imaginar, joder.

A lo mejor… hasta encontraba esa noche el valor necesario para entregarle los últimos retazos de su confianza, aunque la había guardado durante tanto tiempo que seguramente no sabría ni por dónde empezar.

«Ella te ayudará. Con ella todo es más fácil».

—Tengo que irme —le dijo al cuarto de baño vacío. Después añadió en dirección al móvil—: Mel, ya voy.

Se levantó de un salto de la tapa del inodoro y abrió la puerta del baño con brusquedad, tras lo cual esquivó la cola de personas que esperaban para usarlo. La urgencia le latía en las sienes. No tenía tiempo para despedirse de nadie, pero después de la conversación con Vance al llegar, se sentía obligado a decirle que se iba.

Tardó un momento en localizarlo y, cuando lo hizo, tardó otro momento en entender lo que estaba viendo en el salón. Todos los invitados estaba reunidos alrededor de un portátil, viendo a Mel en una mitad de la pantalla y a él en la otra. Todos se volvieron hacia él despacio. Con expresión culpable.

Vance hizo una mueca.

—Lo siento, es que… la partida de petanca está a punto de empezar.

Una chica señaló el portátil y derramó un poco de champán por el borde de la copa que llevaba en la mano.

—Básicamente es la final del Mundial de los *reality shows*. O lo que sea esto.

—Vas a ir, ¿verdad? —le preguntó Vance.

En la pantalla, un guardaespaldas ayudó a Melody a bajar del coche para encontrarse con el rugido ensordecedor de una multitud contenida por la barricada de la policía, y a Beat se le aflojaron las rodillas.

—Si ella está allí… —Sintió que le ardían los pulmones al soltar el aire—. Si ella está allí, yo también debería estar.

Alguien en la parte más exterior del grupo estalló en lágrimas.

—La quiere con locura. ¿Por qué no puedo tener yo lo que ellos tienen?

«Lo siento», articuló Vance con los labios antes de que su expresión se volviera pensativa. En voz alta, dijo:

—¿Quieres que vayamos todos como apoyo? Haríamos un equipo de animadores impresionante.

«No», pensó él.

Esa fue su reacción instintiva. Ir solo. Mantener a sus amigos relegados para que no pudieran ver sus facetas más auténticas. Pero llevaban días viendo su forma de ser más atávica en la retransmisión en directo, ¿no? No tenía sentido esconderse a esas alturas. Además, ¿no se merecía Melody el mayor equipo de animadores que él pudiera ofrecerle?

—Sí. —Asintió con la cabeza—. Acompañadme.

Se oyó un coro de vítores y de silbidos, y todos corrieron en busca de sus abrigos mientras apuraban el champán de sus copas.

—Oye, Vance, por casualidad no tendrás pintura rosa por ahí, ¿verdad?

23

Melody estaba en una sala llena de gente que coreaba su nombre.

¿De verdad solo había pasado una semana desde la última vez que se plantó en ese mismo punto preparándose para su turno de lanzamiento? En aquel entonces, se sentía cohibida. Le aterraba la idea de decepcionar a sus compañeros de trabajo y a todas las personas que estaban viendo el partido.

¿En ese momento?

Seguía aterrada. Seguía cohibida.

Sin embargo, mientras se colocaba al principio de la pista, con la bola de madera en la mano, supo que tenía derecho a estar allí, a ocupar ese trocito de espacio. A estar en un equipo. A lo mejor el síndrome del impostor era un peso con el que algunas personas cargaban toda la vida y a lo mejor ella no se iba a librar de eso, pero le resultaba más fácil respirar. Le resultaba más fácil estar allí.

No se había transformado. Pero a lo largo de la última semana (con Beat, con *Pesadilla en Navidad*, con la ridícula cantidad de gente que la animaba), había subido un peldaño en una escalera invisible hacia la autoaceptación. Tal vez los años de terapia la habían preparado para ascender más, pero no podían dar ese paso en su lugar. Tenía que hacerlo ella misma.

¿Eso era un gran avance?

Quizá. Sí.

Sin embargo, en una estancia llena de gente que gritaba su nombre, se sentía sola. ¿Qué sentido tenía eso? Le gritaban allí donde fuera. Le preguntaban: «¿Dónde está Beat?». Decían cosas como: «Tienes la barbilla igualita que Keanu» y «Beat está enamorado de ti». ¿Qué era cierto y qué era mentira? ¿Le decían esas cosas solo para ver su reacción?

Echó un vistazo a su alrededor, al cuadro de caras sonrientes, recortadas por las luces navideñas blancas que decoraban todo el bar, sin que una sola le ofreciera una sensación de confort ni de reconocimiento. Ni siquiera Savelina o sus compañeros de trabajo, que deberían resultarle familiares a esas alturas. Echaba en falta algo (a alguien), y no tenía sentido fingir que no sabía de quién se trataba. Casi dos noches sin él. Ni siquiera había visto la retransmisión en directo, preocupada por hacer algo impulsivo, como montarse en un tren para ir a Manhattan y plantarse en su puerta.

Los vítores a su alrededor empezaban a apagarse porque ella tardaba demasiado en hacer el lanzamiento. «Tírala y ya está». Sentía una tirantez en la nuca por la tensión. Cambió de postura y se miró las puntas de los pies para asegurarse de que no sobrepasaban la línea de falta. Respiró hondo y cerró los ojos. Y una imagen de Beat apareció de repente detrás de sus párpados, con esos ojos azules atentos, inquisitivos, seguros, atormentados. Un bálsamo refrescante se le extendió por el pecho con solo pensar en él, y eso que el corazón se le aceleró al mismo tiempo.

Tal como había pedido, le había dado dos días de distanciamiento, y, ¡joder!, cómo lo echaba de menos. Se había reunido con la costilla que le faltaba, pero se la habían arrancado de nuevo. Dos días de soledad no la habían hecho cambiar de idea en lo de ser amigos. De hecho, la necesidad de tener a Beat en su vida en un papel muy cercano se había cimentado más. Por desgracia, esa decisión madura, fruto de su instinto de supervivencia, no le ahorraba el horrible dolor que sentía por dentro.

Quizá lo que sentía por él siempre estaría ahí, como el síndrome del impostor, las rachas de soledad y el miedo a decepcionar a los demás, pero si había aprendido algo durante el poco tiempo que llevaba grabando *Pesadilla en Navidad* era que... era más fuerte de lo que se creía. Lo bastante fuerte como para plantarle cara a Trina, darle un rodillazo en los huevos a un Papá Noel, realizar con éxito un salto de cajón, cantar delante de una habitación llena de gente, bailar en público y negarle un orgasmo a uno de los hombres vivos más sexis del mundo según la revista *People.*

En resumidas cuentas, podía lanzar esa dichosa bola, ¿no?

Justo cuando estaba preparándose para lanzar, para bien o para mal, los vítores a su alrededor se volvieron ensordecedores. ¡El suelo empezó a temblar! Golpearon la barra del bar con los puños y su equipo se puso en pie de un salto, muy emocionado. Y de alguna manera, sin necesidad de darse la vuelta siquiera, lo supo.

Beat Dawkins había entrado en el bar.

El alivio le inundó las entrañas con tal intensidad que se le llenaron los ojos de lágrimas. Cabía la posibilidad de que su intuición supiera que él iba a aparecer y por eso había tardado tanto en hacer su primer lanzamiento. Porque confiaba más en ese hombre que en cualquier otra persona del mundo entero. Él le devolvía esa confianza..., y eso era justo lo que necesitaba en ese momento.

Se preparó para aguantar el subidón que sentía cada vez que veía en vivo y en directo a Beat y volvió la cabeza para mirar por encima del hombro. La multitud se abrió...

Y ella dejó caer la pelota de madera.

Beat iba sin camisa.

Llevaba una enorme letra M pintada en el torso. Lo seguían dos hombres, con sendas letras E y L. «MEL». Unas cuantas chicas levantaban botellas de champán mientras bailaban por el bar detrás de los tres hombres descamisados. Sin embargo, casi ni se dio cuenta, porque solo tenía ojos para Beat. El entorno le había parecido un borroso paisaje pintado al óleo poco antes, pero se definió de golpe y el ruido del bar pasó de estar amortiguado a ser muy claro, y el aire se volvió más respirable de repente. La soledad que sentía en su interior estalló como una burbuja.

Beat se detuvo a unos pasos de ella, ajeno al parecer al hecho de que la locura se había apoderado del atestado bar a su espalda y también a la cámara que tenía en la cara. Se limitó a mirarla, con ese músculo tenso en la mandíbula, y abrió los brazos. Sin dudar un solo instante, se lanzó a ellos.

Beat soltó un jadeo entrecortado y la estrechó con fuerza hasta que casi no pudo tocar el suelo con las puntas de los pies, y el caos más absoluto estalló en el bar.

—Te estoy ensuciando de pintura, Melocotón —le gritó él para hacerse oír por encima del jaleo.

—Me da igual. —Contuvo a duras penas el impulso de pegarle la cara al cuello—. Es que me alegro de que hayas venido.

Él la estrechó con más fuerza.

—Siempre estaré a tu lado, Mel.

—Lo sé.

—No te he dado los dos días completos…

—Menos mal.

Durante un brevísimo instante, él abrió la boca y le derramó el aliento contra la sien antes de dejarla en el suelo con evidente renuencia. Se quedaron demasiado cerca durante demasiado tiempo, con los ojos de Beat clavados en su boca, pero después se apartaron y se dieron media vuelta para sonreír y corresponder con saludos la reacción de los presentes.

Antes de que pudiera decirle algo más a Beat, la E del trío apareció detrás de él con la mano extendida.

—Sé que este cabrón no me va a presentar, así que ya lo hago yo solito. Soy Vance. Conozco a Beat desde la universidad, pero lo de «conocer» está muy cogido con pinzas. Si mis padres hubieran guardado su licorera con tanto celo como Beat guarda sus secretos, seguramente a estas alturas yo sería neurocirujano. —Sacó la lengua por un lateral—. No era mi intención irme de la lengua, es que llevo toda la noche bebiendo champán.

A Melody le cayó bien de inmediato.

—A ver, que cuando te pintas una letra de mi nombre en el pecho y te arriesgas a una hipotermia por animarme, tienes permiso para irte de la lengua de por vida.

—Me casaría contigo —replicó Vance, sin ironía—. No lo digo por decir…

—Ajá —gruñó Beat, que se interpuso entre ellos dos—. Creo que ya vale. Vete a hacer de E a otra parte.

—¡Tenemos que estar juntos o no tendrá sentido!

—¿Dónde está la L? —preguntó ella, que echó un vistazo a su alrededor, desconcertada. Lo encontró al cabo de unos segundos y se quedó boquiabierta al ver dónde había acabado—. ¡Oh! La L se está enrollando con mi jefa.

Vance echó los hombros hacia atrás con un suspiro.

—Me encantan las fiestas.

La multitud empezó a corear su nombre de nuevo.

—¡Ay, Dios! —Se apresuró a recoger la bola que había dejado caer—. No van a dejar que me escape.

Beat se frotó las manos mientras observaba la pista de petanca con el ceño fruncido.

—Muy bien, he buscado en Google las reglas de la petanca mientras venía de camino y voy a intentar ayudarte. Dame unos segundos para calmarme después de que Vance dijera que se casaría contigo. —Cerró los ojos y soltó el aire despacio—. Unos segundos más. Por Dios.

Melody sintió que el corazón empezaba a sacudírsele como un pez en el fondo de una barca.

—Ha estado bebiendo champán, Beat.

—No —replicó él, que alargó la palabra—. Ha estado enamorándose de ti como todos los demás. —Esbozó una sonrisilla torcida que no consiguió mantener… y se puso serio de nuevo—. Pero nadie es lo bastante bueno para mi… mejor amiga.

—Beat… —Sintió el escozor de las lágrimas en los párpados y que se le formaba un nudo en la garganta—. Has elegido un momento muy interesante para decirme estas cosas tan bonitas. —Sujetó la bola entre los dos con las manos entumecidas—. Ya no me siento las manos.

—Lo siento. —Él le rozó el codo con las puntas de los dedos y las deslizó hasta masajearle la muñeca con ese pulgar mágico que tenía—. ¿Mejor así?

—Amigos, Beat —susurró ella en un intento por no caer en el estupor—. Amigos.

Beat tragó saliva con fuerza y le soltó la muñeca.

—Ya, Mel, lo sé. —Una vez más, él se apartó un poco, pero no demasiado. En realidad, no podía hacerlo si querían seguir hablando con todo el ruido de fondo que había—. Vale, ¿qué sensaciones tienes? ¿Qué lanzamiento pensabas hacer?

—¿Antes de que aparecieras medio desnudo?

A Beat le temblaron un poco las comisuras de los labios por la risa.

—Te has dado cuenta, ¿eh?

—Mmm. Estaba pensando en que no iba a conseguir ni de coña acercar mi bola al bolinche tanto como mi rival, así que mejor intentaba sacar la suya. Y ojo que aquí la clave está en ese «intentar».

Beat se acarició la barbilla.

—Creo que tienes razón. Sácala.

—¿Cómo que «sácala»? Tendré como una probabilidad del diez por ciento de conseguirlo.

—Es una probabilidad mayor de la que teníamos al intentar reunir a las Steel Birds y te lanzaste de cabeza a intentarlo. —Beat le colocó un mechón de pelo detrás de la oreja—. Mel, a riesgo de añadirte más presión, tienes a millones de personas que te creen capaz de hacer cualquier cosa. Y no creo que tantas personas se equivoquen.

—Y tú ¿qué? ¿Me crees capaz de hacer cualquier cosa?

A Beat se le escapó una carcajada ronca.

—¿Tienes que preguntarlo?

Ella meneó la cabeza.

—No.

Después de mirarse un buen rato con una expresión que de amistosa tenía poco, él bajó la barbilla y se apartó.

—Sácala.

Mel asintió con la cabeza y se dio media vuelta para mirar de nuevo la pista de petanca. ¿Antes estaba todo a color? Porque en ese momento sí. El flamenco de neón que había en la pared zumbaba, rosa y vibrante. La bola que tenía en las manos era de un verde intenso. La que quería sacar del área era roja. No, iba a sacarla del área. Se permitió sentir la energía de las personas que tenía a la espalda. La confianza que tenían en ella. La de Beat. E hizo el lanzamiento.

A medio camino, ya sabía que iba a dar en el blanco.

Oyó que Beat tomaba aire con un siseo y después el golpe de las bolas al chocar, y observó sin dar crédito que la de su rival rodaba hacia la pared del fondo, a más de medio metro del bolinche, mientras que la suya se quedaba en el sitio, casi rozándolo.

Un lanzamiento imbatible.

La multitud estalló en vítores, junto con su corazón.

—¡Madre del amor hermoso! —exclamó sin aliento al tiempo que se daba media vuelta y se abalanzaba hacia los brazos de Beat. Él la estrechó con fuerza y la hizo girar en círculos mientras se aferraba a él y sentía su corazón latiendo descontrolado contra el suyo.

—Estoy orgullosísimo de ti.

—Gracias.

No se dio cuenta de que le había rodeado las caderas con las piernas de forma instintiva hasta que se apartaron un poco, con las bocas lo bastante cerca como para besarse. Cerquísima. El aliento de Beat era cálido y olía a menta, haciendo que la cabeza empezara a darle vueltas. Por el amor de Dios, ¿cómo iba a contenerse para no besarlo? ¿Podría hacer que fuera amistoso?

Un beso platónico con la puntita de la lengua no le haría daño a nadie.

—Mel —gimió Beat, con el pecho agitado—. La falda que llevas puesta. ¿Con los pantis negros? —La miró fijamente a la boca—. Que Dios me ayude, porque ahora mismo no tengo pensamientos muy amistosos.

—Ah. Mmm… —Encogió los dedos dentro de los botines, presa de una traicionera expectación—. No son pantis. Son medias.

Él entrecerró los ojos.

—¿Qué diferencia hay?

—Que las medias no llegan hasta arriba. Solo hasta medio muslo —contestó, y Beat soltó una tos estrangulada—. Creo que de-debería dejar de rodearte con las piernas.

—Cuesta, ¿verdad? Cuando tienes la sensación de que ese es su sitio… —Beat se obligó a controlarse después de soltar un taco y apartó las caderas de ella para que pudiera deslizarse por su cuerpo hasta poner los pies en el suelo. No lo suficiente para que ella no se rozara con su erección, que le subió el bajo de la falda conforme iba bajando—. Puede que esta noche no sea el mejor momento para hablar. —Meneó la cabeza—. No me fío de mí mismo.

Hablar abiertamente de su atracción hizo que el ardiente torbellino de deseo de su interior girase más deprisa, pero Melody consiguió mantener una expresión tranquila.

—Pu-puede que tengas razón. Deberíamos esperar a…

—¿Estáis preparados para escuchar la idea del siglo? —Vance se interpuso entre ellos mientras planteaba la pregunta—. Además de que Mel y yo nos comprometamos, y languidezcamos en la cama mientras elegimos los nombres de nuestros futuros hijos, claro.

—Colega, no quiero tener que matarte —dijo Beat con fingida alegría—. Pero lo haré.

Vance se rio entre dientes.

—Tranquilo. Cualquiera que haya visto los últimos diez minutos de Belody sabe que tengo tanta probabilidad como de que nieve en el infierno. Y hablando de nieve… —Vance le dio un codazo a uno y luego al otro—. Mientras os hacíais ojitos como dos amantes en una trágica historia de amor, hemos hecho migas con los compañeros de trabajo frikis de Melody y hemos decidido que hay tiempo para otra competición amistosa. —Hizo una pausa para darle un efecto dramático—. Eso es, amigos. Vamos a hacer una batalla de bolas de nieve en Prospect Park. Ahora mismo. Ya está en marcha. Somos adultos borrachos y esa es la única excusa que nos hace falta.

24

Tardaron una hora en salir del bar, y lo lograron gracias a que Vance creó una distracción (haciendo malabares con vasos de chupito) mientras Beat y Melody se escabullían por la puerta trasera. Para entonces, tanto los compañeros de trabajo de ella como los amigos de él ya estaban tan borrachos como para intercambiar números y planear vacaciones conjuntas. Iban como cubas. Tanto que la nevada exterior y el resplandor de las luces en los escalones y en el interior de los escaparates lo teñía todo con un halo surrealista y mágico.

Beat caminaba junto a Melody por la acera, con las manos metidas en los bolsillos del abrigo para no cogerle la mano, mientras las voces de sus amigos flotaban en el viento invernal como un recuerdo en ciernes.

Park Slope ya estaba menos concurrido dada la hora, pero los juerguistas seguían pasándoselo bien en los gastrobares y los *pubs* por los que pasaban de camino al parque. Los taxis esperaban impacientes a que sus pasajeros salieran de los establecimientos. Una máquina quitanieves pasó escupiendo sal por la calle para evitar que se formara una capa de hielo que dejara el asfalto resbaladizo. La voz de Josh Groban salía por la ventana de un piso, dando una serenata…, y Melody…

Las mejillas y la punta de la nariz coloradas por el frío; el flequillo asomando por debajo del gorro multicolor mientras sonreía por las travesuras de sus amigos… En fin, que ella era el momento más hermoso de su vida. La perfección estaba fuera de su alcance por innumerables razones, pero saborearía ese instante, la saborearía a ella, porque esa noche era lo más cerca que había estado nunca de alcanzarla. Mientras acompañaba a su mejor amiga a una batalla de bolas de nieve, mientras se enamoraba más de ella con cada paso que daban hacia el parque.

—Si son tus amigos contra los míos —dijo Melody en voz alta—, supongo que eso nos deja en equipos opuestos. Esta noche somos rivales, Dawkins. Ni siquiera deberíamos estar hablando ahora mismo.

Se echó a reír.

—Ya he tenido bastante de eso en los últimos dos días.

El color de sus mejillas se acentuó, y no por el frío. Debería dejar de expresar con la cara cada dichoso sentimiento que experimentaba, pero verla pasmada le provocaba un extraño placer. «Sí. Eso es lo que siento por ti». Controlarse para no tener contacto físico con ella ya era bastante difícil, pero no ser sincero le resultaba imposible.

—¿Qué has hecho durante estos días que nos hemos tomado de descanso? —le preguntó ella en voz baja al cabo de un momento.

—Trabajar. Mucho. Ir al gimnasio. Visitar a mi madre. Te está construyendo un santuario, debería estar terminado para San Valentín.

Melody dejó de andar.

—¿Qué?

Él también se detuvo. La miró de frente.

—Mi madre. Te adora.

La vio levantar una ceja con gesto elocuente.

—¿Porque le dije a Trina que se fuera a tomar viento?

—Estoy seguro de que eso también le gustó, pero es… por ti. Eres tú. Los has conquistado a todos. —«¡Por Dios, contrólate!», se dijo—. No sabe si contratar a un chef italiano o a uno francés cuando vengas a cenar. ¿Prefieres espaguetis o *beignets*?

—Eso es como pedirme que elija a mi hijo preferido. No puedo hacerlo, punto.

—Eres una buena madre.

—Gracias —replicó y soltó el aire mientras se llevaba una mano al pecho con gesto exagerado.

Empezaron a caminar de nuevo, ambos conteniendo una sonrisa.

—Hablando de maternidad, ¿quieres tener hijos algún día? —le preguntó Beat, aunque se dijo que no debería hacerlo. La respuesta podría torturarlo durante el resto de su vida. Por desgracia, quería saberlo de verdad. Quería saberlo todo sobre ella. Quería conocerla mejor que nadie. Ser quien mejor llegara a conocerla en la vida.

—Sería egoísta no tener al menos uno —contestó ella con una sonrisa torcida y burlona en los labios—. ¿Y si el talento musical de mi madre se ha saltado una generación, como pasa con el gen del pelo rojo, y mi destino es criar a la próxima Adele? —Le dio un codazo en el costado—. Te digo lo mismo.

—¿Crees que podría tener un mini Mick Jagger algún día?

—Esa es la cuestión. Es una lotería. —Se estremeció—. Podrías terminar sin querer con un científico o algo así.

—Qué horror.

—Antes estaba convencida de que no quería tener hijos. Estaba totalmente en contra. ¿Y si solo quería tener un hijo para ser mejor madre que Trina? No parece una razón suficiente para traer un ser humano al mundo. —Soltó el aire, haciendo que el vaho blanco se extendiera delante de su boca—. Pero creo que es bueno estar abierta a todas las posibilidades, por desalentadoras que sean. Más o menos como lo de este *reality show* en directo. —Ambos miraron un buen rato por encima del hombro a la cámara que los seguía—. A lo mejor nunca tengo hijos y no pasa nada. En Park Slope hay suficientes como para que la raza humana siga adelante. Pero no quiero cerrarme a la idea. Lo que un día me parece mal al siguiente puede parecerme bien.

Beat absorbió sus palabas y no pudo evitar aplicárselas a sí mismo. El patrón de conducta que había adoptado a los dieciséis años ya no era adecuado, ¿verdad? No. Negarse a dejar entrar en su vida a otras personas estaba perjudicando a esas alturas sus relaciones, incluida la más importante. Su relación con Melody. ¿Podría dejar de sentirse culpable por tener tantas ventajas? Le parecía un cambio enorme e imposible, pero por primera vez se permitió imaginar cómo sería si dejara de castigarse, si se permitiera abrirse y confiar en sus seres más queridos (sobre todo en Melody), y se sorprendió al ver que, de repente, parecían haberle quitado un peso de encima.

¿Se encontraba en un punto de inflexión?

La llegada de Melody a su vida estaba haciendo que lo cuestionara todo. Tal y como le pasaría a cualquier hombre de verdad que la tuviera cerca. Pero ella merecía mucho más que «cualquier hombre». Se merecía al mejor. Y él no era ni de lejos el mejor. ¿Podría llegar a serlo?

—¿Y tú? —le preguntó Melody, que extendió un brazo para cogerlo de la mano y pasar por encima de un trozo de hielo. Él se la aferró, la ayudó a superar el charco helado y la mantuvo firmemente entre las suyas, porque cogerle la mano le facilitaba la respiración—. Creo que serías un buen padre.

—¿Tú crees?

Melody asintió con la cabeza.

—Los niños solo quieren sentirse seguros y… —Se encogió de hombros—. Cuando estás cerca, parece que nada puede salir mal. O que si algo sale mal, serás tú quien lo arregle —añadió, y Beat deseó con desesperación que lo mirara después de hacerle ese increíble cumplido, pero no lo hizo—. Tienes madera de padre.

—¡Buah! Y yo pensando que tenía madera de padrazo.

—Ah, no te preocupes, lo serás. —Se detuvieron en el borde del parque y vieron que sus amigos corrían hacia los montones de nieve más blancos para empezar a formar bolas—. La pregunta es: ¿evitará eso que acabes perdiendo esta batalla de bolas de nieve? —resopló—. Lo dudo.

Eso hizo que Beat tosiera, sorprendido.

—¿Me estás retando, Gallard?

—Tú tienes la culpa por el sermón que me has echado para ganar por primera vez en la petanca —replicó ella, dándole un apretón en la mano—. Ahora tengo una fea vena competitiva.

—¿Te ha entrado el gusanillo de la competición en serio?

Su carcajada fue increíble, un sonido cálido que la nieve de alrededor no tardó en absorber.

—En cuanto llegue la primavera, retaré a los niños a hacer carreras en este parque. Les pondré la zancadilla antes de llegar a la línea de meta. Voy a convertirme en un monstruo —contestó ella.

—Organizaré una intervención para que afrontes el problema.

—¿Ves? —Se apartó de sus dedos despacio mientras se alejaba caminando hacia atrás, adentrándose en el parque—. Ya eres un padrazo. —E hizo el gesto de que disparaba un par de pistolas con los dedos—. Pero hoy te voy a aplastar, nene.

Beat la siguió mientras intentaba disimular lo mucho que le gustaba que lo llamara «nene».

—¿Qué nos jugamos en esta batalla de bolas de nieve? ¿Hay premio?

—Sí. Si ganas, me haré una camiseta que diga «Me ha entrado el gusanillo de la competición» y me la pondré para ir a cenar a casa de tu madre. Y si gano yo...

—A ver si lo adivino. ¿Me pongo para la cena una camiseta que diga «Voy a ser un padrazo»?

La vio esbozar una sonrisa a modo de respuesta, tras lo cual se arrodilló y empezó a hacer bolas de nieve.

Estaba seguro de que él también sonreía como un adolescente enamorado. Sin embargo, no podía hacer nada para borrar esa expresión de la cara. Estaba disfrutando demasiado. ¿Una batalla de bolas de nieve con Melody? Le daba igual quién ganara. El hecho de estar juntos ya era suficiente. Juntos y con planes de volver a verse en el futuro en casa de su madre para comer algo italiano. O francés. ¿Qué más podía pedir?

Podía pedirla a ella. Claro.

Aunque eso significaba ser honesto. Eso significaba entregarle su confianza por completo.

—¡Vale! —exclamó Vance caminando con los pies enterrados en la nieve hasta detenerse en medio de los dos grupos—. Necesitamos un árbitro imparcial que declare al ganador. Y dado que estuve en el equipo de debate del instituto, creo que eso me cualifica para sentarme y decidir quién es el campeón.

—¿En serio? —protestó Beat a voz en grito—. ¿Organizas una batalla de bolas de nieve y luego te quedas fuera? No puede ser. Ni hablar. Melody debería hacer de árbitro.

—Lo dices porque no quieres que la golpeen con las bolas —lo acusó Vance.

—Exacto.

Todas las mujeres presentes suspiraron a la vez.

De repente, una bola golpeó a Beat en un lateral de la cabeza.

La había lanzado Melody, y eso lo dejó pasmado.

—¿Qué pasa, Dawkins? —le preguntó ella, haciendo un mohín con los labios—. ¿Me tienes miedo?

Era una imagen que recordaría con claridad veinte años después. Melody con la nieve derritiéndose en su pelo, las mejillas coloradas por el frío, la luz de la farola iluminándole los ojos y una expresión burlona, achispada y juguetona en la cara. Odiaba gastar dinero en lujos frívolos, pero iba a encargar que pintaran un cuadro suyo tal como estaba en ese momento. Mientras tanto, necesitaba capturarlo de alguna manera, así que sacó el móvil y se apresuró a hacer una foto.

—¡Yo hago de árbitro! —se ofreció una chica que estaba detrás de él y oyó cómo crujía la nieve a su paso mientras se alejaba para ponerse a salvo.

—Genial. —Vance aplaudió e hizo contacto visual con todos—. Hoy celebramos la primera Batalla de Bolas de Nieve en Prospect Park: Empollones contra Pijos. Algunas reglas antes de empezar…

Beat lo sorprendió lanzándole una bola de nieve al cuello.

—Sin reglas —dijo mientras le guiñaba un ojo a Melody—. Sin piedad.

Melody levantó los puños.

—¡A muerte!

Y entonces estalló el caos.

Todos se lanzaron a la vez, algunos demasiado borrachos como para recordar dónde habían dejado sus bolas. Hubo quien se cayó sin que lo golpearan siquiera, solo al meter el pie allí donde se había acumulado más nieve. Otros se lo tomaron como una guerra, sobre todo los compañeros de Melody. Formaron una V, encabezada por Savelina, que se agachó para recoger la nieve en las palmas de las manos y lanzaba las bolas como si estuviera jugando en las grandes ligas de béisbol.

—Esto es injusto —chilló Vance, después de recibir un golpe en la garganta que lo hizo trastabillar hacia atrás—. Tienen la ventaja de jugar en casa.

Detrás de Vance, otro de los amigos de Beat recibió un golpe en una rodilla y acabó de culo en el suelo.

Beat meneó la cabeza.

—Me estáis avergonzando.

—¡Desplegaos en abanico! —gritó Savelina—. Sus defensas se están debilitando. Ha llegado el momento de presionar.

Melody salió corriendo de detrás de Savelina con un montón (sin exagerar) de bolas de nieve en los brazos que fue lanzándole una a una a Beat, golpeándolo repetidamente en el pecho. Él solo tenía una bola en la mano. Hasta ese momento Melody se había mantenido en la retaguardia de su grupo, por los que sus objetivos habían sido sus compañeros de trabajo. Sin embargo, una vez al descubierto (y con intenciones de matarlo según parecía) era incapaz de lanzarle nada. Aunque fuera una bola de nieve blanda y húmeda.

—¡Deja de protegerme! —gritó ella, riendo y golpeándolo con más fuerza que antes.

—¡No te estoy protegiendo! —mintió como si tal cosa—. Es que no acabo de ver un tiro claro.

—¡Qué mentiroso! —exclamó Melody.

Dado que se había quedado sin alternativa, Beat le lanzó la bola. En plan suave. La vio trazar un arco hacia arriba antes de descender para aterrizar en su hombro.

Ella lo miró disgustada.

—¿En serio?

Carraspeó con fuerza.

—Ha sido un lanzamiento válido.

Melody señaló a la chica que estaba a veinte metros.

—¿¡Árbitro!?

La chica extendió un brazo con un pulgar hacia abajo, un gesto dramático y definitivo.

—No toleraré este insulto —dijo Melody, que se tambaleó hacia atrás porque Vance la golpeó en el estómago con un lanzamiento brutal.

—¡Oye! —protestó Beat en dirección a su amigo—. Ten cuidado.

Vance tragó saliva.

Beat se pensó mucho la posibilidad de atacarlo, pero Melody reclamó su atención al gritar:

—¡Voy a por ti, Dawkins! —Y de nuevo sacó una artillería de bolas de nieve como por arte de magia, sosteniéndolas con un brazo mientras corría hacia él y disparando a medida que se acercaba.

Los demás ya se habían dado cuenta de que no se atrevía a atacarla, por lo que no tuvo más remedio que retroceder a la carrera, desviando las bolas que le lanzaba. Una a una, las bolas de nieve estallaban en el aire al chocar con las palmas de sus manos. Cuando por fin se produjo un alto el fuego y se dio cuenta de que se había quedado sin munición, vio con incredulidad que Melody se abalanzaba hacia él dando un buen salto y lo derribaba de espaldas contra un montón de nieve.

Melody, que apenas le llegaba al hombro, lo había derribado. Y un torrente de pura alegría estuvo a punto de romperle todos los músculos del pecho. Los tendones se estiraron para permitir que la sensación se expandiera y no solo se extendió, sino que se desbocó y acabó soltando una carcajada que le salió de lo más profundo del estómago y derribó una barrera altísima (que lo protegía de la posibilidad de sentir tanta felicidad a la vez) que él mismo había levantado de forma inconsciente. Sin embargo, era imposible mantener lejos a Melody. Ella la derribó de una patada y se lanzó sobre los escombros, y él apenas pudo respirar por el asalto de… Todo a la vez.

Alivio. Conmoción. Gratitud.

Amor.

La avalancha de emociones fue tan abrumadora que tardó un momento en darse cuenta de que Melody había levantado la cabeza para mirarlo con asombro.

—Oooh… —suspiró.

—¿Qué?

—Me estás dejando verlo, Beat —susurró.

Empezó a respirar con dificultad y sintió que los tendones del cuello también se le rompían.

—Así estás muy guapo. Sin ocultarme nada. Sin ocultártelo a ti mismo.

Aunque estaba prácticamente enterrado en un banco de nieve, tenía calor. Por todas partes. Sentía un insistente hormigueo en la piel, que se le iba calentando poco a poco. ¿Qué le estaba pasando por dentro? No lo sabía. Pero no podía apartar la mirada de esos ojos que lo miraban sin parpadear. Melody era el ancla que lo sujetaba. Esconderse no era una opción. No con ella.

—Mel, quiero contártelo todo esta noche —dijo de repente—. Por qué necesito el dinero de la cadena de televisión. Por qué me vi obligado a participar en este horrible *reality show*. Todo. ¿Vale? —Se humedeció los labios, desesperado por sacar el resto—. A lo mejor necesitaba pasar dos días lejos de ti para darme cuenta de... de que eres un regalo que me han concedido y que estoy desperdiciando si te oculto cosas. Porque eres la única persona que lo entenderá. Que me entenderá. Siempre.

—Beat —murmuró ella con una mirada reluciente en los ojos mientras acercaba la boca a la suya.

—Hola, chicos. Siento interrumpir. —Beat se sobresaltó y rodeó a Melody con sus brazos de forma instintiva, haciendo que enterrara la cara en su cuello. ¡Por Dios! Allí estaba la cámara, apuntándolos directamente a diez metros de distancia. Vance se metió en el plano, seguro que a propósito, acompañado por Savelina—. Viene gente. Mucha gente.

Savelina miró hacia la linde del parque.

—Deben de haber averiguado vuestra ubicación bastante rápido, por culpa de la retransmisión en directo.

—Pero no os preocupéis. —Vance meneó las cejas—. Tenemos una idea.

Beat observó que ambos grupos de amigos, empollones y pijos por igual, se movían al unísono y bloqueaban la cámara. Mientras tanto, Vance y Savelina empezaron a quitarse la ropa de abrigo a toda prisa.

—Rápido —dijo la jefa de Melody—. Cambiaos los abrigos y los gorros con nosotros. Los llevaremos en una dirección mientras vosotros corréis en otra.

Melody se incorporó, pero siguió en el regazo de Beat.

—¿En serio?

—Rápido —dijo Vance—. Me estoy meando.

Savelina soltó una risilla, le lanzó su gorro naranja a Melody y se quitó la parka negra.

—Tenemos que volver a quedar —le dijo a Vance.

—¿Qué vas a hacer mañana?

—¿Tú qué crees? Ver a estos dos fingir que no darían su vida el uno por el otro.

—¡Oooh! ¿Quedada para ver *Pesadilla en Navidad*?

—Yo pongo la sangría.

—Que os estamos oyendo —murmuró Melody, que miró a Beat de reojo.

Él le cogió la barbilla antes de que pudiera apartar la mirada, la mantuvo fija y le pasó el pulgar por el labio inferior.

—No estoy fingiendo —dijo con firmeza—. Lo sabes, ¿verdad?

Melody se estremeció y asintió con la cabeza.

—Vale —dijo Beat al tiempo que le soltaba la barbilla para bajarse la cremallera del abrigo.

El intercambio de ropa duró menos de un minuto. Beat se puso la chaqueta de Vance, aunque le quedaba estrecha y, luego, su gorra de franela. Melody se bajó el gorro naranja de Savelina hasta cubrirse las orejas y se abrochó la parka negra. Iba a ser difícil que los confundieran con Vance y Savelina, pero a lo mejor la distancia…

Daba igual. Habría aceptado cualquier opción con la esperanza de estar a solas con Melody en ese momento. Esa noche. Algo en su interior había cambiado y no sabía lo que significaba para él. Para ellos. Solo sabía que Melody estaría a su lado mientras él lo averiguaba, y eso hacía que todo fuera perfecto.

25

Melody cogió la chaqueta de Vance que llevaba Beat y la colgó en el perchero, mirándolo a la cara mientras él entraba en su piso por primera vez. Tenerlo allí le parecía irreal. Sobre todo después de correr seis manzanas con la ropa de su jefa para deshacerse de dos productores cabreados y evitar a una turba de gente que sabía demasiado sobre ellos. Su vida había tomado un giro que todavía no estaba claro, pero iba a permitirse seguir un poco más en esa especie de limbo. En lo desconocido.

Con su mejor amigo al lado, no le daba miedo.

Sí. Su mejor amigo.

Todavía sentía sus dedos en la barbilla. «No estoy fingiendo. Lo sabes, ¿verdad?».

Se refería a la insinuación de que estaban dispuestos a dar sus vidas el uno por el otro.

Grandes sentimientos, grandes declaraciones. Cosas monumentales que sucedían bajo el paraguas de una amistad que no tenía claro que fuera adecuada. O tal vez Beat y ella tenían una relación inusual que no encajaba en ninguna definición establecida. ¿Se estaba pasando de arrogante? Tal vez. Al parecer el gusanillo de la competición se estaba apoderando por completo de ella.

—Es justo como me lo imaginaba —dijo Beat. ¿Su voz era más ronca de lo habitual?

—Y eso significa…

Él soltó el aire despacio mientras se alejaba hacia el salón.

—Que mire donde mire, hay algo que se parece a ti. El trozo de lana amarilla que sujeta la cortina. Los coloridos jarrones con flores blancas. El calcetín polar que asoma entre los cojines del sofá, tu pijama en la mesa del sofá. —Pasó el dedo índice por el respaldo del sofá y la miró de reojo—. ¿Sueles dormir aquí, Mel?

Ella no podía dejar de mirar ese dedo sensual que acariciaba el cuero de lado a lado. Su cuero. Siguiendo la costura.

—Todas las noches, la verdad. Al final, claudiqué y por eso compré uno tan grande. Ocupa demasiado espacio, pero hace las veces de cama.

—Yo también duermo en el sofá todas las noches.

—¿En serio?

—Sí. —En ese momento, estaba acariciando la costura del cojín del respaldo, hacia arriba y hacia abajo—. Hacía años que no dormía en un colchón hasta la noche en el desván de Trina.

Esas palabras sobre la noche que lo hicieron, pronunciadas de forma tan despreocupada, fueron como un puñetazo de terciopelo en el abdomen, seguido de un largo y lento retortijón.

—Imagínatelo.

Beat clavó el pulgar con fuerza en el cojín.

—Eso hago, Melocotón. Todo el tiempo.

El aire se volvía más denso cada segundo, y Melody sentía que empezaba a palpitarle el cuerpo, exactamente en una zona muy peligrosa. Sería muy sencillo fingir que no había establecido un límite entre ellos en Nuevo Hampshire. Pero lo había hecho y se haría un flaco favor pasando del tema.

—Beat…

—Esta noche hay algo distinto, Mel. Es diferente de la del desván y de cualquier otro momento. —Le apareció un tic nervioso en la mejilla y su mirada se tiñó de una intensidad que ella no había visto nunca—. No tengo derecho a pedírtelo. Puedes mandarme a la mierda ahora mismo, pero… quiero mucho más que una amistad contigo.

¿Se movía el suelo o eran imaginaciones suyas?

—¿Qué ha cambiado de un momento a otro? —se oyó preguntar por encima de los latidos de su corazón.

—No lo sé exactamente. —Beat tragó saliva—. No puedo dejar de pensar en cómo me has mirado en el parque. Cuando me arrojaste al montón de nieve —añadió con ironía, antes de volver a ponerse serio—. Tal vez nunca me abra así con mis amigos. Con nadie. Pero me encanta mostrarme así contigo. Abierto sin más. Vulnerable. Sin prejuicios. Sin culpa. Y creo que es porque eres la parte buena de mí que me faltaba. Eres la única persona que me entiende. Y quiero ofrecerme a ti por entero. —Su pecho se elevó de repente, bajó con la misma rapidez y volvió a subir—. Bien sabe Dios que lo quiero todo de ti.

Melody sentía un calor abrasador por detrás de los párpados y oía un zumbido constante en los oídos, algo que imaginaba que experimentaría en una situación extrema de lucha o huida. El hombre que estaba delante de ella tenía en las manos la mitad de su corazón. Se lo había entregado la primera vez que se vieron, y él lo merecía sin lugar a dudas. Se lo merecía. Sin embargo, ella tenía que proteger la mitad que todavía conservaba. La que había curado gracias a años de terapia y autoaceptación.

—Nos lo tomaremos con calma —susurró, y sus palabras hicieron que Beat soltara un gemido ronco y le diera un apretón al respaldo del sofá.

—Gracias.

Dios, tenía que hacer algo con las manos. Iba a cargarse el cuello vuelto de su jersey de tanto tirar y retorcérselo. Le apetecía mucho acercarse a Beat, acariciarle la cara, áspera por la barba; calentarle la piel del cuello, enrojecida por el viento; volver a familiarizarse con el relieve de sus pectorales y de sus abdominales. Sin embargo, si lo hacía, acelerarían demasiado las cosas. La próxima vez que lo tocara, no quería sentirse apresurada. Necesitaba saber que estaba haciendo lo correcto.

—¿Te apetece comer algo?

—Me muero de hambre.

—Puedo preparar unos bocadillos. —Melody esperó un momento y luego sacó el tema que llevaba pesándole en la conciencia desde la batalla de bolas de nieve—. Podemos comer mientras me explicas por qué necesitas el dinero de Applause Network.

Beat asintió con la cabeza, como si ya lo estuviera esperando. Sin embargo, se percató de que le cambiaba la expresión.

—Sí.

Dio un paso hacia él.

—Sea lo que sea, lo arreglaremos.

Su asentimiento de cabeza se convirtió en una negativa.

—Tú no tienes que arreglar nada, Mel.

—¿Me dejas que sea yo quien lo decida?

Estaba claro que Beat quería discutir; aunque acabó siguiéndola en silencio hasta la cocina. Acercó un taburete a la barra del desayuno y la observó mientras sacaba los ingredientes del frigorífico (jamón cocido, queso, mayonesa) y el pan integral de la despensa. Que ese hombre la viera preparar unos bocadillos era, cuando menos, una experiencia nueva. El cuchillo de la mantequilla le parecía incómodo en las manos. Sentía un hormigueo en los dedos y en la parte posterior de los muslos. Sabía que él se estaba preguntando hasta dónde le llegaban las medias, y eso hizo que se le cayera el cuchillo dos veces antes de conseguir cortar el pan por la mitad.

Una vez que emplató los bocadillos, los colocó sobre la encimera, entre los dos.

—Me encanta verte hacer…, joder, todo —dijo él antes de darle un mordisco al pan y masticar—. Quiero odiar a toda la gente que ve todos los días el *reality show*, pero entiendo su obsesión. Te mueves como si todo lo que haces fuera nuevo. Como si lo estuvieras experimentando por primera vez y quisieras hacerlo bien.

Melody detuvo el bocadillo a medio camino de su boca.

—¿Por ejemplo?

—Como, por ejemplo, acomodarte en un asiento en el avión. Leer a conciencia el manual de supervivencia, averiguar para qué sirve cada botón, probar cinco posiciones de asiento hasta encontrar una cómoda.

—Me has estado observando al detalle.

—Algunos dirían que demasiado —replicó él, después de soltar una risilla carente de humor.

—Yo no —susurró ella—. Me gusta saber que lo haces.

Beat se aferró con fuerza a la encimera.

—Ven aquí, Melocotón —le ordenó con brusquedad—. Ven a sentarte en mi regazo.

—Habla primero —lo obligó ella—. No pienso dejar que me distraigas.

Esos ojos azules recorrieron la parte delantera de su cuerpo.

—Tus pezones dicen lo contrario.

—Beat...

—Vale. —Se pasó una mano por la cara, al parecer, para prepararse. ¿Para armarse de valor? Cuando la alejó, se mantuvo callado—. Mel, necesito el dinero de la cadena porque me están chantajeando.

La última palabra resonó en la cocina como la caída de un cajón lleno de cubiertos. Era lo último que esperaba que dijese. Tal vez porque, a sus ojos, ese hombre era el ser vivo más maravilloso del mundo, y no entendía cómo alguien quería hacerle daño, ya fuera físico, emocional o económico.

—¿Que te están chantajeando? —Apoyó la cabeza en las manos, tratando de evitar que los pensamientos se le salieran por las orejas—. ¿Quién?

En la calle retumbó una máquina quitanieves y la estancia tardó un rato en volver a quedarse en silencio.

—Mi padre biológico. —Suspiró con fuerza—. ¡Mierda! Es la primera vez que lo digo en voz alta. Mi padre..., Rudy, en realidad no es mi padre. Y no lo sabe.

Melody sintió una repentina opresión en el pecho.

—Sí que lo es. ¡Es tu padre! —exclamó con firmeza, sabiendo de algún modo que era importante que él lo oyese, aunque hubiera mucho más por desentrañar—. Ayúdame a entenderlo. Tu padre biológico te está chantajeando —dijo despacio—. Si no le das dinero, ¿lo hará público?

—Sí —confirmó Beat, en voz baja—. Mel...

—¿Sí?

—Lleva así cinco años —añadió con la voz ronca—. Y cada vez que aparece, me pide más dinero.

—¿¡Cinco años!? —Sintió que se le llenaban los ojos de lágrimas y empezaron a temblarle las piernas—. ¡Ay, por Dios! Y ¿cómo soportas el... el estrés de todo esto?

—Soy yo quien lo sufre, para que ellos no lo hagan.

—¿Te refieres a que Octavia y Rudy no lo saben? ¿Has estado cargando con esto tú solo?

Él contestó con un levísimo movimiento de cabeza.

De repente, sintió que todo le daba vueltas.

—¿Cómo has conseguido el dinero hasta ahora?

—Era mío. El dinero que gano trabajando para la fundación. Cobrando planes de ahorro, vendiendo acciones. No pienso tocar el dinero de Ovaciones de Octavia, Mel. No voy a hacerlo.

—Lo sé. Claro que no lo vas a tocar.

Beat soltó un suspiro muy despacio, como si se sintiera aliviado al comprobar que creía en él.

—Hasta ahora, mi dinero ha sido suficiente, pero la cantidad ha aumentado demasiado.

—Beat, tienes que decírselo a tu madre.

—¡No! —exclamó con énfasis—. Después de la vida que me ha dado, tengo que encargarme de esta mierda por ella. Evitar que la prensa la arrastre por el barro como hicieron contigo. Su alma se alimenta de la adoración que recibe. En cuanto a mi padre… —Cerró los ojos—. ¿Te imaginas descubrir que la mujer a la que has adorado durante más de treinta años te engañó y que tu hijo no es realmente tuyo? Puedo protegerlos de ese dolor.

—Pero no eres responsable de hacerlo —replicó con voz temblorosa—. No podrás seguir aguantando si la cantidad sigue subiendo. O el estrés te matará. ¡Por favor!

Beat mantuvo los ojos cerrados un instante.

—De momento, ¿es suficiente con que te lo haya contado?

«¡No!», quería gritar por el miedo y la frustración.

—Puede ser un buen primer paso —contestó, conteniéndose—. Me alegro de que me lo hayas dicho.

Parte de la tensión abandonó los hombros encorvados de Beat.

—Yo también me alegro.

Ella se aferró el borde de la falda con fuerza.

—¿Quién es?

—Nadie importante para ti, Mel —contestó Beat con cierta brusquedad—. Si crees que no estoy siendo razonable al proteger a mis padres de esto, no sabes de lo que sería capaz si esta mierda te rozara siquiera.

El destello de malicia en su mirada se lo dejó claro. Así que no le quedó más remedio que abstenerse de insistir. Por el momento. Necesitaba que siguiera confiando en ella. Necesitaba que se sintiera cómodo abriéndose a ella para poder ayudarlo. La paciencia era la clave. Si llevaba cinco años sufriendo un chantaje continuo sin decírselo a nadie, ni a una sola persona, que se lo hubiera dicho a ella esa noche era un paso gigantesco.

—¿Te apetece beber algo?

—¡Sí!

—Ve a sentarte en el sofá. Yo te lo llevo.

Beat se levantó con gesto cansado, apoyó un momento las manos en la encimera y la miró con el ceño fruncido. Luego echó a andar hacia el salón, donde se dejó caer en el sofá. Melody sacó de un armarito una botella de *whisky* que había comprado para una receta de magdalenas hacía siglos y le sirvió un vaso. Después de pensárselo un poco, se sirvió uno ella también y se los llevó al salón.

Sus pies no hicieron ruido gracias a las medias. Seguramente por eso Beat no la oyó llegar. Seguramente por eso se acercó su pijama a la nariz y lo olió con brusquedad, soltando un gemido antes de repetirlo. Desesperado por aspirar su olor. Sin saber que ella lo estaba observando a medio camino entre la cocina y el salón con el pulso acelerado, mientras en la zona baja de su abdomen se extendía una presión cada vez mayor.

Consciente de que tenía que hacerse notar pronto, dio un paso y la tabla del suelo crujió bajo su pie. Beat soltó el pijama con gesto culpable y se pasó una mano por el pelo. Cerró los ojos, como si supiera que lo había pillado.

Melody dejó las bebidas en la mesa del sofá y se sentó a su lado.

Solo sobrevivió cinco segundos sin mirarlo de reojo, admirando la forma en la que la luz de la lámpara le resaltaba los pómulos, y feliz al verlo allí en su casa, entre sus cosas. Y en ese momento lo empujó hacia el sofá para que se tumbara de lado. Tras mirarlo en silencio unos instantes (encantada al ver que se le aceleraba la respiración y se le dilataban las pupilas), ella hizo lo mismo y se tumbó de costado delante de él, de espaldas a su pecho.

Justo entonces él le pasó un brazo sobre la cadera y la acercó despacio, momento en el que sintió su reacción física dada la intimidad del abrazo, y admitió que ir despacio tal vez hubiera sido demasiado ambicioso. Después de que Beat encontrara el valor para confiar en ella, la noche se había convertido en ellos contra el mundo. Nunca se había sentido tan unida a otra persona en la vida… y no podía evitar querer acercarse aún más.

26

Beat no colocó a Melody de espaldas para devorarla de milagro.

Esa mujer era su refugio, la satisfacción de su deseo, su corazón. Lo más importante de su vida. Y su cuerpo quería demostrárselo. Su boca quería comunicárselo de formas que él no podía. Por Dios, todavía no. Acababa de soltarle una tonelada de ladrillos sobre la cabeza al confesarle lo del chantaje y precisamente después de que ella le pidiera ir despacio.

Despacio en... ¿qué?

¿En una relación? Qué palabra tan graciosa para el vínculo que existía entre ellos.

Melody Gallard conocía su alma al dedillo. Aquello iba más allá de una simple relación.

Sin embargo, ir despacio tenía sentido. Se habían tirado al agua a la par sin haber aprendido a nadar juntos. Ella había tenido la deferencia de darle una segunda oportunidad, y no quería desaprovecharla. Sin embargo, mantener las manos quietas era como pedirle a su corazón que dejara de latir.

Imposible.

Le enterró la boca en el pelo mojado por la nieve y se pegó a su espalda para que pudiera sentir cómo le latía el corazón, fuerte y deprisa. En respuesta, ella le quitó la mano de la cadera, se la colocó en el canalillo y lo invitó a extender los dedos, porque esa mujer generosa y perfecta quería que supiera que su corazón latía igual de rápido. Al mismo tiempo que le restregaba el culo contra el paquete, dejándolo bizco, joder.

—Cuando me empalmo contigo, me parece perfecto —le susurró contra la nuca—. Así es como sé… que no lo estaba haciendo bien hasta que tú llegaste. No lo estaba disfrutando sin más, me estaba dando una excusa para no confiar en nadie. Pero contigo no puedo disimular el placer que siento, Mel…, porque es imposible. No quiero ocultarte nada nunca más, ni dentro ni fuera de la cama.

—Vale —susurró ella con voz trémula—. Te necesito por entero.

Esas palabras fueron como un bautismo. Por Dios, nunca se había sentido tan agradecido, tan vivo y tan cachondo. Esa mujer lo ponía tanto que bajó la palma de la mano, descendiendo por su canalillo hasta el estómago para detenerse justo debajo del ombligo.

—Dime a qué te refieres cuando dices que me necesitas por entero, Mel.

—Quiero que confíes en mí. Que seas sincero conmigo, sin excepciones.

—Puedo hacerlo. Lo haré —le susurró de nuevo contra la nuca—. ¿Y con mi cuerpo? ¿Puedo tocarte por todas partes?

—Sí.

Le levantó la falda y le plantó de repente la mano en el coño.

—¿Quieres que te folle hasta correrme aquí dentro?

Ella gimió y apretó los muslos en torno a su mano.

—¡Sí, por favor!

—Necesito oír las palabras. —Empezó a acariciarla por encima de las bragas de algodón con los dedos corazón y anular—. Necesito saber que tengo permiso para lo que voy a hacer entre tus muslos esta noche.

—Tienes permiso.

—Mel…

—Fóllame hasta que te corras —susurró—. Dentro.

Estuvo a punto de correrse en ese mismo momento. Se le dilataron las pupilas y se le tensaron las pelotas, que se le pusieron tan duras como el hormigón.

—¡Joder! Tendré que mantenerte la boca ocupada o acabarás matándome. No hemos hecho más que empezar.

Ella lo miró por encima del hombro, con la cara sonrojándosele un poco más a medida que la acariciaba, y las bragas cada vez más empapadas.

—¿Qué planes tienes?

—Dame esa boca —gruñó, atrapándole los labios con un beso.

El contacto de sus bocas se alargó durante un buen rato mientras él le introducía los dedos por debajo del elástico de las bragas, ansioso por acariciar esa carne húmeda y suave con el dedo corazón, y en cuanto localizó el clítoris empezó a torturarlo. Sus lenguas se enredaron una y otra vez, hasta que estuvo a punto de desabrocharse los pantalones, bajarle las bragas y quitárselas.

«Demasiado rápido. Más despacio».

Melody era la única mujer sobre la faz de la Tierra capaz de abrumarlo, pero esa noche era importante. Le había dado una segunda oportunidad, y necesitaba hacerlo bien. Eso significaba atender las necesidades de su cuerpo despacio y con esmero.

Melody tenía otras ideas.

Se estaban tomando un descanso para respirar cuando ella se sentó en el borde del sofá y se quitó el jersey de cuello alto (sin avisar, pero para su deleite), seguido del sujetador. De repente, se quedó con la falda corta y las medias. Aquello bastó para que sus pulmones dejaran de respirar, porque, ¡por Dios!, no había un espectáculo más hermoso en el mundo. Sin embargo, cuando empezó a tantear en busca del botón de sus pantalones y se arrodilló entre sus muslos, descubrió lo que era de verdad dejar de respirar.

—¿Qué estás haciendo?

—¿Esto está mal?

—Joder, claro que no está mal. Es que no tienes por qué hacerlo.

Le bajó la cremallera de los pantalones, se inclinó hacia delante y se la acarició con la nariz y la boca, mientras él apretaba las manos con fuerza contra los cojines del sofá.

—No lo hagas. Por favor, no lo hagas. Me voy a correr en cuanto me respires encima.

Melody le bajó los calzoncillos despacio y separó los labios para tomar aire con fuerza cuando se la liberó y la vio tan grande sobre su abdomen.

—Eres hermoso. Por todas partes —susurró al tiempo que le lamía los abdominales con descaro. Acto seguido, usó la lengua para recorrerle toda la longitud de la polla y se detuvo para lamerle la punta—. Seguro que puedes disfrutar de esto.

—¡Pues claro que lo estoy disfrutando! —masculló—. Lo estoy disfrutando demasiado.

—No, me refiero… a la espera. A quedarte a punto. —Le besó el glande—. Puedes disfrutarlo, aunque luego te corras dentro.

Toda la sangre se le subió a la cabeza, provocándole una especie de vértigo, antes de bajar de golpe y ponérsela tan dura que hasta le dolió. Melody estaba arrodillada entre sus muslos, chupándosela, mientras se la rodeaba con un puño con menos fuerza de la que necesitaba para excitarse. Solo con la suficiente para mantenerlo en el borde. Sus labios eran suaves, su lengua lo exploraba con delicadeza, pero de vez en cuando apretaba los labios y se la chupaba lo bastante fuerte como para que levantase las caderas del sofá y viera pasar la vida por delante de los ojos.

Pareció percatarse de que lo llevaba hasta el punto de no retorno, porque detuvo la tortura y volvió a acariciarlo con delicadeza, despacio y con languidez, hasta que empezó a jadear.

—¡Mel! —gruñó entre dientes—. ¡Joder, joder, joder!

—Mmm… —Volvió a besarle el glande, que luego le rodeó con los labios y acabó lamiendo la gota que se le había formado en la punta—. Todavía no.

El cuerpo le ardía de la mejor manera posible, empapado de sudor, y le temblaban los músculos por la expectación del placer. ¿Tenía razón Melody? ¿Podría seguir disfrutando de la negación… de una forma sana? Nunca se había sentido así. «Sano». Solo sentía placer, porque lo estaba compartiendo con ella. No sentía ninguna opresión en el pecho, ni vergüenza. Solo deseo.

Solo amor, conexión y Melody. Siempre Melody.

—Vamos, nena, chúpamela fuerte.

Le pasó la punta de la lengua de abajo hacia arriba, lo bastante despacio como para arrancarle un gemido cuando llegó a la punta.

—¿Cuánto lo deseas?

¡Dios! Estaba temblando literalmente, agarrado al respaldo del sofá con una mano y al borde de un cojín con la otra.

—Mucho.

—Pues voy a hacerlo... —susurró ella con los labios contra el glande—. Porque eres increíble. Y me encanta tu sabor.

Fue un milagro que no le explotara el pecho por la presión acumulada. Y apenas si sobrevivió a la siguiente fase. La fase en la que ella hizo lo que le había pedido, pero no por la razón por la que siempre lo había necesitado, sino porque convirtió su sentimiento de culpa y su perversión en algo excitante en vez de en un castigo, mientras se lo comía con los ojos y se la chupaba con esa boca perfecta. Y en ese momento lo supo. Supo que la vida sería mejor a partir de esa noche. Porque ella existía y lo conocía mejor de lo que él mismo se conocía y, porque sin saber muy bien cómo, había tomado una curva a la derecha y había acabado en el cielo con un ángel.

—Estoy muy cerca, joder —masculló, tensando tanto los abdominales para evitar correrse que tendría agujetas durante una semana. Pero merecía la pena. Merecía la pena sin dudarlo—. Necesito que me beses en la boca, nena. Ven a besarme. Ven a follarme.

Todo su mundo se reducía a su alma gemela, que estaba a horcajadas sobre sus caderas, todavía con la falda y esas medias que lo ponían a cien, y esas tetas que no dejaban de tentarlo a la luz de la lámpara. Sus manos chocaron al introducirse entre sus muslos para quitarle las bragas, algo que hicieron de forma conjunta, y al instante buscó su entrada y soltó un gemido ronco. Melody lo interpretó correctamente como una súplica sin palabras para que se la metiera, y así lo hizo, mientras sentía el temblor de sus muslos en los costados y con los ojos desenfocados según lo acogía, centímetro a centímetro.

—¡Dios! —exclamó al tiempo que tensaba el culo y levantaba las caderas para metérsela hasta el fondo.

Melody se mordió el labio inferior y le deslizó las manos por el sudoroso torso para aferrarse a sus hombros mientras empezaba a mover las caderas. Arriba y abajo. Verla disfrutando mientras se metía y se sacaba su polla, sin reservas y sin exageraciones, le resultaba tan erótico y tan abrumador que estuvo a punto de ceder al ansia de agarrarle el culo y de empezar a moverla al ritmo que él quería. Sin embargo, se dejó llevar porque su cuerpo se movía por voluntad propia, en perfecta sincronía con el de Melody, como si hubieran nacido para follar el uno con el otro.

—La boca, Mel. No creo que lo entiendas, pero voy a morirme si no me besas.

Ella amortiguó esa última palabra con los labios, y vio en su cabeza un estallido de color mientras los pulmones se le llenaban de oxígeno y el corazón le latía descontrolado. Apartó la mano derecha de su culo para enterrársela en el pelo y habría sido feliz si hubiera muerto en ese momento, porque Melody le había metido la lengua en la boca y estaba… ¡Joder! Lo estaba llevando de nuevo al borde del precipicio. Había echado las rodillas hacia atrás y se estaba frotando muy despacio contra él para aumentar la presión sobre el clítoris, pero sin sacarse la polla. Estaba enterrado por completo en ella mientras la sentía palpitar a su alrededor y su boca lo asolaba con cada lametón. Sin embargo, seguía sin mover las caderas con fuerza. Lo tenía al borde del orgasmo, pero sin la fricción suficiente para que lo alcanzara.

—Así —dijo, sin reconocer su propia voz, con el pecho subiéndole y bajándole entre ellos—. Córrete. Disfruta. Úsame para correrte. Por favor. Eso es lo único que quiero en mi puta vida, ser el hombre que te excite, Melocotón. —Le acercó la frente a la suya—. Dime que te gusta tenerla dentro. Dime que es tuya.

—Es mía —susurró ella, estremeciéndose con más fuerza.

No pudo evitarlo. Beat empezó a embestir con las caderas hacia arriba, saliendo al encuentro de sus movimientos. Haciéndole el amor desde abajo.

—Dime que eres mía.

—Soy tuya. Siempre he sido tuya.

—Yo también soy tuyo, Mel. Soy completamente tuyo.

—No pares. Sigue moviéndote así.

—¿Quieres que me mueva así? —Unió sus mejillas para hablarle al oído—. ¿Quieres que te la meta hasta el fondo? No podría parar aunque lo intentara.

Ella soltó un sonido estrangulado y la sintió tensarse a su alrededor.

«Está a punto», pensó.

La mano con la que todavía le sujetaba el culo la agarró con más fuerza, tirando de sus caderas hacia abajo para contrarrestar sus embestidas ascendentes.

—Sé que es difícil, pero estoy aquí contigo. Siempre —dijo entre dientes—. Córrete.

Ese recordatorio de su confianza resultó ser el empujón que ella necesitaba y los resultados se le quedarían grabados en el cerebro para el resto de su vida. La presión que ejercía su cuerpo en torno a él y el grito que soltó con la boca enterrada en su cuello. Sus músculos aprisionándolo en el interior de su cuerpo mientras se estremecía por el orgasmo. El temblor de su espalda, de sus muslos y de su abdomen mientras sus cuerpos sudorosos se fundían. Vio detrás de los párpados una cascada de colores que jamás había visto mientras su mente llegaba al nirvana más absoluto porque le estaba provocando placer a Melody.

Sin embargo, necesitaba más. Necesitaba consumirla, para no tener que vivir ni un minuto de su vida sin sentirla en sus putos huesos. «Dale más». Se apoderó de su boca con avidez y giró con ella sobre el sofá, llevándola consigo para colocarse encima. Acto seguido, le metió el cuerpo bajo las rodillas y se las subió hasta los hombros, y perdió la cabeza. Por completo.

«No tengo que sacársela».

«No tengo que parar».

Ni siquiera se imaginaba haciendo cualquiera de esas dos cosas. ¿Quién querría abandonar ese cuerpo perfecto a menos que lo obligaran?

Él no. Nunca más.

Las piernas dobladas de Melody le impedían besarla, así que se las subió todavía más por los hombros y sintió la presión de sus pantorrillas en la espalda. Tras pasarle un brazo por debajo de la caderas para mantenerla firme, se agarró con el otro al sofá y empezó a follársela como un loco, alentado por sus besos y gemidos, algo que nunca había asociado con el amor, no hasta ese momento. Claro que nunca había esperado sentir semejante devoción por nadie. Nunca había esperado descubrir lo que significaba la devoción romántica.

Para ellos significaba un intento de intercambiar almas a través de cada beso ansioso, de cada brusco envite de sus caderas. Para ellos era una batalla que ambos podían ganar.

—Nunca me he corrido dentro de nadie —jadeó entre beso y beso—. Y nunca me correré dentro de nadie más. —Le acercó los labios a una oreja y le mordisqueó el lóbulo—. Sé que en parte por eso estás tan mojada.

—Tienes razón —susurró ella entre jadeos, estirando un brazo para agarrarse al brazo del sofá y mirándolo a los ojos—. Yo tampoco me correré con nadie más.

—Mel… —soltó con voz ahogada, con los abdominales tensos al máximo—. Melody, estoy a punto.

—Lo sé, nene. La tienes durísima.

—Dios mío —gimió y vio estrellitas detrás de los párpados. Que Melody lo llamara «nene» lo llevó al borde del abismo. Y no pensó ni un segundo en apartarse. No le quedaba otra alternativa que la de unirse por completo a esa mujer.

Su mujer.

—Quédate dentro de mí —susurró ella mientras le besaba el mentón.

—Sí. Lo haré. No hay elección —dijo con voz ronca, sin ver nada a esas alturas. Solo sentía—. Es una cuestión de supervivencia. Eso es lo que eres. Joder, esto… es increíble. Rodéame el cuello con los tobillos. Mierda, me voy a correr dentro. —Se le tensaron los músculos de la espalda, del cuello, del pecho y del abdomen de tal manera que creyó que se le romperían, hasta que una especie de éxtasis sobrenatural lo atravesó como una sierra, levantándole el estómago hasta la boca y dejándole los ojos en la nuca—. ¡Dios, Melody! ¡Me corro, joder! —Su cuerpo entero se puso a gritar tras esa primera oleada de placer absoluto y empezó a embestir con las caderas de forma frenética, en un intento por borrar todo lo demás, gritando su nombre mientras luchaba contra ese éxtasis brutal. En esos momentos de frenesí, se convirtió en otra persona, en alguien sin filtro ni autocontrol. Le mordió el cuello, la penetró con brusquedad, le dijo guarradas con los labios pegados a los suyos, se las susurró al oído—. Te follaré todos los días —gimió—. Te mataré a polvos. Quiero vivir entre estas piernas. —Y luego las guarradas se convirtieron en romanticismo, que tampoco pudo controlar—. Eres preciosa, Melocotón. Me duele mirarte, pero no puedo mirar a ningún otro sitio. Te quiero desnuda y mirándome todo el puto día. —Se enterró hasta el fondo en ella y se detuvo—. Gime para mí, arráncame hasta la última gota. Gime. Por favor.

—Beat… Beat…

Una pequeña parte de su cerebro a lo mejor se habría preocupado por la posibilidad de estar yendo demasiado lejos con esas palabras febriles, pero Melody le clavó las uñas en el culo, invitándolo a seguir moviéndose en esa oleada final, y siguió besándolo en el cuello y en la cara, dándole a entender que estaban en la misma onda. En perfecta armonía. Eran la mejor canción jamás escrita. Cuando se desplomó a su lado y se quedaron unidos como dos piezas del mismo rompecabezas, un corazón retumbando contra el otro, pensó en pasarse el resto de la vida cantando su canción.

27

19 de diciembre

Se despertaron al oír el timbre del telefonillo.

El cerebro de Melody le ordenó que abriera los ojos, pero solo uno cooperó, revelando un mundo borroso y desequilibrado. Mejor saltarse la vida ese día y reanudarla al siguiente. Dormir más era la única opción. Aunque eso no era dormir como siempre. No solía despertarse pegada a otro cuerpo humano, sin nada de ropa entre ambos.

Estaba acurrucada contra otra persona. Contra Beat. En su dormitorio.

Tenía el trasero en su regazo, los pies entre sus pantorrillas y la cabeza cerca de su hombro. A Beat le latía el corazón con fuerza contra su columna y respiraba de forma uniforme y acompasada. Su cuerpo era cálido y acogedor, y sus duros ángulos encajaban a la perfección con sus curvas. Tenían las manos izquierdas entrelazadas delante de ella en el colchón, esos dedos gruesos y bronceados pegados a los suyos, más cortos y blancos.

Una increíble sensación de bienestar le recorrió la caja torácica hasta que se le llenaron los ojos de lágrimas. «Estoy enamorada. Estoy enamorada, no hay duda».

Lo de la noche anterior fue como un sueño.

Después de hacerlo en el sofá, se hidrataron, se ducharon juntos (riéndose cuando la pintura rosa empezó a irse por el desagüe) y acabaron yendo a trompicones del baño a la cama, todavía mojados, donde se enzarzaron en un segundo asalto muy resbaladizo y jabonoso. ¡A cuatro patas! Nunca se había tenido por una chica capaz de hacerlo así, pero ¡milagro, había visto la luz! Se puso como un tomate en ese momento al recordar los envites de su cuerpo contra el trasero mientras le clavaba los dedos en las caderas y le acariciaba los pechos, respirando entre jadeos contra su oreja.

«Ahora que me he corrido dentro de ti, estoy enganchado —jadeó—. No puedo parar».

Por ella estupendo.

Se quedarían en ese dormitorio para siempre. Verían clásicos del cine y pedirían comida a domicilio y lo harían hasta el final de los tiempos. Nadie podría impedírselo.

Llamaron de nuevo al timbre, con más fuerza e insistencia en esa ocasión.

Con un creciente nerviosismo, se zafó de los dedos de Beat e hizo ademán de coger el móvil que tenía en la mesita de noche…

—No —le gruñó él contra el cuello al tiempo que le agarraba la mano y se la inmovilizaba contra el colchón.

Se echó a reír sin aliento, mientras la felicidad estallaba en su pecho como el tapón de una botella de champán. Beat estaba despierto. Estaban despiertos juntos.

—Hay alguien en la puerta.

—Me da igual. Que espere.

—Seguramente sea Danielle. —Se le entornaron los párpados sin querer cuando Beat le lamió el lateral del cuello, al tiempo que el paisaje de su regazo cambiaba de repente—. No sé qué hora es, pero estoy segurísima de que ya deberíamos estar en el aire.

—Eso es problema suyo, Melody. Tengo que follarte de nuevo. —La hizo rodar hasta dejarla tumbada de espaldas, y ella se mojó en cuestión de segundos, porque, que Dios se apiadara de ella, ese hombre era guapísimo a cualquier hora del día, pero ¿por la mañana? Lo habían sacado de un libro de mitología griega. Si se hubiera despertado con una corona de hojas de olivo, no le habría parecido raro. Tenía el torso desnudo y el pelo alborotado, con una expresión más dulce en los labios y en los ojos por el sueño. Un Dios despertado de su letargo. Con necesidades físicas.

Sin embargo, decidió satisfacer las de ella.

Melody retorció la sábana con los dedos mientras él la acariciaba con la lengua entre las piernas, masajeándole la cara interna de los muslos con los pulgares, atormentándola con su cálido aliento, con la succión de sus labios, con esa lengua desvergonzada. Le acarició el clítoris con la punta de la lengua mientras levantaba la mano derecha para acariciarle los pechos, primero el derecho y luego el izquierdo, y durante todo el proceso ella experimentó una sensación cada vez más vertiginosa por debajo del ombligo. Beat no iba a parar. Por Dios, no iba a parar.

—¡Beat!

Siguió acariciándola con la lengua. Más deprisa. ¡Más deprisa!

La miró a los ojos y la penetró con dos dedos, haciéndolos girar, frotándole un punto desconocido hasta el momento de tal modo que todos los colores se convirtieron en uno solo delante de sus ojos, y después empezó a sacarlos y a meterlos. Con frenesí. Imitando lo que le había hecho con otra parte de su cuerpo la noche anterior. Y ella arqueó la espalda y se le escapó de la garganta un grito con su nombre.

No había terminado de experimentar el orgasmo cuando Beat ya se estaba colocando entre sus piernas y la penetró con una sola embestida, soltando un taco estrangulado. Se tomó un segundo para mirarla a los ojos, para deleitarse con ella por el milagro que era su perfecta unión. Y con la misma rapidez, sintió que su espalda abandonaba el colchón y que Beat la incorporaba con las piernas alrededor de su cintura. A continuación, él anduvo de rodillas por la cama hasta pegarla al cabecero de madera… y procedió a follársela contra él de un modo que solo podría describirse como maravillosamente brutal.

—Antes de que haya millones de ojos clavados en ti hoy. —La penetró hasta el fondo y se quedó allí un buen rato, hasta que ella empezó a gimotear y a retorcerse entre su fuerte cuerpo y la barrera inamovible que era el cabecero—. Solo quiero que recuerdes que yo soy el único que puede verte así.

—Sí, sí, sí, ¡por favor! ¡Por favor! No pares.

—No hay ritmo sin melodía.

Melody sintió que se le encogía el corazón de un modo casi insoportable.

—Soñaba contigo —le susurró él al oído mientras la penetraba despacio y se frotaba contra ella de una manera que hizo que se le aflojase el cuello y echara la cabeza hacia atrás—. Te tenía justo al lado, pero seguía buscándote. —Tragó saliva con fuerza—. Ojalá que no sea un problema que esté obsesionado contigo, Melocotón.

Fue como si el tiempo se detuviera.

—¿Va a ser un problema que yo también esté obsesionada contigo?

Esos intensos ojos azules se clavaron en los suyos y Beat apretó los dientes mientras empezaba a penetrarla con fuerza de nuevo, sin darle tregua, haciendo que el cabecero golpease la pared. ¡Bum! ¡Bum! ¡Bum!

—Mírame. Soy incapaz de sacártela. Dos días sin ti y ya me estaba subiendo por las paredes. ¿Crees que va a ser un problema?

—No —jadeó ella.

—Exacto —gruñó él, justo sobre sus labios—. Vamos, nena. Dame de comer.

Su cuerpo debía de haberle jurado lealtad a Beat sin consultárselo, porque se descubrió sin voz ni voto. Todo en su interior obedeció sin más y empezó a sentir una ligera punzada en el abdomen y un hormigueo en la cara interna de los muslos, el efecto de la sobreestimulación al llegar a su cima y recorrerla como una corriente de agua caliente, aflojándole las rodillas y dejándola ciega.

—¡Beat! —chilló, inmovilizada contra el cabecero con fuerza mientras él alcanzaba el orgasmo a la par, gimiendo de satisfacción contra su oído y perdiendo el ritmo de sus embestidas, pegándose a ella sin moverse mientras el placer iba desapareciendo poco a poco.

Sin soltarla, él se dejó caer de espaldas en la cama, y las carcajadas de Melody sonaron raras en un dormitorio donde nunca se había reído con nadie. Beat le apartó el pelo de la cara y ella miró su precioso rostro, con el corazón en algún punto entre las nubes.

—Me muero porque termine la Navidad y las cámaras se vayan. —Beat se incorporó para besarla con ternura—. Me encantaría llevarte a algún sitio durante un mes hasta que se pase toda esta fiebre.

—*Pesadilla en Navidad* se emite en cuarenta países —le recordó ella.

—Pues nos vamos a la Luna.

—Cuenta conmigo.

El timbre estuvo sonando sus buenos treinta segundos en esa ocasión. Ya no se podía esquivar más la realidad (o el *reality show*, para ser más exactos) y cedieron con sendos gemidos de frustración tras lo cual salieron de la cama a regañadientes. Ella se puso la bata mientras Beat salió al salón en busca de sus pantalones. Se encontraron, medio vestidos, delante de la puerta poco después.

—Prepárate para la ira de Danielle —dijo ella con un bostezo y abrió la puerta.

Y recibió los *flashes* de unas nueve mil cámaras.

Que la fotografiaron en bata, con el pelo alborotado después de tres encuentros sexuales, con Beat a su lado sin camisa y la marca de sus dientes en el hombro.

Danielle se quedó de piedra y los miró de arriba abajo con los ojos como platos.

Joseph estaba detrás de ella, con la cámara al hombro y la luz roja parpadeando. Grabando.

Los vítores debieron de oírse en Berlín.

—Os lo tenéis merecido —dijo la productora, sorbiendo por la nariz, antes de entrar en el piso—. Llevo una hora llamándoos para intentar avisaros.

Beat por fin salió de su estopor, rodeó a Melody con un brazo y la pegó a su torso, ocultándola con el cuerpo mientras cerraba la puerta de golpe. Se quedó inmóvil, abrazándola, durante cinco segundos, hasta que le brotó una carcajada del pecho que acabó reverberando por todo el piso.

Melody lo miró.

—¿De qué te ríes?

Él la besó en la frente con expresión pensativa.

—A ver, que he empezado a cabrearme... y todavía estoy cabreado en cierto sentido. No quiero que esta gente esté en la puerta de tu casa. Quiero que estés a salvo, y vamos a esforzarnos más para que así sea. Pero... —dijo y bajó la voz hasta susurrar, de modo que solo ella lo oyera— como que me alegro de que vayamos a salir en internet con cara de haber pasado la noche juntos en la cama. ¿Por qué no voy a querer que todos sepan que me estoy acostando contigo? Joder, es que me encanta.

Melody sintió que la alegría le hacía cosquillas en la garganta.

—Yo tampoco puedo quejarme.

—Bien. —Beat asintió una vez con la cabeza. Y ella solo atinó a mirarlo boquiabierta cuando abrió la puerta de par en par—. Eso es. ¡He pasado la noche aquí! —gritó—. Y es justo lo que estáis pensando. —Guapo y sexi de morirse con los pantalones sin abrochar del todo, apoyó una mano en la parte superior del marco de la puerta, y sus músculos se tensaron a la luz de la mañana—. Disculpas a los vecinos. —Cerró la puerta de nuevo con el rugido de los vítores y los silbidos de la multitud antes de echar la llave con cara de estar muy complacido consigo mismo—. Bueno, ¿quién quiere desayunar?

—¡No tenemos tiempo para desayunar! —chilló Danielle—. Son las diez. Por si se os ha olvidado, os he conseguido una aparición en el último segmento del magazine *Today*. Aunque nos vayamos ya, ¡no sé si llegaremos a tiempo! Y los dos tenéis pinta de haber cruzado la línea de meta de un maratón sexual.

—Yo la crucé —replicó ella con voz cantarina, mirando a la cámara—. Varias veces.

La sonora carcajada de Beat inundó el piso.

Danielle meneó la cabeza, desconcertada.

—Justo cuando creía que no podíamos superar una batalla de bolas de nieve, vais y me dejáis por embustera. —Agitó las manos con gesto frenético—. Solo… poneos algo de ropa. Lo que sea. No pienso decepcionar a Hoda Kotb.

Melody tampoco quería hacerlo, porque ¿a quién no le gustaba Hoda? Volvió corriendo al dormitorio, abrió el armario, y sus ojos se clavaron en el vestido más llamativo y atrevido que tenía, porque en ese momento se sentía atrevida y a punto de estallar. Sacó del armario esa nube de chifón rojo con mangas abullonadas que le llegaba por encima de medio muslo, se quitó la bata y se puso el vestido, que acompañó con unos brillantes zapatos de tacón *vintage*.

A continuación, entró en el cuarto de baño, donde se lavó los dientes, se echó agua fría en la cara, se puso desodorante, cogió el neceser con el maquillaje (que pensaba usar de camino a Manhattan) y volvió al salón.

Danielle parecía impresionada.

—¡Toma ya!

Beat se dio media vuelta para observar su entrada y retrocedió un paso mientras silbaba entre dientes.

—¡Joder!

—Esperaba que dijeras eso.

Sin apartar los ojos de ella, cogió su parka prestada del perchero y acortó la distancia que los separaba mientras la mantenía abierta para que ella pudiera meter los brazos. Luego solo tardó un momento en abrocharse la camisa y metérsela adentro de los pantalones antes de ponerse la chaqueta y echarle un brazo por encima de los hombros. Se relajó cuando vio que el equipo de seguridad los esperaba al otro lado de la puerta para acompañarlos al SUV.

Aun así, se inclinó hacia ella y la besó en la sien mientras le decía:

—No te separes de mí.

Ella se pegó a su calidez.

—Nunca.

28

Llegaron con cuatro minutos de margen.

Beat estaba entre bastidores con Melody, que observaba a Hoda anunciar el siguiente segmento, ambos con los costados doloridos por la loca carrera que habían tenido que hacer para llegar al 30 Rockefeller Center y después recorrer el laberinto de pasillos hasta el plató de *Today*. Esquivó la esponjita de maquillaje que una chica con unos auriculares puestos intentó pegarle a la cara, dándole las gracias con una sonrisa amable. Y básicamente se dispuso a seguir mirando a Melody, una costumbre que no iba a perder en la vida.

Ese día sentía los hombros más ligeros y la cabeza más despejada. Llevaba tanto tiempo viviendo con un sentimiento de culpa tan errado que se había acostumbrado a él. Había aprendido a cargar con ese peso mientras se comportaba con normalidad. Pero Melody... había aparecido y lo había ayudado a quitárselo de encima. Quizá nunca sería la clase de hombre que daba por sentados sus privilegios, pero eso era algo bueno. Mientras pudiera mirar a los ojos de esa mujer y no guardarse nada, sería libre.

Esa increíble ligereza, la euforia de estar enamorado, hizo que quisiera hacer algo impulsivo. Como pedirle a Melody que se casara con él en el programa.

¿Era demasiado pronto?

A simple vista, sí. Prontísimo.

Sin embargo, ellos sabrían que no era así. Ellos sabrían que siempre habían sido almas gemelas, solo que habían estado llevando vidas separadas. Ese *reality show* que había sido su última esperanza se había convertido en la mejor decisión de su vida. Los había reunido, algo por lo que siempre estaría agradecido.

«¿Y si lo hago sin más? —se preguntó—. ¿Y si le pido que se case conmigo?».

Melody aceptaría. Él se mudaría a Brooklyn o ella se iría a vivir con él al otro lado del río. Se casarían sin cámaras alrededor, solos los dos. Le pondría un mapa por delante y le preguntaría adónde quería ir hasta que ese caos se calmara. Budapest, Brujas, Bali. A cualquier parte. Siempre que estuvieran juntos.

Alguien gritó que faltaba un solo minuto, y Melody le dio un apretón en la mano.

Lo miró con la expresión más confiada del mundo mientras Danielle le cepillaba el pelo, y tuvo la sensación de que todo iba bien. Quizá no consiguieran reunir a las Steel Birds, pero en cuanto pasara Nochebuena y se acabara la retransmisión en directo, encontraría el dinero para pagarle al chantajista, ya fuera un préstamo o a través de las arcas de la cadena, y dejaría atrás el último obstáculo.

Solo tendría tiempo para pasarlo con Melody.

Por Dios, tenía la sensación de que el pecho se le iba a abrir por la mitad de tanto optimismo. ¿Cuándo fue la última vez que experimentó algo así, si acaso lo había hecho? Era ella. Era ese milagro que tenía al lado.

«Ya está. Voy a pedírselo».

La voz de Hoda se alzó de nuevo desde el plató y un hombre muy serio se plantó delante de ellos haciendo la cuenta atrás con los dedos, sin hablar, para que entraran. La presentadora volvió la cara sonriente hacia la salida de entre bastidores y les indicó unos taburetes.

Había tres.

Un detalle que a él no le pareció raro. A lo mejor el segmento anterior del programa contaba con tres invitados.

—¡Y ahora, el fenómeno internacional que ha sacudido internet esta semana, convirtiendo sus nombres en habituales de la noche a la mañana! ¡*Today* les da la bienvenida a Beat Dawkins y a Melody Gallard!

Beat ayudó a Melody a sentarse en el taburete alto, ocultándole la parte inferior del cuerpo mientras cruzaba las piernas y se colocaba bien el vestido, porque estaba para comérsela con él, pero era cortísimo. De haber llegado con tiempo de pasar un solo segundo a solas en la sala de descanso, estaba seguro de que le habría metido las manos por debajo para explorar cada dulce centímetro de su cuerpo. Por Dios, en la vida había estado tan cachondo, y el deseo que sentía por Melody era insaciable.

Cuando terminó de colocarse bien, ella lo miró con una sonrisa agradecida, y se inclinó para besarle la boca antes de tomar asiento, entrecerrando los ojos por las luces tan intensas.

—¡Vaya, me acabo de desmayar! —exclamó Hoda, emocionada, mientras se abanicaba con las tarjetas que tenía en la mano—. De hecho, creo que el mundo entero se ha desmayado. Ni me imagino la aventura tan alucinante que ha sido *Pesadilla en Navidad* para los dos..., pero ¡ahí está la cosa! No tengo que imaginármelo, porque puedo ver todos y cada uno de los segundos del viaje. ¿Esperabais acabar con la vida patas arriba?

Beat le dio un apretón a Melody en la rodilla y dejó la mano allí. «Contesta tú», articuló él con los labios.

—No, no creo que anticipáramos tener que disfrazarnos para escapar de Prospect Park —le contestó Melody a Hoda con una sonrisilla, pero se quedó callada un momento para pensar—. Quizá no esperásemos tanto interés, pero creo que sabíamos que debíamos estar preparados para cualquier cosa. Las Steel Birds siempre han despertado fascinación, y queríamos reunirlas. Era normal que la gente se interesara.

Hoda asintió con un gesto ansioso.

—Sí, pero en algún momento, el programa ha pasado a ser más sobre vosotros que sobre el grupo. ¿Vuestro romance empezó a cobrar vida durante la famosa (y misteriosa) noche en el desván? ¿O viene de antes?

—De antes —contestó él, sin añadir nada más.

—De antes —convino Melody, con un ligero rubor en las mejillas.

Hoda ladeó la cabeza.

—¿Vais a darnos alguna pista de lo que pasó en el desván? ¡Sabéis que tengo que preguntarlo!

Melody lo miró con seriedad.

—Creo que ha llegado el momento.

Él frunció el ceño.

—¿Estás segura?

—Sí. —Melody tomó una honda bocanada de aire, la soltó y después miró a Hoda—. Jugamos al Uno.

—Ella ganó la primera partida. Yo la segunda. Creo que caímos redondos durante la tercera, ¿no?

—Sí. Y tú te despertaste con una carta de reversa pegada a la frente.

Beat suspiró.

—Es la verdad.

Hoda estaba riéndose.

—¡Cómo sois! ¡Ya os lo sonsacaremos algún día! —Hizo un mohín con la nariz—. ¿Al menos podéis confirmar si sois novios?

—Sí —contestó Melody, sin titubear, y Beat sintió que el corazón le triplicaba el tamaño—, lo somos.

Ahí estaba. No tendría mejor momento para convertirla en su prometida.

Hizo ademán de levantarse del taburete, pero Hoda continuó hablando con un tono de voz distinto. Como si estuviera preparándose para decir algo muy importante.

Titubeó… y le costó muy caro.

—En fin, si bien el programa se ha convertido en un festival del amor entre Beat y Melody, todo el mundo sigue queriendo que las Steel Birds se suban de nuevo a un escenario. —Hoda hizo una pausa, desviando la atención un segundo hacia su equipo—. Y en ese sentido, ¡os tenemos una sorpresa! Hemos pedido refuerzos para ayudar a que la reunión tenga lugar. Os pido que le deis la bienvenida al batería original de las legendarias Steel Birds, Fletcher Carr.

Se le cayó el alma a los pies. En un abrir y cerrar de ojos, sintió que la piel le ardía y que empezaba a sudar.

A sus oídos, la voz de Hoda sonaba distorsionada mientras su padre biológico salía de detrás de una cortina negra y se sentaba en el taburete que él tenía al lado. No sentía las yemas de los dedos ni era capaz de oír lo que decían. No por encima del estruendo de los latidos de su corazón.

Aquello no podía estar pasando. Aquello no podía estar pasando.

«Por Dios, ¡por Dios!». Su primer impulso fue alejar a Melody de ese hombre. Sacarla de allí en brazos. Alejarse todo lo humanamente posible para que la suciedad de Fletcher no pudiera tocarla. Pero no podía hacer nada de eso sin descubrir el pastel, ¿verdad? Sin dejar claro que ya tenía una relación con el batería. Cuando menos, eso suscitaría muchas preguntas, y no estaba preparado para contestarlas.

¿Y si Carr había ido al programa para delatar a Octavia?

Con todo el interés que había con las Steel Birds en ese momento, por no mencionar la viralidad de *Pesadilla en Navidad*, a lo mejor le habían ofrecido más dinero por su historia del que le había pedido a él. No podía preguntárselo porque estaban en directo. Y Melody lo miraba con curiosidad, seguramente porque empezaba a sudar por la frente y le estaba apretando la rodilla con la mano como si su vida dependiera de ello. «Cálmate. Sopórtalo. No dejes que te sacuda».

—¿Estoy en lo cierto al decir que es la primera vez que os veis? —preguntó Hoda, sin tener ni idea de los cinco años de paranoia y pánico que le había provocado ese hombre.

—Exacto —consiguió decir Beat tras carraspear. Aunque le revolvió el estómago, extendió un brazo y le estrechó la mano a su padre biológico. Cuando Melody hizo lo propio, tuvo que contenerse para no apartarle la mano de un tirón—. Pero sé por mi madre que no terminó la última gira con el grupo.

—Cierto —confirmó Fletcher con una sonrisa que dejó todos sus dientes al aire—. Teniendo en cuenta que vuestras madres se separaron antes de poder terminar esa última gira, a lo mejor yo era el ingrediente secreto.

Hoda se echó a reír, pero su sonrisa indulgente se apagó un poco.

—Una teoría interesante…

—Aunque sí que me crucé con Octavia después de que me echaran del grupo —la interrumpió Fletcher al tiempo que chasqueaba los dedos en dirección a Beat—. No puedo hablar por Trina, pero Octavia me echaba muchísimo de menos. A pesar de lo que pueda decir.

Sintió que le daba un vuelco el corazón y tuvo la sensación de que las luces del estudio eran como dos soles enormes.

—¡Y ahora a por la sorpresa final! —Hoda se llevó las tarjetas al pecho—. ¡Fletcher se ha ofrecido a tocar en la reunión de Nochebuena!

—Así es. Me encantaría formar parte de la reunión. —El batería le guiñó un ojo a la cámara—. Si me aceptan, claro. El trío original. Otra vez juntos. —En la plaza, la multitud que veía la retransmisión en directo estalló en una ensordecedora cacofonía de vítores. El batería se rio por lo bajo y se echó hacia atrás en su asiento—. Supongo que el público ha hablado.

Beat casi no se enteró del resto del segmento. Lo mismo duró un minuto que una hora. Melody y Hoda llevaron el peso de la conversación, que versó casi por completo sobre Trina y sobre las probabilidades de que cambiara de idea sobre la reunión. Por su parte, él sentía la mirada de Fletcher encima todo el tiempo y lo soportó sin rechistar, porque era mejor eso a que mirase a Melody.

Una vez que Hoda les deseó buena suerte y dio paso a una publicidad, se obligó a levantarse para ayudar a Melody a hacer lo mismo, interponiéndose entre su padre biológico y la chica con la que quería casarse. Melody y Hoda empezaron a hablar de forma animada del vestido rojo, lo que llevó a Melody a halagar el estilo de la presentadora.

—Melody, yo ya he terminado —dijo Hoda al tiempo que se quitaba el micrófono—. ¿Puedes venirte a mi camerino un ratito? Tengo el móvil cargando allí y me gustaría hacerme una foto.

—¡A mí también! —Melody lo miró, preciosa por la emoción—. Vuelvo enseguida.

Beat asintió con un gesto brusco de la cabeza, aunque tuvo que contener de nuevo las ganas de sacarla de allí a toda prisa.

—Genial —dijo Fletcher detrás de él—. Así podremos hablar nosotros. De hombre a hombre.

Varios miembros del equipo del programa podían oírlos, y como estaba convencido de que ese cabrón sería capaz de airear los trapos sucios de su familia delante de todo el mundo, pasó junto al batería para meterse en la zona de bastidores, que empezaba a despejarse dado que el programa prácticamente había acabado.

—No hay nada de lo que hablar —dijo él al tiempo que se daba media vuelta para mirar a su padre biológico—. No ha cambiado nada desde la última vez que hablamos.

Fletcher tardó lo suyo en replicar.

—¿En serio?

Beat sintió que la nuca se le tensaba como un cable de acero.

—¿Qué quieres decir con eso?

—Te has buscado una novia muy mona.

Le costó la misma vida no pegarle un puñetazo a ese cabrón en la cara. «¡No te atrevas a hablar de ella!». Eso quería gritar, pero sentía un lazo alrededor del cuello que cada vez le apretaba más. Ese hombre había sacado a colación a Melody por un motivo, y el miedo le heló la sangre en las venas.

—¡Felicidades! La tienes en el bote, colega. Seguro que está dispuesta a hacer cualquier cosa por ti —siguió Fletcher al tiempo que se sacaba un paquete de tabaco del bolsillo de la chaqueta y lo golpeaba contra la palma de la mano—. Por ejemplo, pagarme para que no suelte tu gran secreto.

Una alarma sonó en su cabeza y las venas de las sienes empezaron a latirle con tanta fuerza que le dolió.

No, aquello tenía que ser una pesadilla. Tenía la boca demasiado seca como para hablar y se sentía inmovilizado por la estupefacción.

—Sí, te estaba mirando embobadísima. Estoy seguro de que te protegería a toda costa. —Le guiñó un ojo—. Podría significar el doble de pasta para mí.

La rabia por fin estalló en su interior.

—Como no la dejes tranquila, te mato.

Fletcher chasqueó la lengua.

—¿A tu propio padre?

Dado que le había dicho a ese hombre que no era su padre cientos de veces, no malgastó saliva en ese momento en repetírselo. Su único objetivo en mente era proteger a Melody como pudiera. Por Dios, él había llevado a ese hombre a su vida. Llevaba cinco años tragando el veneno de Fletcher y al pedirle a Melody que formara parte del programa le había servido el mismo brebaje tóxico.

No. Aquello no podía ir ni un paso más allá.

—Es todo de cara a la galería —replicó, desesperado. Totalmente desesperado por mantenerla lejos de la línea de fuego de ese psicópata—. ¿No sabes lo que son los *realities* guionizados? En cuanto termine, seguramente no vuelva a verla.

La mentira hizo que le ardiera la garganta, que se le revolviera el estómago por las náuseas.

Fletcher lo observó con los ojos entrecerrados, como si intentara averiguar la verdad.

Pese a los nervios que lo estaban destrozando por dentro, Beat le devolvió la mirada sin pestañear.

—Lo siento si creías que era una historia de amor de cuento de hadas, pero no lo es. Puedes intentar sacarle la pasta, pero te mandará a la mierda —dijo de farol—. Y luego ella podrá aprovechar el secreto. Perderá todo el poder que tiene y se convertirá en su moneda de cambio si quiere vender la historia. Y sabes que le lloverán ofertas para contarlo. Esto es un bombazo. —No sintió satisfacción alguna al ver que desaparecía la expresión ufana de su padre biológico.

—Sé lo que he visto. Lo vuestro es real —dijo el batería, pero era evidente que ya no estaba tan seguro como antes. No, le estaba dando vueltas el asunto.

«Bien —pensó Beat—. Déjala tranquila. Ni se te ocurra acercarte a mi chica».

Melody regresó a la zona de bastidores seguida de Joseph, que iba grabando, pero uno de los productores del equipo de *Today* lo llamó por señas. El cámara pareció dudar un segundo, como si no supiera si hablar con un colega o seguir grabando. Al final, apagó la cámara y se acercó al otro hombre para estrecharle la mano. Beat se clavó las uñas en las palmas de las manos hasta hacerse sangre para no extender los brazos hacia ella. Para no estrecharla con fuerza y protegerla de la maldad de ese hombre. Ella levantó el móvil y le enseñó la pantalla para que viera la foto que se había hecho con Hoda, y él asintió con un gesto seco de la cabeza.

—¡También quiere que le enseñe a jugar a la petanca! Vamos a hacer una quedada solo de chicas después de las fiestas. —Melody le buscó la mano con la que tenía libre, un gesto tan natural como respirar, y él se obligó a cruzar los brazos por delante del pecho, esquivándola, en el que tal vez fuera el peor momento de su vida. Melody lo miró parpadeando y después miró a Fletcher, momento en el que se ruborizó.

La había avergonzado.

Estaba viviendo una pesadilla.

—Lo siento —susurró ella—. ¿He interrumpido algo?

—¡Qué va, guapa! Solo estamos de palique —dijo Fletcher, que los observaba con expresión casi sibilina—. Seguro que os espera otro gran día de grabación. ¿Adónde os vais ahora?

Melody levantó un hombro.

—La verdad es que no tenemos planes…

—Yo tengo que trabajar —la interrumpió Beat, mientras el entorno se cerraba a su alrededor. Tenía que entumecerse. Era la única manera de sobrevivir a todo aquello. Saltaba a la vista que Fletcher había estado viendo el *reality show* en directo. Cuanto más tiempo pasara viéndolos juntos, más seguro iba a estar de que lo suyo era amor de verdad. E iría a por Melody. Mantener una relación con él era un peligro para ella—. De hecho, voy a estar trabajando hasta Nochebuena.

—¡Oh! —dijo Melody al cabo de unos segundos—. ¿Vamos a… renunciar a lo de las Steel Birds? —Señaló al batería con la cabeza—. ¿Y si el ofrecimiento de Fletcher cambia algo?

Beat no era capaz ni de mirarla.

—Ya me dirá Danielle si Trina cambia de idea. —La miró con una sonrisa falsa—. Si por un milagro accede a la reunión, te veré en Nochebuena.

Se daba cuenta de todo el daño que le estaba haciendo a Melody, y las entrañas se le iban descomponiendo con cada segundo que pasaba en ese lugar. Tenía que irse ya, antes de hacerle más daño si cabía. Sin mediar palabra, echó a andar hacia la salida que conducía al pasillo.

—Espera, Beat —dijo ella, que lo alcanzó justo antes de que pudiera salir por la puerta. Todavía muy cerca del hombre que lo estaba chantajeando. Y que estaba amenazando con chantajearla a ella. Por su culpa—. ¿Pasa… pasa algo? Estás muy raro.

—Ahora me toca a mí tomarme unos días de descanso, Melody. ¿Vale?

Ella se apartó como si la hubiera abofeteado.

—¿Es porque he dicho en el programa que estamos juntos? —quiso saber ella—. Tú le dijiste a la multitud de la puerta de mi casa que pasamos la noche juntos y creí que… Supuse que… supuse que eras mi novio. ¿Debería haberlo hablado contigo antes?

—Sí —contestó con voz ronca, cavando su propia tumba—. Deberías haberlo hecho.

Era por su propio bien.

Lo hacía para mantenerla a salvo.

Repetirse eso, una y otra vez, fue lo único que lo mantuvo derecho mientras las puertas del ascensor se cerraban a su espalda, momento en el que se deslizó por la pared hasta sentarse en el suelo y enterrar la cabeza entre las manos.

—Melody…

29

22 de diciembre

Melody no esperaba sentirse agradecida por la cámara que la seguía a metro y medio de distancia por la acera, pero así era. Sin su presencia, era muy probable que se hubiera quedado en la cama durante los tres días posteriores a que Beat la dejara. Claro que técnicamente no la había dejado, porque en realidad nunca habían estado juntos, ¿verdad? Reconciliar ese hecho con las secuelas de la destrucción que le reinaba en el pecho no era fácil (tuvo la sensación de que eran novios), pero no le quedaba alternativa, ¿no?

Un fuerte viento soplaba en la manzana flanqueada por los edificios de ladrillo rojo, agitándole las puntas de la bufanda de lana blanca y también el flamante flequillo más corto que llevaba. Se lo había cortado ella misma la noche anterior después de ver dos tristes vídeos en TikTok sobre el tema. No le había salido muy mal, pero tampoco iba a ganar un premio a la precisión. Solo le llegaba a media frente en vez de justo por encima de las cejas, que era lo que quería. Allí estaba, un topicazo con patas. Le habían partido el corazón y ella buscando con desesperación una forma de empeorar las cosas.

En fin.

Ya le volvería a crecer. Cosa que seguramente su corazón no haría. O si lo hacía, sería una versión a lo Frankenstein cosida con torpeza.

—Señorita Gallard, se está empezando a congregar una multitud muy deprisa —le dijo un miembro del equipo de seguridad, uno de los seis guardaespaldas que la flanqueaban por la acera mientras volvía de pasarse por la librería para recoger su último proyecto. Un antiguo ejemplar de *El dador* que necesitaba que lo restaurasen para recuperar su antigua gloria con desesperación—. ¿Le importaría andar un poco más rápido?

—Claro —contestó ella, que se miró los pies y les ordenó que obedecieran. Apenas conseguían andar despacio, como para hacerlo a paso ligero, pero le puso todo su empeño, aunque todo le dolía. ¡Todo! Le palpitaban las cuencas de los ojos y sentía las costillas magulladas, los dedos entumecidos y la piel fría. El mundo a su alrededor parecía un decorado falso de plástico. ¿Qué había pasado?

¿¡Qué había pasado!?

Se dio cuenta de que se había detenido por completo cuando Danielle se apartó de Joseph y le puso una mano en el centro de la espalda.

—Mel, ¿estás bien?

«No. Ni siquiera siento el paquete que tengo en la mano».

Por delante había un grupo de personas haciéndole fotos con los móviles. De camino a la librería, se había visto en televisión a través del cristal de un *pub*, debajo de unas letras que decían: «¿Cuál es la causa de la ruptura?». Durante los últimos tres días, cada vez que salía a la calle la gente le preguntaba: «¿Dónde está Beat? ¿Por qué lo habéis dejado?». Era una constante. En internet, había mil y una teorías. Desde que Beat había dejado embarazada a otra, a que habían discutido por los ingredientes de la *pizza*.

—Mel —insistió Danielle en voz baja—, ¿quieres que pida un Uber?

Antes de que pudiera contestar, llamaron por teléfono a la productora. De nuevo. Llevaba recibiendo llamadas sin parar los últimos tres días, seguramente de la cadena para preguntarle por qué no hacía nada para subir la audiencia. Al parecer, cortarse el flequillo no contaba.

Danielle suspiró y contestó, mirándola de reojo, aunque luego le dio la espalda.

—Está rodeada de seguridad —creyó oír Melody. Seguido de—: Conéctate a la retransmisión y así lo verás con tus propios ojos... En fin, si siempre estás conectado, ¿por qué no dejas de llamar para comprobar cómo está? Puedes ver lo que pasa. Puedes ver que está a salvo…

El equipo de seguridad empezó a arrastrarla, ya que saltaba a la vista que sus pies no respondían. Por favor, podía hacerlo. Solo era andar. Su piso estaba a dos manzanas de distancia, por más largas que fueran. Enderezó la espalda y rebuscó en lo más hondo de su interior para sacar toda la fuerza que pudo y echar a andar a paso vivo, colocando un pie tras otro. El equipo de seguridad se movió con ella, con Joseph en la retaguardia del grupo. La gente corría junto a ellos por la acera o paraba el coche en mitad de la calle para verla pasar, todos con la curiosidad por saber de la ruptura, aunque no le preguntaban nada.

«Bienvenidos al club».

No tenía ni idea de lo que había pasado.

Estaba en el séptimo cielo, enamorada del ser humano más mágico jamás creado y con la suerte de que correspondiera sus sentimientos y, de repente, las luces se habían apagado y la había envuelto una oscuridad impenetrable.

Una vez que pasaron por el jardín comunitario a su derecha, supo que ya solo le faltaba media manzana para llegar a su destino y levantó la mirada con la esperanza de que ver su puerta le infundiera las fuerzas necesarias para entrar y alejarse de la abrumadora curiosidad. Sin embargo, en vez de ver su puerta, vio a una persona. A una mujer.

Sintió que algo le apretaba la garganta y se quedó sin respiración al darse cuenta de que era Trina.

Trina estaba delante de su puerta.

Su madre estaba allí.

Con la funda de la guitarra apoyada en la verja metálica… y a juzgar por el penetrante olor que flotaba en el aire, se había fumado el porrito de media tarde.

—¿Mamá? —dijo mientras se acercaba.

—Por el amor de Dios —susurró a su espalda Danielle, que parecía que ya había terminado de hablar por teléfono.

Las personas que la habían seguido jadearon al unísono… y se desató el infierno. Los móviles cambiaron de objetivo, se dispararon los *flashes* y las voces empezaron a aumentar de volumen. Trina ni parpadeó. De hecho, no les prestó la más mínima atención. Estaba concentrada en su hija.

—Lo sé. Me dijiste que no viniera. De todas formas, mi visita no habría sido hasta dentro de cinco o seis semanas, pero... —contestó su madre al tiempo que señalaba con el pulgar por encima del hombro—, ¿te importa si me quedo aquí unas cuantas noches?

La inesperada aparición de Trina fue la gota que colmó el vaso para ella.

Durante los últimos tres días había estado demasiado entumecida, demasiado conmocionada, como para llorar. Que Trina apareciera en su puerta en mitad de su angustia resultó ser el golpe que necesitaba para romper la presa. Unas lágrimas ardientes le quemaron los párpados y brotaron al tiempo que se le escapaba un sollozo. Lloró como una niña pequeña, allí delante de todo el mundo en mitad de la acera. Se dio cuenta de que el teléfono de Danielle sonaba de nuevo, pero dejó de prestarle atención mientras atravesaba la verja corriendo para lanzarse a los brazos de su madre. Casi había llegado a ella cuando se le pasó por la cabeza que era muy posible que Trina no le devolviera el abrazo después del numerito que montó en Nuevo Hampshire, pero era imposible que el corazón se le rompiera más, ¿no?

Bien podría lanzarse de cabeza sin pensar.

Por suerte, después de dar un respingo por la sorpresa, Trina sí la rodeó con los brazos.

El caos empezaba a imperar en la calle, porque cada vez llegaba más gente, seguramente al haber visto la aparición de la estrella del *rock* en la retransmisión en directo.

—Deberíamos entrar —susurró Melody con voz pastosa mientras rebuscaba las llaves en el bolsito de bandolera que llevaba.

—Me parece bien. —Trina tosió, con un brillo sospechoso en los ojos mientras observaba la calle, atraída por los gritos que coreaban su nombre—. Joder. ¿Cuánto tiempo lleva la cosa así?

—Básicamente, desde que empezó el *reality show*. Ha decaído un poco los últimos tres días porque me he limitado a trabajar y a ver reposiciones de Bob Ross. —Abrió la puerta y se hizo a un lado para dejar pasar a Trina, a Danielle y a Joseph—. Hubo un pico de audiencia cuando me corté el flequillo yo misma. Creo que reventamos el récord de emojis llorando que se han mandado a la vez en internet. Así que por esa parte bien.

Trina le rozó el flequillo con el índice.

—Muy *punk rock*.

—Bueno, una mala maqueta en todo caso. —Se desabrochó la chaqueta, la colgó en el perchero, y su mente recordó de inmediato cuando Beat colgó la suya el lunes por la noche, con su olor, su tamaño y su seguridad convirtiendo su apartamento en una burbujita de cielo—. ¿Qué haces aquí?

Trina miró la cámara.

—¿Ese chisme va a seguir grabando todo el tiempo?

—Va a quedarse hasta Nochebuena. Parte del contrato que firmé con el diablo. —Hizo una mueca—. Sin ánimo de ofender, Danielle.

—Tranquila, no me ofendo. —La productora estaba medio oculta detrás de Joseph—. No estoy aquí.

Melody murmuró algo.

—¿Quieres beber algo, mamá?

—Algo fuerte si no te importa. —Trina rodeó el sofá y se sentó como solo podría hacerlo una estrella del *rock*. Se repantingó, extendiendo los brazos y las piernas para abarcar todo el espacio posible—. Me has preguntado por qué estoy aquí. En fin, supongo que sigo averiguándolo. —Le dirigió una última miradita suspicaz a la cámara antes de suspirar—. No me gustó un pelo cómo dejamos las cosas, Melody Anne. No me parecía un tema que se pudiera solucionar con una llamada telefónica.

Melody asimiló sus palabras mientras le preparaba un vaso de *whisky* a su madre y lo llevaba al salón tras lo cual se sentó en el poco espacio libre que quedaba en el sofá.

—¿No has venido porque has cambiado de idea sobre la reunión de las Steel Birds?

—Antes muerta.

—Buaaa, buaaa, buaaa —dijo Melody mirando a la cámara de frente.

A Trina le temblaron un poco los labios por la risa, pero se puso seria de inmediato.

—No sueles llorar cuando me ves. ¿Pasa algo?

—No usas internet para nada, ¿eh?

—Joder, no. Es una plaga creada por el hombre. —Trina cambió de postura y cruzó los brazos por delante de la cintura en una posición casi… ¿incómoda?—. Pero si odiara mi cordura lo suficiente como para meterme en internet, ¿encontraría allí lo que te pasa?

—Encontrarías un montón de teorías.

—¿Cuál es la verdad?

Sintió que la garganta empezaba a dolerle cada vez más hasta que casi se quedó sin aliento.

—No podía fallar, la primera vez que tenemos una conversación sentida y nos están viendo millones de personas.

Trina resopló.

—Hemos tenido conversaciones sentidas antes. —Su confianza en esa afirmación desapareció casi de inmediato—. ¿Verdad?

Melody intentó sonreír, pero ese día su boca se negaba a cooperar.

—Es por ese hombre, ¿a que sí? —preguntó Trina en voz baja—. Te lo advertí. Viene de una familia rencorosa.

Esas palabras la golpearon como si fueran piedras. Incluso en ese momento, su corazón las rechazaba. Beat no era rencoroso. Era maravilloso. Así que se le escapaba algo. No estaba viendo la imagen completa. Eso era lo que pasaba. ¿O era patética por pensar de esa manera?

—Mamá, deberías saber que parece que Octavia Dawkins ve el programa.

—¿En serio? —Trina se volvió despacio hacia la cámara, sonrió y levantó el dedo corazón—. Súbete y pedalea, bruja pretenciosa.

—Qué bonito —susurró Melody.

—Huy, huy —dijo Danielle desde el otro lado del salón—. Seguid así. El servidor ha petado. Los espectadores empezaron a subir cuando Trina apareció y no han dejado de aumentar…

—Parece que sigo teniendo lo que hay que tener —comentó Trina, muy ufana.

—Sí —convino Danielle—. En fin, tengo que atender una cosa. No digáis nada importante hasta que podamos volver a retransmitir en directo.

La productora y el cámara salieron por la puerta principal, momento en el que una cacofonía de chillidos emocionados llenó el piso antes de que se perdieran de nuevo. Parte de la tensión abandonó los hombros de Melody por la realidad de dejar de estar en directo, aunque fuera de forma temporal. Por Dios, quería que se acabara ya. Antes era soportable porque tenía un compañero, pero el peso de las expectativas y la presión eran demasiado para llevarlo sola.

Para asegurarse, se llevó la mano a la espalda y apagó el micro.

Después de unos diez segundos de un silencio abrumador, Trina carraspeó.

—Melody Anne… —Soltó el vaso—. No sé por dónde empezar.

—Empezar ¿con qué?

Su madre soltó una carcajada carente de humor.

—Con todo. —Hizo una pausa—. En primer lugar, tu versión de *Sacude la jaula* hizo que bailara hasta el diablo. Hiciste que me sintiera muy orgullosa, aunque me cabreé como una mona. —Frunció el ceño—. ¿Cuándo aprendiste a tocar la guitarra?

Recibir un halago de su madre hizo que le costase hablar.

—Hace años. Con veintipocos.

—¿Tanto tiempo? —Trina parpadeó—. ¿Y no pensaste que me gustaría saberlo? Soy música.

—Acabas de contestarte tú solita. No habría estado… —Se encogió de hombros con gesto incómodo—. Es que tú has tenido un montón de éxito y me cuesta no compararme y comparar todo lo que hago con eso. Me cuesta no suponer que lo comparas todo con eso.

—¡Joder! —Trina pareció asimilarlo—. Perdona, no sabía que lo veías así.

Melody asintió con la cabeza.

—En fin, siento haberte echado un sermón delante de tus amigos.

Su madre levantó las cejas.

—¿Lo sientes? Porque me dio la impresión de que lo estabas disfrutando.

—No he dicho que no lo disfrutara. Solo he dicho que lo siento.

Trina soltó una carcajada sonora.

—Me parece justo. Supongo que me lo tenía merecido. —Y entonces se puso seria—. Es un poco irónico que no me dijeras que aprendiste a tocar la guitarra porque pensabas que no estarías a la altura. Porque… yo no les hablo de ti a mis compañeros de casa porque sé que no he sido buena madre. Seguramente me harían preguntas sobre ti y no sabría las respuestas.

—Podrías saberlas. —Melody se quedó muy quieta, temerosa de interrumpir el momento—. Podrías preguntarme.

—Pues voy a empezar si te parece bien. —Tosió para disimular que se le quebraba la voz—. Cada vez que salgo de mi zona de confort y vengo a Nueva York, tengo la sensación de que estoy reviviendo el pasado y me siento tan expuesta y arrepentida que no puedo pensar en otra cosa. Debería haberme centrado en ti. Debería haberlo hecho desde hace mucho tiempo.

Reconocer los errores. Al parecer, eso era lo único necesario para querer perdonar a alguien. Que reconocieran que te habían herido, en voz alta.

—Podemos empezar ahora, mamá.

—Gracias. —Trina se dio unas palmaditas por debajo de los ojos para secarse la humedad en un intento por recuperar la compostura—. Parece un buen momento para contarme qué ha pasado —siguió, queriendo parecer despreocupada, aunque tenía la voz cascada por la emoción—. Con el vástago del enemigo, digo.

Se le escapó una carcajada al oírla, pero acabó transformada en un trémulo suspiro.

—Pues esa es la cosa. Que no sé lo que sucedió en realidad. Pasamos la noche juntos, las cosas eran… Creía que la cosa iba genial. Mamá, Beat y yo… Cuando estamos juntos, tengo la sensación de que lo conozco desde siempre. Casi puedo leerle el pensamiento. Y juraría que a él le pasaba igual. No. —Meneó la cabeza con vehemencia—. Sé que para él es lo mismo. Por eso estoy tan confundida. Nunca me haría daño…, pero me lo ha hecho. No lo entiendo.

—¿Qué te dijo?

—Fuimos al plató de *Today* y se puede decir que confirmé que estábamos juntos. Pero no habíamos decidido oficialmente que lo estábamos. Lo di por sentado, vaya.

Trina apoyó la espalda en el respaldo del sofá con los labios apretados mientras sopesaba lo que le había dicho.

—Tienes razón. No tiene ningún sentido.

Que su madre validara lo que pensaba fue como respirar hondo por primera vez en días.

—¿De verdad?

—De verdad. —Trina frunció el ceño—. Puede que se formara en el seno de una bruja del demonio, pero... —Puso los ojos en blanco—. A ver, que estuviste en el calabozo como una hora y se comportó como si hubieras estado diez años haciendo trabajos forzados. Saltaba a la vista que vivía por verte feliz, Melody Anne. Cuando os pusisteis a cantar *Sacude la jaula*, te miraba como si su corazón pendiera de tu meñique.

Le dolió escuchar eso. Todo.

—A lo mejor ha cambiado de idea. —Melody se secó las lágrimas que le habían brotado de los ojos—. Intento recordar todo lo que dijimos mientras estábamos en el programa, pero lo tengo todo muy borroso. Creo que a los dos nos sorprendió que llevaran a Fletcher como invitado sorpresa...

—¿A quién? —Trina se incorporó de golpe y se sentó muy derecha—. ¿A quién dices que llevaron?

—A Fletcher Carr —contestó ella—. Seguro que te acuerdas, el batería original de las Steel Birds.

—¿Que si me acuerdo de él? Fue el motivo de que el grupo se disolviera.

La confesión dejó a Melody sin aliento.

—¿En serio?

—Por el amor de Dios. —Su madre se había quedado completamente blanca. ¿Qué estaba pasando?—. ¿Se puede saber qué quiere después de tanto tiempo?

—Por eso necesitas tener internet, mamá. O al menos una dirección de correo electrónico. —Melody se humedeció los labios, temerosa de cómo iba a reaccionar su madre a lo que iba a decirle si se había alterado tanto solo con comentarle que había aparecido—. Se ha ofrecido a participar en la reunión. En directo.

Trina se puso en pie de un salto y empezó a pasearse de un lado para otro en la otra punta del salón.

—¡Qué cara más dura tiene ese cabrón! —¿A su madre le temblaban las manos?—. ¿Lo sabe Octavia?

—Supongo que sí.

—¿Y…?

—Y… pues no sé. Llevo tres días sin hablar con Beat. —Se le quebró la voz al pronunciar la última palabra, lo que llamó la atención de su madre.

—Perdona si parece que estoy pasando de tu dolor. Es que… no me puedo creer que Fletcher apareciera así de la nada. Si te digo la verdad, esperaba que la hubiera palmado en un accidente o algo así. Pero, ¡vamos!, típico de él estar acechando en las sombras para aterrorizarnos de nuevo.

La verdad la golpeó como un mazazo en el estómago.

«Acechando en las sombras».

«Aterrorizarnos».

La extraña reacción de Fletcher al salir al plató. Que Beat casi no abriera la boca después de que apareciera el batería. Y luego, ya después de que acabara la entrevista, ese comportamiento tan extraño. No parecía el hombre a quien quería. No parecía Beat.

—¡Mierda! —exclamó y casi se dobló por la cintura—. ¡Qué fuerte, mamá!

Trina dejó de pasearse de un lado para otro.

—¿Qué pasa?

Contar el secreto de Beat estaba mal, pero lo hizo de todas formas, porque la verdad iba a partirla por la mitad si no la soltaba.

—Llevan cinco años chantajeando a Beat. Su padre biológico. Se negó a decirme la identidad del hombre, pero es él. Es Fletcher Carr. —Empezó a temblarle todo el cuerpo…, por muchos motivos. Sobre todo porque no terminaba de creerse que Beat se había visto obligado a encontrarse con su carcelero emocional en directo y estaba sufriendo ese mazazo solo. Sin ella. Era una ridiculez que se preocupase por él sumida como estaba en su propio tormento, pero al parecer, así era el amor. Priorizar el bienestar de otra persona por encima del propio. Él lo habría hecho por ella…

Él lo habría hecho por ella.

Se levantó de un salto, pero tuvo que apoyarse en el brazo del sofá para no caerse por lo mucho que le temblaban las piernas.

—Ese hombre. Seguro que le dijo algo a Beat. Seguro que le dijo… algo relacionado conmigo, ¿verdad? No lo sé.

Estaba tan conmocionada por esa revelación que no se dio cuenta de que su madre se había puesto más blanca todavía.

—Melody Anne… —Trina cerró los ojos y se pasó una muñeca por la frente—. No puedo creer que vaya a decir esto, pero llévame a casa de Octavia, por favor.

30

Como no saliera del piso, acabaría echando las paredes abajo con sus propias manos, pensaba Beat. El *reality show* había dejado de emitir en directo hacía media hora y Danielle ya no contestaba al teléfono. Llevaba tres días llamando sin parar a la productora para asegurarse de que Melody no corría peligro, viviendo paralizado por el miedo a que Fletcher Carr apareciera en su puerta en busca de dinero pese a sus esfuerzos por despistar al batería..., aunque mantenerse alejado de Melody lo estaba matando, minuto a minuto.

En ese momento, la última imagen que tenía de ella era sentada en el sofá con Trina, y con unas ojeras impresionantes. Tan delicada, tan fuerte y tan Melody, negándose a hablar de él delante de la cámara.

Seguir el programa en directo era una lenta tortura que iba a acabar con él, pero no podía evitar escabullirse al cuarto de baño para verla, porque era el único sitio donde Ernie no podía grabarlo. A esas alturas, el cámara debía de pensar que sufría de fobia a los gérmenes o algo, pero le resultaba imposible cortar la última conexión que le quedaba con Melody. Así que hacía un descanso del trabajo, se acurrucaba en el suelo embaldosado del cuarto de baño y la veía pasear por Brooklyn rodeada de multitudes, al parecer ajena a su fervor, y eso hacía que se le disparara la tensión arterial.

¿Y si alguien había burlado a los guardaespaldas, había entrado en su piso y por eso habían dejado de emitir en directo? Con la llegada de Trina, no era algo tan descabellado. Sin embargo, no podía coger el metro ni subirse a un Uber para plantarse en su casa, ¿verdad? No. No, porque se arrodillaría a sus pies y le suplicaría perdón. Fletcher lo vería en directo y sus actos la pondrían de nuevo en peligro. Esos últimos tres días y todos los interminables días que le quedaban por delante serían en vano.

¡Le habría hecho daño en vano!

Se calzó unos mocasines, se puso el abrigo y salió volando por la puerta de su piso. En cuanto entró en el ascensor, llamó de nuevo a Danielle. Sin embargo, justo antes de que las puertas metálicas pudieran cerrarse de golpe, un pie se introdujo entre ellas y volvieron a abrirse, permitiendo que Ernie lo siguiera con la cámara. Si a un hombre se le olvidaba que estaba grabando un *reality show*, significaba que las cosas estaban muy chungas.

—Lo siento —murmuró, cerrando los ojos, que sentía llenos de arenilla—. Hazle caso al teléfono, Danielle. Contesta…

—Melody está bien —le dijo Danielle cuando aceptó la llamada—. La conexión se ha cortado de repente. Pero ahora mismo no puedo hablar, estamos andando.

El alivio le inundó el pecho.

—¿Adónde vais?

—Luego hablamos, Beat.

La llamada se cortó.

Se guardó el móvil en el bolsillo y se dejó caer contra la pared del ascensor. Bien. Melody estaba bien. Melody estaba bien. Y él… pues no lo estaba, la verdad. Necesitaba controlarse. Para bien o para mal, faltaban dos días para Nochebuena. Sin una reunión… En fin, sin el millón de dólares a la vista, le había dado instrucciones a su contable para que pidiera un préstamo. Fuera como fuese, toda la tensión habría desaparecido la mañana de Navidad y eso ya debería proporcionarle una pequeña sensación de consuelo.

Sin embargo, no era así.

De hecho, solo se sentía peor.

Mantener intacta la reputación de su madre y evitar que su padre acabara con el corazón destrozado siempre había bastado para mantenerlo motivado a la hora de apaciguar al chantajista. No obstante, en ese momento ambas cosas seguían siendo más que dignas de proteger, pero debía empezar a reconocer la verdad.

Aquello no iba a parar nunca. Continuaría para siempre.

Guardaba un secreto que se fraguó incluso antes de que él naciera. Hacía más de treinta años, cuando sus padres eran veinteañeros. Octavia era una estrella del *rock,* siempre de gira. ¿Quién sabía si acostarse con el batería mientras mantenía una relación con su padre fue el único error que cometió? Tal vez había más y Rudy lo sabía. ¿La quería pese a todo?

No lo sabía, porque nunca se lo había preguntado.

A saber cómo reaccionarían sus padres, porque les había ocultado todo el asunto y había decidido gestionar el chantaje solo, cuando podría haber acabado hacía años. Si hubiera confiado en las personas a las que quería tanto como para ser honesto con ellas…

Confianza.

A eso se reducía todo, ¿no? Eso era lo que Melody le había enseñado.

Necesitaba sincerarse con Octavia. Ya. Ese mismo día. Su silencio era el culpable de que hubiera perdido a Melody, y estaba a un paso de perder la salud mental. Octavia no desearía nada de eso, mucho menos si el responsable era un secreto que la involucraba. Y él ya no podía cargar con todo aquello solo. Otra gotita de agua más añadida al peso acabaría rompiéndole la espalda.

O quizá ya lo había hecho.

Iba andando por la calle en dirección a casa de sus padres en camiseta de manga corta y zapatillas de estar por casa a cinco grados bajo cero sin sentir nada de frío. Pero nada en absoluto. Lo único que sentía era la boca del cañón en medio del pecho. Los coches tocaban el claxon al pasar y la gente cambiaba de dirección para seguirlo por la acera. Llegó al rascacielos donde vivía Octavia rodeado por un montón de personas deseosas de información.

¿Dónde estaba Melody?

¿Por qué no estaban juntos?

¿Por qué estaba haciendo eso?

Cada vez que alguien le hacía una de esas preguntas sentía una bota con punta de acero aplastándole el corazón. ¿Que por qué no estaban juntos? Porque en el poco tiempo que llevaba con la mujer más increíble del mundo, no había aprendido nada de ella. Había llegado la hora de arreglarlo.

Miró fijamente su reflejo en el espejo del ascensor durante el trayecto hasta el ático de su madre y apenas si se reconoció. Tendría suerte si Octavia no llamaba a seguridad.

Las puertas se abrieron y entró en el vestíbulo, deteniéndose en seco por el absoluto silencio que reinaba en el lugar, de manera que Ernie casi se dio de bruces con él.

—¿Mamá? —No había nadie en el opulento salón ni en el gimnasio, así que subió por la escalera hasta su despacho.

En cuanto atravesó la entrada, supo que algo andaba mal.

Su madre estaba sentada a su mesa con la mirada fija al frente y la cara blanca como el papel.

Por instinto, Beat tanteó la petaca para apagar su micrófono, disculpándose con Ernie mientras lo dejaba fuera del despacho.

—Mamá —dijo y se acercó a ella con el ceño fruncido y le puso una mano en el hombro, retrocediendo cuando ella se sobresaltó—, ¿qué pasa?

Ella se estremeció, intentó hablar, pero no le salió nada. No de inmediato.

Luego suspiró y señaló la pantalla de su portátil.

—El programa *Today*... —Se humedeció los labios y volvió a empezar—. Obviamente me cabreé cuando Fletcher Carr os hizo una encerrona a ti y a Melody en directo. No quiero a ese hombre cerca de vosotros, y tampoco es que los del programa tengan que consultarme. De todas formas, llamé a una amiga productora porque tenía ganas de quejarme. Y me ha mandado... Me acaba de mandar... esta grabación.

Beat sintió que se le erizaba el vello de la nuca.

—¿Qué grabación?

Octavia lo miró por fin.

—Después de la entrevista con la presentadora, mantuviste una conversación con Fletcher. —Su madre lo estaba mirando como si no lo hubiera visto en la vida—. Tu micrófono seguía encendido.

Las sienes le latían con fuerza y su mente parecía procesar esa información muy despacio. No recordaba la conversación con el batería palabra por palabra. Solo las partes sobre Melody. Y las cosas horribles que le había dicho a ella después.

—Mamá…

—¿Desde cuándo sabes que es tu padre biológico?

Se le vaciaron los pulmones como si le hubieran dado un puñetazo en el estómago. ¡Por Dios! Llevaba tanto tiempo temiendo ese momento que no podía creerse que estuviera sucediendo. Encontrar la voz le resultaba casi imposible, pero lo consiguió al final.

—Cinco años.

Octavia cerró los ojos.

—¡Por Dios!

El primer instinto de Beat fue consolarla. Hizo ademán de arrodillarse junto a su silla para que pudieran hablar de la situación y, ¡joder!, odiaba disgustar a su madre, pero el alivio de haber sacado a la luz ese secreto era como salir de una habitación después de haber estado encerrado en ella cinco años. La sangre empezó a correrle por las venas con alegría y sintió las piernas ligeras.

Sin embargo, antes de que pudiera decir una palabra, entró el ama de llaves.

—Señora Dawkins, lo… —Vio a Beat de pie junto a la mesa y sorbió por la nariz—. Lo siento, he tenido que ir al baño por necesidad, de otro modo la habría informado de la llegada de su hijo.

—No pasa nada —replicó Octavia con tristeza, que dejó caer la cabeza entre las manos.

—Me temo que acaban de llegar más invitados, señora Dawkins.

Su madre levantó las cejas.

—¿Quién?

—Soy yo, pedorra —dijo Trina Gallard, entrando en el despacho—. Antes de que preguntes, no, no estás soñando. Sigo teniendo el cuerpo de una veinteañera.

—¿Trina? —Octavia se puso en pie despacio con los ojos como platos por la sorpresa y plantó las manos temblorosas en la mesa—. Tú…, ¿qué haces aquí?

—Animando el cotarro. —Se paseó por el despacho, ensuciando la alfombra blanca con las huellas de sus botas—. Por Dios, Octavia, tu casa es el Museo Oficial del Aburrimiento.

Octavia levantó una ceja.

—No reconocerías el buen gusto aunque te mordiera en el culo.

—El que me mordió en el culo una vez fue el bajista de los Infinite Jesters, ¿te acuerdas?

—¡Dios mío, no has cambiado nada!

—¡Dios mío! —se burló Trina, fingiendo que se agarraba un collar de perlas invisibles—. ¿La señora de la casa necesita las sales aromáticas?

—Aquí la que necesita algo eres tú, ¡y son modales! Has invadido mi casa. ¡Sin invitación!

—¡Me habría muerto esperando que me invitaras!

—¿Y por qué no te mueres sin más, *hippie* de pacotilla, traidora?

—¡Oh, esa es buena, viniendo de...!

Melody entró en el despacho detrás de Trina.

El aire que rodeaba la cabeza de Beat se convirtió en cristal y se hizo añicos, mientras se le aceleraba el corazón. ¡Por Dios! Era lo más bonito que había visto en la vida.

—Mel —dijo con voz ronca, y sus pies cruzaron la estancia antes de que pudiera pensar lo que estaba haciendo. O sopesar las consecuencias. Lo hizo porque estaba obligado. Porque no tenía más remedio que tenerla en sus brazos, fuera como fuese.

Ella soltó un gemido trémulo cuando él la levantó del suelo estrechándola con todas sus fuerzas, con la cara enterrada en su pelo para aspirar su aroma como si fuera a reanimarlo, a devolverlo a la vida..., y lo hizo. Sus extremidades cobraron vida, las yemas de los dedos, el pecho... Y el efecto conjunto lo postró de rodillas.

—Beat —le susurró ella en el cuello.

—Mel —volvió a decir, con más firmeza.

Ella sabría lo que significaba. Ella lo entendería.

Estaba convencido de que seguirían abrazados el resto de sus vidas, porque sentía que sus órganos se desprenderían si se separaban, pero Melody interpuso una mano entre ellos y rompió el contacto. Lo empujó hasta apartarlo un poco. Pero era demasiado. Los centímetros parecían kilómetros y apretó los puños para no pegarla a su cuerpo de nuevo, con más fuerza, de forma permanente. Melody quería que la abrazara (esa mirada desesperada y clavada en su garganta se lo dejaba bien claro), pero estaba luchando contra esa necesidad.

—¡Madre del amor hermoso! —murmuró Trina, exasperada—. Si me pongo a componer una canción sobre ellos es que se escribe sola. Solo tendría que sostener el lápiz.

—La cámara no les hace justicia, ¿verdad? —dijo Octavia en voz baja, tras lo cual chasqueó los dedos para llamar la atención de Joseph y Ernie, que estaban justo al otro lado de la puerta, junto a una embelesada Danielle—. Vale. Ya tenéis vuestra reunión, ahora necesitamos un poco de intimidad.

Danielle dejó caer los hombros.

—Vale. La retransmisión ha vuelto a fallar. —En ese momento, la llamaron por teléfono y les hizo un gesto a los dos cámaras para que saliesen del despacho—. Tened en cuenta que deberíamos estar de nuevo en directo a las diez.

—Creo que no voy a aguantar más de diez minutos —replicó Trina, que rodeó una de las sillas situadas frente a la mesa de Octavia y se dejó caer en ella sin más—. Oc, están chantajeando a tu hijo.

Beat estaba mirando fijamente a Melody a los ojos cuando oyó esas palabras y vio que el anhelo que había en ellos se transformaba en cautela y luego en… arrepentimiento.

—Lo siento. No pensaba decírselo, ni a ella ni a nadie, pero estaba allí cuando descubrí quién era. Tu padre.

Levantó las manos para agarrarla por los hombros, pero ella se alejó, y el estómago se le cayó en picado al suelo.

—No te preocupes —logró decir—. He venido con la intención de contárselo todo a mi madre.

—¿En serio? —replicó Melody con un deje esperanzado en la voz—. Eso está bien, Beat. ¡Me parece genial!

—Pero yo ya lo había averiguado por mi cuenta —terció la aludida, tras lo cual se sentó de nuevo a su mesa.

Beat cerró los ojos cuando la oyó teclear, consciente de lo que iba a suceder. No sabía si sentirse agradecido o asustarse por la inminencia de que todos oyeran sus palabras.

«¡Felicidades! La tienes en el bote, colega. Seguro que está dispuesta a hacer cualquier cosa por ti. Por ejemplo, pagarme para que no suelte tu gran secreto. Sí, te estaba mirando embobadísima. Estoy seguro de que te protegería a toda costa. Podría significar el doble de pasta para mí».

«Como no la dejes tranquila —era su propia voz—, te mato».

Vio que a Melody le brillaban los ojos allí mismo, delante de él.

«¿A tu propio padre?».

«Es todo de cara a la galería. ¿No sabes lo que son los *realities* guionizados? En cuanto termine, seguramente no vuelva a verla».

—Estaba mintiendo, Mel —dijo entre dientes.

—Lo sé —susurró ella, que asentía con la cabeza—. Lo sé.

Menos mal. Menos mal que confiaba en él. ¿Por qué no estaba en sus brazos todavía?

«Lo siento si creías que era una historia de amor de cuento de hadas, pero no lo es. Puedes intentar sacarle la pasta, pero te mandará a la mierda. Y luego ella podrá aprovechar el secreto. Perderá todo el poder que tiene y se convertirá en su moneda de cambio si quiere vender la historia. Y sabes que le lloverán ofertas para contarlo. Esto es un bombazo».

—Tal y como lo dice es que te lo crees —comentó Trina—. De tal palo tal astilla, supongo.

—Cállate, momia apestosa —replicó Octavia.

—Así es, tengo glándulas sudoríparas, como cualquier ser humano. ¿A ti te las quitaron, junto con el sentido del humor, cuando te pusieron el bótox?

«Sé lo que he visto. Lo vuestro es real», las interrumpió la voz de Fletcher y luego se oyeron unos pasos de fondo. Los de Melody. Beat sintió que se le revolvían las tripas. No soportaba mirarla durante esa parte, así que se acercó a la ventana y apoyó las manos en los laterales del marco, con la mirada clavada en la avenida sin ver nada.

«¡También quiere que le enseñe a jugar a la petanca! Vamos a hacer una quedada solo de chicas después de las fiestas».

En ese momento fue cuando rechazó la mano que ella le había tendido. El recuerdo fue como un torpedo en el centro de su estómago.

«Lo siento. ¿He interrumpido algo?».

«¡Qué va, guapa! Solo estamos de palique. Seguro que os espera otro gran día de grabación. ¿Adónde os vais ahora?».

«La verdad es que no tenemos planes».

—Apágalo —dijo Beat con una nota exigente en la voz mientras se apartaba de la ventana—. Ya has oído la parte que necesitabas oír. ¡Apágalo, por Dios!

Octavia pulsó una tecla y el despacho quedó en silencio, salvo por la respiración acelerada y superficial de Melody. Sin embargo, no lo estaba mirando. ¿En qué estaría pensando?

Trina fue quien le puso fin al silencio.

—No soy matemática; pero, amiga mía, me da la impresión de que cometiste un desliz entre gira y gira.

En la cara de Octavia no se movió ni un solo músculo.

—¿Te hiciste alguna prueba de paternidad, Beat?

—Sí —contestó con voz ronca—. No estaba dispuesto a darle ni un centavo sin una confirmación. Es mi padre. Mi padre biológico.

Octavia dejó caer la cabeza hacia delante.

—A ver, recapitulemos —terció Trina, que fue extendiendo dedos según repasaba los hechos—. Estuvisteis saliendo. Luego me mintió diciendo que habías cortado con él. Empecé a salir con él, y eso fue, admitámoslo, el principio del fin. El fin de las Steel Birds. Nuestra creación. Y, al final, después de que lo echáramos y buscáramos a otro batería, se las arregló para volver y acostarse contigo otra vez. Después de todo lo que había pasado.

—Es que... Bueno, fueron los celos y la vanidad. ¡Y que solo tenía veintitrés años, joder! Quería hacerte daño. En aquel entonces discutíamos por cualquier cosa, pasábamos de ir al estudio a grabar y no aparecíamos ni en las reuniones con la discográfica. ¿Qué importaba que jodiera las cosas un poco más? Y, sí, vale, quería demostrar que él me deseaba más que a ti. Fue una gilipollez que no arregló nada. Si quieres odiarme por eso, vale, pero estoy bastante segura de que ya estoy pagando un precio bastante alto como para que encima vengas tú a ridiculizarme. —Golpeó el escritorio con el puño apretado. La única que no se inmutó fue Trina—. ¡Lleva cinco años chantajeando a mi hijo!

Trina alargó la mano y volcó un portalápices de porcelana lleno de bolígrafos blancos.

—¡Ahí estás! Ya pensaba que la tía que cantaba *Zorra sobre ruedas* a pleno pulmón estaba muerta y enterrada.

—Quiero arrancarle las pelotas de cuajo a ese hijo de puta, asarlas hasta que estén bien hechas y comérmelas para cenar con una botella de vino —masculló Octavia.

Beat se quedó boquiabierto.

Había visto incontables horas de conciertos de las Steel Birds. Había visto a su madre desatar el infierno con un micrófono. Pero en la vida real, Octavia era elegante y predecible. Aunque eso formara parte de su personalidad, saltaba a la vista que la roquera que no se andaba con remilgos había estado acechando en su interior todo ese tiempo.

Intercambió una mirada desconcertada e incrédula con Melody, que estuvo a punto de sonreírle hasta que se dio cuenta y rompió de repente el contacto visual.

Trina golpeó la mesa de Octavia con el dedo índice.

—Escúchame bien, porque voy a decirte lo que he venido a decir. Si no estás de acuerdo conmigo, me iré, y puede que pasen otros treinta años hasta que volvamos a cruzarnos. —Hizo una pausa y cambió de postura en la silla—. Tal y como lo veo, Fletcher ya ha intervenido de más en mi vida. Para ser un pedazo de mierda con patas tan grande he permitido que me afecte demasiado y no voy a seguir permitiéndoselo.

—Ha atacado a nuestros hijos —susurró Octavia.

Trina asintió.

—Se ha interpuesto entre ellos.

—Se cargó a las Steel Birds, y está intentando cargárselas otra vez.

—Solo si se lo permitimos.

Los ojos de Octavia se clavaron en los de Trina, ambas sostuvieron las miradas y fue algo increíble de presenciar. Beat podría contar la historia mil veces a lo largo de su vida y jamás podría hacerle justicia a la magia que volvió a unir a esas dos mujeres allí mismo, delante de sus propios ojos. Fue casi como si el aire se cosiera de forma visible entre ellas, como si una fuerza magnética las levantara de sus sillas al mismo tiempo, como dos monolitos surgiendo de la tierra.

Trina levantó una ceja.

—¿Hacemos el concierto ese o qué?

—¡Claro que lo hacemos! Justo después de que le digamos a Fletcher Carr que mantenga su veneno lejos de nuestras familias.

—Tengo una idea mejor. —Trina sonrió, cogió el móvil de Octavia del sitio donde descansaba en su mesa y se lo ofreció a su antigua (¿o actual?) compañera de grupo—. Acepta su oferta de participar en la reunión de las Steel Birds.

31

Melody observó con incredulidad que las antiguas enemigas se acurrucaban para discutir su plan, apoyándose la una en el costado de la otra y riéndose a carcajadas como si esos treinta años de rencor e ira no hubieran existido.

Beat y ella habían conseguido lo imposible.

Habían reunido a las Steel Birds.

Y en el proceso lo habían ganado todo: amistad, amor y crecimiento personal. Aunque también lo habían perdido todo. Durante un breve y deslumbrante momento, mientras observaba cómo esas dos leyendas del *rock* recuperaban el vínculo inigualable que las unió, se preguntó si el dolor que ella había sufrido había merecido la pena. Tal vez. ¿Sí? Sin embargo, cuando Beat se colocó frente a ella, la respuesta ya no le parecía tan clara.

Ni por asomo.

Amarlo con toda el alma y tener que vivir sin él.

—Melody, ¿podemos hablar?

No había nada más tentador que la idea de quedarse a solas con él en algún lugar. Retirarse a su pequeño mundo, donde ellos eran los únicos habitantes y el resto del planeta fuera intrascendente. Sin embargo, fingir que el daño que él le había causado no seguía afectándola solo empeoraría las cosas. La noche que pasaron en su piso, Beat le prometió que siempre sería sincero con ella, sin excepciones. En lo referente a la confianza que había depositado en ella habían llegado muy lejos. Sin embargo, faltó a su palabra a las primeras de cambio. Que sí, que a lo mejor lo hizo por una buena causa, para protegerla, pero no quería que la protegiera cuando podían formar un equipo. A esas alturas, ya no quería serlo, lo había superado.

—Creo que será mejor que me vaya —dijo.

El pánico se reflejó en las facciones de Beat.

—Por favor. No te vayas.

—Mamá —dijo ella, con la desesperación por salir de allí creciendo en su interior por el temor a ceder y a dejar que la presencia de Beat se enraizara demasiado en un lugar de donde nunca podría arrancárselo. A lo mejor ya había sucedido y solo se hacía ilusiones pensando que podría salvarse. Pero tenía que intentarlo. Había luchado mucho para establecer una serie de mínimos que aplicarse a sí misma y a los demás. Y no estaba dispuesta a ponerlos en peligro—. Mamá, cuando acabes aquí, coge un Uber para ir a mi casa, ¿vale? Quédate todo el tiempo que quieras.

Ambas mujeres los miraron con los ojos rebosantes de preocupación.

—Vale, Melody Anne —dijo Trina al cabo de un rato.

—¿No puedes quedarte a cenar? —le preguntó Octavia, con una nota esperanzada en la voz—. Seguro que puedo encontrar unos *beignets*.

—En otra ocasión —respondió Melody, con un nudo en la garganta.

Beat carraspeó con fuerza.

—Te acompaño a la puerta.

Rechazarlo habría sido infantil, así que asintió con la cabeza y echó a andar hacia la puerta. En cuanto puso la mano en el pomo, la invadió una oleada de renuencia. Oía a Danielle al otro lado, discutiendo con alguien de la cadena de televisión. Los cámaras hablaban de la mejor ruta para volver a Brooklyn. «Quiero estar sola», pensó. O, por lo menos, no quería que la grabaran durante un tiempo.

Después de enterarse de la verdadera razón del repentino distanciamiento de Beat, seguido del subidón emocional de volver a reunir a las Steel Birds (de haber conseguido de verdad el increíble objetivo), se sentía inquieta y nerviosa, y necesitaba un rato para relajarse. Las cámaras se lo impedirían.

—¿Qué pasa? —le preguntó Beat, casi al oído.

Le subió la temperatura de golpe y los pezones se le pusieron como piedras en cuestión de segundos.

—No quiero que me graben ahora mismo. Quiero alejarme de las cámaras.

Él asintió con una especie de murmullo.

—Hay un ascensor de servicio que mi madre usa a veces cuando no quiere encontrarse con los fans. La deja en la sala de calderas y luego sube por una escalera que lleva a la calle. Da a la fachada trasera del edificio. —Le puso una mano en la parte baja de la espalda y ella sintió que algo peligroso ronroneaba en su interior con fuerza—. Te acompaño.

Melody señaló la puerta con la barbilla.

—¿Y cómo nos deshacemos de ellos?

—¿Que cómo nos deshacemos? —repitió Beat con sorna, girando el pomo—. Podemos hacer lo que queramos.

En cuanto salieron del despacho, tres cabezas se levantaron a la vez, aunque Danielle siguió hablando con quienquiera que estuviera al otro lado de la línea, usando palabras técnicas.

—Solo voy a acompañarla al cuarto de baño —dijo Beat con desparpajo mientras la acompañaba a la puerta.

Melody se percató de la mirada suspicaz de Joseph, pero pasó de él.

La mano de Beat siguió en la base de su columna, justo por encima de la petaca del micro, mientras atravesaban el salón y el comedor, donde todo era blanco. Después giraron a la derecha, donde supuso que estaría el cuarto de baño, pero vio que Beat miraba hacia atrás con disimulo justo antes de empujarla hacia la puerta principal. Estar compinchada con él de esa forma le recordó la tarde de la batalla de bolas de nieve, cuando engañaron a los cámaras vistiéndose con la ropa de Vance y Savelina. Eso hizo que le doliera el centro del pecho.

Beat cerró la puerta del ático sin hacer el menor ruido, la cogió de la mano y corrieron codo con codo hasta dejar atrás el ascensor público, atravesar otra puerta metálica y llegar a una sala con suelo de hormigón industrial, donde había otro ascensor. En cuanto pulsó el botón, se oyó el zumbido mientras el ascensor subía hasta la última planta.

Todavía no le había quitado la mano de la espalda, pero a esas alturas le estaba acariciando la columna con el pulgar, provocándole un hormigueo en los pezones y aflojándole los muslos. Cuando le apagó el micrófono, una especie de zumbido se apoderó de sus oídos.

—Puedo bajar desde aquí —dijo con la voz entrecortada.

—Mel, por favor —replicó él con brusquedad—. Habla conmigo aunque solo sean cinco minutos.

—Ya lo haré, ¿vale? Pero ahora no puedo.

—¿Por qué?

—No lo sé. Te echo demasiado de menos como para pensar con claridad.

Lo oyó soltar el aire con brusquedad.

—¿Vas a esperar a no echarme de menos para hablarme? Si me echas de menos una fracción de lo que te echo de menos yo, eso no pasará en la vida. Ni en un millón de años.

Las puertas se abrieron de golpe. No se movieron durante tres segundos y entraron al mismo tiempo, mirando al frente. Las puertas se cerraron y el ascensor empezó a bajar. Antes incluso de que Beat pulsara el botón de parada de emergencia, Melody ya sabía lo que se avecinaba. Había intuido lo que él iba a hacer, pero de todas formas jadeó cuando el ascensor se detuvo.

—Melody, estoy enamorado de ti. —La cogió por los hombros, girándola hacia él y levantándole la barbilla, sin dejarle otra opción que mirar de frente la tormenta que se había desatado en sus ojos—. Te amaré eternamente.

Un sollozo intentó desgarrarle la garganta.

—Beat…

—Espero que sepas que lo que dije era mentira. —Le quitó los dedos de la barbilla para enterrárselos en el pelo—. ¿De verdad creías que me molestaría que hicieras oficial lo nuestro en la televisión nacional? ¡Iba a pedirte matrimonio hasta que vi que aparecía ese tío!

Cada palabra que salía de su boca le provocaba una serie de reverberaciones en el pecho, como un gong que golpearan una y otra vez.

—Sabía que me faltaba información. Sabía que eras incapaz de hacerme tanto daño.

—¡Bien!

—Entiendo por qué te mostraste tan distante delante de él. Querías que me dejara en paz. Pero quiero que imagines que yo te hubiera hecho lo mismo en vez de tratarte como a un compañero de equipo. Podríamos habernos enfrentado a él juntos en vez de dejar que nos separara. Levantaste tus defensas y me dejaste fuera. ¡El problema es la confianza, Beat! Necesito saber que no vas a... a hacerme daño. Que no me vas a sorprender cada vez que quieras protegerme. Es muy probable que con toda la atención que estamos recibiendo pase algo así otra vez, y ya no me siento... segura.

—¿Qué habrías hecho si se hubiera presentado en tu puerta y te hubiera pedido dinero para guardar el secreto de mi familia? —Guardó silencio mientras la miraba fijamente—. Le habrías pagado y el ciclo volvería a empezar. Mi único pensamiento era protegerte.

—No sé lo que habría hecho. Pero sí sé que lo habría hablado contigo. —Empezaba a quebrársele la voz—. No tienes excusa para dejarme colgada durante tres días cuando solo tendrías que haberme llamado por teléfono. O mandarme un mensaje de texto. Podrías haber ido a verme cuando los cámaras se fueran. Pero no hiciste nada de eso.

—Él es la peor parte de mi vida, Mel —masculló—. ¿Cómo iba a llevarlo también a la tuya? Te eché directamente a la boca del lobo. ¡Estar conmigo te hacía daño!

—No. Estar separados es peor. Y lo sabes muy bien.

—Tienes razón. Lo sé. Dios, sí que lo sé, joder. —Le bajó la boca hasta el cuello, trazó un suave camino ascendente con los labios abiertos hasta una oreja, cuyo lóbulo besó, y luego se detuvo en la parte posterior. Esas grandes manos le aferraron las caderas y la guiaron hacia atrás, hasta que apoyó la espalda en la pared del ascensor—. Llevo tres días sin dormir. Me encierro en el cuarto de baño y te veo en el móvil como un fan obsesionado. Quizá eso es lo que soy.

Las terminaciones nerviosas de Melody empezaban a chisporrotear y sus pulmones se esforzaban por respirar. En cuanto las caderas de Beat la inmovilizaron contra la pared, lo supo. Resistirse era inútil. Incluso la frustración que le provocaba, no solo él, sino toda la situación, hacía que deseara con más intensidad esa conexión salvaje y duradera que compartían. Que ansiara sentirla en todas partes. Bañarse en ella. Llevaba tres días pensando que no volvería a experimentarla, anhelándola, y en ese momento su cuerpo quería atiborrarse.

—Sé lo que me quieres decir —le aseguró Beat, rozándole los labios con los suyos y clavándole la mirada en la boca. Con expresión torturada—. Necesitas confiar por completo en mí o alejarte. Una relación basada en la confianza. Absoluta. Eso es lo que te ofrezco. Necesito ofrecértela.

—Quiero creerte.

—Por favor. —Le capturó la boca, y Melody sintió que se le aflojaba el cuello, de manera que agradeció que le pusiera una mano en la nuca para sostenerle la cabeza mientras la besaba con los labios separados y le metía la lengua, explorando el interior de su boca con frenesí—. Vuelve a creer en mí, Mel. Lo siento mucho, joder.

—Lo sé —susurró ella, devolviéndole el beso con avidez—. Sé que lo sientes.

—Soy tu novio. Tu prometido. Tu alma gemela. Puedes llamarme como quieras. Con todos esos nombres, o con uno solo. Lo que prefieras.

El dolor que la había agobiado durante los últimos tres días se hinchó como una balsa salvavidas, empujándole las costillas desde el interior. Todo el tiempo que había pasado dudando de sí misma, mirando el teléfono y esperando que sonara. El vacío. Si hubiera confiado en ella como ella confiaba en él, habrían evitado todo eso.

—Ahora mismo no puedo.

Él soltó un gemido entrecortado contra su boca.

—A lo mejor te convenzo para que lo hagas.

Sus músculos íntimos se contrajeron, mojándole las bragas. Se habían adentrado muchísimo en terreno peligroso. Estaban mucho más allá del punto de no retorno. Sentía que la tenía dura, preparada entre sus cuerpos, y su abdomen se frotaba contra ella, de lado a lado. Eran unos movimientos inconscientes y desesperados por parte de una mujer enamorada, aunque la hubieran agraviado.

—A lo mejor... quiero que lo intentes.

Beat gimió por encima de su cabeza y le cubrió los pechos con las manos, apretándoselos con rudeza.

—No me quieres de vuelta —susurró mientras bajaba la cabeza para lamerle los pezones duros a través del fino jersey—. Pero ¿vas a dejar que te folle?

—Sí.

—¿Vas a intentar devolverme el daño? —le preguntó contra la boca.

—No. ¡No!

—Por supuesto que no. Mi Melody es perfecta y no haría algo así. —Su beso estaba lleno de anhelo mientras le recorría con las manos la parte delantera del cuerpo y empezaba a levantarle la falda con las yemas de los dedos hasta dejársela arrugada en torno a las caderas—. Aunque te dejaría que lo hicieras, ¿sabes? Te pediría de rodillas que me ofrecieras cualquier cosa. Amor, dolor, perdón.

—No sé cuándo podré ofrecerte esas cosas. Y esto no va a solucionar nada —susurró ella, mientras forcejeaba con los dedos para desabrocharle la hebilla del cinturón. Luego siguió con el botón del pantalón y le bajó la cremallera, acariciando el bulto que presionaba contra sus calzoncillos—. Pero no puedo evitar querer sentirme cerca de ti.

—Voy a acercarme mucho. —Le capturó la boca de nuevo con los labios y la besó con frenesí, mientras le metía los dedos por las bragas y le separaba los labios mayores con el dedo corazón, localizando el clítoris al instante—. Hasta que solo estemos nosotros.

Se acercaría. Sí, pero sería un arreglo temporal.

Aunque, de todas formas, ella estaba deseando cualquier cosa que le ofreciera.

—Métemela —jadeó contra su boca—. Ya, ya, ya.

—Dios, sí. Pero solo porque estás lo bastante mojada. —La levantó contra la pared con un simple movimiento de caderas y le apartó las bragas enganchándolas con un dedo—. Voy a ocuparme de ti. Eso es lo único que haré en la vida.

—No, Beat. Las cosas no funcionan así. —Ella le rodeó la cintura con los muslos, con el cuerpo temblando por la anticipación de sentirlo dentro. De sentir esa dureza invadiéndola, dándole placer, usándola. ¡Follándosela!—. ¡Es algo mutuo!

Se percató del momento en el que todo encajó para él, porque frunció el ceño y detuvo las manos, que estaban guiando su polla para metérsela. Al principio de su relación, había mantenido en secreto el chantaje y, después, la identidad de su padre. La había mantenido apartada. La noche de la batalla de bolas de nieve le prometió cambiar. Y le pareció que lo hacía. Pero luego volvió a caer en el viejo patrón. Negándose a confiar, a compartir sus problemas con otra persona. Después de todo el progreso que habían hecho, aquello fue un indudable mazazo para ella.

De repente, se la metió hasta el fondo con la respiración entrecortada y le clavó los dientes en el cuello.

—Te quiero mucho, Mel. Nunca volveré a dejarte al margen de nada.

Su espalda se deslizaba por la pared con cada embestida, y le clavó los dedos en los hombros para mantenerse erguida mientras él se la follaba con desesperación.

—Beat... Beat... ¡Beat!

—Así se llama tu alma gemela. —Se apoderó de sus labios y acabó con el último resquicio de pensamiento racional que le quedaba, besándola como si fuera la primera vez. O la última. No estaba segura; lo único que sabía era que el corazón se le había subido a la garganta y que había rodeado a Beat con las piernas. Sus lenguas se enredaron con avidez, y su cuerpo estalló en llamas con ese hombre al que se había vuelto adicta y al que había tenido que renunciar tan pronto—. Oyes mi nombre en sueños, Melocotón, igual que yo oigo el tuyo.

—Sí —susurró ella al tiempo que separaba las rodillas y se inclinaba un poco hacia atrás porque quería ver cómo se la metía. Quería ver su grosor penetrándola, su dureza en la suavidad, su mejor amigo y su amante, dos almas gemelas fundiéndose en una—. Siempre lo oiré.

Esos ojos azules relucieron.

—Siempre lo oirás, porque estaré en la cama a tu lado, susurrándotelo, Melody. —Le enseñó los dientes, mientras le hablaba pegado a su boca—. Lo diré entre gemidos mientras te lo como. Lo gritaré en voz alta cuando entre por la puerta todas las noches.

Las imágenes la bombardeaban, reavivando la esperanza que se había marchitado durante su separación. Todavía no estaba preparada para abrazarla, para confiar en la felicidad que conllevaba, así que se concentró en el crudo y palpitante placer que aumentaba de intensidad cada vez que Beat embestía con las caderas hacia arriba, presionándola contra la pared del ascensor mientras esos dedos que adoraba le dejaban moratones en los muslos y en las caderas, allí donde la sostenían.

Tenía un «te quiero» en la punta de la lengua. Le encantaría decírselo, dejarse llevar, pero aún no podía. No se atrevía a exponer sus sentimientos hasta estar segura de que podía confiar en el compromiso con él, de que podían intentarlo de nuevo, sin medias tintas. Lo contrario sería cruel.

«Distráete», se dijo.

—Más —susurró—. Más.

Beat soltó un rugido ahogado contra su hombro, le enganchó las rodillas con los codos para subirla un poco y aumentó el ritmo de sus movimientos. A juzgar por la altura a la que la colocó contra la pared del ascensor, ella supuso que tendría que ponerse de puntillas para poder metérsela. El nombre de Beat se convirtió en un canto ronco que brotó de lo más profundo de su garganta mientras empezaban a temblarle los muslos.

—Dios, me encantaría dejarte embarazada algún día, ¿sabes? —dijo con voz ronca contra su cabeza, dejándole una lluvia de besos en el nacimiento del pelo y en las mejillas—. No he dejado de pensar en eso desde que hablamos de tener hijos. Quiero ser el hombre con el que quieras tenerlos. Quiero tomar lo bueno que llevas dentro y duplicarlo.

—Beat. ¡Por favor!

—¿Me estoy pasando? Vale. Absórbeme hasta que me lleves en los huesos como yo te llevo en los míos.

Y eso hizo. Perdió pie en el borde del abismo y cayó al vacío sin arnés.

—Te necesito. Te necesito muchísimo.

El robusto cuerpo de Beat empezó a temblar al tiempo que surgía de él un gemido estrangulado.

—¡Melody!

Llegaron al clímax como dos asteroides que chocaran en el cielo, lanzando escombros y trozos de piedra en cientos de direcciones. Ella gimió y apretó los muslos, enterrándole los dedos en el pelo y pegándose a él mientras aceptaba el placer por completo, deleitándose con ese torrente de sensaciones que él desataba en su interior. Sintió esa humedad resbaladiza mezclándose con la suya al tiempo que su alma gemela se estremecía con fuerza contra ella, como si llevara cien años sin correrse. Ella sentía lo mismo. Fue un clímax acelerado, intenso y alucinante.

Un orgasmo tan potente que se desplomó en cuanto terminó, y sus extremidades se convirtieron en un peso muerto. Sin embargo, Beat logró sostenerla, pese a su propio agotamiento, rodeándola con los brazos como si fueran de acero.

—Shhh, Melody —le susurró contra la sien, besándola con reverencia—. A partir de ahora todo irá mejor.

El corazón le dio un vuelco doloroso.

Sería facilísimo quedarse en esos brazos para siempre. Olvidar que después de la aparición en *Today* él la había dejado como si fuera una zombi. Se sentía ligera como un pájaro y, en un abrir y cerrar de ojos, era como un animal atropellado, y la herida todavía seguía demasiado fresca. Esperaba no tener que pasarse la vida curándosela, pero si así fuera, lo haría. Su responsabilidad era consigo misma en primer lugar y no podía dejar que su relación con Beat impidiera su sanación. O la curaba a conciencia, o se infectaría.

—Sigues pensando en irte, ¿verdad? —le preguntó él, aturdido.

Ella asintió en silencio al cabo de un segundo, abrazándolo más fuerte.

—Solo faltan dos días para Nochebuena. Nos veremos entonces.

Beat parecía incapaz de hablar, y le costó varios intentos zafarse del agarre mortal que sus brazos ejercían sobre ella. Cuando lo consiguió, se bajó la falda. Irse después de lo que acababan de compartir le parecía muy mal. Tanto que apenas fue capaz de levantar el dedo para pulsar el botón y devolverle la vida al ascensor, que empezó a bajar despacio mientras el corazón le latía a siete mil por hora en el pecho, y la cabeza le exigía que hiciera lo correcto y se fuera a casa, que se distanciara un poco para analizar las cosas, al mismo tiempo que el corazón le gritaba que se diera media vuelta y corriera de nuevo a los perfectos brazos de Beat.

Al final, ganó su mente.

—Es una locura, pero… —dijo él a su espalda, como si estuviera hablando consigo mismo—. Al final, ha salido bien, ¿verdad? He guardado el secreto como si tuviera el poder de incendiar el mundo si se descubría. No sé qué va a pasar con mi padre, quizá su mundo sí acabe calcinado, no lo sé. Pero… la verdad ha salido por fin a la luz. Y todo sigue como siempre. El espectáculo continúa. La vida sigue. Mi madre me sigue mirando como siempre.

—Beat, el amor no aparece y desaparece sin más. Necesitas creer que puedes apoyarte en él, porque te sostendrá contra viento y marea. —Se tragó el nudo que tenía en la garganta—. Creo que nuestros seres queridos quieren que los pongamos a prueba a veces y que busquemos su apoyo para así poder demostrarnos lo importantes que somos para ellos. Expresar amor y confianza es un regalo para la persona que lo recibe.

El pecho de Beat subió y luego bajó.

—Te daré esas cosas, Melody Gallard. Todos los días. Si me permites volver.

—Y te lo permitiré —susurró—. Pero todavía no. Ahora mismo eso es lo único que puedo decirte. Confía en mí.

Beat respiró hondo y asintió con la cabeza, tras lo cual se apoyó en la pared del ascensor y la observó alejarse con los ojos enrojecidos.

32

24 de diciembre

Beat observó el abrazo de sus padres desde el otro lado de la limusina y sintió que se le deshacían muchos nudos en el pecho. No podía oír lo que se decían, pero su lenguaje corporal durante el trayecto hasta el Rockefeller Center le dejaba bien claro el tema de la conversación. Octavia se estaba confesando. Su madre temblaba mientras hablaba, y su padre extendió los brazos hacia ella, preocupado. Ofreciéndole perdón y consuelo.

Así, sin más.

Un secreto de treinta años, la vergüenza y el arrepentimiento aniquilados por el amor.

Aunque el alivio lo inundó, no fue capaz de disfrutarlo del todo. No sin su corazón. Esa cosa que antes le latía dentro de la caja torácica se estaba paseando fuera de su cuerpo, seguramente con el abrigo verde irlandés de Melody. Quizá ya había llegado al Rockefeller Center con Trina, donde se reunirían con el equipo de producción y las Steel Birds subirían al escenario.

Al otro lado de la ventanilla, la ciudad era un borrón mientras la nieve caía, perezosa, del cielo. Los neoyorquinos hacían compras de última hora, los turistas posaban para hacerse fotos delante del Radio City Music Hall, Papá Noel hacía sonar una campana del Ejército de Salvación en la esquina, se oían sirenas de vez en cuando y salía vapor por los bordes de una tapa de alcantarilla. ¿Estaría Melody viendo todo eso? ¿Qué le parecería la ciudad a esas horas? ¿Estaría sonriendo en ese momento?

Se clavó los dedos en las rodillas e intentó controlar su pulso. No era nada fácil, consciente de que la vería en unos minutos. Aunque, la verdad, llevaba cuarenta y ocho horas viéndola en todas partes, mirara donde mirase. Daba igual que hubieran suspendido la retransmisión en directo por falta de capacidad de los servidores para darles servicio a todos los espectadores y ya no pudiera ver a Melody en su móvil. La llevaba tatuada en los párpados por dentro.

El gesto decidido de sus labios al cantar *Sacude la jaula* en la comuna.

La risilla que se le escapaba a veces cuando no estaba preparada para reírse a carcajadas.

Esos preciosos ojos llenos de lágrimas, ya fuera de felicidad, de tristeza o de cabreo.

Su cara ruborizada mientras se la follaba dos días antes.

En todas partes. Melody estaba en todas partes. Y allí era donde la quería. No quería que ni un solo gramo de ella se le escapara, de modo que soportaba el picahielo que se le clavaba en el pecho cada vez que un recuerdo aparecía y hacía que la echase todavía mucho más de menos.

Más y más y más.

Lo quería todo.

La limusina se detuvo delante del edificio de Applause Network en la calle Cuarenta y Nueve, situado a media manzana del escenario del Rockefeller Center, donde tendría lugar el concierto. Beat oía a la multitud desde allí..., y era evidente que Octavia también. Su madre se llevó una mano al pecho e inspiró hondo por la nariz.

—¡Guau! —exclamó con una carcajada—. Se me había olvidado lo que se siente.

—Vas a dejarlos sentado de culo, cariño —dijo Rudy, con la voz más cargada de emoción que de costumbre—. Como hacías siempre.

—Gracias —susurró ella antes de besar a su marido—. Beat, ¿de verdad sigues con la idea de presentarnos?

Tuvo que carraspear para hablar.

—¿Estás de coña? Es un honor.

La puerta de la limusina se abrió y apareció la mano del chófer para ayudar a Octavia a bajarse, pero ella no la aceptó de inmediato. En cambio, miró a Beat con la cabeza ladeada y una expresión compasiva.

—Tengo un buen presentimiento con esta noche —dijo—. Nadie puede seguir enfadado mucho tiempo durante una Nochebuena nevada.

—No está enfadada conmigo —replicó con voz ronca, sin aliento por el simple hecho de hablar de ella.

Melody no podía estar con él, nada más.

Había sido muy descuidado con el mayor tesoro del planeta: el corazón de Melody. Y ella ya no era capaz de confiárselo.

Le ardían los ojos como si se los acabaran de marcar a fuego en la cara. Se los apretó con los pulgares para contrarrestar el escozor, pero eso solo lo empeoró. La imagen reflejada en la ventanilla era la de un hombre demacrado y ojeroso. Ojos hundidos y sin vida, y barba de un par de días en el mentón. Rudy lo llamó por su nombre, y se dio cuenta de que le tocaba salir de la limusina. Una multitud se había congregado en la acera y gritaba, y el equipo de seguridad tuvo que contener físicamente a algunas personas mientras Octavia atravesaba el mar de gente y desaparecía en el interior del edificio.

—Beat —repitió su padre.

—¿Qué?

Rudy se dio unos golpecitos en el muslo con un puro apagado mientras lo hacía girar de un lado a otro.

—Solo quería decirte que... eres mi hijo, en serio. Yo estaba allí el día que naciste. —Dejó de moverse con nerviosismo—. Sigues siendo mi hijo. ¿Verdad?

Beat era incapaz de aguantar ese momento físicamente, pero lo intentó. Buscó en lo más hondo de su ser y echó mano de toda la fuerza que encontró porque se daba cuenta de lo importante que era la respuesta para su padre.

—Soy tu hijo —contestó con firmeza—. Eres el único padre que necesito o que quiero. En este caso, el vínculo es más fuerte que la sangre.

Rudy agachó la cabeza a toda prisa.

—Gracias.

—Debería ser yo quien te dé las gracias por aceptar todo esto tan bien. Siento haberte ocultado la verdad. Y habérsela ocultado a mi madre. No confié lo suficiente en vosotros.

—Estabas protegiendo a tu madre. Eso nunca me parecerá mal.

Beat tomó una honda bocanada de aire para recuperar la compostura y la soltó deprisa, y su padre hizo lo mismo en el mismo momento. Y se echaron a reír.

—Vamos a la batalla de nuevo, muchacho —dijo su padre al tiempo que encendía el puro y se bajaba de la limusina. Beat oyó que gritaban el nombre de su padre y también que coreaban su nombre con insistencia para que apareciera. A través de la ventanilla, leyó los carteles que sostenían en alto, y el estómago le dio un vuelco.

«Beat + Melody = Pareja perfecta».

«Ponle un anillo en el dedo, Beat».

Ojalá supieran que la necesidad de pedirle que se casara con él lo estaba matando. Por Dios, a esas alturas se conformaría con que le mandase un mensaje de texto. Una sonrisa. Lo que fuera.

Uno de los guardaespaldas asomó la cabeza por la puerta abierta de la limusina.

—Señor Dawkins, no podemos controlar a la multitud indefinidamente. Lo necesitan dentro.

—Claro. Lo siento. —Se dirigió encorvado hacia la otra parte del coche y se obligó a salir al frío exterior, abrochándose la chaqueta del traje mientras se enderezaba. La explosión de vítores casi lo obligó a retroceder un paso. Las vallas metálicas que mantenían a raya a la multitud se deslizaron sobre el hormigón y aparecieron más carteles con fotos suyas y de Melody pegadas con cinta adhesiva. En una de ellas, Melody estaba tumbada encima de él en el montón de nieve, y aflojó el paso para mirarla, con los pulmones ardiéndole porque le costaba respirar. Volver a aquella noche. Por Dios, daría lo que fuera por conseguirlo.

—Señor Dawkins —dijo el guardaespaldas, con más impaciencia en esa ocasión, y se movieron a la par para entrar por la puerta lateral del edificio. Atravesaron un recargado vestíbulo hasta llegar a un ascensor que los llevó al segundo piso—. Vamos a usar el patio interior como zona de bastidores. Tiene salida a la plaza donde tocará el grupo.

—Vale.

Las puertas del ascensor de abrieron y el guardaespaldas le hizo una señal para que saliera él primero y enfilara el pasillo, hasta que por fin lo llevaron al patio interior, una enorme cúpula cerrada de cristal que estaba iluminada como un domo de nieve. Muy cerca podía ver las banderas internacionales que ondeaban en el Rockefeller Center. Estaban a pocos pasos. Mientras uno de los teloneros terminaba, la multitud ya pedía a gritos que aparecieran las Steel Birds a continuación, pero él casi no era capaz de saber dónde estaba, porque estaba buscando a Melody…

Y allí estaba.

Mirándolo desde el otro extremo del patio interior con el corazón en los ojos, joder.

Por Dios, que alguien lo matase ya.

Los hombres no estaban hechos para soportar esa clase de dolor. Melody lo necesitaba, él la quería con locura, pero ella no corrió a sus brazos. No podía, por la brecha que él había abierto entre los dos. Pese al dolor punzante que sentía en el pecho, siguió andando para unirse al grupo y saludó con la cabeza a Danielle y a Joseph, que por una vez no llevaba cámara. Después miró con expresión inquisitiva a Trina, que lo observaba de la misma manera. Tras eso, volvió a mirar fijamente al amor de su vida mientras ella le devolvía la mirada, guapísima con un vestido blanco de cuello alto y su abrigo verde irlandés. Y unas botas negras que se le ceñían a los tobillos, justo lo que él se moría por hacer con las manos.

—Muy bien, gente. Estamos esperando a una persona más y después me acercaré a…

—Estoy aquí —dijo una voz familiar.

Todos se volvieron a la vez para ver al batería original de las Steel Birds entrar en el patio interior con unos vaqueros rotos y una camiseta de la gira de 1991. La respiración entrecortada de Trina fue la única reacción del grupo ante su aparición. Octavia sonreía con expresión neutra. Melody, en cambio, sonreía de oreja a oreja con expresión amable, aunque él la conocía lo suficiente para saber que le estaba costando mucho sonreír. Rudy fingió atender una llamada y se alejó hacia el otro extremo.

—Dicen que la ropa de un hombre se detiene en los mejores años de su vida y nunca cambia —dijo Trina al tiempo que cruzaba los brazos por delante del pecho—. Supongo que sabemos cuándo llegaste a la cima, ¿eh, Fletcher?

Octavia murmuró algo antes de decir:

—Montado en la ola de nuestro éxito.

—Yo también me alegro de verlas de nuevo, señoras. Me encantaría hacer una broma sobre que monté mucho más que vuestro éxito, pero tengo demasiada clase para eso.

Beat lo vio todo rojo de repente y empezó a echar espuma por la boca, preparado para estamparle un puñetazo al batería en toda la cara, pero Melody meneó la cabeza con un gesto sutil, anclándolo con sus ojos. Casi podía leerle la mente, y le estaba diciendo: «Ya has luchado de sobra, ahora les toca a ellas». Y tenía razón. Esa noche era por el grupo.

—¿Lo has oído, Oc? —dijo Trina—. El tío que una vez dejó un rastro de vómito desde el autocar de la gira hasta el escenario de repente ha decidido que tiene demasiada clase.

—Para que veas. La gente cambia de verdad.

—Vale —dijo Danielle, que agitó las manos para llamar su atención—. Aunque me encantaría prolongar esta parte de la reunión, tenemos a una multitud enorme y muy exigente esperando para ver al mejor dúo femenino de *rock* de la historia.

—Fíjate que ha dicho dúo —le dijo Trina a Fletcher, guiñándole un ojo.

—Beat —siguió Danielle, decidida—, tú irás primero y presentarás al grupo…

—¿No debería acompañarme Mel? —la interrumpió, aunque no lo había planeado.

Eso hizo que la productora se quedase de piedra. Cinco pares de ojos se clavaron en él antes de mirar a Melody.

Mientras tanto, el corazón de Melody volvía a asomar por esos perfectos ojos, con el afecto que sentía por él tan puro y evidente que lo estaba abriendo en canal. ¿Quién podía sobrevivir a eso?

Danielle tosió.

—Es que… había supuesto que, dado que Melody no está muy cómoda con los focos, querría quedarse entre bastidores, pero si me equivoco, Melody, puedes acompañar a Beat para la presentación.

A Beat empezó a dolerle la mandíbula de tanto apretar los dientes.

—Eres demasiado guapa como para esconderte entre bastidores.

—Beat —susurró ella, que se colocó una mano en el vientre—, por favor.

—Pues a mí me parece una relación real —le canturreó su padre biológico al oído.

—Eso es porque lo es. —Miró al otro hombre a los ojos—. Siempre lo ha sido.

Danielle soltó una especie de carraspeo incómodo.

—Lo siento, chicos. Habrá más tiempo para esta conversación después del espectáculo, pero ahora mismo necesito que Beat empiece con la presentación. Y Melody también si le apetece.

Melody asintió con la cabeza, sin apartar la mirada de él. ¿Qué estaría pensando? Se arrastraría por veinte kilómetros de cristales rotos con tal de averiguarlo.

—Beat y Melody, salid por la izquierda del escenario. Trina, Octavia y Fletcher, vosotros entraréis por la derecha y saludaréis al público mientras la multitud os da el recibimiento que os merecéis. Supongo que habéis hablado de las canciones que vais a tocar…

—Pues sí —confirmó Octavia, que intercambió una sonrisilla con Trina.

—Nadie ha hablado conmigo —protestó el batería.

—Tú intenta seguirnos el ritmo, imbécil —replicó Trina sin pestañear.

—Hora de salir —dijo alguien desde el túnel al final del patio interior.

Beat le tendió una mano a Melody, que ella aceptó, y lo inundó la gratitud de tal manera que casi se postró de rodillas. Disfrutó del roce natural de esos delgados dedos entre los suyos, más grandes, y contuvo a duras penas el impulso de llevárselos a la boca para besarlos. Recorrieron el túnel el uno junto al otro, flanqueados por el equipo de seguridad, mientras las brillantes luces los llamaban desde el otro lado. Los vítores, los cánticos, los golpes con los pies y los silbidos fueron aumentando de volumen hasta que les resultó imposible hablar de haber querido hacerlo. De modo que se quedaron al pie de la escalera que conducía al escenario, respirando el mismo aire. Melody le permitió que le rozara la frente con los labios, con los dedos entrelazados.

—Volvemos de publicidad —dijo una chica con unos auriculares— en diez, nueve...

—¿Vamos a improvisar? —gritó Melody para hacerse oír mientras le entregaba su abrigo a otra persona, también con auriculares—. ¿O tienes algo preparado?

—Vamos a improvisar.

A Melody le refulgieron los ojos.

—¿Más o menos como hemos estado haciendo todo el tiempo?

Se echó a reír al oírla, y le dolió.

«Será mejor que salgamos», articuló ella con los labios, como si lo supiera.

A regañadientes, asintió con la cabeza y juntos salieron al escenario ante el clamor de una multitud que parecía infinita. Se extendía más allá de las barreras del Rockefeller Center, desbordándose por la avenida y las calles aledañas. La gente se asomaba a las ventanas de los edificios de oficinas, se agolpaba en las azoteas y se subía a los techos de los coches.

Alguien delante del escenario le hizo una señal, haciendo girar un dedo con rapidez.

En resumen: «Date prisa, joder».

—Damas y caballeros... —comenzó Beat.

Inclinó el micrófono para que Melody pudiera llegar a él.

—Es un orgullo para nosotros presentar de nuevo...

—A las gemelas satánicas.

—Al dúo indecente.

—A nuestras madres.

—¡Las Steel Birds! —gritaron a la vez al mismo micrófono y sus labios se rozaron al estar tan cerca. El cuerpo de Beat se hizo con el control sin más, exigiendo besar esa boca que lo atormentaría el resto de la vida. La besó, sin importarle la multitud..., al menos hasta que su aprobación se volvió ensordecedora. Hasta el punto de que el equipo de seguridad los rodeó y los sacó del escenario por la izquierda.

Le palpitaba todo el cuerpo por las ansias de continuar con el beso, pero no podía tocarla físicamente ni un segundo más sin tenerlo todo. Estar con ella. Saber que se despertarían juntos todas las mañanas y se acostarían juntos todas las noches. Cualquier otra cosa era dolorosa, así que en cuanto bajaron del escenario y ella se soltó de su mano, él siguió caminando.

Y no se detuvo.

33

Melody se llevó los dedos a los labios mientras Beat se alejaba.

La multitud seguía enloquecida, y su corazón estaba igual. Vacilaba entre el dolor, la euforia y el conflicto, sin saber hacia dónde tirar.

Debería seguirlo.

Tenía que seguirlo.

Necesitaba ese tiempo para recuperar la confianza en él, pero nunca quiso que se abriera una brecha entre ellos, una brecha que parecía ensancharse por momentos.

—¡Beat!

El volumen de los vítores era demasiado alto, así que no podía oírla. Casi ni se oía ella misma. Aunque todavía tenía las piernas flojas por el beso, se dio media vuelta para seguirlo, pero las Steel Birds salieron al escenario en ese momento… y el suelo empezó a temblar. Fletcher fue el primero en aparecer y se sentó deprisa a la batería, donde cogió las baquetas, seguido de Trina y Octavia, que iban la una al lado de la otra y que no se detuvieron hasta llegar al borde de la plataforma elevada. Disfrutaron de la luz blanca de los focos durante un minuto entero mientras los espectadores chillaban. Octavia se apartó el pelo y Trina flexionó el brazo para sacar músculo, haciendo que el caos subiera más de volumen.

Y después entrelazaron las manos y levantaron los puños apretados al cielo, y el foco adquirió un tono azul eléctrico. La respuesta tan entusiasta del público hizo que Melody se tuviera que tapar las orejas con las manos para mitigar el ruido. Casi podía ver los decibelios surcando el aire a su alrededor, erizándole el vello de los brazos.

Eran hipnóticas.

No podía apartar la mirada de ellas. Sobre todo cuando Trina cogió la guitarra, tocó una sola nota y la miró, guiñándole un ojo. Por mucho que deseara seguir a Beat, no podía perderse ese momento, se lo debía a su madre. Se lo debía a las dos. Había conseguido lo que se había propuesto y su relación con Trina no volvería a ser la misma. Sería mejor.

Se le llenaron los ojos de lágrimas, desdibujando la imagen de la espalda de Beat. Se lo había tragado la caótica multitud que había entre bastidores. Casi sintió en el estómago el momento en el que él abandonó el edificio. ¿Adónde iba?

Se distrajo cuando Octavia cogió la guitarra y se la pasó por encima de la cabeza antes de acercarse al micrófono.

—Puede que sea Nochebuena, pero eso no nos va a impedir montar un pollo, ¿verdad, Trina?

—Nunca nos ha frenado nada —respondió la aludida con voz ronca.

Fletcher se rio contra el micro, como si también participase de la broma, y eso hizo que las dos mujeres volvieran la cabeza despacio. Miraron al batería antes de mirarse de nuevo la una a la otra. Y asentir con la cabeza.

—Durante treinta años, la gente nos ha estado haciendo la misma pregunta: «¿Por qué se disolvió el grupo?». —Octavia señaló a Fletcher con la cabeza—. Pues ahí tenéis la respuesta.

El batería perdió parte de su expresión ufana.

Fletcher se inclinó hacia el micrófono para hablar, pero solo consiguió decir una palabra antes de que el sonido se cortara como por arte de magia. Los vítores se calmaron, porque la multitud se había dado cuenta de la importancia de lo que estaba teniendo lugar.

—Cuando Trina y yo formamos las Steel Birds, juramos que nunca caeríamos en los celos ni dejaríamos que el ego se nos subiera a la cabeza, las cosas que acaban con casi todos los grandes grupos, pero esa promesa se perdió por el camino. Supongo que nosotras también nos perdimos un poco.

—Ha hecho falta la intervención de nuestros hijos para que sacáramos la cabeza del culo. —Trina terminó la frase con una nota de su guitarra, y la audiencia se puso a aplaudir y a silbar por la mención a Melody y a Beat—. ¿Puedo decir culo en la tele?

—Tenemos cincuenta y tres años. Podemos decir lo que nos salga de las narices.

Trina sonrió.

—Eso me gusta.

Octavia murmuró contra el micro mientras los espectadores se reían y se quedaban callados de nuevo.

—La cosa es que… dejamos que un hombre se interpusiera entre nosotras. Y no vamos a permitirlo de nuevo.

—Mucho menos este —añadió Trina antes de decir—: ¡Seguridad!

Melody observó boquiabierta mientras dos guardias de seguridad tiraban de Fletcher hacia atrás para quitarlo de su asiento, llevándoselo del escenario hacia donde ella se encontraba, con el batería protestando. Antes de que pudiera desaparecer del todo entre bastidores, Octavia se plantó delante de él, con una expresión entre fría y vengativa en la cara.

—Mi familia ya está al tanto del secreto de la paternidad de Beat. Y estaré encantada de contárselo a todo el mundo antes de que te lleves un solo centavo que no te has ganado. Ya no tienes poder, ¿me oyes? —Lo miró de arriba abajo con cara de asco, como si no fuera más que una mierda que había pisado—. Ahora vuelve al anonimato, donde está tu sitio.

Un sonido que solo podía describirse como un grito victorioso resonó en el aire, y Melody se dio cuenta de que le había brotado de los labios. También había levantado los brazos como un árbitro que anunciaba un *touchdown*. Lo único que le faltaba era Beat. Y esa ausencia era como un agujero enorme en la atmósfera.

Se frotó los ojos llenos de lágrimas y sacó el móvil para mandarle un mensaje, pero era incapaz de ver la pantalla. Estaba demasiado borrosa.

—Damas y caballeros, denle la bienvenida a Hank Turin al escenario —dijo Trina al micrófono al tiempo que señalaba a un hombre bajito con una coleta que se acercaba a la batería, con el foco siguiéndolo.

—Nos acompañó en aquella última y desastrosa gira, y fue un caballero en todo momento —dijo Octavia—. Aunque nos peleábamos día y noche como gatas panza arriba.

—En fin... —Trina le guiñó un ojo al nuevo batería—, no fue un caballero en todo momento.

Octavia soltó una sonora carcajada.

—Nunca pudiste resistirte a un batería.

Trina miró a la vocalista con expresión elocuente.

—Tú tampoco.

Ambas se rieron a la par que el público mientras Danielle se ponía junto a Melody.

—Están arrasando, y eso que todavía no han empezado a tocar siquiera.

—Son especiales, ¿a que sí?

—Sí que lo son —convino Danielle al tiempo que le rodeaba los hombros con un brazo—. Mira lo que has conseguido.

—No lo he hecho sola.

Antes de que Danielle pudiera replicar, Octavia habló de nuevo, y su voz resonó por la plaza, entre bastidores y más allá.

—Nos gustaría empezar el espectáculo con un tributo a Beat y a Melody. —Una vez más, los vítores se volvieron ensordecedores—. Sabíamos que no os iba a molestar.

El escenario se quedó a oscuras.

Danielle le dio un apretón a Melody en un hombro antes de alejarse, dejándola sola para ver que la pantalla que había detrás del escenario se encendía. Empezó una película. No..., no era una película. Eran Beat y ella. Estaban sentados a una mesa. ¿Fue el día de la primera reunión con Danielle? Sí. Había *beignets* entre los dos. Café.

Aunque se suponía que no los iban a grabar. Aquella conversación fue privada.

O eso creyeron ellos.

Era evidente que Danielle se la había jugado.

Por el amor de Dios, la forma de mirarse el uno al otro. Beat la miraba, sin respirar, como si lo estuviera operando a corazón abierto. Y ella le devolvía la mirada, como si no pudiera creerse el honor. Presenciar esa conexión visible desde ese punto de vista, desde el exterior, fue como conectarle unos cables de carga al corazón y aplicarle corriente.

—¿Necesitas que haga el programa contigo, Beat? —preguntó la Melody de la pantalla.

Beat negó con la cabeza.

—No quiero ponerte esa clase de presión encima, Melocotón.

—¿Me necesitas? —insistió su versión grabada.

Él titubeó.

—No se lo pediría a nadie más en el mundo.

Ella se puso coloradísima en el vídeo.

—Pues adelante.

Las escenas se sucedían una tras otra: su entrevista inicial en pantalla sobre las Steel Birds, bailando en la fiesta de Navidad, Melody cayéndose de culo, Beat sacando a Melody del calabozo en brazos, él llegando descamisado a la partida de petanca con una M gigante en el pecho, la batalla de bolas de nieve, la mañana siguiente. Parpadeó mientras intentaba con desesperación asimilar cada segundo, todas las formas en que se comunicaban en silencio. A través de caricias y de miradas, con un lenguaje que solo ellos conocían.

Las últimas imágenes que se reprodujeron en pantalla hicieron que el mundo empezara a girar más despacio mientras su mente intentaba descifrar lo que estaba viendo.

Eran ellos…, a los dieciséis años.

Había imágenes de ellos en la entrevista de *Más allá de la música*, con las manos de Beat alrededor de sus brazos y su expresión sincera, mientras ella parecía embobada. Totalmente hechizada. Aunque no había sonido que acompañara ese vídeo, todavía recordaba lo que él le había dicho, palabra por palabra. Llevaba grabada en el alma aquella conversación, aquel breve momento.

En la pantalla, los llevaron a cada uno en una dirección. Y luego ella observó a Beat entrar en la sala para su entrevista, mientras el ayudante le colocaba el micro en el cuello y él se quedaba sentado con expresión anonadada. Un chico de dieciséis años con la mirada perdida.

—¿Va todo bien? —le preguntó el entrevistador, aunque no obtuvo respuesta—. ¿Beat?

—Lo siento, es que… —Miró hacia la puerta por la que había entrado—. Por fin he conocido a Melody Gallard.

—¿Es tal como te la esperabas?

—No. —El pecho se le agitó con la respiración—. Es mejor.

La pantalla se fundió a negro y los focos iluminaron de nuevo el escenario.

Melody temblaba de la cabeza a los pies y el corazón le estallaba en el pecho como una bomba. No podía tragar, casi no podía ver por las lágrimas que le inundaban los ojos.

Sabía que tenía que correr… para encontrarlo.

Se había distanciado de Beat porque le había hecho daño al no confiar en ella lo suficiente para sincerarse sobre la amenaza de Fletcher de chantajearla. Pero aunque él había cometido un error en su afán por protegerla, la confianza estaba ahí desde el principio.

«¿Me necesitas?», le había preguntado ella.

«No se lo pediría a nadie más en el mundo», fue la respuesta de Beat.

Después de todo lo que había aprendido sobre Beat durante todo ese proceso, ni se imaginaba lo mucho que le había costado pedirle el favor. Confiar en ella. Admitir su vulnerabilidad delante de ella. Y lo había hecho desde el primer día. Confiaba en ella desde el principio. Todavía lo hacía. El problema era que había estado demasiado dolida como para verlo.

—Danielle… —dijo al tiempo que se movía en un círculo con frenesí. Se encontró con la mirada de varias personas con auriculares, pero no con la productora—. ¿Habéis visto adónde ha ido Danielle?

Un chico señaló hacia los bastidores y Melody echó a correr en esa dirección, llamando a gritos a la productora. Danielle sabría adónde había ido Beat. A lo mejor hasta una cámara lo había seguido. ¿Sería demasiado pedir? Por desgracia, no encontró ni rastro de la mujer. Empezaba a perder la esperanza cuando oyó un golpe sordo y se dio medio vuelta para ver que la puerta de un armario se sacudía con fuerza.

Abrió la puerta y se encontró a Danielle y a Joseph fundidos en un tórrido abrazo al otro lado, mientras el cámara la besaba con pasión.

—¡Madre mía! —Melody se tapó los ojos—. Lo siento. Lo sabía. Pero lo siento.

—¿Puedo…? —Sin aliento, Danielle se apresuró a atusarse el pelo, a todas luces sin ser consciente de que tenía toda la barbilla manchada de su pintalabios—. ¿Qué pasa? ¿Necesitas algo?

—Yo sí que necesito algo —masculló el cámara con la mirada clavada en el cuello de la productora.

—Os dejaré a solas para que consigáis… ese algo…, pero me preguntaba si alguno de los dos sabe adónde se ha ido Beat. —La urgencia le subió por la garganta como una burbuja—. Por favor, tengo que encontrarlo.

Danielle dejó caer los hombros.

—Nos pidió que no lo siguiéramos, Mel. Y no creí que fuera necesario, teniendo en cuenta que… A ver, misión cumplida.

—Claro. —Por Dios, se le estaba hundiendo el pecho—. Lo encontraré.

Danielle le puso una mano en el brazo para consolarla, pero Melody se la quitó de encima. Y echó a correr.

Se abrió paso entre el personal del patio interior y salió por la puerta lateral del edificio de la cadena…, directa a un grupo enorme de fans. Los que estaban más cerca casi no se creían lo que estaban viendo, pero pronto empezaron a gritar.

—¡Es ella! ¡Es Melody la Magnífica!

Le dolieron los oídos por el ruido ensordecedor. Pero los vítores se apagaron de inmediato cuando ella hizo el símbolo de la paz, algo que su profesora de tercero de primaria hacía a menudo. Y se obró un milagro, porque funcionó. Los demás también hicieron el símbolo de la paz y cerraron la boca al instante.

—Necesito que me ayudéis a encontrarlo.

Sabían muy bien a quien se refería sin necesidad de decir su nombre.

Los símbolos de la paz desaparecieron y todos se pusieron manos a la obra a la vez. En resumidas cuentas: sacaron los móviles.

—Alguien ha dicho en el foro principal que ha pasado por su lado en el lado este —gritó un hombre.

—¡Ha ido hacia el este! —chilló otra chica desde el fondo.

—¡Vale, gracias! —El «este» no concretaba mucho la ubicación de Beat. El este era la mitad de la isla de Manhattan, pero al menos ya sabía por dónde empezar. Corrió una manzana entera antes de darse cuenta de dos cosas: la primera, que estaba nevando y se le había olvidado el abrigo; y la segunda, que la multitud la seguía. Pero en plan de que la seguía un mogollón de personas como si fueran una sola a tan solo diez metros por detrás, con sus pasos resonando sobre la acera nevada.

—¡Lo han visto de nuevo! —gritó el mismo hombre de antes—. En la calle Cincuenta y Uno. Acaba de cruzar Park Avenue, y va deprisa. Algunos testigos dicen que parece muy ensimismado. Otros dicen que está más deprimido y taciturno.

—¿Lo ha puesto LocaxMel99? Porque no veas cómo escribe.

—¡Demasiado poética! La odio.

—A mí me encanta. Me fío de sus actualizaciones más que de nadie.

Melody no podía creer que se hubiera creado toda una comunidad alrededor de *Pesadilla en Navidad* mientras ella estaba muy ocupada enamorándose, pero una mujer se acercó desde la dirección contraria y le impidió seguir avanzando por la acera.

—Soy LocaxMel99 —dijo la mujer sin expresión alguna y con una camiseta con la cara de Melody—. Sígueme si quieres vivir.

—Oh. Pues…

—Es broma. Está por aquí. —LocaxMel99 cambió de dirección y a lo mejor no estaba actuando conforme a lo que era más seguro, pero confió en su instinto y la siguió. Como todos los demás. A medida que avanzaban hacia el este, la gente la reconocía y se iba uniendo al grupo, hasta que desbordaron los cruces y bloquearon el tráfico, para alegría de los taxistas, que ya se veían entorpecidos por la nieve. Habría al menos cien personas. O más. Y no pudo evitar que tanto apoyo la consolase…, porque con el corazón destrozado en el pecho, necesitaba todo el consuelo del mundo—. Aquí lo vi por última vez —dijo la chica de la camiseta con su cara—. Estaba cruzando Park Avenue hacia el este. No puede haber ido muy lejos.

Melody siguió avanzando, apenas consciente de los estremecimientos de su cuerpo, porque no eran nada al lado del dolor que sentía en todo el cuerpo. Se pondría bien en cuanto estuviera entre sus brazos. Podría volver a respirar con normalidad, y el mundo no parecería estar patas arriba. «Beat, por favor, deja que te encuentre. Estoy preparada». Dejaron atrás Lexington Avenue y también la Tercera Avenida, y empezó a perder la esperanza.

—¿Se habrá metido en un bar? ¿O en una cafetería? —preguntó Melody.

—¡Desplegaos! —gritó LocaxMel99, como un sargento de instrucción—. Nadie vuelve a casa hasta que estén juntos, como es debido.

—Nuestro sitio es estar juntos, sí —dijo Melody, que sorbió por la nariz con la creciente sensación de que empezaba a delirar.

La multitud que tenía a su espalda soltó un «¡Oooh!» emocionado.

Un poco más. Buscaría un poco más. A lo mejor era el sexto sentido que tenía en lo referente a Beat. Algo le decía que casi había llegado. Que casi estaba con él.

La nube de aliento condensado que tenía delante de la cara casi le tapaba el parque a la derecha. Era pequeño, solo un trocito de hormigón, unas mesas cubiertas de nieve y unos árboles.

Había una persona sentada en el extremo más alejado, con las manos unidas entre las rodillas. La cabeza gacha.

—Beat —susurró, antes de gritar—: ¡Beat!

El hombre se puso en pie de un salto tan deprisa que volcó la silla, estampándola contra la pared de ladrillo. Dio un paso hacia ella, y la luz de la luna iluminó su preciosa cara, aunque la tenía demacrada.

—¿Mel? —Frunció el ceño con fuerza al tiempo que se quitaba el abrigo, echando a andar hacia ella con paso vivo para envolverla con la prenda. Acto seguido, sus brazos se convirtieron en bandas de acero al rodearla con su calidez mientras le dejaba un reguero de besos en el nacimiento del pelo—. ¡Por Dios, Mel, estás helada!

Pues había acertado, pensó. En cuanto tuvo sus brazos alrededor, todo mejoró.

—Tenía que salir a buscarte.

—¿Sin el abrigo? —preguntó con voz atormentada.

—Era urgente. —Cuando entró lo suficiente en calor como para poder separar los dientes, lo miró—. Tú también eres mucho mejor de lo que me esperaba.

Él la miró con expresión tierna, fijamente.

—¿Cómo?

—Eso fue lo que dijiste. Cuando teníamos dieciséis años, justo después de que nos conociéramos. Dijiste que yo era mejor de lo que esperabas.

—Y lo eras, Melody —replicó él con voz gruñona—. Lo eres.

—Somos mejores cuando estamos juntos. Cada segundo, cada minuto, nos hace mejores a los dos. Tú también lo sientes, ¿verdad?

—¿Que si lo siento? —Soltó un gemido estrangulado—. ¿Cómo voy a sentir otra cosa cuando crees en mí?

—Y tú también crees en mí —dijo ella al tiempo que se ponía de puntillas y le daba un besito en los labios—. Creías en mí lo suficiente como para que te acompañase en este viaje. Me llevaste a tu lado para combatir a los monstruos. Puede que tomaras decisiones para mantenerme lejos de algunas batallas. Y entiendo el motivo. Entiendo que demuestras tu amor al protegerme, pero hemos combatido en esta guerra juntos. Hemos ganado, porque nos queremos. Hemos ganado porque no confías en nadie más como confías en mí y yo no confío en nadie más como confío en ti. Lo creo. Me lo has demostrado al encontrarme de nuevo. —Le dio un beso largo y dulce, y él la levantó en volandas para estrecharla contra su pecho mientras el beso se volvía más apasionado—. Vamos a estar juntos, Beat. Es un regalo maravilloso.

Beat abrió la boca y la cerró, al parecer sin palabras, mientras empezaban a brillarle los ojos por las lágrimas.

—¿Eso es que me perdonas, Mel?

—Eso es que te entiendo. Ese es nuestro rollo.

Notó el alivio que lo invadió y que le hizo retroceder un paso.

—Nos entendemos el uno al otro. Mejor que cualquier otra persona —replicó él con voz ronca. Sus labios se acariciaron, de un lado a otro y de vuelta, recreándose con la fricción—. Nos queremos.

—Muchísimo —susurró ella.

El trémulo suspiro de Beat le rozó la cara.

—¿Para siempre, Mel? ¿Vas a ofrecerme la eternidad?

Lo miró a esos ojos que podían atravesarla hasta el alma.

—Te daría diez eternidades si pudiera.

El alivio brotó de él en oleadas palpables.

—Yo no apostaría contra nosotros. Se nos da muy bien conseguir lo imposible.

—Es verdad. Será mejor que nos pongamos manos a la obra.

—Tengo tu primera eternidad aquí mismo —dijo Beat, que la soltó y se sacó una cajita del bolsillo. Hincó una rodilla en el suelo, con la nieve y todo—. ¿Lo aceptas, por favor?

Melody se echó a reír pese a las lágrimas.

—Considéralo aceptado.

—Voy a quererte todos los días del resto de nuestra vida como si estuviera recuperando los catorce años perdidos lejos de ti.

Melody sintió que el corazón le daba un vuelco de alegría al unirse al de él, fundidos en uno solo.

—Yo te querré de la misma manera.

Beat le puso el anillo de diamantes con manos temblorosas, se levantó de un salto y la estrechó entre sus brazos, y sus risas se elevaron hacia el cielo cuando la levantó en volandas y empezó a girar con ella en brazos al ritmo de los aplausos y los silbidos. La gente los vitoreaba desde las ventanas de los bloques de viviendas que tenían cerca. La magia de la Navidad envolvió a la pareja y seguiría obrando milagros y regalándoles alegría durante todas las décadas que todavía estaban por llegar.